Nocturnal Shadows

Schicksal der Seelenwanderer I

von

Melanie Gurenko

1. Auflage, 2023

Melanie Gurenko
Geschwister-Scholl-Straße 4
47475 Kamp-Lintfort
Deutschland

Cover: Jaqueline Kropmanns
Lektorat/Korrektorat: Melina Coniglio
Buchsatz: Wolftribe Autorenservice

Bestellung und Vertrieb:
Nova MD GmbH, Vachendorf

NOCTURNAL SHADOWS

Content Note

Nocturnal Shadows und Lights sind dem Genre Dark Fantasy zugeordnet. Gewalt (auch sexueller Natur), sowie Sklaverei, Mord und psychische Traumata werden explizit beschrieben. Daher solltest du dieses Werk nur lesen, wenn du dir eine Konfrontation mit diesen Themen zutraust. Es liegt nicht in meinem Interesse, diese Themengebiete aufgrund von Clickbait oder besonderem Drama zu beschreiben, sondern um eine Repräsentation ebenjener Geschehnisse abzubilden. Jedes der möglich triggernden Themen wurde ausgiebig recherchiert und mit dem gebührenden Respekt behandelt.

Stolz ist nicht meine Verdammnis

– er ist meine Auferstehung

Prolog

Das letzte Mal, als ich wirklich frei war, war ich noch ein kleines Kind. Ein Gefäß, das darum bat, mit Hoffnung gefüllt zu werden. Mit Aussichten und gutem Willen für die Zukunft. Mir war nicht klar, dass es niemals so weit kommen würde. Freiheit und Hoffnung sind eine Illusion der Geschichten, die uns erzählt wurden, um uns von unserem Leben abzulenken. Um gerade uns Kindern einen Fokus zu geben; einen Grund, zu kämpfen.

Und doch war ich in meinen Gedanken immer frei. Alles, was ich wollte, war möglich, nah, und ich habe mir gewünscht, es zu erreichen. Bei den Göttern, habe ich daran geglaubt. An alles.

Jetzt weiß ich es besser. Mein Leben hat ein Ziel, einen Sinn. Und der ist es, zu dienen. Meinem Cousin, dem König.

Der Glaube an Freiheit ist für Kinder, Hoffnung für Träumer und das Leben für die bittere Realität.

Dina

»Sometimes you think you want to disappear
but all you really want is to be found.«
– Derek Hough

Schon als Kind liebte ich es, zu träumen. Die Freiheit war greifbar, das Abenteuer unendlich. Ich konnte sein, wer ich sein wollte, wann und wo.

Alles war möglich.

Doch was ich selten bedacht habe: Irgendwann ist es immer Zeit, aufzuwachen, die Träume loszulassen und in der bitteren, dunklen Realität anzukommen.

War ich wach, jagte ich meinen Träumen hinterher.

Schlief ich, stürzte ich mich von einem Abenteuer ins nächste.

Stets war ich auf der Suche, doch gefunden habe ich mich nie.

Wie die Nomaden in der Wüste suchte ich stets nach der nächsten Oase, einem Ort, der meine Hoffnungen spiegelte, mir zeigte, was möglich war, sollte ich nur lange genug danach suchen.

Und ich suche noch immer.

Seit fünfundzwanzig Jahren bin ich auf der Suche. Ich zog an alle möglichen Orte, erfand mich beinahe jährlich neu. Griff nach jedem Strohhalm, der sich mir bot, mir die Veränderung zeigte, die ich so sehnlichst brauchte.

Dennoch musste ich stets feststellen: Irgendwann ist es immer Zeit, aufzuwachen.

Dabei führe ich jetzt eigentlich ein gutes Leben. Vor zwei Jahren habe ich mein Philologie-Studium beendet und arbeite nun in dem Archiv einer geschichtsträchtigen Kleinstadt. Ich habe Freunde im ganzen Land verteilt – wenn auch keine Familie mehr –, die diese Leere mal mehr oder minder füllen. Hie und da gab es auch mal Partner, sogar fast Verlobte. Nur haben sie mich immer in die Ecke gedrängt. Meine letzten drei Beziehungen waren wundervoll; bis die Männer sesshaft werden wollten.

Eine Familie gründen.

Ein Haus bauen.

Sicher, es ist schön, sich mit einem Partner ein Leben aufzubauen, aber ich bin nicht bereit dafür. Ich möchte die Welt sehen, sie bereisen, auch fernab von meinen Träumen Abenteuer erleben, selbst wenn sie noch so klein sind.

Einfach leben.

Also habe ich mich getrennt. Denn mich in ein Leben zu drängen, das ich nicht führen will, ist genauso ungerecht, wie jemanden zu Abenteuern zu zwingen, die er nicht erleben will.

Ich weiß, dass ich diesen Gedanken verbannen sollte. Ein Leben *im* Leben führen und keinen Träumen nachjagen. Aber ich werde das Gefühl nicht los, etwas zu verpassen. Genau in dem Moment aufzugeben, in dem ich weitermachen sollte.

Ich kann es einfach nicht.

Nein, ich *will* es nicht.

»Du solltest dich jetzt wirklich besser konzentrieren, Dina«, ermahne ich mich selbst.

Es ist Montagmorgen, und ich brüte über alten Schriften. Die Chroniken der Stadt brauchen eine Überholung. Der Dialekt ist alt, und es ist nicht immer leicht zu entschlüsseln, was genau gemeint ist.

Ich liebe meinen Job. Er ist meine Möglichkeit, Kontakt mit einer längst vergessenen Welt aufzunehmen. In die Köpfe anderer zu blicken, ihre Gedanken zu lesen, zu sehen, was sie beschäftigt hat, und Lehren für unsere heutigen Probleme zu ziehen.

Manch einer würde sich wundern, warum ich eine Arbeit in einer staubigen, alten Kammer einem modernen Job vorziehe. Dabei ist die Antwort recht simpel: Ich liebe Herausforderungen, gleichzeitig bin ich eine sehr ängstliche Person. Ich liebe es, zu träumen, aber diese Träume auch zu leben, ist etwas ganz anderes.

An einem Schreibtisch droht keine Gefahr. Hier werden mir keine merkwürdigen Blicke zugeworfen, wenn ich einmal mehr in einem meiner Tagträume versinke. Es interessiert sich niemand für mich, Hauptsache, ich erledige meine Arbeit – und ich will es gar nicht anders. Sollen andere in Aufmerksamkeit baden, ich stehe am Rand und sehe zu.

Schon oft durfte ich mir anhören, dass ich überhaupt keinen Sinn ergebe. Ich habe Wünsche, traue mich jedoch nicht, sie auszuleben. Ich will etwas erleben, und doch verkrieche ich mich. Aber ich muss für andere keinen Sinn ergeben. Ich ergebe für mich Sinn, und das genügt.

Deshalb genieße ich es, zu träumen. In diesen Momenten kann ich sein, wer ich sein will; ohne Gefahr, ohne Urteil. Ein wenig ist es, als könnte ich alles haben. Wenn das kein großartiges Gefühl ist.

»Jetzt wird es aber wirklich Zeit, sich zu konzentrieren«, ermahne ich mich erneut und arbeite weiter an der Sortierung der Schriften. Bis zur Mittagspause muss ich das fertigstellen

Komischerweise bin ich in letzter Zeit immer so müde, wenn ich morgens aufwache. Ich kann mich nicht daran erinnern, etwas zu träumen, aber es fühlt sich an, als wäre ich einen Marathon gelaufen. Es ist gerade einmal elf Uhr, und ich könnte schon wieder einschlafen. Und das trotz zwei Tassen Kaffee und obwohl mein letzter Urlaub auch erst ein paar Wochen her ist. Vielleicht ist es einfach nur der beginnende Winter, der mich müde macht. Ja, das muss es sein.

»Dina, kommst du mit in die Mittagspause?«, fragt mich meine Kollegin Georgiana.

»Gibst du mir fünf Minuten?«, erwidere ich, noch immer in meiner Konzentration verbleibend, und blicke sie gar nicht an. »Ich muss das noch eben fertig bekommen.«

»Was deine fünf Minuten sind, weiß ich mittlerweile«, brummt sie, und ich höre ihre hohen Absätze auf dem Boden klackern.

Manchmal frage ich mich, warum sie sich überhaupt mit mir abgibt. Sie arbeitet am Empfang und ist immer top gestylt, während ich mich die meiste Zeit über gar nicht schminke oder darauf achte, was ich trage. Es ist mir schlicht egal. Ich will mich wohlfühlen, und ihre Klamotten sehen nicht danach aus, als könnte man bequem den Tag in ihnen verbringen. Aber jedem das seine.

Ich gehe gar nicht erst auf ihre Provokation ein, sondern konzentriere mich weiter. Instinktiv spiele ich mit einer Strähne meiner rabenschwarzen Mähne. Im Kindergarten wurde ich oft Schneewittchen genannt. Blasse Haut, schwarze

Haare und stechend blaue Augen. Gut, nur die Haare und die Haut passen auf die Beschreibung, aber dennoch.

Zügig lege ich die letzten Stapel zusammen, beschwere sie mit Gewichten, damit sie ja kein Luftzug durcheinanderbringt, und greife nach meiner Tasche. Anschließend presche ich durch die Tür, verriegele sie und mache mich auf den Weg zu der Kantine des Rathauses.

Das Archiv und das Rathaus befinden sich in zwei aneinander liegenden Gebäuden, und wir teilen uns eine Kantine. Meistens meide ich die Mittagszeit. Es ist mir schlicht zu voll, aber ich brauche etwas zu essen und einen Nachschub an Koffein.

Kaum habe ich die Türschwelle übertreten, laufe ich geradewegs in jemanden hinein.

»Oh, das tut mir leid«, entschuldige ich mich zügig, ohne die Person anzublicken.

»Wieder in Gedanken, Dina?«

Natürlich musste ich in den Bürgermeister persönlich hineinlaufen. Mit seinen fünfunddreißig Jahren ist Ben Watson der jüngste Bürgermeister des Landes, und das lässt er vor allem die weibliche Bevölkerung spüren. Er ist Single und hat anscheinend nach meiner letzten Trennung beschlossen, dass ich die neue Kerbe in seinem Bettpfosten sein soll.

Auch wenn ich generell nichts gegen eine lockere Affäre habe – solange sich jeder an die Spielregeln hält –, würde ich nie etwas mit ihm anfangen. Ich habe nicht vor, mich zu binden, bin mir aber mehr wert als eine Nummer – und ich bin mir sicher, dass die eine oder andere Frau bei ihm schon eine Wartemarke ziehen durfte.

»Hab' dich nicht gesehen, sorry.«

Einmal mehr wirft er mir dieses Lächeln zu, das den Frauen reihenweise die Knie weich werden lässt, mich jedoch vollkommen kaltlässt. Um mich zu beeindrucken, braucht es etwas mehr. Etwas, das er niemals haben wird; egal, wie sehr er sich anstrengt.

»Wenn du mich entschuldigst, ich werde erwartet.«

»Kannst dich gern bei einem Abendessen entschuldigen.«

Kurz atme ich durch, ehe ich ihm in die Augen blicke, kann jedoch im letzten Moment einen Seufzer unterdrücken. »Vielleicht ein anderes Mal.«

Ohne eine weitere Begründung oder Ausflucht setze ich meinen Weg fort. Ich weiß, dass er nicht an mir interessiert ist, sondern eine Wette laufen hat, den ›Stadtnerd‹ flachzulegen. Und den Gefallen werde ich ihm bestimmt nicht tun. Es mit ihm auszudiskutieren, bringt nichts. Er ist ein Jäger und wird erst Ruhe geben, wenn ich ihm entweder gebe, was er will, oder ich ihm zu langweilig werde. Meine Strategie ist eindeutig die letztere. Am besten wäre es, wenn er einfach das Interesse verliert, denn er wird mich niemals ins Bett bekommen. Auch nicht an einen Tisch zum Abendessen.

Als ich in der Kantine umherblicke, ist Georgiana mal wieder das Zentrum der Aufmerksamkeit. Sie suhlt sich darin wie ein Schweinchen im Dreck. Wenn ich mir sie und ihren rosa Blazer so ansehe, könnte es sogar passen.

Wieder einer der Momente, in denen ich froh bin, dass niemand in der Lage ist, meine Gedanken zu lesen. Sonst würde man mich nie wieder aus dem Kämmerchen lassen.

Kurz winke ich ihr zu und stelle mich an. Heute gibt es verschiedene abgepackte Salate und Frikadellen, die mir aber zu suspekt aussehen. Also bleibe ich bei Salat. An der Kasse angekommen, bestelle ich noch zwei große Tassen Kaffee, wovon ich eine in meinen Becher to go füllen lasse, zahle und geselle mich zu Georgiana.

»Hi«, grüße ich die Runde, setze mich und beginne sogleich zu essen.

Niemand erwidert meine Begrüßung, aber das bin ich gewohnt. Stacy und Rita aus der Buchhaltung unterhalten sich mit Georgiana über den neuesten Klatsch und Tratsch der Stadt – die neue Affäre des Bürgermeisters.

Noch nie habe ich verstanden, wie man sein Leben so nach einem Mann richten kann, mit dem man nicht einmal in einer Beziehung ist. Sie wissen *alles* über ihn. Affären, den Geburtstag seiner Mutter. Ich habe sogar mitbekommen, wie Stacy ihm sein Lieblingsparfüm geschenkt hat. Für mich grenzt es an Stalking, aber die Beteiligten scheinen es gut zu finden. Wenn es glücklich macht, bitte.

Das ist nur eine weitere Sache, die mich deutlich von ihnen unterscheidet. Während die Mädels sämtliche ›Bachelor‹-Kandidaten der letzten Jahre auflisten können, sitze ich daneben und spiele mit dem Gedanken, ein weiteres Studium zu beginnen. Ehrlich gesagt weiß ich gar nicht, warum ich mich mit ihnen abgebe. Gewohnheit? Unterhaltung? Dabei bin ich oftmals nur genervt in ihrer Gegenwart.

Nur mit halbem Ohr zuhörend, bekomme ich mit, dass sie sich am Wochenende zum Golfen treffen wollen. Diesem Sport konnte ich auch noch nie etwas abgewinnen.

In solchen Momenten wünsche ich mir, mich einfach so in Luft auflösen zu können. Wenn mich Georgiana das nächste Mal für die Mittagspause einlädt, sollte ich wirklich dankend ablehnen.

»Und, Dina, was machst du am Wochenende?«, versucht Georgiana, mich in das Gespräch einzubinden, doch Stacy und Rita lachen nur.

»Was wohl? Lesen, sich in ihrer fünfzig Quadratmeter Wohnung verziehen. So tun, als wäre ihr Job *ein wichtiger Beitrag für die Gesellschaft.*«

Mit einem Grinsen klappe ich den Plastikdeckel meiner Salatverpackung zu, stehe auf und greife nach meinem Tablett. »Wenigstens mach' ich mich nicht zur Lachnummer der gesamten Stadt, indem ich einem Mann nachjage, der mich nicht will.« Kopfschüttelnd wende ich mich ab. »War wie immer schön mit euch, Mädels.«

Mit erhobenem Haupt gehe ich durch die Kantine, stelle mein Tablett weg und bin stolz darauf, mal im richtigen Moment den Mund aufbekommen zu haben. Normalerweise fallen mir solche Sprüche immer später ein, aber nicht heute.

Wenn das kein Grund zum Feiern ist …

Quirin

Seit über einem halben Jahr war ich nicht mehr zu Hause. Meine Einheit und ich reisen durch die Ländereien Nadiraans, treiben Steuern ein, sehen nach dem Rechten. Aber über den wahren Grund spricht niemand.

Die Krönung meines Cousins.

Unser Großvater ist vor einem Dreivierteljahr gestorben, und obwohl die Erbfolge geregelt war, wurden alle Enkel – außer Vitus, dem neuen König – als Bedrohung angesehen. Die Mädchen wurden bereits vor dem Tod meines Großvaters an unbedeutende Adelige verheiratet, die niemals so weit gehen würden, Anspruch auf den Thron zu erheben. Sie wurden mit großzügigen Ländereien entschädigt, die sie mindestens für die nächsten zehn Jahre ruhigstellen werden.

Unsere Cousins hat Vitus als Gesandte in andere Königreiche geschickt, und mich, den einzigen weiteren männlichen Erben … Nun ja, ich bin auf einer Rundreise der *bedeutendsten* Art.

Ursprünglich gab es drei Geschwister, die Kinder des alten Königs Bjarne. Meinen Vater, meine Tante und meinen

Onkel – den erstgeborenen Sohn. Meinem Onkel und meiner Tante war keine gute Gesundheit zuteilgeworden. Sie starben noch, bevor sie das dreißigste Lebensjahr vollendet hatten.

Vitus wurde an seiner Vater statt Kronprinz; mit gerade einmal zehn. Und als Großvaters Gesundheit vor drei Jahren langsam, aber sicher zu schwächeln begann, nahm Vitus den Platz des Regenten an seiner Seite ein. Dennoch ist seine Stellung ohne offizielle Krönung nicht sicher. Nadiraan lebt von Traditionen, die eingehalten werden müssen, um den Frieden zu wahren – die guten wie die schlechten. In den letzten drei Jahren ist ein Machtvakuum entstanden, das nicht ausreichend gefüllt werden kann. Bis mein Cousin gekrönt wird. So lange ist niemand wirklich sicher. Alles geht seinen gewohnten Gang, aber die Bedrohung lauert in den Schatten. Jeder spürt es – und doch traut sich niemand, es zu benennen.

Im Alter von zwölf Jahren, nachdem meine Eltern gestorben waren, trat ich in die Armee ein. Anfangs hatte ich keine Wahl, jetzt jedoch bin ich froh über meine Position. Mittlerweile bin ich mit siebenundzwanzig ein angesehener General. Der jüngste seit zwei Generationen. Meine Einheit vertraut mir, wie ich ihr vertraue.

Natürlich war das nur ein weiteres Signal der Bedrohung. Aus der damaligen Lösung, mich abzuschieben und gleichermaßen ruhigzustellen, wurde ein Problem. Verschwinden lassen konnte mich Vitus nicht, einsperren ebenfalls nicht, denn niemand würde für eine Sekunde glauben, dass ich imstande bin, ein Verbrechen zu begehen.

Den Rat meiner Mutter habe ich stets befolgt: Mach deine Arbeit gut, sichere dir die Loyalität deiner Einheit und lass dir nichts zu Schulden kommen.

Auch wenn ich ihre Worte in Ehren halte, haben sie mich ins Nirgendwo verbannt. Sie haben mir den Respekt eines gesamten Volkes eingebracht, das mich unterstützen sollte, doch nur zu einer weiteren Bedrohung wurde.

Aber wenigstens lebe ich. Ich bin zu bedrohlich – lebendig wie tot. Vitus weiß das. Dabei will ich den Thron gar nicht. Wollte ihn nie.

Dieses ewige Knicksen und Verbeugen der Untertanen, Entscheidungen für Tausende Menschen zu fällen – das ist alles nichts für mich. Ich bin glücklich mit dem, was ich habe. Dennoch genügt allein mein Blut, um das Gegenteil zu behaupten und mich in eine Art Exil zu schicken.

Doch auch hier mache ich das Beste aus der Situation. Wir erledigen unsere Arbeit, haben Spaß, und ich muss sagen: Mein Name genügt, um uns eine außerordentliche Gastfreundschaft zu sichern. Jeder will den Enkel des alten Königs bewirten, und wer bin ich, da Nein zu sagen?

»Der nächste Ort wird eine Herausforderung«, sagt Marian, mein erster Offizier.

Wie jeden Abend sitzen wir gemeinsam am Lagerfeuer und essen. Meine Einheit besteht aus fünfzehn Personen: zwölf Männern, zwei Frauen und meiner Wenigkeit. Die Zwillinge Amaya und Amina sind noch recht frisch dabei – wenn man sechs Jahre als frisch bezeichnen kann –, aber stehen den Männern in nichts nach.

Wir haben viel Spott erhalten, weil wir junge Frauen in unsere Einheit aufgenommen haben, mir war es jedoch gleichgültig. Sie machen gute Arbeit, können kämpfen und haben Marian beim ersten Aufeinandertreffen die Stirn geboten. Das trauen sich selbst alteingesessene Soldaten nicht. Sehr zu seinem Leidwesen habe ich in diesem Moment die Entscheidung getroffen und ihre Aufnahme bewilligt. Mittlerweile haben sie sich arrangiert. Auch wenn es ab und zu noch die ein oder andere witzige Komponente gibt.

Amaya räuspert sich. »Die einfachen Leute hassen es, dass sie mehr Steuern zahlen müssen, um deinem Cousin eine

Krone auf den Kopf zu setzen, Quirin. Und die Reichen wollen sich eh von keiner ihrer geliebten Münzen trennen.«

»Ich weiß«, antworte ich und seufze. »Mir macht es auch keinen Spaß, den armen Bauern ihre letzten Münzen abzunehmen, aber was soll ich tun? Zurück nach Hause reiten, mich vor meinen Cousin knien und um Gnade betteln? Es ist Mist, und Vitus ist jung–«

»Er ist fünf Jahre älter als du«, unterbricht mich Marian und erhält Zustimmung der anderen.

»Ja, und sein halbes Leben hat er in geschlossenen Räumen verbracht. Er kennt nur das Palastleben und hat keine Ahnung von dem, was hier geschieht. Es sei denn, jemand sagt es ihm.«

»Was niemand tut«, wirft Amina ein und beißt in ein Stück Brot.

»Kannst du ja übernehmen.« Ein verräterisches Schmunzeln legt sich auf meine Lippen.

»Und anschließend die Beine breit machen und seiner Königlichen Hoheit die majestätische Lanze lutschen? Sicherlich nicht.«

Für einen kurzen Moment ist es still, bevor alle in Gelächter ausbrechen.

»Da soll mal jemand sagen, *wir* haben eine große Klappe. Du übertrumpfst uns bei Weitem, Amina.« Kopfschüttelnd greife ich nach einem weiteren Stück Brot.

Die Sonne ist bereits untergegangen. Nur noch ein schmaler Streifen erinnert daran, dass es noch recht früh am Abend ist.

Die Männer und Frauen meiner Einheit unterhalten sich, lachen gemeinsam, während ich mal wieder in meinen Gedanken versinke. Unser nächstes Ziel, Tifus, ist nicht gerade für seine Loyalität zur Krone bekannt. Es ist eine reiche Hafenstadt, die größte Nadiraans. Die meisten Aufstände hatten dort ihren Ursprung – vermutlich einer der Gründe, warum sie mich geschickt haben. Hunderte Kilometer entfernt gegen etwas zu sprechen, ist einfacher, als es jemandem ins Gesicht zu sagen.

»Ich mache dann mal meinen Rundgang und übernehme die erste Wache«, kündige ich an und erhebe mich.

Auch das ist nichts Neues für mich. Meistens bin ich es, der die erste Wache übernimmt. Seit jeher muss ich mich davon überzeugen, dass meine Einheit sicher ist, bevor ich zur Ruhe kommen kann. Anfangs habe ich hierfür noch Gegenwehr bekommen, jetzt haben es alle einfach akzeptiert.

Wir befinden uns mitten in einem Waldstück. Tifus ist sicherlich noch einen halben Tagesmarsch entfernt. Wir haben Pferde dabei, die ziehen jedoch mittlerweile die Karren mit den Steuern. Es verlangsamt unsere Reise deutlich. Vermisst werden wir dennoch nicht. Solange die Truhen gefüllt zurückkehren - möglichst passend zu der Krönung noch dieses Jahr -, wird niemand etwas sagen.

Kurz überprüfe ich den Sitz meines Schwertes und meiner Dolche in den Stiefeln, dann greife ich nach meinem Bogen mit dem Köcher. Gerade in den Runden zu Beginn der Nacht ist es immer ratsam, einen Bogen mitzunehmen. Er ist die leiseste Waffe und macht es mir möglich, auch aus einiger Entfernung anzugreifen. Je nach Situation gibt mir das wertvolle Minuten.

Ich streife durch den Wald, mehr als ein paar Rehe und Kaninchen erblicke ich allerdings nicht. Natürlich gehe ich nicht davon aus, Räuber zu finden, die dazu noch so dämlich sind, einen Konvoi des Königs anzugreifen, aber Vorsicht ist besser als Nachsicht.

Das Lachen der Einheit wird leiser, je weiter ich mich von unserem Lager entferne. Plötzlich höre ich einen Schrei. Sofort fahre ich herum und eile in die Richtung des Geräusches, da ertönt es erneut. *Ein Frauenschrei.*

Bei den Göttern, was bringt eine Frau dazu, nachts im Wald spazieren zu gehen?

Ihrem Schrei folgt ein lautes Heulen von Wölfen. Dann ein weiteres.

Verflucht, sie wird gejagt.

Kurz bücke ich mich und suche den vom Mondlicht spärlich beleuchteten Boden nach Spuren ab, denn der Schrei hallt mittlerweile durch den gesamten Wald. Es ist unmöglich auszumachen, aus welcher Richtung er stammt.

Nach ein paar Metern erkenne ich Tatzenabdrücke, jedoch nur von einem Tier. Auch in der Nähe erkenne ich keine weiteren Abdrücke. Das kann nur eines bedeuten: Sie verfolgen sie schon länger.

So leise wie möglich, ziehe ich einen Pfeil aus dem Köcher und lege ihn am Bogen an. Zwar war ich schon einige Male in Tifus, aber nicht oft genug, um mich in den umliegenden Wäldern so gut auszukennen, wie ich es in dieser Situation müsste. Ich weiß nicht, ob ein Fluss nah ist oder eine kleine Siedlung. Auch bin ich zu weit vom Lager entfernt, als dass ich Rückendeckung anfordern könnte – oder meine Leute warnen. Auch nicht mit *meiner* Methode. Aber ein Rudel Wölfe werden sie auch ohne meine Hilfe erkennen, und niemand wird ruhen, bis ich nicht wieder beim Lager angekommen bin. Amaya hat ebenfalls einen leichten Schlaf. Schon beim ersten Knacken von Ästen wird sie wach. Um sie mache ich mir keine Sorgen.

Zielstrebig folge ich den Tatzenabdrücken auf dem Boden, höre immer mal wieder einen Schrei. Hätten die Wölfe die Frau töten wollen, wäre sie bereits tot. Vermutlich treiben sie sie in eine Ecke, in der es ihnen leichter ist, sie zu erledigen. Oder sie haben einfach Spaß an der Jagd. Das gibt mir wenigstens etwas Zeit.

Der Wald lichtet sich langsam und macht einer kleinen Hügelkette Platz. Direkt hinter ihr befindet sich ein Teil der Küste. Also ist Tifus, wie vermutet, einen halben Tagesmarsch entfernt. Mein Orientierungssinn ist besser als erwartet. Allerdings erkenne ich die Frau weit und breit noch nicht. Oder das Rudel.

Ich trete auf die weite, offene Fläche vor den Hügeln, bin mir des Risikos meiner Handlung deutlich bewusst, aber ich muss mir einen Überblick verschaffen und die Bäume sind nicht standhaft genug, um auf sie zu klettern.

Eine Frau taucht in meinem Sichtfeld auf, noch meterweit entfernt, aber sie kommt schnell näher.

»LAUF!«, brüllt sie mir hysterisch entgegen, und ich spanne den Bogen.

Hinter ihr laufen drei Wölfe. Einen kann ich sicherlich ausschalten, was die anderen hoffentlich genug irritieren wird.

Doch anscheinend hat die Frau andere Pläne, denn sie kracht in mich hinein.

Dina

»The gods envy us. They envy us because we're mortal, because any moment may be our last. Everything is more beautiful because we're doomed. You will never be lovelier than you are now.«
– Homer, ›the Iliad‹

Ich kann mich nicht daran erinnern, schon einmal so einen merkwürdigen Traum gehabt zu haben. Es ist Nacht, und ich spaziere durch einen Wald. Einfach nur spazieren. Vögel zwitschern, Blätter rascheln … sonst … nichts.

Verwundert blicke ich mich um. Normalerweise erlebe ich immer etwas in meinen Träumen. Ob ich nun auf einem Elefanten reite oder jemanden aus einem brennenden Haus rette. Dagegen ist mein Erlebnis jetzt beinahe langweilig. Es hilft auch nicht, dass der Wald endlos zu sein scheint. Immer mehr und mehr Bäume reihen sich aneinander. Der Mond steht hell am Himmel und scheint durch das dichte Laub.

Ein wenig frustriert laufe ich weiter. Es kann doch nicht sein, dass ich meine liebste Zeit des Tages mit Umherirren verbringen muss. Wo bleibt da der Spaß? Ich träume, um Dinge zu erleben, nicht, um mich zu langweilen.

Plötzlich höre ich das Heulen von Wölfen.

Schon besser, denke ich.

Die meisten würden genau jetzt damit beginnen, sich zu fürchten, aber warum sollte ich? Ich liege zu Hause in meinem bequemen Bett, mir kann nichts geschehen. Also laufe ich geradewegs auf die Quelle des Geräuschs zu. Vielleicht lassen sich die Wölfe sogar streicheln. Das wollte ich immer schon mal tun. Fühlen, ob ihr Fell ähnlich dem eines großen Hundes ist oder viel rauer und auf die Witterung angepasst.

Nervöse Vorfreude prescht durch meine Adern, als ich zusätzlich mit der Zunge schnalze, um die Tiere anzulocken. In ein paar Metern Entfernung erkenne ich einen Wolf. Er hat kastanienbraunes Fell und stechende Augen, auf deren Farbe ich mich nicht festlegen kann, aber sie sind absolut wunderschön.

»Komm her«, fordere ich ihn auf und halte meine Hand nach vorn, als hätte ich etwas zu essen anzubieten.

Sofort duckt sich der Wolf. Ich sehe, wie sich seine Nackenhaare aufstellen, und höre sein Knurren so laut, als würde er direkt neben mir stehen.

»Keine Sorge, ich tue dir nichts. Ich will dich nur einmal streicheln, Kumpel.«

Der Wolf scheint gar nicht von meiner Idee angetan zu sein, denn zwei seiner Freunde flankieren ihn und legen sich so tief, dass ich sie hinter den Büschen nicht vermuten würde, wenn ich nicht wüsste, dass sie dort sind.

»Na gut, dann vielleicht später.«

Ich drehe mich um und setze meinen Weg fort, da stört erneut ein Heulen die nächtliche Ruhe. Eine Gänsehaut breitet sich auf meinem Körper aus, und ich spüre instinktiv, dass die Tiere meine Verfolgung aufgenommen haben.

»Vielleicht ist jetzt der passende Zeitpunkt, aufzuwachen.«

Automatisch beschleunige ich meine Schritte, was von einem weiteren Heulen quittiert wird. Kurz zweifele ich daran, ob ich wirklich träume oder auf die absolute Schnapsidee gekommen bin, *echte* Wölfe streicheln zu wollen. Mein Fluchtinstinkt setzt ein, und ich renne. Doch weit komme ich nicht, denn ein Ast, den ich übersehen haben muss, lässt mich stolpern. Das Nächste, das ich spüre, ist der modrige Waldboden, auf dem ich unsanft aufkomme.

»Verflucht, das fühlt sich nicht an wie sonst.«

Zügig rappele ich mich auf und will erneut zum Sprint ansetzen, da wird mir schwarz vor Augen und ich gehe wieder zu Boden. Rasch blicke ich über meine Schulter, doch das Mondlicht erhellt den Wald nur spärlich und ich kann nichts außer Bäume erkennen.

Das Heulen der Wölfe wird immer lauter, kommt aus verschiedenen Richtungen.

Sie jagen mich, schießt die Erkenntnis durch meinen Kopf.

Ich springe auf und renne. Wie wild blinzele ich, versuche, die schwarzen Flecke aus meinem Sichtfeld zu verbannen, aber es will mir nicht gelingen. Immer mehr Punkte schleichen sich in den eh schon dunklen Wald und lassen mich vollkommen die Orientierung verlieren. Ich schreie bei meiner Flucht vermutlich wie ein kleines Kind, das seine Mutter nicht finden kann – das ist mir allerdings vollkommen gleichgültig.

Plötzlich erkenne ich jemanden in meinem Sichtfeld.

»LAUF!«, schreie ich ihn an.

Er hält Pfeil und Bogen, direkt auf mich gerichtet – ist er wahnsinnig? Robin Hood zu spielen, funktioniert hier nicht. Das sind Wölfe! Oder will er mich abschießen?

Ehe ich mich stoppen kann, krache ich in den Mann hinein, greife seinen Ellbogen und ziehe ihn mit. »Bist du schwerhörig? Ein Rudel Wölfe ist hinter mir her.«

»Als wäre mir das nicht aufgefallen. Was meinst du, warum ich hier bin?«, brummt er hinter mir und versucht, mich zu bremsen. »Kannst du mal stehen bleiben?!«

Fest greift er meinen Arm und überwältigt mich. Mit einer gekonnten Bewegung dreht er mich einmal um seine Achse, schubst mich hinter sich und spannt den Bogen. Dabei sieht er aus, als würde er das täglich machen.

Unsanft komme ich auf dem Boden auf und starre ihn unverhohlen an. Mit absoluter Präzision löst er den Pfeil, der den Wolf, der uns am nächsten ist, zwischen die Augen trifft. Die zwei anderen, die mir gefolgt sind, erledigt er mit zwei weiteren Pfeilen.

Jeder. Schuss. Sitzt.

Ungläubig starre ich ihn an, kann gar nicht begreifen, was soeben passiert ist.

Der Typ hat drei Wölfe mit Pfeil und Bogen erledigt.

»Das wird Ärger geben«, brabbele ich und schüttele den Kopf.

Das kann doch alles nicht echt sein, nicht wahr. Was ist das für ein Traum?

»Wölfe stehen unter Tierschutz«, murmele ich irritiert vor mich hin.

»Deinen Ärger habe ich soeben erledigt«, zischt der Kerl, den ich mir zum ersten Mal genauer ansehe.

Er hat dunkle Haare, die im Mondschein sicherlich um einiges dunkler wirken, als sie tatsächlich sind. Doch womit ich gar nicht gerechnet habe, sind seine intensiven grauen Augen, deren Blick mich zu durchbohren scheint wie die Pfeile die Wölfe. Ein Sturm tobt in ihnen, der mich für einen Moment alles um mich herum vergessen lässt. Noch nie habe ich jemanden mit solch intensiven Augen gesehen. Mit einem Blick, der so fokussiert und durchdringend ist, dass mir allein davon schwindelig werden könnte. Wer ist er?

Der Mann trägt eine leichte Rüstung und lederne Armschoner. Das Symbol eines Bären befindet sich auf seiner Brustplatte. Ich kenne es nicht. Es ist keinesfalls lokal oder geschichtlich bekannt, sonst würde es mir etwas sagen. Sehr merkwürdig.

Dennoch … jetzt gefällt mir der Traum immer mehr. Ich kleiner Trottel werde von einem attraktiven Robin Hood vor Wölfen gerettet … Das ist schon eher meins. Vielleicht ist es ein Traum *der speziellen Art.* So einen hatte ich schon lange nicht mehr, und das muss ich direkt nutzen.

Wie in einer billigen Rom-Com winkele ich mein Bein an, reibe durch die Jeans über meinen Unterschenkel und versuche, unauffällig meine Haare zu richten. Es ist immer noch mein Traum, und da will ich umwerfend aussehen. Zumindest will ich es versuchen.

»Was soll das werden?«, fragt er, nachdem er den Bogen quer über seinen Oberkörper gelegt hat. Die Arme verschränkt er vor der Brust und betrachtet mich, als hätte ich nicht mehr alle Tassen im Schrank.

Im normalen Leben würde ich nie so reagieren, aber das hier ist mein Traum und er hat mich gerettet. Eigentlich ist es logisch, wie es weitergehen soll.

»Ich glaube, ich habe mich verletzt …«, merke ich an und deute auf meine Wade.

»Ja, kein Wunder, du bist auch gerannt wie eine Wahnsinnige. Was treibst du überhaupt hier?«

Gut, das läuft gar nicht nach Plan.

Wütend springe ich auf und stemme die Hände in die Hüfte. »Kann dir das nicht egal sein? Und was hätte ich denn machen sollen? Mit den Wölfen diskutieren?«

»Dafür, dass du deine Wade verletzt hast, stehst du ziemlich gut«, kommentiert er trocken.

Ich bin mir sicher, dass meine Wangen mittlerweile so rot sind wie überreife Tomaten. Wollte ich gerade noch mit dem Fremden flirten, würde ich ihn jetzt am liebsten an die Wand werfen.

Scham wird zu absoluter Wut.

»Woher kommst du?« Absichtlich scheint er meine Stimmung zu übergehen. Dieser …

»Ich komme aus Raven-Falls, Minnesota.«

Bisher hat mich das auch noch nie jemand in meinen Träumen gefragt.

»Bei den Göttern, was ist ein Minnesota?«

Verwundert mustere ich den Kerl. Bin ich ohnmächtig geworden und auf einem LARP-Festival aufgewacht? Die Rüstung würde passen. Aber warum spielt er dann weiterhin seine Rolle? Er muss doch merken, dass das hier ernst ist … irgendwie.

»Ein Bundesstaat«, antworte ich platt. »Wenn du keine Ahnung hast, wo Minnesota liegt, wo sind wir dann hier?«

»Im Königreich Nadiraan. Einen halben Tagesmarsch nördlich von Tifus.«

»Typhus?« Erschrocken gehe ich einen Schritt zurück. »Sag doch, dass du verseucht bist.«

»Verseucht? Wer von uns beiden steht denn vor Dreck?« Kopfschüttelnd dreht er sich um und geht.

»Wohin willst du?«, verlange ich zu wissen.

»Zurück zu meiner Einheit, geh du mal zurück nach *Minnesota.* Jetzt solltest du sicher sein.« Ohne sich mir nochmals zuzuwenden, geht er einfach weiter.

Eine kühle Brise weht mir um die Nase und lässt mich erzittern. Es ist definitiv zu frisch, um nur in T-Shirt und Jeans herumzulaufen, wie ich es gerade tue. Aber sollte mir in Träumen nicht warm sein? Und warum hämmert mein Kopf, als hätte ich einen Kater? Sacht betaste ich meine Stirn und ziehe zischend die Hand zurück. Der Kerl hat recht, mein ganzer Körper ist mit Schlamm bedeckt. Anscheinend habe ich eine Wunde an der Stirn, und mir wird verflucht kalt. Das ist gar nicht gut.

»Hey!«, rufe ich ihm hinterher, aber natürlich hält er nicht inne. »Kann ich mit dir kommen?«

»Lass mich kurz überlegen … Nein!«, ruft er zurück.

Selbstverständlich lasse ich mich davon nicht aufhalten und eile ihm nach.

»Ich habe keinen blassen Schimmer, wo ich hier bin. Eigentlich dachte ich, ich träume, aber das wird alles immer merkwürdiger«, murmele ich bei ihm angekommen. »Ich brauche nur einen Ort, an dem ich mich sammeln kann, kurz nachdenken, ohne direkt zum nächsten Wolfsrudel zu gelangen.«

»Unter einer Bedingung.« Er dreht sich zu mir um. »Sag mir, wer du bist. Was willst du, und was tust du hier?«

»Ist das ein Verhör? Ich habe *dich* um Hilfe gebeten. Sollte ich nicht eher die Fragen stellen? Schließlich will ich mit dir mitgehen, nicht andersherum.«

»Ja, schon, aber du tauchst mitten im Wald auf, redest von Orten, die mir nichts sagen, und willst mich begleiten. Warum sollte ich dir vertrauen?«

»Warum sollte ich *dir* vertrauen?«, zische ich zurück. »Du bist ein Mann. Mit Leichtigkeit könntest mich an den nächstgelegenen Baum pinnen und weiß der Henker was mit mir anstellen. Meine Gefahr ist hier wesentlich größer als deine.«

Ein Schnauben verlässt seine Lippen. »Kommt eigentlich auch irgendetwas aus deinem Mund, das kein Vorwurf oder eine Beschwerde ist? Und warum sollte ich mich an dir vergehen? Ich bin Soldat, und auf meine Ehre bilde ich mir eine Menge ein. Es braucht schon ein wenig mehr als eine weibliche Figur und Verfügbarkeit, um mich alles vergessen zu lassen, für das ich stehe, nur um niedere Triebe zu befriedigen.« Wieder einmal lässt er mich stehen.

»Ich bin eine attraktive Frau, und viele würden sich – wie du sagst – an mir *vergehen!*«

»Merkst du eigentlich, was du für einen Blödsinn erzählst?«

Ehe ich mich versehe, fährt er herum und kommt geradewegs auf mich zu. Seine Körperspannung lässt mich zurückweichen und mit dem Rücken gegen einen Baum prallen. Kurz vor mir hält er inne und blickt auf mich herunter. Er ist sicherlich einen Kopf größer als ich, und ich kann nicht anders, als mich in seinen Augen zu verlieren.

Es ist immer noch mein *Traum, ich darf das,* rede ich mir ein.

»Jetzt sag mir nicht, dass du in diesem Wald umherirrst, damit dich jemand wie ich findet. Dich vor den *bösen* Wölfen rettet, nur um dich danach an einen Baum zu pinnen, dir obszöne Dinge ins Ohr zu flüstern und sich an dir zu *vergehen.* Weil du ihn so überwältigst, dass er sich nicht mehr im Griff hat, zum Tier wird und dir die Nacht deines Lebens beschert.«

Seine Tonlage lässt mich schlucken und deutlich schneller atmen, als es angebracht wäre. Krampfhaft muss ich mich davon abhalten, ihn anzufassen, ihm zu sagen, wie recht er damit hat. Auch wenn es ein Traum ist, Selbstachtung habe ich noch.

»Sei vorsichtig, was du dir wünschst. Die Realität ist nicht annähernd so aufregend, wie du es dir vorstellst. Glaub mir, ich habe es zur Genüge gesehen.« Er löst die Verbindung, die ich so gern intensiviert hätte, tritt einen Schritt zurück und mustert mich von oben bis unten.

Plötzlich komme ich mir so nackt vor, so dämlich. Ich habe mich einem Fremden angebiedert. Und er hat mich abgelehnt. Auf eine ziemlich miese Weise. Tränen sammeln sich in meinen Augen, die ich weg blinzele. Die Genugtuung gebe ich ihm nicht auch noch.

»Jetzt komm, bevor dich einer von den Kerlen findet, die das gerade als Einladung sehen würden.«

»Wie heißt du?«, frage ich mit zittriger Stimme und folge ihm.

»Quirin.«

»Quirin«, wiederhole ich flüsternd.

Wie kommt mein Gehirn nur auf diesen Namen? Oder auf diesen Ort?

Quirin

Das zeigt mir einmal mehr, wie glücklich ich mich schätzen kann, fernab vom Hof zu leben. Die Frau hat sie doch nicht mehr alle.

Wer rennt denn bitte nachts schreiend durch einen Wald und hält die Person, die *helfen* will, davon ab, die Wölfe zu töten, die einen verfolgen? Und dann die Sache mit der Wade. Lernt man das heutzutage? Fällt allen Ernstes jemand darauf rein? Sie ist mir ein absolutes Rätsel. Ehrlicherweise kann ich sie nicht früh genug loswerden. Wo wir beim Thema sind …

»Woher kommst du?«, frage ich über die Schulter.

»Raven-Falls, Minnesota«, wiederholt sie, als hätte ich das nicht verstanden.

»Den Ort gibt es hier nicht.« Schnaubend drehe ich mich um. »Sag mir einfach, wo ich dich absetzen kann.«

»Für gewöhnlich wache ich einfach auf.«

»*Für gewöhnlich* … Hältst du das hier für einen Traum?«

»Sicherlich. Was sollte es sonst sein?«

Sie ist von allen guten Geistern verlassen.

Kurz lasse ich meinen Blick schweifen. Wir sind mitten im Wald, obwohl ich die Felsen des Gebirges zu meiner Rechten erkennen kann. Meine Einheit wird ein gutes Stück entfernt rasten. Der Wald ist nur spärlich beleuchtet, und den Weg mit einer weiteren Person zu bestreiten, dazu jemandem, der sich nicht verteidigen kann, wäre äußerst unklug. Zwar gehe ich davon aus, dass wir kein weiteres Wolfsrudel antreffen werden, aber das ist nicht die einzige Gefahr. Wenn meine Einheit im Namen des Königs unterwegs ist, können wir uns niemals sicher sein, dass uns keine Banditen folgen, sie vielleicht genau in diesem Moment hinter einem Baum warten. Wir sind immer noch mit einem großen Batzen Gold unterwegs.

Die Frau sich selbst zu überlassen, kommt nicht infrage – das lässt mein Gewissen nicht zu. Meine Einheit einfach zurückzulassen, ist auch keine Option, aber ich muss mich für eine Sache entscheiden. Sie mitzunehmen, steht außer Frage. Ich kenne sie nicht, und besser, ich stelle mich der Gefahr allein, als dass sie für irgendwen spioniert.

»Komm, wir suchen uns einen Unterschlupf für die Nacht.«

Mit diesen Worten steuere ich die Felsformation an. Dort werden wir sicherlich ein geeignetes Plätzchen für uns finden. Wenn wir zu drei Seiten abgesichert sind, werde ich alles Frontale aufhalten können. *Sollte es nötig werden.*

Die Frau brabbelt irgendetwas vor sich hin, doch ich gebe mir gar nicht erst die Mühe, ihr zuzuhören. Ob ich es will oder nicht, sie hat um meinen Schutz gebeten, und das nehme ich sehr ernst.

»Quirin?«, fragt sie mich. Ihre Stimme klingt plötzlich ganz leise.

»Hm?«

Im selben Moment betreten wir die Lichtung, und ich hebe die Hand, ehe sie weitersprechen kann. Auf den ersten

Blick kann ich nichts erkennen, also laufe ich geradewegs Richtung Gebirge.

»Wieso bist du hier unterwegs?«, flüstert sie, als ich einen kleinen Vorsprung entdecke.

»Meine Einheit hat einen Auftrag im Namen des Königs«, erwidere ich knapp.

»Welcher König?«

»Du fragst merkwürdige Dinge. Welcher König …«, spotte ich. Kurz schiebe ich ein paar Steine beiseite und fühle, ob es wirklich trocken ist oder nur im Dunkel der Nacht so wirkt, ehe ich mich niederlasse. »Setz dich.«

Die Frau folgt meiner Aufforderung. »Das ist alles so merkwürdig. So anders.« Sie scheint ehrlich verwirrt, fährt sich immer wieder über die Stirn, als ob sie Kopfschmerzen vertreiben möchte.

»Hast du Durst?« Ich glaube nicht, dass sie etwas zu trinken dabeihat, also biete ich ihr meinen Wasserschlauch an.

»Ja … ja, ich habe Durst. Wie kann das sein?« Mit zittriger Hand nimmt sie meinen Schlauch entgegen und trinkt ein paar Schlucke.

In diesem Augenblick höre ich das bekannte Krähen meines Raben, erblicke ihn am Himmel und weise ihn mit einem Nicken an, zur Einheit zurückzukehren. Nox versteht mich ohne Worte, er wird sie informieren können.

Da wir die nächsten Stunden hier verbringen werden, beschließe ich, etwas mehr über meine Begleitung zu erfahren. »Erzähl mir von dir.«

Sie gibt mir den Schlauch zurück, und ich trinke ebenfalls. Zum Glück habe ich gegessen, sonst wäre meine Laune deutlich schlechter.

»Mein Name ist Dina. Ich arbeite in der Stadtverwaltung, sortiere Chroniken und alte Berichte. Die meisten fragen sich, warum ich gern im Keller arbeite und fast ausnahmslos ohne PC, aber ich mag es.«

»PC?«, hake ich nach.

»Computer?«, versucht sie es erneut, und ich zucke mit den Schultern. »Moment, welches Jahr haben wir?«

»Siebenhundertvierunddreißig.«

»Nach Christus?«

»Wer oder was ist das jetzt?«

Ein hysterisches Kichern verlässt ihre Lippen. »Ich muss aufwachen, dringend.« Wie wild schlägt sie sich gegen die Stirn, als ob das ihrer Situation helfen könnte.

»Hör auf«, bitte ich sie und greife nach ihren Händen. »Wir bekommen das hin.«

»Was genau? Dass ich wer weiß wo bin, dass du weder einen PC noch Jesus kennst oder dass ich gerade fast von Wölfen getötet wurde?« Plötzlich wird sie ganz bleich im Gesicht. »Ich wurde fast von Wölfen getötet.«

»Du denkst wirklich, dass du träumst, oder?«

Tränen sammeln sich in ihren Augen, und aus Reflex drücke ich ihre Hände noch etwas fester.

»Du musst mich für verrückt halten.«

»Nur ein bisschen.«

Mein Versuch, die Stimmung zu lockern, scheitert kläglich, aber ich musste es probieren. Wenn ich mit einer Sache gar nicht umgehen kann, sind es extreme Emotionen. Ich bin Soldat, ich kann kämpfen. Für alles andere gibt es Priester.

»Tut mir leid, dass ich …«, stammelt sie verlegen. »… mich an dich rangemacht habe.«

»Die Sache mit der Wade?« Ein kleines Grinsen breitet sich auf meinen Lippen aus, und ich versuche krampfhaft, es zu unterdrücken. »Hat das jemals funktioniert?«

»In Büchern und Filmen, ja. Ständig.« Sie brabbelt irgendetwas von Personen und Dingen, die mir gar nichts sagen, als würde es helfen, die ganze Situation weniger peinlich zu gestalten. »Aber anscheinend nicht bei dir.«

»Glaub mir, es braucht einiges, damit ich einer Frau verfalle.«

»Bist du schwul?«

Jetzt bin ich es, der blinzelt.

»Stehst du auf Männer?«, formuliert sie ihre Frage um. »Würde mich nicht überraschen, wenn man den ganzen Tag von Männern umgeben ist. Rüstungen, Schweiß …« Wieder versinkt sie in einem Tagtraum, ehe sie mich mustert.

»Nein, ich *stehe* nicht auf Männer«, grummele ich. »Wenn es wirklich so von Bedeutung ist …« Ein paarmal atme ich tief durch. »Ich liebe meine Arbeit und habe mich vor langer Zeit damit abgefunden, nie eine Familie zu haben. Meine Einheit ist meine Familie, und ich vermisse nichts. Beantwortet das deine Frage?«

»Also kann ich in Ruhe schlafen, und du passt auf mich auf? Ohne auf unanständige Gedanken zu kommen?«

Ein frustrierter Seufzer verlässt meine Lippen. »Nicht unbedingt. Wenn noch einmal Wölfe vorbeikommen, biete ich dich als Köder an.«

Für einen kurzen Moment versucht sie zu lesen, ob ich meine Worte ernst meine, ehe sie den Kopf schüttelt und es sich auf dem Boden bequem macht.

Dina ist wirklich eine sonderbare Person. Sie trägt merkwürdige Kleidung und spricht über Dinge, die sich hier niemand trauen würde – jedenfalls nicht bei Fremden –, aber irgendetwas sagt mir, dass das alles nur Fassade ist. Ich habe früh gelernt, Menschen zu durchschauen, und sie spielt mir eindeutig etwas vor. Vielleicht sogar sich selbst? Wer weiß das schon.

Aus der Ferne vernehme ich ein Zirpen und strecke meine Hand nach oben, passend zu der Landung.

»Na, vermissen mich die anderen?«

Nox schnattert zur Antwort. Es ist selten, dass Raben so gesprächig sind, aber er ist anders.

»Du hast einen Vogel?«

»Einen Raben, Nox.« Sanft streichele ich ihn unter seinem Schnabel, ehe ich den Zettel von seinem Bein abnehme.

Hoffentlich ist dir etwas passiert, sonst gibt es Ärger, weil du einfach so verschwunden bist.
Wir sehen uns morgen.

Was für viele wie eine aggressive Botschaft erscheinen mag, ist eigentlich genau das Gegenteil. Wir achten aufeinander – nur auf andere Art, als es die meisten verstehen würden.

Dina mustert Nox interessiert und richtet sich wieder auf.

»Vorsicht!«, sage ich forsch, als sich Nox auf ihre Hand setzt. »Er beißt … *eigentlich.*«

»Sieht doch lieb aus.«

Ich kann nicht anders, als die Szenerie vor mir mit Verwunderung zu beobachten. Das hat er noch nie gemacht.

Als ich Nox als Küken bekommen habe, war er vollkommen aggressiv. Ein paar meiner Narben auf meinen Händen stammen von ihm, und jetzt lässt er sich von einer völlig Fremden streicheln? Ich verstehe gar nichts mehr.

In meiner Tasche habe ich ein Stück Kohle, das ich nutze, um eine kurze Antwort zu verfassen. Doch als ich Nox die Antwort an sein Bein binden möchte, beißt er zu.

»Verräter!«, rufe ich aus und schüttele meine Hand.

Dina kichert. »Anscheinend mag er mich mehr als dich.«

»Akute Geschmacksverirrung«, grummele ich.

Beide schauen mich an, als wäre das nicht mein letzter Biss gewesen. Nox ist sehr intelligent, aber dieses Verhalten ist reichlich merkwürdig für ihn.

Nach weiteren fünf Versuchen habe ich die Botschaft endlich angebracht und Nox fliegt fröhlich schnatternd davon.

»Erst lässt du dich von Wölfen jagen, dann verhinderst du fast, dass ich dir das Leben rette, und jetzt klaust du mir meinen Vogel. Man könnte glatt meinen, du bist eine Spionin und darauf angesetzt, mich wahnsinnig zu machen.«

»Ich bin keine Spionin, aber mir wurde schon oft nachgesagt, Leute in den Wahnsinn zu treiben«, erwidert Dina mit einem Lächeln und macht es sich bei den Steinen gemütlich. Der Schlamm fällt bröckchenweise von ihr ab, bis sie fast wieder wie eine normale Person aussieht.

Ich richte meinen Blick in die Ferne und ziehe meinen Mantel etwas enger um mich. Ein Feuer zu machen, wäre zu riskant.

»Quirin?«

»Was ist jetzt?«

»Würdest du dich zu mir legen? Es ist echt kalt, und–«

Ohne etwas zu sagen, ziehe ich meinen Mantel aus, lege mich neben sie und decke uns zu. Jedoch nicht, ohne ein paar Steine zwischen uns zu legen.

»Was ist das?«, fragt Dina verwirrt.

»Sicherheitsabstand. Nachher benutzt *du* mich als Köder.«

Ruckartig drehe ich mich um. Hier sollten wir sicher sein. Wenn jemand angreift, sollte ich es früh genug hören und einschreiten können, also kann ich mir auch erlauben, kurz die Augen zu schließen.

»Quirin?«

»Hm?«, seufze ich genervt.

»Danke … für die Rettung, deine Hilfe und das hier.«

»Schlaf jetzt«, brumme ich nur und merke, wie mich selbst die Müdigkeit überkommt.

Dina

»She was beautiful, but not like those girls in magazines. She was beautiful, for the way she thought. She was beautiful, for the sparkle in her eyes when she talked about something she loved. She was beautiful, for her ability to make other people smile, even if she was sad. No, she wasn't beautiful for something as temporary as her looks. She was beautiful, deep down to her soul. She is beautiful.«

– F Scott Fitzgerald

Träge blinzele ich gegen die hell strahlende Sonne an. Fast schon rechne ich mit Rückenschmerzen – oder sogar einer verschnupften Nase. Nach der Nacht auf dem kalten Boden wäre es kein Wunder. Stattdessen fühle ich nichts als Leichtigkeit, eine bequeme Unterlage und eine Bettdecke, die mich herrlich wärmt.

War es wirklich nur ein Traum?

Kurz fasse ich hinter mich, suche die Steine, die Quirin zwischen uns gelegt hat, doch finde nur mehr Decke.

Quirin …

Habe ich ihn wirklich nur geträumt? Die Wölfe, seinen Humor … *seine Augen?* Aber wenn es nicht real war, warum kann ich mich an jede Sekunde erinnern? An jedes Gefühl? Und wieso spüre ich so eine Leere? Wenn doch alles nur ein Traum war, wie kann ich es dann vermissen? Wie kann ich mich nach etwas sehnen, das nie real war? Sollten Träume nicht befreien, glücklich machen und uns in eine Welt entführen, in der wir uns wohlfühlen?

Aber ich habe mich wohlgefühlt.

So verflucht wohl.

Ja, ich wurde von Wölfen gejagt, bin nur knapp *dem Tod* entkommen, dennoch – oder gerade deshalb – hat dieser Ort eine Sehnsucht in mir entfacht, die ich nicht in Worte fassen kann. Als ich dort war, wollte ich zurück, nicht wahrhaben, dass es meine neue Realität ist, doch jetzt fühlt sich meine wirkliche Realität so surreal an. *Leer.*

So lebendig habe ich mich ewig nicht gefühlt. Trotz der Lebensgefahr hatte ich in Quirins Gegenwart das Gefühl, sicher zu sein. Wie kann das sein?

Langsam rappele ich mich auf und setze mich an die Bettkante. Das ist mein Zuhause, und dennoch fühle ich mich wie eine Fremde. Das hat noch nie ein Traum mit mir gemacht. Ja, ich habe mich nach Abenteuern gesehnt, danach, *mehr* zu sein als eine simple Bürokraft mit einem Faible für alte Schriften. Dennoch war es immer normal und in Ordnung, aufzuwachen. Warum zieht mich dann mein Herz zurück? Wieso kann es nicht akzeptieren, was mein Verstand so klar sieht?

Seufzend erhebe ich mich, und ein heller Schmerz durchzieht meine linke Wade.

Der Sturz …

»Das kann nicht sein«, murmele ich und trete nochmals auf, diesmal fester. Aber der Schmerz bleibt.

Hoffnung durchflutet meine Sinne. War es doch mehr, habe ich es nicht geträumt? Aber wenn ich es nicht geträumt habe, was ist dann mit mir geschehen? Wahrscheinlich bin ich einfach nur aus dem Bett gefallen, habe es einmal wieder nicht gemerkt und interpretiere nun zu viel hinein. Doch wenn es einen Grund für mich gab, aus dem Bett zu fallen? Vielleicht *dachte* ich ja, von Wölfen verfolgt zu werden? Dann habe ich es doch geträumt und kann es wiederholen.

Voll freudiger Erregung trotte ich ins Bad und mache mich daran, mich für den Tag fertig zu machen. Sollte ich recht haben, werde ich heute Nacht wieder in diese fremde

Welt eintauchen. Wie hieß sie noch gleich? Egal, ich werde es erfahren.

Bald …

Es ist schon beinahe Mittag, als ich das erste Mal zur Ruhe komme. Auch wenn die Chroniken alt sind – die Deadlines sind es nicht. Kaum einen Gedanken habe ich an meinen letzten Traum verschwendet, aber das Gefühl der Leere bleibt.

Ja, das Gespräch mit Quirin war oberflächlich. Die meiste Zeit hat er sich über mich lustig gemacht, dennoch ist er mir nicht von der Seite gewichen und hat sich um mich gekümmert. Er hat mich vor den Wölfen verteidigt, auf mich achtgegeben, bis ich eingeschlafen bin. Mag sein, dass er nur eine Fantasie war, trotzdem hat diese Begegnung eine Sehnsucht in mir geweckt, die ich nicht für möglich gehalten habe.

Ich bin es nicht gewohnt, dass sich jemand um mich kümmert. Sich sorgt. Ja, ich hatte Partner, die liebend gern mehr Zeit mit mir verbracht hätten – schließlich war ich es, die es jedes Mal beendet hat –, aber immer war es einengend. Viel zu aufdringlich. Wo anfangs noch sexuelle Anziehung war, die sich sacht in Richtung Liebe entwickelt hat, gab es am Ende nur noch Alltag und *logische Konsequenzen.* Zusammenziehen, heiraten, eine Familie gründen. Doch währenddessen haben wir nur noch nebeneinanderher gelebt. Der Thrill war weg, die Lust. Es war lediglich das simple Befriedigen eines Bedürfnisses. Alles war so *normal.* Ist es denn zu viel verlangt, mehr zu wollen? Nicht im Alltagstrott zu versinken wie so viele andere?

Eines Tages, als ich im Park mit einer großen Tafel Schokolade gesessen und mich selbst bemitleidet habe, hat mir eine alte Dame einen Tipp gegeben, den ich bis heute nicht vergessen kann: Wenn du dich in einer Beziehung eingeengt fühlst, liegt es nicht an der Beziehung an sich, sondern an der Person, mit der du sie eingegangen bist.

Wie recht sie hatte.

Gestern mit Quirin war es anders. Weder waren wir von Lust beherrscht noch von dem Zwang, uns miteinander unterhalten zu müssen – so, wie es bei Georgiana und den anderen der Fall ist. Niemand hat sich etwas erhofft außer eine sichere Nacht ohne weitere Unterbrechungen von Wölfen oder anderen Gefahren. Es war so herrlich erfrischend. Einfach nur zwei Menschen, die aufeinandergetroffen sind und das Beste daraus gemacht haben.

Schade eigentlich, dass ich das schon als erstrebenswert ansehe. Ich bin jung, sollte mich austoben, und dennoch verschwinde ich lieber in meinen Gedanken, hänge Träumen und unwirklichen Begegnungen nach.

Nach dieser Erkenntnis beschließe ich, heute nicht in die Cafeteria zu gehen, selbst wenn mich Georgiana fragen sollte – was ich nach gestern nicht glaube.

Pünktlich um vier Uhr verlasse ich mein Büro und schlendere durch die Straßen auf dem Weg zu meinem Apartment. Schon als kleines Kind war ich ein Kopfmensch, habe immer darüber nachgedacht, was wohl in den Leben der Personen geschieht, die mir begegnen. Sind sie glücklich, traurig oder fühlen sie einfach gar nichts, weil sie in Gedanken versunken sind?

Es sind nur Sekunden, in denen ich in ihre Gesichter blicke. Die meisten werden gar nicht bemerken, dass ich sie ansehe, mir vorstelle, was in ihnen vorgeht. Für sie bin ich lediglich ein Mensch von vielen, die sie unbewusst wahrnehmen. Weder kennen sie meinen Namen noch kenne ich ihre. Wir befinden uns am selben Ort, im selben Moment, ohne je wirklich Notiz voneinander zu nehmen. Danach leben wir unsere Leben weiter, als wäre nichts geschehen. Das ist es ja eigentlich auch nicht.

Wie oft wurde ich für meine Gedanken ausgelacht und als Träumerin betitelt, die mehr in ihren Vorstellungen hängt, als am wahren Leben teilzunehmen? Dabei waren meine Träume schon immer meine Sicherheitszone, mein ganz eigener Ort, an dem mich niemand verletzten konnte. In meinen Träumen kann ich heute stark sein, mutig, wortgewandt und witzig. Und morgen sensibel, hoffnungsvoll und romantisch. Die Welt steht mir offen, und ich kann sie kreieren, wie ich sie sehen möchte. Dabei muss ich niemals Angst haben, verurteilt zu werden. Es ist meine Welt, es ist sicher. Sicher für mich – so, wie ich bin.

Aber bisher war ich immer allein oder die Träume hatten einen ganz bestimmten Grund, warum ich nicht allein war. Trotzdem war es gestern anders. Ich war weder stark noch sensibel. Irgendwie war ich einfach durch den Wind. Weder wie eine Version, die ich von mir sehen will, noch die Person, die ich eigentlich bin.

Heute Nacht muss ich mich krampfhaft darauf konzentrieren, zurückzukehren. Ich will mehr von dieser Welt sehen, mehr erleben und wissen, wer ich dort sein kann. Und Quirin weiter auf den Keks gehen. Das könnte mein neues Lieblingshobby werden.

Ein lautes Hupen reißt mich aus meiner Träumerei, und ich taumele erschrocken zurück.

»Pass doch auf, du blöde Kuh!«, schreit mich der Fahrer eines alten Autos an.

Kurz blicke ich hoch. Die Fußgängerampel ist auf Grün, ich darf gehen, aber da ist der Moment zur Reaktion schon vorbei und der Fahrer längst über die Kreuzung gebrettert.

Für ein paar weitere Momente versuche ich, mich zu sammeln, ehe ich einen neuen Versuch starte, die Straße zu überqueren. Ich kann es kaum abwarten, wieder in meiner Wohnung zu sein und ohne Kommentare in meinen Träumen versinken zu können.

Quirin

Ein wildes Schnattern weckt mich, dicht gefolgt von etwas Kaltem in meinem Gesicht.

»Wir machen uns Sorgen, und der General schläft. Sollten wir uns merken.«

Träge öffne ich die Augen und blicke direkt in Marians. Dieses neckische Funkeln in seinem Blick kann er auch nie abstellen. Jetzt gerade würde ich ihm dafür am liebsten den Hals umdrehen.

»Ich musste aufpassen«, grummele ich und wundere mich, warum sie sich nicht über Dina lustig machen, die nur ein kleines Stück hinter mir liegen müsste.

Aber Moment.

Ich bin vollkommen in meinen Mantel eingehüllt. Habe ich sie etwa die ganze Nacht frieren lassen?

Verwundert drehe ich mich um, natürlich nicht ohne Marians passenden Kommentar. Doch die Stelle, wo Dina zuletzt lag, ist verwaist.

»Suchst du wen?« Sein Gesicht taucht direkt neben meinem auf. Er starrt auf die Stelle, von der ich mir sicher bin, dass sich dort eine Person befinden müsste.

Dinas Worte kommen mir wieder in den Sinn. *Ein Traum.*

»Ich denke, ich habe nur geträumt.«

»Und das ohne Deckung«, kommentiert Amaya unzufrieden, die soeben mit ihrer Schwester in meinem Sichtfeld aufgetaucht ist.

Natürlich mussten ausgerechnet die drei mir folgen. Eine Sekunde später setzt sich Nox auf mein Knie und die Frage, wie sie mich gefunden haben, löst sich in Luft auf.

Wieso nur bin ich so durcheinander?

Normalerweise bin ich nach dem Aufwachen sofort wach und nicht dieses grummelig verschlafene Etwas, das ich gerade darstelle. Was ist nur los mit mir?

Ehe ich weitere spöttische Kommentare erhalte, rappele ich mich auf, klopfe den Dreck von meiner Hose, ziehe meinen Mantel über, kontrolliere meine Waffen und lege meinen Bogen wieder um. Bilde ich es mir nur ein oder riecht der Mantel anders? Nach einem Parfüm, das ganz sicher nicht von mir stammt?

Ich werde wahnsinnig.

»Wer hat euch gesagt, dass ihr euch vom Lager entfernen dürft?«, sage ich, um die Aufmerksamkeit meiner Gedanken wieder auf wichtige Dinge zu legen. Beispielsweise unsere Anordnung, heute in Tifus einzutreffen.

»Unser General war verschwunden, das hat mich zum befehlshabenden Offizier gemacht, und ich habe entschieden, unseren Mann über Bord zu suchen.«

»Wir sind Soldaten und keine Seeleute, Marian«, flötet Amaya, und ihre Schwester nickt zustimmend.

Dieser übergeht ihren Kommentar einfach. »Aber jetzt kann ich ja getrost die Verantwortung wieder an dich übergeben, Quirin.«

Ich werfe ihm einen vielsagenden Blick zu. »Wieso denke ich, dass du die Tatsache ein wenig bereust, mich gefunden zu haben?«

»Nicht doch.« Brüderlich klopft er mir auf die Schulter. »Ich könnte mir keinen besseren General vorstellen!«

»Ja, weil ich dich regelmäßig betrunken aus den Tavernen schleife und davon abhalte, in jeder Stadt des Kontinents ein gebrochenes Herz zu hinterlassen.« Kopfschüttelnd gehe ich an ihm vorbei und mache mich auf den Weg zurück zum Lager.

»Ich liebe die Liebe, mein Freund. Solltest du auch.«

»Reicht, wenn es einer von uns tut«, brumme ich und halte nach den toten Wölfen Ausschau.

»Was ist gestern passiert, Quirin? Du wirkst irgendwie nicht ganz anwesend«, stellt Amina fest.

Sicher, ich könnte ihnen eine Geschichte auftischen, die sie eventuell glauben würden, aber das fühlt sich falsch an. Es gibt keine Geheimnisse in unserer Einheit - gut, jeder hat Geheimnisse, aber nicht solche, die die Sicherheit aller gefährden könnten. Und wenn Dina wirklich existiert und mich einfach so hat liegen lassen, wer weiß, wer sie wirklich ist und was sie im Schilde führt.

»Gestern bin ich auf eine Frau getroffen«, erkläre ich letzten Endes und bemühe mich, meine Stimme neutral zu halten.

»Der Anfang gefällt mir.«

Natürlich muss Marian etwas dazu sagen. Wie sollte es anders sein?

»Sie wurde von Wölfen verfolgt, und ich bin dazwischengegangen. Die Leichen der Tiere müssten hier irgendwo sein.«

Hektisch suche ich den Wald mit meinem Blick ab. Ja, ich habe einen guten Orientierungssinn, aber nach der gestrigen Verfolgung in der Dunkelheit kann ich mich nicht vollständig darauf verlassen, den richtigen Weg zu finden.

»Und wo ist sie jetzt?«, fragt Amaya.

Ich mag sie und ihre Schwester. Sie interessieren sich für Fakten, weniger für uninteressante Dinge.

»Das ist die Frage aller Fragen. Als ich wach war, lag sie noch neben mir.« Sofort wende ich mich Marian zu. »Und nein, es ist nicht, wie du denkst. Also hör auf, an etwas in der Art zu denken.«

»Meinst du, sie ist eine Hexe?«, spricht Amina meine Gedanken laut aus.

»Der Verdacht liegt nahe. Normalerweise schlafe ich nicht so tief – schon gar nicht in der Nähe einer fremden Person –, und kaum mache ich die Augen wieder auf, ist sie weg. Da stimmt etwas nicht. Ich habe auch schon daran geda–« Der Rest meines Satzes bleibt mir im Hals stecken, als ich sie sehe. Die Leichen der drei Wölfe.

Schweigend nähern wir uns den Tieren. Drei Kopfschüsse. Die Pfeile stecken noch in ihren Schädeln.

»Guter Schuss, General«, sagt Marian anerkennend. »Ich wusste, dass du zielen kannst, aber …«

Nachdenklich mustere ich die Tiere, versuche, etwas an ihnen auszumachen, aber was, weiß ich selbst nicht.

»Scheint, als hätte ich es mir nicht eingebildet«, murmele ich, und wieder steigt mir der Geruch des Parfüms in die Nase.

Wenn Dina wirklich hier war, real ist, wo ist sie dann jetzt? Wieso geht sie ohne ein Wort und vor allem warum, wenn sie nichts im Schilde führt? Etwas passt nicht, doch ich weiß nicht, ob ich herausfinden will, was.

Es ist schon fast Abend, als wir Tifus endlich erreichen. Die Straßen sind wie gewohnt lebendig, und hier tummeln sich bereits die ersten Betrunkenen sowie Damen, die mit ihnen ihr Geld verdienen wollen. Uns beachtet kaum jemand, obwohl wir unsere Pferde mitten durch die Stadt lotsen. Für gewöhnlich werden wir in Unterkünften des Statthalters einquartiert – er ist ein absoluter Monarchist, und mein blaues Blut ist unsere Eintrittskarte, um für ein paar Nächte in bequemen Betten schlafen zu können.

»Prinz Quirin!«, ertönt aus der Ferne sein Gebrüll.

Offiziell musste ich den Titel ablegen, was für mich absolut kein Problem war. Ich liebe mein Leben als Soldat und würde nichts daran ändern wollen. Wenn es bedeutet, meinem Thronanspruch zu entsagen, bitte. Ehrlich gesagt könnte ich mir nichts Schlimmeres vorstellen, als Tag für Tag mit Leuten wie diesem Statthalter zu verkehren, ihnen in den Hintern zu kriechen und jeden Tag eine Maske aufzusetzen. Ich glaube, wäre ich für den Thron vorgesehen gewesen, hätte ich ihn freiwillig abgegeben. Ja, ich habe Pflichtgefühl, aber das geht bei Weitem nicht über alles. Diese Lektion musste ich bereits früh lernen.

»Statthalter«, grüße ich ihn, und seine Miene hellt sich etwas weiter auf.

Er liebt Titel, so viel steht fest. Schon vor Ewigkeiten habe ich aufgehört, ihn bei meinem zu korrigieren. Soll er mich Prinz nennen, wenn es ihm den Tag versüßt. Meinetwegen. Mir bricht es sprichwörtlich keinen Zacken aus der Krone.

»Kommt herein, kommt herein«, flötet er, und mein Blick geht kurz zu Marian, der mir wie immer wie ein Schatten folgt.

»Du weißt schon, dass er dir deine königlichen Füße küssen würde, wenn du ihn darum bittest?«, flüstert Marian in mein Ohr, doch ich reagiere gar nicht. Ihn zu bestärken, ist nie eine gute Idee. »Vielleicht würde es dann noch mehr für uns geben als ein warmes Bett.«

»Ich denke, das bekommst du auch gut allein hin, ohne dass mir wer die Füße küsst«, brumme ich und beschleunige meine Schritte.

Die Gebäude der Hafenstadt sind alt, und der Geruch von Meer klebt in jeder Ritze der holzvertäfelten Wände. Tifus war schon immer ein starker Verbündeter. Von hier aus wird der Handel mit den anderen Königreichen und Ländereien kontrolliert.

In den vergangenen Jahrhunderten wurde des Öfteren versucht, eine Revolution anzuzetteln und die Monarchie zu stürzen, aber letztlich hat sich das Volk immer dagegen entschieden. Fakt ist: Den Menschen geht es gut als Teil dieses Königreichs. Natürlich gibt es Reiche und Arme, jedoch ist die Kluft nicht allzu groß. Es gibt genügend Arbeit, eine gerechte Rechtsprechung und Gerichte. Warum sollte also irgendjemand vom gemeinen Volk etwas daran ändern wollen? Die Einzigen, die von einem Sturz der Monarchie profitieren würden, wären die, die nach mehr Macht streben, denen jedoch die Krone im Weg steht. Jeder hat die Chance, unendlich reich zu werden, aber die Macht hat ihre Grenzen. Nicht gerade etwas, das reiche Personen gern hören.

Das Einzige, das mir seit jeher ein Dorn im Auge ist, ist der Sklavenhandel. Deswegen jedoch einen Krieg anzuzetteln, der unschuldige Leben fordern würde, ist nicht der richtige Weg. Der braucht Zeit und Planung.

Vitus ist zwar ein junger König, jedoch genauso traditionell eingestellt wie seine Vorgänger, sodass es niemand wagen würde, etwas gegen ihn zu unternehmen. Die Reichen behalten ihren Reichtum, und die Armen werden nicht ärmer – eine Situation, mit der sich die meisten abfinden, aus welcher Motivation auch immer. Manchmal sind Veränderungen gut, aber nicht in den Augen des Volkes von Nadiraan.

»Habt Ihr die Steuern schon zusammen?«, frage ich den Statthalter, der uns den Weg zu unserer Unterkunft zeigt.

Wie immer sind wir im Haupthaus untergebracht. Gleich wird er uns sicherlich noch Speis und Trank anbieten, wie er es stets tut.

»Nein, noch nicht, aber das sollte spätestens morgen früh der Fall sein.«

»Gut, denn wir würden direkt morgen abreisen.«

»Würden wir?«, hinterfragt Marian.

»Ja, würden wir.«

Solange ich nicht weiß, was es mit Dina auf sich hat, sind wir zumindest theoretisch in Gefahr. Hätte sie mir etwas Böses tun wollen, hätte sie genug Gelegenheit dazu gehabt, aber mein Bauchgefühl sagt mir, dass noch etwas geschehen wird. Und ich will meine Einheit keiner unnötigen Gefahr aussetzen.

»Da wären wir«, verkündet der Statthalter und zeigt auf diverse Räumlichkeiten im hintersten Trakt des Haupthauses.

Warum er uns jedes Mal durch die Flure führt, nur um uns dieselben Räumlichkeiten zu geben, weiß ich nicht. Aber er ist generell ein sehr komischer Mann. Er ist schlaksig und erscheint weitaus älter, als er ist. Die Locken seiner Perücke sitzen perfekt. Er versucht zwar, zu vertuschen, dass es eine Perücke ist, aber wenn die Haare zu jeder Tageszeit immer exakt gleich aussehen, kann etwas nicht stimmen. Dicke Ringe zieren seine knöchernen Finger, die klimpern, wenn er sie bewegt. Eine klassische Person, die ihren Reichtum zur Schau stellen muss. Ehrlich gesagt hat er auch keine sonstigen Qualitäten, die mir aufgefallen sind. Ich weiß nicht einmal seinen Namen. Ja, er hat ihn mir verraten, aber da er sowieso nur mit Statthalter angesprochen werden will, habe ich ihn aus meinem Gedächtnis gestrichen.

Sosehr ich mich auch gegen den Gedanken wehren will, dass etwas anders ist, kann ich es einfach nicht. Nicht nur die Begegnung mit Dina lässt mich nicht los, auch hier wirkt irgendetwas ... *faul.*

Marian tritt vor und will die Unterkunft *inspizieren,* wie er es immer tut. Er geht genauso in der Zurschaustellung auf wie der Statthalter.

»Prinz Quirin«, flüstert der Statthalter, sobald Marian außer Hörweite ist. »Auf ein Wort später am Abend, wenn ich bitten darf.«

Mit einem Nicken zeige ich, dass ich seinem Wunsch nachkommen werde, und schon verzieht sich der Statthalter.

»Und, alles nach Eurem gehobenen Standard, mein Herr?«, flöte ich, als ich den Raum betrete.

Für gewöhnlich teilen wir uns zu zweit oder zu dritt einen Raum. Marian ist immer in meiner Nähe. Seit wir uns vor knapp fünfzehn Jahren kennengelernt haben, weicht er mir nicht von der Seite. Für jeden sieht es vermutlich so aus, als wäre er mir gegenüber nicht loyal. Aber wir haben eine deutlich ältere Geschichte.

Eine der Schattenseiten der Herzogtümer Nadiraans ist der Sklavenhandel, gegen den nicht einmal die Krone etwas ausrichten kann. Er ist die letzte Spur der Macht, die den Adeligen geblieben ist. Etwas, das sie ruhig stimmt. Ich hasse den Gedanken daran, aber leider erhält es den Frieden.

Vitus hat bei Amtsantritt versucht, die Sklaverei zu beenden, und fast mit seinem Leben dafür bezahlt. Sie ist ihm genauso sehr ein Dorn im Auge wie mir. Doch ändern können wir es nicht. *Noch nicht.* Denn was bringt es, sich für das Schicksal der Sklaven einzusetzen, sich gegen ein System zu stellen, das seit Jahrhunderten funktioniert, nur um ein ganzes Reich ins Chaos zu stürzen? Es könnte die Sklaven befreien, ja, aber so vielen Tausenden mehr Armut und Tod bringen. So leid es mir tut, aber es ist einfach noch nicht der richtige Zeitpunkt. Das Letzte, was wir jetzt brauchen, ist ein Krieg.

Marian war einer von diesen Sklaven, als Kind an die Armee verkauft. Er hat seine Ausbildung fast gleichzeitig mit mir begonnen und sollte niemals eine gehobene Position erhalten. Erst recht keine als rechte Hand des Prinzen. Damals war ich noch ein Prinz. Entsagt habe ich der Krone erst acht Jahre später am Tag meiner Volljährigkeit.

»Wie immer vorzüglich«, antwortet Marian.

Er gibt sich die größte Mühe, dass niemand seine wahre Herkunft erkennt. Viele wissen mittlerweile gar nicht mehr, woher er stammt. Er ist mein erster Offizier und daher über die meisten Vorwürfe erhaben. Und nichts stimmt mich glücklicher.

Ich wünsche mir ein Reich, in dem jeder das erreichen kann, was er erstrebt. Sprichwörtlich nach den Sternen greifen kann. Chancen erhält wie Marian. Doch alles im Leben hat Konsequenzen, das weiß ich nur zu genau. Und es ist immer eine Entscheidung, ob man diese Konsequenzen auch tragen möchte. Allerdings stellen sich die meisten diese Frage - wenn überhaupt - zu spät.

Wir müssen morgen wieder aufbrechen. Mein Bauchgefühl sagt mir, dass sich etwas anbahnt. Nur was? Ich kann mich nicht entscheiden, ob ich wissen will, was geschehen wird, oder mich lieber im Schutz der Hauptstadt wähnen möchte. Bei Weitem bin ich kein Feigling, aber ich trage die Verantwortung für die Reichtümer des Landes, für welches viele Menschen Blut, Schweiß und Tränen gelassen haben, wie auch für die Leben meiner Leute. Ich kann mich in Gefahr bringen, doch nicht so. Kämpfe, die nicht ausgefochten werden müssen, sind die gefährlichsten - und reich an Tod und Leid.

»Ich gehe zu den anderen und schaue nach dem Rechten. Dann werden wir mal sehen, was in Tifus so los ist«, sagt Marian und wackelt mit seinen Augenbrauen.

»Der Statthalter bat mich um ein Gespräch. Mein Bauch sagt mir, dass etwas nicht stimmt.«

»Dein Bauch«, raunt Marian frustriert und schlägt mir brüderlich auf die Schulter. »Der gibt nicht einmal Ruhe, wenn du ihm was zu essen gibst.«

»Ich meine es ernst, Marian.«

»Wann tust du das nicht?« Er seufzt tief. »Was sollen wir tun?«

»Sag den anderen, sie sollen sich bereit machen und nicht allzu häuslich einrichten. Und ich möchte dich beim Gespräch dabeihaben.«

Für ein paar Momente mustert er mich eindringlich. »Die Kleine ist dir richtig unter die Haut gegangen, oder?«

»Das Treffen hat mir die Augen geöffnet, mich wachsamer gemacht. Ich meine, Wolfsangriffe mitten im Wald. Wie oft waren wir hier oder in anderen Wäldern, ohne dass sich die Tiere an Menschen gestört haben? Dann taucht diese Frau aus dem Nichts auf und verschwindet direkt wieder. Ich kann das Gefühl nicht abschütteln, dass etwas lauert. Nur weiß ich nicht, was. Es macht mich beinahe wahnsinnig.«

»Du weißt, dass ich deinem Bauchgefühl immer traue.«

Noch immer liegt Marians Hand auf meiner Schulter, und ich erwidere die Geste. Er ist der Bruder, den ich nie hatte und nun doch irgendwie habe. Wir sind Familie in allem außer Blut.

»Ich gebe den anderen Bescheid, Quirin.«

Auch wenn Marian sonst immer eher lustig ist und kaum etwas ernst meint, hat er auch eine andere Seite. Für jeden der Einheit würde er sein Leben geben, ohne eine Sekunde darüber nachzudenken. Er weiß, wann die Zeit für Spaß ist und wann für Ernst. Egal, in welcher Situation ich mich wiederfinde, wenn er an meiner Seite ist, weiß ich, dass alles gut wird. Er ist mein Schatten und kennt mich besser als jede Person in Nadiraan. Wir vertrauen uns blind und verstehen uns ohne Worte.

Mit einem kleinen Lächeln wendet er sich ab und geht aus dem Zimmer.

In Gedanken versunken, trete ich an das Fenster heran und betrachte den Mond, der ebenso wie die Sonne am Himmel steht.

Das ist eindeutig die Ruhe vor dem Sturm. Die Frage ist: Wie heftig wird er? Was wird er zerstören, und wer wird ihm zum Opfer fallen?

Dina

»I tried so hard and got so far.
But in the end, it doesn't even matter.
I had to fall to lose it all.
But in the end, it doesn't even matter.«
– Linkin Park, ›In the End‹

Endlose Male laufe ich die Wohnung ab. Ich habe auch schon ein Gläschen Wein getrunken. Wirklich alles tue ich, um endlich müde zu werden. Aber natürlich klappt es nicht, wenn ich es will.

Frustriert lege ich mich ins Bett und greife nach der neuesten Erscheinung meiner Lieblingsbuchreihe. Das Buch lag nicht lange im Laden. Der Duft des Papiers ist noch herrlich frisch, der Umschlag nicht abgegriffen. Fast, als wäre es vom Drucker direkt in meine Hände gefallen. Wie ich dieses Gefühl liebe.

Es ist schön, jedes Mal in eine neue Welt abzutauchen oder in diesem Fall in eine altbekannte zurückzukehren. Charaktere wiederzutreffen, die sich mehr wie alte Freunde anfühlen statt wie Kreationen aus dem Kopf des Autors.

Als meine Lider langsam schwerer werden, lege ich das Buch beiseite, kuschele mich in meine bequemen Kissen und denke nur an eines: Quirin.

Wohin wollte er noch mal? *Tifus?* Ich glaube ja. Also sage ich die beiden Namen wie ein Mantra in meinem Kopf. Fühlt sich fast an, wie Schafe zu zählen. Mein Geist driftet immer mehr ab, und ich schlafe in der Hoffnung ein, nach Tifus zu reisen.

Als ich wach werde, liege ich im Dreck. Lautes Getuschel dringt an meine Ohren. Wenn das Tifus ist, hasse ich es jetzt schon.

Langsam rappele ich mich auf und sehe mich um. Einstöckige Gebäude säumen die matschige Straße. Die Leute hier müssen mich für eine Betrunkene halten, wer sonst legt sich einfach in den Dreck? Aber egal.

Kurz blicke ich an mir hinunter. Verflucht, wieso trage ich nur mein Nachthemd? Gestern hatte ich auch eine Jeans und ein T-Shirt an, obwohl ich in meinem Disney-Pyjama im Bett lag. Ja, ich habe es mir heute bequem gemacht, aber ich konnte doch nicht ahnen, dass ich es auch hier tragen würde.

»Anscheinend versagt eine schon, bevor wir richtig anfangen«, ertönt eine männliche Stimme hinter mir, dann werde ich an den Schultern gepackt.

»Hey, lass mich los!«

Sofort stemme ich meine Füße in den Boden, aber gegen den wuchtigen Kerl bin ich chancenlos. Er ist mindestens genauso groß wie breit. Seine Hand umfasst meinen Unterarm mit Leichtigkeit.

»Lass mich los, habe ich gesagt!«, brülle ich erneut, schaue die Leute um mich herum an und bitte immer wieder um Hilfe. Aber niemand reagiert.

»Meinst du wirklich, jemand wird dir helfen, Mäuschen? Du sorgst nur für mehr Aufsehen für die Auktion heute Abend.«

»Auktion?«, stammele ich, und meine Gegenwehr erschlafft.

Zum ersten Mal fällt mir das große Gebäude auf, auf das wir zusteuern. Es sieht aus wie ein Palast. Rechts davon stehen weitere leicht bekleidete Frauen, junge Männer … und *Kinder*.

»Mädchen, du solltest aufhören zu trinken.«

Mittlerweile trotte ich völlig verwirrt neben dem Kerl her, spüre noch immer den deutlichen Griff um meinen Arm, aber er muss mich nicht mehr zerren. Zu sehr bin ich von dem Anblick gefesselt, der sich mir bietet. Und das keinesfalls im guten Sinne.

»Sind wir in Tifus?«

»Wo sonst?«, blafft der Hüne.

Seine dunklen Haare sind lang und fettig, hängen über seine Schultern und sehen so aus, als hätten sie noch nie ein Shampoo gesehen. Haben sie vermutlich auch nicht, aber Seife wäre angebracht.

»Dann bring mich zu Quirin, er müsste hier sein. Er wird das Missverständnis aufklären.«

Hoffe ich.

»Als ob der General ein Ding wie dich ansehen würde. Vielleicht einmal drüber rutschen, aber das reicht noch lange nicht für eine Erinnerung.«

Ich will zu Widerworten ansetzen, denn er beschreibt einen ganz anderen Mann als den, den ich gestern kennengelernt habe. Er war zuvorkommend, höflich, und ich bin mir sicher, er hätte mich nie angefasst, selbst wenn ich mich nackt auf ihn gesetzt hätte. Das hat er mehr als deutlich gemacht. Und schon gar nicht wäre er ›über mich gerutscht‹.

Doch der große Kerl schubst mich in die Reihe der jungen Frauen, die alle zittern. Ob vor Angst oder Kälte, weiß ich nicht.

Hektisch blicke ich umher und sehe ein paar Soldaten, die Karren ausladen. Vielleicht ist das die Einheit, von der Quirin gesprochen hat. Ich will auf sie zusteuern, doch werde prompt zurückgehalten.

»Nicht«, wispert eine Frau in meinem Alter. »Erreg kein Aufsehen. Halt den Kopf geduckt.«

»Einen Teufel werde ich tun«, zische ich zurück. »Ich werde nicht kampflos–«

»Du musst, denn es ist ein Spiel, kampfeslustige Frauen zu brechen. Erregst du keine Aufmerksamkeit, wirst du im besten Fall Dienerin und hast die Chance auf ein halbwegs gutes Leben, je nach Käufer.«

»Und im schlimmsten?«, frage ich nach einigen Sekunden der Stille, in denen meine Gedanken jedoch keine Ruhe geben wollen.

»Wirst du zugeritten wie eine junge Stute und bist danach wertlos. Aber das wird kein Grund sein, dich in Ruhe zu lassen. Du wirst nur weitergereicht an jene, die noch weniger Skrupel haben. Glaub mir, das willst du nicht. *Niemand* will das.«

Meine Kinnlade muss den Boden berühren. Warum wollte ich noch mal zurück? Ist das der Grund, warum Quirin in meiner Nähe bleiben wollte? Unterstützt er das? Nimmt er selbst daran teil?

Heftig schüttele ich meinen Kopf. Nein, das kann nicht sein.

Eine fröhliche Männerstimme dringt an meine Ohren, und ein Typ in einer ledernen Rüstung, die Quirins sehr ähnlich ist, hüpft über die Treppen zu den Karren.

»Wir haben die Räumlichkeiten vom letzten Mal bekommen. Ich muss gleich noch mal mit dem General zum Statthalter, aber ihr habt doch sicherlich alles im Griff?«

Der General … Er muss Quirin meinen.

»Hey!«, brülle ich aus voller Seele. »Hey, du! Soldat.«

Verwunderte Blicke haften an mir wie ein zu fest sitzendes Pflaster. Aber es ist vielleicht meine einzige Chance.

Ich errege tatsächlich seine Aufmerksamkeit. Es dauert kaum eine Sekunde, bis er in meine Augen schaut.

Endlich ein Lichtblick.

»Redest du von Quirin? Sag ihm, Dina ist hier.«

Lautes Grölen ertönt vom Vorplatz. Gelächter mischt sich mit spöttischen Kommentaren, ehe ich mit Matsch beworfen werde. Kurz mustert mich der Soldat, geht jedoch schnell wieder rein und nimmt meine Hoffnung mit sich.

»Du! Mitkommen.«

Ehe ich reagieren kann, werde ich an meinem Handgelenk aus der Gruppe gezerrt. Ich kann gerade noch erkennen, wie die andere junge Frau ein ›Hab' ich es dir nicht gesagt?‹ mit den Lippen formt.

Nackte Panik überkommt mich, und ich strampele gegen den Kerl an. Im nächsten Moment taucht der Hüne erneut in meinem Sichtfeld auf und packt meine Beine. Ich trete und schlage um mich, doch verletze mich nur mehr als die beiden. Sie sind einfach zu stark. Gemeinsam tragen sie mich durch den Hintereingang des großen Hauses und lassen mich unsanft auf den steinigen Boden fallen.

Ich spüre, wie meine Haut an manchen Stellen aufplatzt. Meine Knochen reagieren nicht nur auf die eisige Kälte des Bodens, sondern auch auf die grobe Behandlung.

»Du hast dir soeben einen Platz in der ersten Reihe ergattert.«

Wieso nur habe ich das Gefühl, dass ich nicht der Vorstellung beiwohnen werde, sondern soeben die Hauptattraktion geworden bin?

Einige Minuten vergehen, bis ich eine weibliche Gestalt vor mir erblicke. Sie hockt sich hin und kommt nah zum Gitter.

»Ich hab' nicht lange. Du kennst Quirin?«

Hoffnungsvoll blicke ich in die Augen der Frau. Sie trägt eine Rüstung und scheint um einiges taffer zu sein als ich. Sofort nicke ich wild. Ich habe schon fast den Gedanken an einen guten Ausgang aufgegeben.

»Woher?«, fragt sie.

»Ich bin vor Wölfen weggelaufen, er hat mich gerettet.«

Überraschung huscht über ihr Gesicht. »Wir haben den halben Wald nach dir abgesucht.«

Wirklich?

Am liebsten würde ich vor Freude aufschluchzen, aber unterlasse es.

»Du hast ein Talent dafür, in Schwierigkeiten zu geraten.« Kurz blickt sie sich um. »Aber an deiner Stelle würde ich die Wölfe vorziehen.«

»Was geschieht jetzt?«, frage ich ängstlich.

»Quirin ist beim Statthalter. Er kann jetzt nichts tun, wenn er überhaupt etwas tun kann. Bleib ruhig und verhalte dich unauffällig, ja?«

»Aber–«

»Es ist deine einzige Chance. Fall. Bloß. Nicht. Auf.«

Leicht nicke ich, mehr aus Verständnis als aus Zustimmung.

»In der Zwischenzeit tue ich, was ich kann, aber versprechen kann ich nichts.«

»Wer bist du?«

Sie antwortet nicht und lässt mich allein.

Wieso gerate ich nur immer wieder in die unmöglichsten Situationen?

Quirin

Der Statthalter hat mich schon weit vor seinen Räumlichkeiten abgefangen und in sein Arbeitszimmer gebeten.

Mein Vater sagte einmal, dass man eine Person am besten anhand ihrer repräsentativen Räumlichkeiten einschätzen kann – und dieser Raum spuckt mir seine Extravaganz förmlich ins Gesicht. Bisher habe ich es vermieden, oft hier zu sein. Wir arbeiten für die Krone in einem eigentlich leichten Auftrag. Wenn ich in dieses Zimmer gebeten werde, dann nicht zum Teetrinken.

Aufgrund meines Blutes werde ich oftmals mit einem Gesandten gleichgesetzt. Jemand, der das Ohr des Königs hat. Was ich als sein Cousin auch irgendwie habe, aber niemals ausnutze. Vitus und ich sind in unserer frühen Kindheit fast wie Brüder aufgewachsen, jedoch spielen wir unterschiedliche Rollen. Wir beide können das wunderbar akzeptieren, doch alle anderen haben damit ein riesiges Problem.

Der Statthalter ist gerade im Begriff, die Tür zu schließen, doch ich halte ihn auf. »Mein Berater kommt gleich dazu.«

Allein der Titel würde Marian fünf Zentimeter wachsen lassen.

Der Statthalter wendet sich mir zu und nuschelt etwas.

»Wenn es keine Umstände macht«, hänge ich zügig an.

»Umstände nicht, nein.«

Ehe ich etwas erwidern kann, stürmt Marian gut gelaunt wie immer herein. Dennoch sehe ich, dass er etwas verbirgt. Vor jemandem, der ihn nicht kennt, kann er es gut verstecken. Nicht vor mir.

»Entschuldigt die Verspätung.«

Für einen langen Moment blickt er mir in die Augen. Irgendetwas ist tatsächlich vorgefallen. Direkt schaue ich zu seiner Hand, mit der er mir das Signal für ›Problem‹ gibt.

Meine Einheit hat vor langer Zeit eine Art Zeichensprache entwickelt, die es uns möglich macht, mit wenigen Gestiken zu kommunizieren. Das hat schon das ein oder andere Leben gerettet.

Ich signalisiere unser Symbol für ›Einheit‹ zurück, doch er schüttelt kaum merklich den Kopf. *Gut.*

Der Statthalter schüttet uns unterdessen Wein ein und bietet uns einen Platz an – nicht am Schreibtisch, sondern in einer kleinen Sitzgruppe direkt am Kamin. Merkwürdig, dass er keine Dienerin anwesend wissen will.

Tifus ist die Sklavenhochburg. Der Menschenhandel floriert hier mehr als der Fischhandel, und das will bei einer Küstenstadt etwas heißen. Daher ist es Marian eine besondere Freude, wenn der Statthalter ihm – einem ehemaligen Sklaven – Getränke serviert.

Wir machen keinen Hehl aus den Mitgliedern unserer Einheit. Zwei Frauen, drei ehemalige Sklaven, ein Prinz, der dem Thron entsagt hat. Zudem haben viele meiner Männer Familie in der Hauptstadt Nadis. Wir sind ein außergewöhnliches Trüppchen, dennoch äußerst effizient in dem, was wir tun.

Der Statthalter rutscht nervös auf seinem Stuhl herum.

Wieder huscht mein Blick zu Marian. Das ist gar nicht gut.

»Prinz Quirin«, beginnt der Statthalter mit einer Unsicherheit in der Stimme, die mir bei ihm vollkommen fremd ist. »Es bereitet mir keine Freude, Euch über diese Situation in Kenntnis zu setzen, doch es führt kein Weg daran vorbei.«

»Das kann ich mir kaum vorstellen«, murmelt Marian in seinen Weinbecher und trinkt einen großen Schluck.

Abwartend sehe ich den Statthalter an. Ich bin es gewohnt, dass mich Leute auf ihre Seite ziehen wollen, um dem König ihre Werte und Vorstellungen ins Ohr zu flüstern.

»Die Herzöge werden unruhig. Seit dem Tod des alten Königs sind Monate vergangen, Jahre der Regentschaft Eures Cousins, dennoch hat sich Nadiraan in den Grundzügen kaum verändert.«

»Was für eine stabile Regierung meines Cousins spricht«, werfe ich ein, erkenne aber im selben Moment, dass genau darin das Problem zu liegen scheint.

»Der König hat neue Herzogtümer verteilt.«

»Was sehr großzügig ist.«

Marian spannt sich neben mir an. Auch wenn wir noch nicht viel miteinander gesprochen haben, weiß ich, dass dies nicht einmal die Spitze des Eisbergs ist.

»Aber nicht, wenn sie an Unbedeutende wie seine Freunde gehen. Personen, die der Krone seit Jahren gut gedient, Vitus unterstützt und den Übergang der Könige möglichst angenehm gestaltet haben, sind leer ausgegangen. Manche wurden sogar aus dem Kronrat entlassen, um sich um ihre Ländereien zu kümmern. Ihre Söhne haben Posten in der Armee erhalten, jedoch nicht bei Hofe.«

Ich wusste, dass ihm genau das irgendwann gehörige Probleme einhandeln würde. Vitus ist sehr loyal und ein gerechter König. Jedoch hat er noch nie verstanden, dass er das Spiel der Adeligen mitspielen muss, wenn er an seiner Macht und dem Frieden Nadiraans festhalten will.

»Seine Brautwahl–«

»Königin Seraja ist sehr tugendhaft«, erwidere ich mit belegter Stimme.

Sie ist seine Jugendliebe, und es war eine Liebesheirat. Für zwei Jahre hat er alle Herzöge zum Narren gehalten, mit ihren Töchtern getanzt und ihnen Hoffnungen gemacht, dass sie die nächste Königin werden könnten. Nur um dann in einer heimlichen Zeremonie Seraja zu heiraten und den Hof vor vollendete Tatsachen zu stellen. Vor drei Monaten wurde ihr dritter Sohn geboren, und damit ist auch das letzte Fünkchen Hoffnung der Herzöge erloschen, jemals eine Chance auf den Thron zu haben.

Ich liebe meinen Cousin, und er ist ein guter Mensch. Doch wir alle wissen, dass gute Menschen nicht unbedingt gute Herrscher sind.

»Das bezweifelt niemand, Prinz Quirin. Wie Ihr wisst, war ich immer auf der Seite der Krone, habe Steuern eingetrieben und den Frieden in Tifus gewahrt. Wir sind ein zentraler Punkt des Handels.«

Marian verzieht nur das Gesicht, was ich ihm nicht verübeln kann. Er kam damals über das Meer in Tifus an und wurde genau hier an die Armee verkauft. Auf dem Weg in die Hauptstadt ist er fast gestorben, da die Nahrung ausging.

»Aber auch ich komme an meine Grenzen. Es wird einen erneuten Aufstand geben.«

Erschrocken blicke ich den Statthalter an.

»Vielleicht nicht heute oder morgen, doch es ist nur eine Frage der Zeit.«

»Warum sagt Ihr mir das? Wir sind eine gute Drei-Monats-Reise von der Hauptstadt entfernt. Weder kann ich dem König etwas sagen noch würde das irgendetwas ändern.«

Betroffen blickt der Statthalter zu Boden.

»Es gibt einen weiteren Grund, warum Ihr uns das sagt, nicht wahr?«, ergreift Marian das Wort. »Wenn die Herzöge so unzufrieden sind und es keine Möglichkeit mehr gibt, durch eine Heirat …« Absichtlich lässt er den letzten Teil offen, und ich weiß genau, was er sagen will.

Ich stelle meinen Becher auf den niedrigen Holztisch vor mir, erhebe mich und gehe ein paar Schritte durch den Raum. Am Fenster angekommen, blicke ich in den Innenhof, und Galle steigt meinen Rachen hinauf. Das wollte mir Marian vorhin sagen. Heute ist die große Sklavenauktion, die zweimal im Jahr stattfindet. Bei dem ganzen Trubel um Dina und die Wölfe habe ich das vollkommen vergessen.

»Statthalter, raus mit der Sprache!«, verlangt Marian nun energisch.

»Ich weiß von Plänen, König Vitus zu stürzen und einen neuen Regenten einzusetzen. Einen, den das Volk kennt, den die Adeligen schätzen und der in der Vergangenheit durch diplomatisches Geschick glänzen konnte.«

»Wollt Ihr Euch den backen?«, frage ich und drehe mich lachend um. Doch weder der Statthalter noch Marian stimmen ein.

»Sie wollen Euch auf den Thron setzen, Prinz Quirin. Ihr seid das Zentrum des Komplotts.«

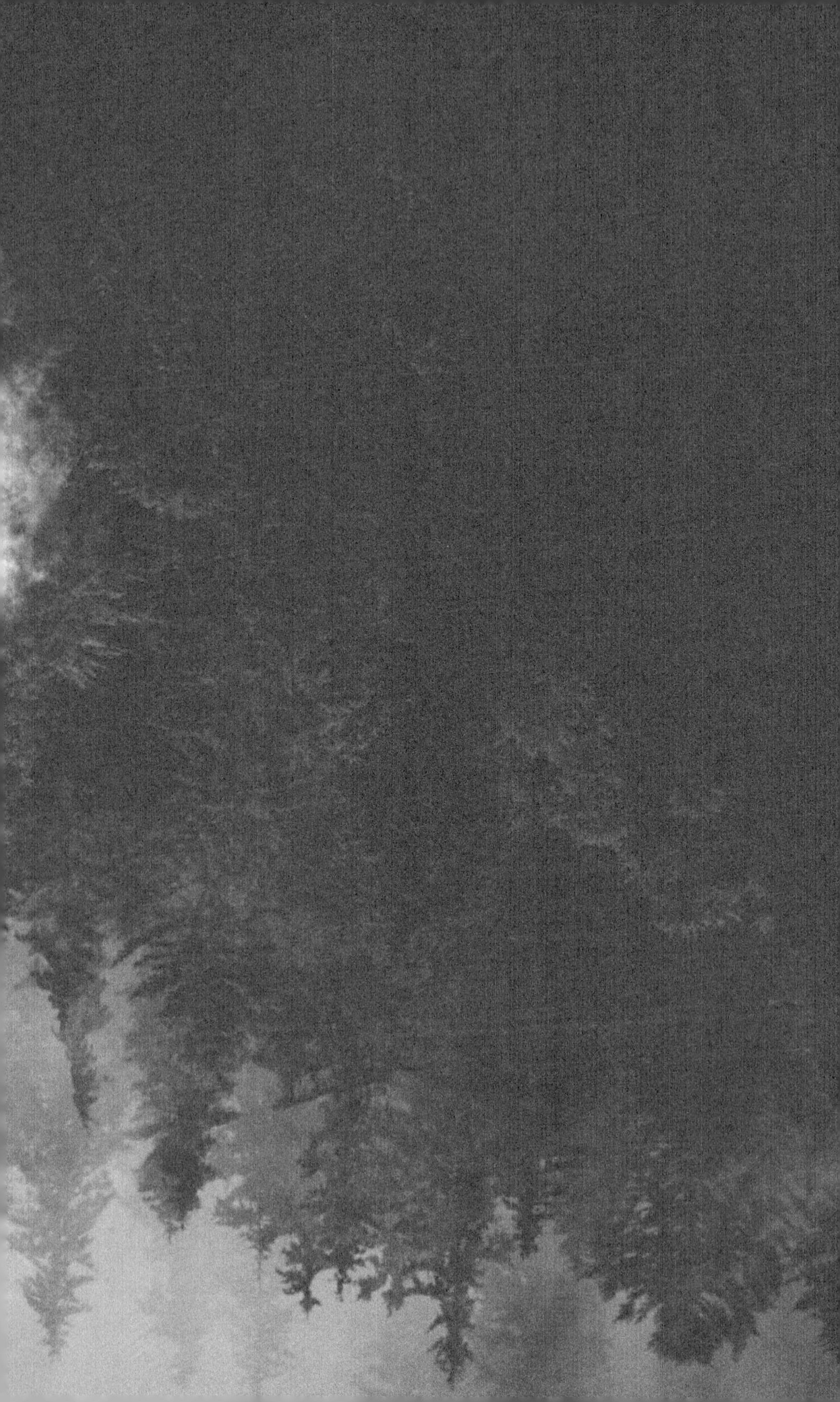

Dina

»They've promised that dreams can come true
– but forgot to mention that nightmares are dreams, too.«
– Oscar Wilde

Irgendwann nachdem die junge Frau gegangen ist, habe ich mich in eine Ecke verkrochen. Ich bin in einer Art Keller untergebracht. Es gibt nur kleine Fenster, die eher Schächten ähneln. Auch habe ich nichts zu trinken oder etwas, um mich zu wärmen.

Das ist ganz klar einer der Momente, in denen ich mich nach meinem heimischen Bett sehne. Wie kann ein Traum nur so realistisch sein?

Ich friere.

Ich habe Hunger.

Ich habe Durst.

Wie kann das alles sein, wenn ich doch nur schlafe? Und ich *weiß*, dass ich schlafe. Wie sonst sollte es möglich sein, dass ich mir vorstelle, wo ich sein will, und einen Moment später genau dort ›aufwache‹?

Dennoch fühlt sich alles so real an. Die Kälte, die Gerüche, selbst die Hämatome an meinem Arm, die mich mittlerweile violett und blau anlächeln, sehen nicht nur echt aus, sondern fühlen sich auch so an.

Wie?

Ich muss wahnsinnig sein, dass ich freiwillig zurückwollte. Zurück in eine Welt, die mir schon bei meinem ersten Besuch so offen ins Gesicht geschrien hat, mir nur den Tod zu bringen. Ist mein Drang nach Geltung und Abenteuer wirklich so groß, dass mein Selbsterhaltungstrieb völlig aussetzt?

Dumpfe Schritte reißen mich aus meinen Gedanken, und der Hüne taucht in meinem Sichtfeld auf.

»Steh auf!«, knurrt er und nickt auffordernd.

Mir ist gar nicht danach, seiner Forderung nachzukommen. Auch wenn der größte Teil meines Bewusstseins von Angst zerfressen ist, glimmt ein Fünkchen Trotz in ihm.

»Ich kann dich auch zerren, deine Entscheidung.«

Die Worte der beiden Frauen kommen zurück in mein Gedächtnis. Ich weiß, dass ich nicht auffallen sollte, aber wie könnte ich einfach so nachgeben? Ich muss kämpfen, mich wehren. Was sagt es über mich aus, wenn ich es ihnen leicht mache? Zwar beherrsche ich keine Kampfkunst, habe nicht einmal Karatestunden als Kind genommen, weil es mir zu brutal war. Aber es ist immer noch mein Traum. Wenn ich wie in *Matrix* durch die Luft fliegen will, werde ich das können.

Es. Ist. Mein. Traum.

Und ich gestalte mir diese Realität.

Zeit zu kämpfen, Dina.

Also stehe ich auf, recke den Kopf und winke den Typ provokant zu mir, der nur in ohrenbetäubendes Gelächter ausbricht.

»Was wird das denn?«

»Ich werde es dir nicht einfach machen. Wenn du was auch immer mit mir machen willst, musst du mich zwingen. Freiwillig mache ich gar nichts!«

Wenn mich jetzt Georgiana und die anderen sehen könnten. Von wegen Nerds verziehen sich nur in den

Keller und zocken. Denen werde ich es jetzt zeigen. Ihnen allen!

Der Hüne kommt langsam auf mich zu.

Hol dir, was dir zusteht, Bürschchen!

Es ist mein Traum, also meine Regeln, und–

Ich habe den Schlag nicht kommen sehen, der meine Wange erwischt und mich sofort zu Boden schickt. Augenblicklich tanzen schwarze Flecke vor meinen Augen.

Das ist alles nicht real. Das kann es nicht sein!

»Nicht, sie muss ansehnlich sein«, ertönt eine weitere Stimme.

Die Hand des Typs sehe ich vor mir. Er will nach mir greifen, doch ich beiße mit voller Wucht zu. Ich erwarte einen lauten Schrei, aber es bleibt vollkommen still. Fragend schaue ich nach oben, habe seinen Arm immer noch zwischen meinen Zähnen, da packt er mich an den Haaren und zieht mich mit einem kräftigen Zug zurück.

»Für die nächste Stunde musst du ansehnlich sein, aber danach nicht mehr. Je nachdem, wer dein Meister wird, werden wir uns wiedersehen - und glaub mir, Schätzchen, dann bekommst du alles zurück. Für jede Kerbe deiner Zähne füge ich dir zwei auf deinem Körper zu.«

Fest hole ich aus und schlage gegen seine Brust. Ihn scheint es nicht zu stören, wohingegen ein heller Schmerz meine Hand durchzieht. Trotzdem trete ich mit voller Wucht gegen sein Schienbein. Ebenfalls mehr zu meinem Nachteil als zu seinem. Irgendwie muss ich ihm doch wehtun können.

»Gib auf«, sagt er gelangweilt und schubst mich an meinem Hinterkopf in Richtung des anderen Typs, der deutlich schlaksiger ist.

Irgendwie macht er mir mehr Angst als der bullige Typ. Sein Blick ist eiskalt, und ich glaube, selbst mit der besten und wärmsten Kleidung würde ich unter seinem Blick erschaudern.

Sofort taumele ich zurück, habe jedoch keine Fluchtmöglichkeit und lande kurzerhand an der kalten Steinwand. Hektisch blicke ich von rechts nach links, will beide unbedingt im Auge behalten.

Mein schwarzes Nachthemd ist mittlerweile vollkommen verdreckt. Der Matsch auf meiner Haut tut sein Übriges, mich zu unterkühlen, was der schlaksige Kerl vor mir zu bemerken scheint. Er zückt einen Dolch und spielt mit ihm.

»Benimmst du dich? Sonst helfe ich gern nach. Es gibt Stellen, die man bei der Auktion nicht sehen wird, und ich liebe es, Menschen zu markieren, die lernen müssen.«

Zaghaft nicke ich.

So viel zum Thema ›Mein Traum, meine Regeln‹.

Der kleinere Typ weist den Weg, und ich folge ihm, schaue jeden Meter über meine Schulter und betrachte den Hünen eindringlich. Was, wenn er mich von hinten überwältigt? Hätte ich doch nur auf die Frauen gehört und nichts getan, dann wäre ich jetzt besser dran.

Vielleicht.

Wir gehen durch einen kleinen Flur direkt in einen großen, und ich höre Rufe. Es klingt wie das Ende einer äußerst alkoholreichen Betriebsfeier. Alle sind betrunken und längst nicht mehr zivilisiert.

»Und jetzt …«, ertönt eine Stimme. »… kommen wir zu den besonderen Attraktionen des Abends.«

Vor Panik weiten sich meine Augen, als wir durch eine große Doppeltür in eine Halle eintreten. Kurz überkommt mich erneut mein Fluchtinstinkt, als ich direkt neben mir die junge Soldatin von vorhin erkenne. Hat sie Quirin Bescheid gegeben? Wird mir irgendjemand helfen?

Ich bin so starr vor Angst, dass ich mich kaum rühren kann. Automatisch setze ich einen Fuß vor den anderen, aber mein Geist hat vollkommen abgeschaltet. Wo vorher

Angst und Überlebenswille meine Sinne geflutet haben, ist jetzt nichts als Leere.

Ein Spalier bildet sich, und ich erkenne ein paar andere Frauen und junge Männer, die sich mit mir einreihen. Alle sind ebenfalls nur in wenig Kleidung gehüllt. Manche sind wunderschön, andere haben dieses trotzige Funkeln in den Augen, das ich auch zu gern hätte. Doch die letzten Stunden haben mich eines Besseren belehrt.

Wir werden geradewegs zu einem Podest geführt, auf dem verschiedene Käfige aufgestellt sind. Kurz bevor ich das Podest betrete, blicke ich zur Seite und könnte vor Freude weinen.

»Quirin«, flüstere ich.

Neben ihm steht der junge Soldat von vorhin, der so aussieht, als würde er mir gleich vor die Füße kotzen. In Quirins Miene kann ich nichts erkennen. Nicht das Geringste. Wird er mir helfen? Das muss er einfach. Er hat es schon einmal getan. Er ist ein guter Mann, das weiß ich. Es ist wahrlich der letzte Strohhalm, an den ich mich klammere.

Selbst wenn es ein Traum ist – was ist, wenn ich immer wieder in dieser Welt aufwache, bald dann bei *meinem Meister?* Zwar werde ich nicht mein ganzes Leben hier verbringen, aber einen großen Teil.

»Fünf Frauen und drei Männer bilden heute die Hauptattraktion der Auktion. Wir beginnen in wenigen Minuten.«

Zu diesen Worten werde ich in einen Käfig gedrängt, und die Tür wird mehr als grob ins Schloss geworfen. Dennoch kann ich nicht anders, als die ganze Zeit zu Quirin zu schauen. Er wird mir helfen. Da bin ich mir sicher.

Meine Knie ziehe ich an, verdecke mich, so gut es geht, mit meinem Nachthemd. *Bloß nicht zu viel zeigen.*

Der Reihe nach werden die Frauen und Männer aus den Käfigen geholt und präsentiert. Es ist einfach nur abscheulich.

Der Moderator preist sie an, als wären sie nicht mehr als Ware. Er rattert ihre *Qualitäten* herunter und tut so, als wären sie gar keine Menschen. Manche von ihnen werden auf Anfrage sogar vollkommen entblößt, ihre *Vorzüge* genaustens begutachtet und für verschiedene *Aufgabenbereiche* bewertet.

Ich will nicht, dass sie das mit mir tun. Ein Wimmern verlässt meine Kehle, und ich höre ein leises Kichern hinter mir.

»Na, endlich die Lage vollends begriffen? Ich bin schon sehr gespannt, was du zu bieten hast. Da nehme ich auch gern die Reste.«

Erschrocken blicke ich über die Schulter und sehe die vor Freude funkelnden Augen des Hünen, der sich zu allem Überfluss die Lippen leckt.

Wo bin ich hier nur gelandet?

Immer wieder hoffe ich, dass Quirin einschreitet, aber er ist mittlerweile genauso bleich wie sein Kumpel neben ihm. Langsam schwindet in mir die Hoffnung, dass er etwas tun wird – oder überhaupt etwas tun kann.

Wer bin ich auch für ihn? Niemand. Er hat mir bereits einmal das Leben gerettet. In dieser Lage bin ich nur aufgrund meiner Leichtsinnigkeit und dummen Entscheidungen – und das werde ich nun leider ausbaden müssen.

Der letzte kleine Junge wird gerade weinend hinter die *Bühne* geführt, als an meinem Käfig gerüttelt wird. Viel zu schnell wird er geöffnet, und eine Hand schiebt sich hinein. Augenblicklich beginne ich, zu treten und zu strampeln, doch das nutzt der Kerl nur, um mich an meinem Bein herauszuzerren.

»Hier haben wir ein sehr widerspenstiges Exemplar«, verkündet der Moderator fröhlich, als wäre es eine besonders erstrebenswerte Qualität.

»Fick dich!«, schreie ich ihm entgegen, und ein Raunen geht durch den Raum.

»Dein Meister muss dir noch Manieren beibringen.«

Das wiederum scheint die Massen zu erfreuen.

Aus den Augenwinkeln erkenne ich eine Bewegung, und mein Herz schlägt mir bis zum Hals. Ich treffe auf Quirins graue Augen. Der Sturm in ihnen tobt noch wilder als das letzte Mal. Er wird mir wirklich helfen.

Ein weiteres Wimmern verlässt meine Kehle, diesmal jedoch aus purer Freude.

»Niemand wird ihr irgendetwas beibringen«, sagt Quirin mit ruhiger Stimme, die dennoch ein kleines Zittern begleitet. »Sie ist nicht verkäuflich.«

Tief atme ich durch.

Ich wusste es. Er ist ein guter Mann.

»Denn sie gehört bereits mir. Sie ist meine Sklavin, und ihr verstoßt gegen das Recht auf Eigentum, wenn ihr sie mir nicht sofort überreicht!«

Quirin

Marian greift meinen Arm und hält ihn in einem festen Klammergriff. »Bei den Göttern, was hast du vor?«

Mühsam reiße ich mich los und trete einen Schritt vor. Ich nicke dem Statthalter zu und hoffe darauf, dass er diese Scharade beendet. Unser Gespräch hängt mir noch immer nach.

Sie wollen mich als König.

Mich.

Vor all der Zeit wurden die Herzöge zu meinem größten Feind, und noch nie war die Möglichkeit auf Rache so nah. Ich werde nicht zulassen, dass sie mir noch eine Person nehmen, die unter meinem Schutz steht. Wenn der Krieg zu vermeiden ist, werde ich ihn vermeiden, wie ich es geschworen habe. Dann sollen sie auch direkt mal lernen, auf mich zu hören. Obwohl ich nicht vorhabe, die Position des Königs wirklich anzunehmen.

Wieder versucht Marian, mich aufzuhalten.

Verflucht, ich weiß selbst, dass das eine miese Idee ist.

Aber ich habe Dina versprochen, sie zu beschützen, und ich könnte nie wieder in den Spiegel sehen, wenn ich genau das jetzt nicht tue. Dann würde ich bei der ersten Gelegenheit mein Wort brechen, und das wird niemals geschehen.

»Warum meldest du deinen Anspruch erst jetzt?«, fragt der Moderator.

»Weil es keinen Grund gibt, wegen einer Sklavin den Abend zu verderben, also habe ich gewartet, bis sie an der Reihe ist.«

Meine Zehennägel rollen sich bei meinen Worten nach oben. Jeder einzelne Buchstabe versetzt mir einen Stich – nicht nur, weil nichts davon meiner Meinung oder meinen Ansichten entspricht, sondern vor allem wegen Marian. Denn ich verrate gerade alles, was wir geplant haben.

»Also, übergebt mir augenblicklich mein Eigentum. *Bitte.*«

»*Eigentum?*«, wispert Dina und starrt mich entsetzt an, als sie in den sicheren Stand findet, noch immer im Griff dieses … *Kerls.* »Ich bin doch nicht dein Eigentum!« Die Worte kommen nicht wirklich überzeugend rüber.

Frustriert schließe ich die Augen. Kann sie nicht einfach mitmachen? Hält sie das immer noch für ein Spiel? Für einen Traum?

»Du verdankst mir dein Leben, daher stehst du in einer Lebensschuld und die hast du noch nicht abgetragen. Keine Sorge, das korrekte Benehmen und die *Dankbarkeit* wirst du schon noch lernen«, erwidere ich bemüht kühl.

Ja, das sind unsere Gesetze. Ich würde nie davon Gebrauch machen, jedoch heiligt der Zweck gerade ganz eindeutig die Mittel. Wenn ich auch nur irgendeine Emotion zeige, deutlich mache, wie es in meinem Inneren aussieht, haben wir alle verloren. Nicht nur Dina, sondern ganz Nadiraan.

Ich strecke meine Hand nach Dina aus und bete zu den Göttern, dass sie keinen Aufstand machen und einfach folgen wird. Zögerlich nimmt sie meine Hand an. Am liebsten würde ich ihr meinen Mantel überwerfen, doch die Fragen, die damit aufkommen, würden uns mehr schaden als nutzen.

»Danke«, sage ich freundlich zu dem Riesen, der sie bewacht hat. Ich bin selbst nicht klein, dennoch überragt er mich um zwei Köpfe. Niemals ist er ein normaler Mann.

Ich wende mich wieder um und treffe auf Marians entsetzten Blick. Mir ist bewusst, was ich getan und zu was ich indirekt zugestimmt habe. Es war unser Ziel, uns für die Abschaffung des Sklavenhandels einzusetzen, und jetzt erkläre ich auf der größten Ausstellung des Landes eine Frau öffentlich zu meinem Eigentum. Vitus will ebenfalls die Sklaverei abschaffen und steht – wie ich jetzt weiß – kurz vor einem Aufstand der Adeligen. Mit meiner Aktion stelle ich mich auf ihre Seite und gegen alles, das mir jemals etwas bedeutet hat. Aber es liegt mir fern, auch nur eine Person, die unter meinem Schutz steht, zu opfern … *für Politik.*

Ich bin in eine Position gedrängt worden, die ich nicht will, aber bei den Göttern, ich werde nicht zulassen, dass sie verändern, wer ich bin. Niemals.

Auch wenn ich alles verliere, was mir lieb und teuer ist, will ich immer noch in den Spiegel blicken können und wissen, dass ich mir und meinen Werten treu geblieben bin.

Bei Marian angekommen, zieht er mich zu sich und flüstert mir ins Ohr: »Du wirfst alles weg, für das wir stehen, für das wir kämpfen wollen. Und wofür? Für eine Frau, die du kaum kennst?«

Ich verstehe seine Enttäuschung, aber was soll ich den tun? Zusehen, wie Dina an den Meistbietenden geht? Wie stehe ich gegen die Sklaverei und für die Freiheit ein, wenn ich das zulasse? Für dieses Gespräch ist später Zeit.

»Ich werfe nichts weg, Marian, ich bin immer noch derselbe. Vertrau mir.« Kurz lege ich ihm eine Hand auf die Schulter und führe Dina von der Bühne.

Ich hoffe nur, er wird mir verzeihen können.

Direkt geleite ich Dina in meine und Marians Räumlichkeiten. Sie prescht förmlich durch die Tür, entdeckt eine Waschschüssel am Ende des Raumes und eilt zu ihr. Den ganzen Weg über hat sie kein Wort gesprochen, und jetzt ist sie immer noch still.

»Das Wasser ist kalt. Wärm es über dem Kamin auf.«

Sie hört nicht auf mich, sondern greift nach einem Tuch und tunkt es in das Wasser. Wenn sie sich mit diesem Eiswasser wäscht, ist sie morgen krank.

Sanft trete ich an sie heran und nehme vorsichtig den Lappen aus ihrer Hand, lege ihn in die Schüssel und stelle sie anschließend auf den kleinen Steintisch im Kamin. »Das dauert ein paar Momente.«

»Hast du das ernst gemeint? Mit dem Eigentum? Gehöre ich dir jetzt? Was wirst du mit mir tun?« Ihre Stimme zittert.

»Nein, nichts davon meinte ich ernst. Du bist sicher«, erwidere ich, ohne auch nur eine Sekunde zu zögern. »Es war der einzige Weg, dich ohne weitere Erklärung vor dem Verkauf zu bewahren.«

»Wo zur Hölle bin ich hier?«, flucht sie und läuft aufgeregt auf und ab. »Gestern die Wölfe, heute Sklavenhandel und jetzt *gehöre* ich dir? Was ist das für ein Ort?«

»Der Sklavenhandel ist eine alte Tradition des Reiches.« Sofort hebe ich beschwichtigend die Hände. »Das heißt nicht, dass ich es gutheiße.«

»Dann schafft es doch ab.«

Ein Kichern verlässt meine Lippen. »Du hast eine herrlich naive Weltanschauung. Sah das für dich gerade so aus, als würde das Volk da mitmachen? Es geht um mehr als ein paar Sklaven.«

»*Ein paar Sklaven*, Quirin? Hast du die Massen an Menschen gesehen? Frauen und Kinder? Mir wurde geraten, mich nicht auffällig zu verhalten, damit ich im besten Fall Dienerin werde. Im *besten* Fall! Ich denke, wir wissen beide, was normalerweise mit Frauen wie mir passiert. Einen Einblick haben wir ja gerade bekommen.«

»Glaub mir, ich weiß genug von den Sklaven. Mehr als du.«

»Ach ja, weil du selbst welche hast.«

»Rede nicht von Dingen, von denen du keine Ahnung hast!«

Schon lange habe ich meine Stimme nicht mehr erhoben, aber es verfehlt nie seine Wirkung. Sofort zuckt Dina zusammen und starrt mich mit großen Augen an. Für einen Moment tut es mir leid. Sie hat gerade schlimme Dinge erlebt und braucht niemanden, der sie anschreit, allerdings muss sie endlich den Ernst der Lage begreifen.

»Nadiraan hat um die zweihunderttausend registrierte Sklaven auf fast eine Million Einwohner. Von dieser einen Million gibt es knapp einhundert Herzogtümer, die alle *für* den Sklavenhandel sind. Was meinst du, was passieren würde, wenn der König ihnen von jetzt auf gleich sagt ›Ab heute dürft ihr keine Sklaven mehr halten‹?«

Dina schaut mich betroffen an, erwidert jedoch nichts.

»Es würde Krieg geben. Und wer würde in diesem Krieg kämpfen? Richtig, die Sklaven, die Bauern und all diejenigen, die nichts mit diesem Krieg zu tun haben müssten, da sie nur die Befehle ihrer Herren befolgen, um ihre Familien zu beschützen. Und jetzt stell dir mal vor, wie viel Tod, Leid und Zerstörung das zur Folge hätte. Wie viele Familien zerbrechen und wie viele Menschen sterben würden. Und kannst du mir eine Garantie geben, dass ›die Guten‹ gewinnen würden? Nein, ich kann es auch nicht garantieren. Das heißt, wir würden einen Krieg anzetteln, dessen Ausgang wir nicht kennen, und Tausende Leben opfern, obwohl es eventuell eine friedliche Lösung geben könnte. Aber die gibt es nicht, wenn man mit dem Kopf durch die Wand will.«

Das Wasser blubbert hinter mir. Mit einem großen Tuch bewaffnet, gehe ich zu der Schüssel und stelle sie zurück auf den Waschtisch.

Dina sagt nichts mehr. Ob sie zu schockiert über meinen Ausbruch ist oder ihr einfach die Worte fehlen, weiß ich nicht. Ich will es aber in diesem Moment auch nicht erfahren. Sie ist jetzt in Sicherheit, und ich muss mich um meinen besten Freund kümmern.

»Wasch dich und iss etwas.« Knapp deute ich auf den großen Tisch unter dem Fenster, auf dem Fleisch und Brot drapiert sind.

»Wohin gehst du?«

»Um Vergebung bitten.«

Ich eile durch die Flure, auf dem Weg zu Marian. Er hat eine Erklärung verdient. Ja, ich weiß genau, wie das aussieht. Als wäre ich nicht mehr als ein Mann, dem eine Frau den Kopf verdreht hat, der von ihr *verhext* wurde. Es wäre nicht das erste Mal, dass genau das geschieht. Doch es ist anders. Ich musste Dina helfen. Unseren Plan wird sie niemals gefährden, geschweige denn wird sie sich zwischen uns drängen – das lasse ich nicht zu. Und wenn es hundert Jahre dauert, bis er mir vergibt, werde ich jeden Tag um diese Vergebung kämpfen.

Am Ende des langen Flures angekommen, halte ich vor der großen Empore inne, von der ich den Eingangsbereich des Palastes überblicken kann. Tifus ist reich, und natürlich hat sein Statthalter eine passende Unterkunft. Ich erblicke ein paar Männer meiner Einheit, jedoch nicht die Person, die ich suche. Das gibt mir ein paar Momente, um meine Gedanken zu sammeln.

Ich weiß selbst kaum, was in mir vorgeht. Dina hat mich nicht verhext oder mir den Kopf verdreht, aber irgendetwas ist an ihr, das mich dazu bringt, sie schützen zu wollen. Nicht nur mein Wort. Ich kann sie nicht gehen lassen. Es ist wie ein unterschwelliger Ruf meiner Seele nach ihrer.

Wenn ich es mir selbst sagen würde, würde ich lachen. Es klingt genauso, wie es nicht klingen sollte. Bisher hatte ich immer eine gute Menschenkenntnis, und mein Bauchgefühl hat mich nie getäuscht. Es ist genau das, was mich in den dunkelsten Situationen aufrechterhielt, und zeitweise das Einzige, dem ich vertrauen konnte. Marian wird es auch erkennen. *Hoffe ich.*

»Ist sie in Sicherheit?«

»Mhm«, raune ich.

Kurz blicke ich über die Schulter und erkenne Amaya. Die beiden Zwillinge sind kaum auseinanderzuhalten; bis auf ihre Frisur. Amaya trägt ihren Scheitel rechts, Amina ihren links. Ansonsten sehen sie absolut identisch aus.

»Sie hat schon auf dem Vorplatz Theater gemacht und nach dir verlangt. Wer ist sie wirklich? Du kannst mir nicht sagen, dass sie dir einfach vor die Füße gefallen ist.« Amaya stellt sich neben mich und lehnt ihre Unterarme auf die Brüstung.

»Ich habe dir alles gesagt. Sie ist einfach aufgetaucht.«

»Das ist nicht alles«, bohrt sie nach.

Für einen kurzen Moment überlege ich. Normalerweise wäre das etwas, das ich mit Marian berede, aber er wird nicht gut auf Dina zu sprechen sein und ich verübele es ihm kein Stück.

»Kennst du das Gefühl, wenn du etwas tun musst? Du weißt einfach, dass du genau jetzt, in diesem Moment, etwas ganz Bestimmtes zu tun hast. Es fühlt sich so gewichtig an, dass du an nichts anderes mehr denken kannst. Deine Sinne geben dir den Weg vor, und du musst ihnen folgen.«

»Ja«, erwidert sie kaum hörbar. »So war es, als Amina und ich uns für die Armee gemeldet haben. Wir wussten beide, dass es unser Weg ist, auch wenn uns jeder davon abhalten wollte. Doch wir wussten, dass es unser Pfad ist.«

Für einige Momente ist es still zwischen uns. Wir blicken beide hinunter zum Trubel. Die Menschen unterhalten sich so laut, dass wir trotz allem nichts verstehen.

»Das ist die Ruhe vor dem Sturm. Es wird einen neuen Aufstand geben«, erkläre ich vorsichtig.

»Und du denkst, die Kleine wird eine Rolle spielen?«

»Vermutlich.«

»Auch wenn dich Marian gerade an das andere Ende der Welt schicken will, kannst du dir sicher sein, dass wir alle hinter dir stehen. Du weißt, was du tust, Quirin, und das reicht uns.«

»Danke.«

Kurz lege ich meine Hand auf ihre Schulter, drücke sie und beschließe, zu Marians und meinen Räumlichkeiten zurückzukehren. Irgendwann wird er dort auftauchen.

Dina

»The only way to deal with an unfree world is to become so absolutely free that your very existence is an act of rebellion.«
– Albert Camus

Ich habe eine Tasche entdeckt und mich direkt an der Kleidung darin zu schaffen gemacht. Keine Sekunde länger will ich in meinem Nachthemd verbringen. Das warme Wasser war herrlich, und die zwei Stücke Brot, die ich hinuntergeschlungen habe, waren das Beste, das ich seit Langem gegessen habe. Ironisch, wie sich der Geschmack verändert, wenn man hungrig ist.

Plötzlich höre ich Schlüssel im Schloss, bedecke mich zusätzlich mit einer Decke, die ich von dem Bett nehme, und ziehe mich in eine Ecke zurück. Nach dem, was heute passiert ist, fühle ich mich wohler, wenn ich so viel Stoff wie möglich trage und jeden Winkel des Raumes im Auge habe.

»Entschuldige, ich wusste nicht, dass du hier bist.«

Erschrocken mustere ich den Mann. Es ist derselbe, den ich gesehen habe, bevor alles begann – *der Soldat.* Augenblicklich will er sich zum Gehen wenden, doch ich halte ihn auf.

»Wer bist du?«

»Marian. Quirins rechte Hand, bester Freund, such dir etwas aus. Aber wenn du jetzt–«

»Bleib.«

Verwundert sieht er mich an.

»Bitte.«

»Wieso?« Trotz der Zurückhaltung schließt er die Tür hinter sich und lehnt sich gegen das massive Holz. Anscheinend braucht auch er Abstand.

Ich kenne ihn nicht. Vielleicht sollte ich Angst vor ihm haben, aber nichts gibt mir dazu Anlass. Marian ist ruhig, beobachtend, als ob er schon oft in Situationen war, in denen genau diese Attribute erforderlich waren. Aber ich spüre keinerlei Bedrohung von ihm ausgehen.

Eine Frage brennt mir auf der Seele. Zwar hat Quirin sie bereits beantwortet, dennoch muss ich es von jemand anderem hören.

»Wird Quirin ... wird er ... die *Lebensschuld* einfordern?« Ich weiß nicht, was genau es beinhalten würde. Vielleicht muss ich es genau deshalb wissen.

»Nein.«

Erleichtert atme ich aus.

»Andere würden es, aber er nicht.«

Schon als ich von den Wölfen gejagt wurde, hatte ich das zarte Gefühl, dass dies kein richtiger Traum ist. Warum sollte sich mein Kopf etwas derart Schreckliches ausmalen? Wieso sehe ich nicht nur Quirin, sondern auch Marian so deutlich vor mir? Spüre Angst, Müdigkeit, Verzweiflung und Hunger?

Gestern war es noch ein Abenteuer, und ich wollte mehr davon, doch jetzt bereue ich meine Entscheidung. Ich habe mich in Gefahr gebracht. Marian scheint mitgenommen, Quirin ebenso, die Frau vorhin auch. Die Frauen und Kinder, die versteigert wurden, waren starr vor Angst. Ich weiß, es sollte unmöglich sein, und doch glaube ich langsam, das alles hier ist echt. Real. Vielleicht nicht in meiner Welt, aber irgendeine Verbindung habe ich nach Nadiraan. Und meine Blindheit und Abenteuerlust hat andere in Gefahr gebracht und verletzt.

»Es tut mir leid, Marian.«

Überrascht reißt er die Augen auf, als könnte er nicht glauben, was ich soeben sagt habe.

»Gestern im Wald dachte ich, es wäre ein Abenteuer. Auch heute habe ich die Situation vollkommen falsch eingeschätzt. Mir wurde geraten, still zu sein, mich unauffällig zu verhalten, und doch wollte ich die Heldin spielen, weil ich dachte, ›das gehört sich so‹. Damit habe ich nicht nur mich in Gefahr gebracht, sondern auch Quirin und euch alle. Und das tut mir aufrichtig leid.«

Meine Stimme bricht bei meinen letzten Worten. Auch wenn es sich für mich als Traum herausstellen sollte – besser gesagt als Albtraum –, ist es für Quirin und Marian Realität. Sie verdienen einen ordentlichen Umgang und eine Entschuldigung.

»Du machst es einem nicht leicht, weißt du das?« Marian versucht, ein Kichern zu unterdrücken, scheitert jedoch. Kopfschüttelnd geht er zum Tisch und nimmt sich ein Stück Brot. »Was soll ich nach einer so aufrichtigen Entschuldigung sagen? Leider ändert es nicht, was uns erwartet. In welche Situation wir gedrängt wurden.«

»Magst du mir davon erzählen? Vielleicht kann ich helfen.« Ich wickele die Decke etwas fester um mich und setze mich an den Tisch, wo auch Marian Platz nimmt.

»Das kann und werde ich nicht. Obwohl du vernünftig klingst und ich dir deine Entschuldigung glaube, ändert es nichts daran, dass wir dich nicht kennen. Es ist ein ziemlicher Zufall, dass du einfach so auftauchst – zweimal – und Quirin nach so vielen Jahren des loyalen Dienstes jetzt in der Klemme steckt.«

Er sagt mir zwar nicht, was genau vor sich geht, bestätigt jedoch meinen Verdacht, dass es sich um etwas Gravierendes handeln muss.

»Ist es nicht *normal,* Sklaven zu haben? Es schien zumindest so, als wäre es nicht ungewöhnlich, gerade für jemanden in Quirins Position.«

Bei jedem einzelnen Wort zuckt Marian mehr zusammen. Ich wünschte, meine Worte würden ihn nicht verletzen, aber woher soll ich wissen, was ihm schadet, wenn ich ihn nicht kenne? Oder diese Welt.

Ohne ein Wort zu sagen, zieht er seine Ärmel nach oben, und dicke, breite Striemen an seinen Handgelenken werden sichtbar. In Filmen habe ich solche schon oft gesehen – die verfärbte Haut, die deutlich härter aussieht als die darum herumliegende.

Eisenketten, schießt es mir durch den Kopf.

»Für viele ist es normal, ja«, sagt Marian mit belegter Stimme.

Bilder seiner Reaktion im Auktionshaus kehren in mein Bewusstsein zurück. Wie erstarrt stand er neben Quirin, wollte es verhindern, aber warum, wenn er …

Für einen endlosen Moment mustere ich ihn genauer. Ein weiterer breiter Striemen ziert seinen Hals. Er würde nicht auffallen, wenn man nicht genau hinsieht. Dennoch ist er da.

»Du wurdest an die Armee verkauft«, stelle ich fest und bemühe mich, keine Wertung in meine Worte zu legen. Kein Wunder, dass ihm die Situation zu schaffen macht. Marian reagiert nicht, daher beschließe ich, weiterzureden. »Du warst bei einer ähnlichen Auktion wie heute, nur für dich ist niemand eingeschritten, richtig?«

Für einen Augenblick glaube ich, dass ich zu weit gegangen bin, denn Marian springt auf, versteckt seine Handgelenke erneut und würdigt mich keines Blickes. Ich sehe an seinen Schultern, dass er zittert. Er gibt sich die größte Mühe, es vor mir zu verbergen.

Einem Drang folgend, stehe ich auf, gehe auf Marian zu, umarme ihn von hinten und schmiege mich der Länge nach an ihn. Sofort springt er weg, dreht sich um und seine Hand landet an meiner Kehle. Schwungvoll drückt er mich an die Tür, treibt mir mit einer Bewegung sämtliche Luft aus meiner Lunge. Ich bin zu überrascht, als dass ich reagieren könnte. Sein Griff ist fest, raubt mir die Luft zum Atmen, aber ich kann nur in seine Augen blicken. Dieser Schmerz, der in seinen tiefblauen Iriden tanzt, zerbricht mich mehr, als es sein Griff je könnte.

»Nähere dich mir niemals«, presst er hervor. Jedes Wort wird von einem gequälten Atemzug begleitet. »Von hinten. *Niemals*. Nicht, wenn du leben willst.«

Zaghaft nicke ich, sofern es meine eingeschränkte Bewegungsfreiheit zulässt, und Marian lässt von mir ab. Sofort tritt er ein paar Schritte zurück und starrt auf seine Hand, die gerade noch um meinen Hals lag. Sie zittert unaufhörlich.

Ich kann immer noch nicht richtig durchatmen, nähere mich ihm aber trotzdem. Egal, was ihm widerfahren ist, es muss heftig gewesen sein, wenn er so auf eine simple Geste reagiert.

»Es tut mir leid, ich–«

»Mir tut es leid«, sagt er nun ruhiger. »Du konntest es nicht wissen. Ich hätte nicht so reagieren dürfen.«

Um es nicht noch schlimmer zu machen, trete ich zurück und gebe ihm den Abstand, den er zu brauchen scheint.

Für einige Momente ist nichts außer unsere Atmung zu hören. Meine Hand wandert über die Stelle, an der mich Marian festhielt. Vielleicht ist etwas sichtbar, ich spüre es jedenfalls noch. Allerdings habe ich merkwürdigerweise keine Angst vor ihm. Er hat einen Grund, warum er reagiert, wie er reagiert, und ich bin einfach kopfüber in das nächste Fettnäpfchen gesprungen.

Marian wirkt immer noch wie weggetreten, also beschließe ich, die Stille zu durchbrechen. »Du wirst nie wieder an diesem Punkt stehen, Marian. Nie wieder, hörst du?«

Wir sind Fremde füreinander, kennen uns nicht. Manchmal ist es jedoch genau das, was es braucht. Einfach jemanden, der da ist, hilft, wenn es nötig ist. Keine Fragen, keine Bedingungen, einfach nur Zuwendung und ein offenes Ohr.

»Das ist nicht das Problem.« Er hebt den Blick. Sind das Tränen in seinen Augen? »Quirin und ich wollten den Sklavenhandel beenden, eine friedliche Lösung finden–«

»Und das werdet ihr.«

»Nein.« Sacht schüttelt er den Kopf. »Indem sich Quirin für deine Rettung entschieden hat, dich als *Sklavin* genommen hat, hat er sich auf die Seite der Befürworter geschlagen. Um dich vor meinem Schicksal zu bewahren, hat er unser Ziel verraten.«

»Was?«, hauche ich, und Marian setzt sich erneut an den Tisch. Einen Moment später tue ich es ihm gleich. »Aber da kann man etwas tun. Ich werde euch helfen.«

»Und wie? Wirst du den Adeligen die Leviten lesen? ›Böse, böse Sklaverei, schaut mich an, ich komme aus dem Nirgendwo, platze in eure Welt und bin die Erlösung?‹ So läuft das leider nicht.«

Wieder will ich vehement widersprechen, doch Marian lässt mich nicht zu Wort kommen.

»Das ist kein Märchen. Für das Wohl aller müssen wir klug vorgehen. Jetzt noch mehr als vorher.«

»Und was ist der Plan?«

»Störe ich?«, ertönt plötzlich Quirins Stimme.

Marian und ich fahren ertappt zusammen. Fast schon fühlt es sich so an, als hätten wir etwas Verbotenes getan, was Blödsinn ist.

Quirin tritt in den Raum und beachtet mich gar nicht. Sein Blick ist auf Marian geheftet. »Können wir reden?«

Augenblicklich schlägt mein Herz ein paar Takte schneller, als ich in Quirins graue Augen blicke. Sie sind so intensiv und wirken jedes Mal anders. Mal dunkler, mal heller. Nur diesmal scheint es, als würde der Sturm drohen, Marian zu erwischen.

»Allein«, hängt er überflüssigerweise an und schaut in meine Richtung.

»Soll ich …«, stammele ich.

»Nein, wir gehen raus. Ohne Begleitung bist du nicht sicher, Dina.«

Ich nicke nur. Quirin spricht mit einer Autorität in der Stimme, die mich augenblicklich dazu bringt, mich zu fügen. Nicht aus Angst, sondern aus Respekt. Er hat sich zweimal vor mich gestellt und tut nichts, was mir schaden könnte. Das Mindeste, das ich tun kann, ist, auf ihn zu hören und ihm zu vertrauen.

Ein kleiner Teil in mir sträubt sich gegen seine Worte, aber tief in meinem Inneren ist mir bewusst, dass er recht hat. Er will mich nicht einsperren oder mich bevormunden. Quirin weiß so gut wie ich, dass ich draußen nur in die nächste Katastrophe hineinlaufen werde.

Marian nickt, und Quirin verlässt den Raum. Bevor er ihm folgt, zwinkert er mir aufmunternd zu. »Bis später, *Dina.*«

Seltsamerweise beruhigen mich diese drei Worte. Ich weiß nicht, was die beiden an sich haben, dennoch haben sie sich in kürzester Zeit in mein Herz geschlichen. Ich will, dass es ihnen gut geht. Sie sind ehrlich, zuvorkommend, haben sich vor mich gestellt, ohne etwas zurückzuverlangen. Selbst Marian, der allen Grund dazu hätte, mich zu hassen, gibt sich Mühe, mich zu verstehen. Er hat mir seine vulnerable Seite gezeigt, was ihm einiges abverlangt hat.

Sich entschuldigt, obwohl ich ihn in die Ecke gedrängt habe. *Mehrfach.*

Allein deshalb kann ich nicht anders, als mir vorzunehmen, ihnen diesen Gefallen zu erwidern. Ihnen zu helfen, wo ich nur kann. Ich kenne nicht viele Menschen, die diese Art von Loyalität verdient haben, aber die beiden haben es allemal. Und ich werde alles tun, um sie zu unterstützen.

Quirin

Bevor du etwas sagst, lass es«, sagt Marian, kaum dass er die Tür hinter sich geschlossen hat, und beginnt mit einem Vortrag darüber, dass er mir auf keinen Fall ›das Mädchen‹ stehlen will.

Ich packe ihn am Kragen und drücke ihn gegen die Wand des Flurs. »Hol mal Luft, ja? Dina ist weder *mein Mädchen* noch sonst in irgendeiner Art für mich interessant, wie du es gerade darstellst. Ich habe ihr nicht geholfen, weil ich ihr *verfallen* bin, sondern weil es das Richtige war.«

Seine Miene erhellt sich, ehe er das Gesprochene zu verstehen scheint und mich fassungslos ansieht. »Sie … Du willst sie nicht? Warum hänge ich dann an der Wand?«

»Weil mir dein Monolog auf die Nerven geht.« Im selben Atemzug lasse ich ihn runter und grinse verschmitzt. »Aber du schienst angetan – so, wie ihr euch am Tisch angesehen habt.«

»Ähm, nein danke. Dina ist eine Person, die ziemlich fragwürdige Entscheidungen trifft, und ich will nicht, dass man mir nachsagt, eine zu sein. Sie ist nett, ja, aber das war es von meiner Seite auch.«

Jetzt bin ich es, der verwundert dreinblickt. Diese Worte habe ich in all den Jahren noch nie von ihm gehört. Selbst die Zwillinge hat er versucht, von seinem Charme zu überzeugen, bis sie es genutzt haben, um ihn vor versammelter Mannschaft zu entwaffnen und vorzuführen.

»Es tut mir leid«, kehre ich zu meinem eigentlichen Anliegen zurück. »Ich habe einfach reagiert. Es war nie meine Absicht, dir wehzutun oder mich unserem Ziel in den Weg zu stellen.«

Ein kleines Schmunzeln breitet sich auf Marians Gesicht aus. Gut, das ist nicht die Reaktion, mit der ich gerechnet habe.

»Dina sagt dasselbe.«

»Also kannst du mir vergeben?« Zur Verdeutlichung reiche ich ihm meine Hand.

»Das habe ich längst.« Marian schlägt ein. »Ich hätte mir gewünscht, dass jemand damals dasselbe für mich getan hätte. Bevor … Du weißt, was ich meine. Es tut scheiße weh, dennoch ändert es nicht, dass du richtig gehandelt hast. Nur müssen wir jetzt zügig einen anderen Weg finden. Es beruhigt mich, zu wissen, dass du nicht völlig den Verstand verloren hast.«

»Danke.«

Ich lenke Marian zu dem Zimmer der Zwillinge. Sie betrinken sich in der Haupthalle, das hat mir Amaya quasi versprochen, also werden wir dort ungestört reden können.

»Ich habe nachgedacht«, falle ich direkt mit der Tür ins Haus. »Vielleicht ist meine Überreaktion kein Fehler, sondern eine Chance.«

»Großartig, du bist doch wahnsinnig geworden.« Marian lässt sich mit voller Wucht auf eines der Betten fallen und macht es sich gemütlich. »Aber erläutere mir gern deine Idee.« Er wedelt mit der Hand, als wäre er der König persönlich und würde nach einem weiteren Becher Wein verlangen.

»Was, wenn wir auf genau diese Chance gewartet haben?«

»Du wiederholst dich, Quirin.«

Seufzend lasse ich mich auf dem anderen Bett nieder. Eines muss man den Menschen in Tifus lassen: Sie machen verflucht bequeme Betten. Oder vielleicht denke ich das auch nur, weil ich die letzten drei Wochen auf modrigem Boden geschlafen habe.

»Der Statthalter hat uns vor einem Aufstand gewarnt und meiner Rolle darin. Ich bin Teil einer Verschwörung, von der ich kein Teil sein will, und bekomme meine Informationen als Letztes. Wenn die Herzöge glauben, dass ich auf ihre Seite gewechselt bin, ziehen sie mich vielleicht ins Vertrauen und wir könnten–«

»Für Vitus spionieren? Das ist unser aller Todesurteil, Quirin«, unterbricht mich Marian. »Nicht nur, dass es sehr echt aussehen muss, *glaubhaft*. Wie willst du es anstellen, dass es wiederum nicht glaubhaft genug ist, dass Vitus darauf reinfällt? Es ist zu riskant. Wir würden beide Seiten ausspielen und sie von unserer Loyalität überzeugen müssen.«

»Die Alternative wäre, dass über meinen Kopf hinweg eine Revolution angezettelt wird, von der ich das Zentrum bin, aber zu der ich keine Informationen habe. Das allein ist Hochverrat. Wir stehen so oder so mit dem Rücken zur Wand. So haben wir zumindest die Chance, etwas mitzubekommen.«

Marian legt sich auf den Rücken und starrt an die Decke. »Wir haben diesen Kampf schon verloren, bevor Dina aufgetaucht ist, nicht wahr?«

»Ich glaube, ich habe ihn bei meiner Geburt verloren. Solange es andere Erben gibt, sind sie eine Gefahr. Selbst das Entsagen meines Titels und meine Tätigkeit in der Armee helfen nicht. Nicht einmal, dass ich mich weigere, eine Frau zu nehmen und weitere Erben zu zeugen. Alles, was ich getan habe, hat nichts verändert. Vitus hat Familie, eine gesicherte Blutlinie, dennoch ist er nicht sicher.«

Ich tue es Marian gleich und starre an die Decke. Sie ist mit alten Holzbalken verziert. Endlose Kerben kann ich erkennen, bei deren Zählung wohl jeder in den Schlaf finden würde.

Langsam drehe ich meinen Kopf zur Seite und schaue zu Marian. »Ich denke, das ist der einzig richtige Weg. Wir können nicht gegen einen unsichtbaren Gegner kämpfen. Der Statthalter hat uns *ins Vertrauen* gezogen. Wenn wir ihm jetzt den Rücken kehren, wird er den Herzögen weitergeben, dass ich mich auf die Seite meines Cousins gestellt habe. Wir sind zu weit von der Hauptstadt entfernt und reisen durch zig Herzogtümer zurück. Wir alle wären tot, bevor wir Nadis erreichen. Es war keine Bitte des Statthalters, sondern eine Warnung.«

Mehr als ein Brummen erhalte ich nicht als Antwort.

»Aber ich kann das nur, wenn ich dich an meiner Seite weiß. Ich kann das nicht ohne dich durchstehen.«

»Ich bin immer an deiner Seite. Nichts wird sich je zwischen uns drängen. Wieso stellst du es nach all den Jahren immer noch infrage? Selbst in den Tod würde ich dir folgen.«

»Ich weiß, und die Verantwortung macht mir Angst.«

»Dass ich dich alleinlasse?«

»Dass ich für deinen Tod verantwortlich sein könnte.« Ehe Marian antworten kann, stehe ich auf und trotte zur Tür. »Ich sollte nach Dina sehen. Bevor sie wieder verschwindet.«

Ehe ich die Klinke runterdrücken kann, umschließen mich Arme von hinten. Fest umarmt er meinen Oberkörper und drückt mich an sich. Mit geschlossenen Augen lasse ich meinen Kopf gegen das Türblatt sinken.

»Selbst wenn du dafür verantwortlich sein solltest, dank dir konnte ich wenigstens leben«, wispert Marian in meinen Rücken.

Wir haben nie darüber gesprochen, dass wir weit mehr füreinander empfinden könnten als reine Freundschaft. Die Strafe dafür wäre der Tod, wenn wir nicht unsere Freundschaft vorher riskieren würden, und das ist uns beiden mehr wert, als es etwas Neues je sein könnte. Trotz allem genießen wir diese kleinen Momente, die immer unausgesprochen bleiben. Ein stilles Einverständnis, ein Abkommen, an das wir uns seit Jahren halten. Noch nie ist etwas zwischen uns passiert, nichts außer den kleinsten Zärtlichkeiten, die niemals Verdacht erwecken könnten – und die wir dennoch brauchen.

»Wieso habe ich das Gefühl, das wir geradewegs in unseren Untergang gehen?«

»Weil wir genau das tun«, antworte ich mit ebenso belegter Stimme und umfasse Marians Unterarme. »Morgen früh werden wir als Erstes mit den anderen reden. Sie müssen wissen, was vor sich geht.«

»Du willst ihnen die Entscheidung lassen, sich von dir abzuwenden, nicht wahr?« Marian kichert, löst die Umarmung und dreht mich sanft zu sich. »Du weißt, das wird niemals passieren.«

»Aber–«

»Trotzdem haben sie die Wahrheit verdient, ich weiß.« Marian greift an mir vorbei an die Klinke und öffnet die Tür. »Dann sollten wir mal nach Dina sehen.«

Zurück in unseren Gemächern, sitzt Dina etwas verloren auf einem Stuhl. Noch immer ist sie in eine Decke gehüllt.

»Ich wusste nicht, ob ihr zurückkehren werdet.«

Zum ersten Mal betrachte ich ihr Äußeres wirklich. Die rabenschwarzen Haare, die mich an Nox' Federn erinnern, der sich wer weiß wo herumtreibt, die stechend blauen Augen, die selbst in dem spärlich beleuchteten Raum strahlen, als wären sie die Quelle des Lichts. Sie ist *hübsch*, das muss ich ihr lassen.

»Du bist in unserem Zimmer«, scherzt Marian und wirft sich auf das Bett. Demonstrativ streift er seine Schuhe ab, die laut auf dem Boden aufprallen. »Wohin sollten wir sonst?« Er keucht angestrengt, weil seine gewollt lässige Bewegung nicht mehr ganz so lässig ist.

»Du kannst mein Bett haben«, unterbreche ich den Zirkus.

»Wir schlafen in einem Zimmer?«, fragt Dina zögerlich.

»Hast du eine andere Idee?« Und schon ist der Schalk in Marians Stimme zurück. »Du solltest gerade verkauft werden. Auf eigene Faust etwas zu suchen, wäre dumm. Und lass Quirin seinen Beschützerinstinkt. Er lebt dafür.«

»Und du gleich ein paar Jahre weniger«, zische ich, ziehe meine Schuhe ebenfalls aus und schaue, was ich nutzen kann, um mein Nachtlager herzurichten.

Dina bei den Zwillingen zu lassen, wäre auch eine Möglichkeit, aber ich will sie im Auge behalten, solange ich sie nicht gänzlich zu durchschauen vermag.

»Ich kann dir nicht dein Bett stehlen«, murmelt Dina. »Das ist nicht gerecht. Die Betten sind groß genug, du und Marian könntet doch … Es wäre bequemer.«

Verunsichert blicken Marian und ich uns an. Ja, wir haben unzählige Nächte nebeneinander geschlafen – mit einigen anderen Personen um uns herum –, aber seltener … Und nach diesem ereignisreichen Tag …

»Nein, die Betten sind zu klein für zwei wie uns.«

Eine glatte Lüge, denn Marian kann sich bequem zweimal drehen und liegt immer noch im Bett, jedoch ist es eine

Grenze, die ich nicht überschreiten will. *Nicht jetzt, nicht so.* Denn ich wüsste nicht, ob es ein Zurück für mich geben würde.

Oder für ihn.

»Es wäre ungerecht, weil ich nicht weiß, wie lange ich noch hier bin.«

»Wohin willst du denn gehen?«, hakt Marian nach und stützt sich auf seinen Ellbogen nach oben.

Dina wirft mir einen verstohlenen Blick zu.

Nicht die Traumgeschichte schon wieder.

»Denkst du immer noch, du bist in einem Traum? Was muss noch passieren, damit du aufwachst? Das ist die Realität, Marian und ich sind real. So wie alles, was heute geschehen ist.«

»Genau das ist es ja!« Dina springt auf und tritt zum Fenster. »Ich *bin* aufgewacht. Ich war zu Hause, habe gearbeitet, bin nach Hause gegangen und habe mich schlafen gelegt. Das, was ich heute getragen habe, war mein Nachthemd. Darin liege ich gerade zu Hause und schlafe.«

»Das meinst du nicht ernst«, erwidert Marian und lacht. Kurz huscht sein Blick zu mir, und er verstummt. »Glaubst du ihr etwa?«

»Nein, aber ich kenne die Geschichte bereits.«

»Ich lüge nicht, und ich bin auch nicht verrückt. Gestern bin ich neben dir eingeschlafen, Quirin, und in meinem Bett wieder aufgewacht. Ich habe den ganzen Tag gerätselt, ob es ein Traum war, und habe mir gewünscht, zurückzukehren. Hier bin ich wie vom Erdboden verschluckt verschwunden, oder nicht? Wieso sonst hast du den Wald nach mir abgesucht?«

»Woher weißt du das?«

»Die Frau, die bei mir war, hat es mir gesagt.«

Ich schnaube verächtlich. »Wenn das alles nur ein Traum ist, warum haben wir dich dann davor beschützt, verkauft zu werden? Warum begibst du dich in Gefahr, wenn es doch nur ein Spiel ist und wir deine Figuren sind, für die das alles hier aber sehr gewaltige Auswirkungen hat, die du dir nicht im Geringsten vorstellen kannst? Wieso habe ich alles verraten, für das ich stehe, FÜR EINE VERFLUCHTE TRÄUMEREI?«

Dina zieht ihre Unterlippe zwischen die Zähne und blickt zwischen Marian und mir hin und her. »Genau das weiß ich nicht. Aber wie hoch ist die Wahrscheinlichkeit, dass ich genau an dem Ort bin, an dem ich sein wollte, und all diese unerklärlichen Dinge passieren?« Mit vorsichtigen Schritten kommt sie auf mich zu. »Was ist, wenn es ein Traum ist und doch Wirklichkeit? Wenn beides wahr ist?«

Dina

»Genius is talent set on fire by courage.«
– Henry Van Dyke

Marian und Quirin glauben mir nicht, das sehe ich ihnen an. Mir ist bewusst, dass es nach Wahnsinn klingt. Traumstudien haben mich nie sonderlich interessiert. Hätte ich doch nur Interessen, die mir auch wirklich einmal helfen könnten. Ich liebe alte Schriften, Chroniken, Geschichte und Sprache im Allgemeinen, etwas Greifbares – und jetzt befinde ich mich mitten in einem Traum, der mehr der Realität entspricht als mein wahres Leben in den letzten Jahren.

»Es klingt absurd«, erwidert Quirin. Als er mich vor den Wölfen gerettet hat, habe ich seine ruhige, besonnene Art zu schätzen gewusst, jetzt hingegen würde ich ihn dafür am liebsten zum Teufel jagen.

»Hast du eine andere Erklärung?«, frage ich mit wachsender Verzweiflung in meiner Stimme.

»Du könntest eine Hexe sein«, schlägt Marian beiläufig vor, und ich sehe ihn ungläubig an.

»Traumwandeln ist absurd, aber Hexerei normal? Erklär mir mal die Logik.«

Die beiden Männer tauschen einen Blick aus, den ich nicht deuten kann.

»Gibt es in deiner Welt keine Hexen?«

Gut, wir sind wenigstens an einem Punkt angekommen, wo sie von *meiner* Welt sprechen. Ein Fortschritt. Trotzdem drehen wir uns in einem absurden Kreis.

»Natürlich nicht. Magie existiert nicht.«

Ja, insgeheim habe ich immer auf meinen Brief aus Hogwarts gewartet. Ich liebe Geschichten mit Magie, unbegrenzten Möglichkeiten, der Chance, etwas Größeres zu sein. *Mehr* zu sein. Aber es sind und bleiben Geschichten. Hirngespinste, nichts weiter.

Wieder einmal tauschen sie einen Blick aus. So langsam bekomme ich das Gefühl, dass sie hinter meinem Rücken miteinander kommunizieren. Eigentlich direkt vor mir, doch ich verstehe kein bisschen von ihren wackelnden Augenbrauen, zuckenden Augenlidern und stummen Absprachen. Sie könnten genauso gut eine andere Sprache sprechen.

Wo wir bei einem anderen Punkt sind: Wie kommt es, dass wir uns verständigen können? Sollte Nadiraan ein anderes Land sein - sogar eine andere Welt –, müssten sie doch auch eine andere Sprache sprechen.

»Wieso verstehen wir uns eigentlich?«

Kurz halten die beiden inne und schauen wieder zu mir.

»Sprachlich meine ich. Ich komme von einem ganz anderen Ort, und doch sprechen wir dieselbe Sprache. Das sollte nicht sein.«

»Du sprichst mit einem merkwürdigen Akzent, aber in der Nähe der Küstenstädte ist dies nichts Besonderes«, antwortet Quirin schulterzuckend. »In der Hauptstadt werden ebenfalls andere Sprachen gesprochen, aber wir sprechen die universelle.«

»Englisch«, fasse ich zusammen.

Bisher hat mir niemand gesagt, dass ich einen merkwürdigen Akzent habe, aber nun gut. Ich war auch noch nie außerhalb von Minnesota unterwegs.

»Ist das die Sprache, die du sprichst?«, fragt Marian. »Heißt sie so bei euch?«

»Hier nicht?«

»Nein, hier ist es die Universalsprache. Sprache aller Länder, es gibt viele Begriffe.«

»Das wird immer verworrener.« In Gedanken versunken, lasse ich mich zurück auf den Stuhl sinken. Eine Idee überkommt mich, und ich blicke aus dem Fenster. »Ein Mond, eine Sonne, dieselbe Sprache. Unsere Welten sind recht ähnlich. Anhand eurer Kleidung und dessen, was ich weiß, ähnelt Nadiraan einem mittelalterlichen Feudalsystem mit übergeordneter Monarchie. Habt ihr ein Parlament?«

»Was soll das sein?«, fragt nun Quirin.

»Gut, dann nicht. Soweit ich weiß, gibt es keinen Ort in unserer Welt, dessen heutiger Name auf Nadiraan zurückgeht. Also keine Zeitreise. Sonst wäre euer Dialekt auch ein ganz anderer. Anhand des ausgeprägten Wirtschaftssystem wäre es mindestens das späte Mittelalter, und da gab es im englischsprachigen Raum keinen König, der auf die Beschreibung eures Regenten passt.«

Quirin setzt sich neben Marian auf das Bett. Beide starren mich mit offenen Mündern an.

»Du scheinst belesen zu sein«, stellt Quirin fest.

»Ich habe Philologie studiert«, bestätige ich, doch die beiden scheinen keine Ahnung zu haben, was das sein soll. »Die Lehre von Sprache und Literatur. Dazugehört vereinzelt die Sprachentwicklung und damit auch Geschichte.«

Aber Moment. Wenn es hier Magie gibt, wir dieselbe Sprache teilen und sich unsere Welten ähneln, liegt die Lösung vielleicht in der Mitte.

»Gibt es hier eine Bibliothek? Wir könnten nachforschen. Vielleicht ist das, was ihr Magie nennt, in meiner Welt Wissenschaft. So könnten wir einen Weg finden, beides zu kombinieren und eine Erklärung zu finden.«

»Also, ich bleibe hier«, sagt Marian und seufzt. »Ich will meine Ruhe und nicht in Büchern stöbern.«

Hoffnungsvoll blicke ich zu Quirin. Allein die Vorstellung, Bücher aus einer anderen Welt zu studieren und mehr über Nadiraan zu erfahren, versetzt meinen Körper in freudige Erwartung. Bereits in meiner Welt liebe ich es, wenn ich etwas Neues – das heißt, etwas Altes und für mich Neues – entdecken darf. Aber die Aussicht auf eine ganze Bibliothek von Büchern und Autoren, die ich nicht kenne? Das wäre ein Traum. Diesmal von der guten Sorte.

Quirin überlegt einen langen Moment, ehe er nickt und sich Marian zuwendet. »Es könnte uns in der Gesamtsituation helfen.«

»Klingt gut, viel Spaß.« Im selben Moment dreht sich Marian um und uns den Rücken zu.

Quirin schüttelt den Kopf, erhebt sich und zieht seine Schuhe wieder an.

Freudig werfe ich die Decke zur Seite und gehe auf ihn zu. Als ich seinen Blick bemerke, halte ich inne.

»Ich habe mich an der Tasche dort bedient«, erkläre ich und deute auf eine große in der Ecke des Raumes. »Mein Nachthemd war ruiniert.«

»Du siehst aus wie eine kleine Soldatin an ihrem ersten Tag in der Armee.«

Sein schiefes Grinsen jagt mir die Röte ins Gesicht. Wie kann eine Person so unaufdringlich sein und mich trotzdem so unsicher fühlen lassen? Ich bin es von unserem Bürgermeister gewohnt, permanent angegraben zu werden, und kann damit gut umgehen, aber bei Quirin weiß ich nicht, woran ich bin. In unserer ersten Nacht hat er ganz deutlich gemacht, dass er kein Interesse hat. Sein Verhalten bringt mich durcheinander.

»Ist das gut oder schlecht?«, frage ich schüchtern.

»Eigentlich ist es egal.«

Typisch Mann, denke ich mir.

Da ist man unsicher, wartet auf irgendeine Art von Bestätigung oder Ablehnung, damit man die Situation besser einschätzen kann, und erhält Gleichgültigkeit. Jetzt bin ich immer noch nicht schlauer und habe zudem keine Ahnung, was er mir sagen will.

»Quirin meint damit, dass du nicht auffällst, was gut ist. Dich wird so kaum jemand erkennen. Wenn du aber auf Komplimente von ihm wartest, bist du tot, bis er bemerkt, dass du wartest«, grummelt Marian müde und gähnt danach. »Jetzt raus, ich will schlafen.«

Quirin zieht eine Grimasse und tritt auf den Flur. Knapp dahinter folge ich.

»Die Sachen stehen dir gut«, durchbricht Quirin die merkwürdige Stille zwischen uns, auch wenn sie nur Sekunden angehalten hat.

»Danke.«

Ohne auf meine Erwiderung zu reagieren, weist er den Weg. Noch immer trage ich keine Schuhe, aber es ist irgendwie bequem, auch wenn der Boden kalt ist. Das Gestein ist weich, uneben und fühlt sich so an, als wäre es aus richtigem Stein geschlagen und aufbereitet worden. Generell sieht alles sehr gepflegt und hochwertig aus. Es ist alt, ja, aber wundervoll in Szene gesetzt. Seien es die kleinen Fackeln an den Wänden oder die Wandteppiche, die hie und da verteilt hängen. Ein richtiger kleiner Mittelalter-Palast. Wie oft war ich neidisch, wenn ich die Locations für Film- und Serienproduktionen gesehen habe? Und jetzt laufe ich durch Flure, die nicht nur perfekt in meine Fantasie passen, sondern auch noch voller Leben sind.

Wenn ich Quirins Rückenansicht betrachte, muss ich schmunzeln. Bei unserem ersten Aufeinandertreffen habe ich ihn für einen feuchten Traum gehalten, und jetzt gehen wir zusammen in eine Bibliothek und lesen alte Schriften, um eine Erklärung für das alles zu finden. Bin ich froh, dass er nichts von meinem peinlichen Versuch gegenüber Marian breitgetreten hat. Aber woher konnte ich auch ahnen … Das kann ich eigentlich immer noch nicht.

Grölen dringt an meine Ohren, und wir halten an der Empore inne. Quirin stöhnt unzufrieden auf. Sein Blick ruht auf zwei Frauen, die mit zwei Männern trinken, welche wie ein Schiff in Seenot wanken. Die eine Frau sieht aus wie die, die ich in meiner Zelle gesehen habe. Aber Moment, die andere auch.

Die Rufe werden lauter, und die Stimmung kippt. Anscheinend wollen die Männer nicht einsehen, dass die Frauen sie im Wetttrinken besiegt haben. Sofort eilen weitere Männer zu den Frauen, die alle Rüstungen tragen.

»Ich muss da mal kurz hin«, grummelt Quirin und geht vor.

Da ich auf keinen Fall allein bleiben will, folge ich ihm, bereue es jedoch in dem Moment, als meine Füße den Boden berühren. Alles klebt, ist voller Bier- und Essensreste.

Mit vor Ekel verzogenem Gesicht trotte ich Quirin hinterher, dessen Stiefel bei jeder Bodenberührung knatschen. Wirklich jeder hier ist betrunken. Manche schlafen auf dem Boden, andere kotzen in die Ecken. Es ist abgrundtief widerlich. Wie eine der unzähligen Studentenpartys, von denen ich mich immer gut fernhalten konnte.

»Das war nicht gerecht«, lallt einer der Männer, der schon von zwei weiteren aufrecht gehalten werden muss.

»Und wie es das war! Du kannst einfach nicht verlieren.« Die Frau ist so selbstbewusst und wirkt noch eindrucksvoller als vorhin.

Ich kann nicht anders, als sie voller Bewunderung anzustarren. Was würde ich dafür geben, so schlagfertig zu sein, so in mir selbst zu ruhen und so eine Ausstrahlung zu haben.

»Amaya, lass gut sein«, schaltet sich Quirin ein.

»Wird doch gerade spaßig, General«, erwidert die andere Frau – ich nehme an, ihre Zwillingsschwester.

»Das endet noch in einer Prügelei«, brummt Quirin so leise, dass die grölenden Männer es nicht hören können.

»Eben«, sagen die beiden Frauen wie aus einem Mund. »Spaß.«

Das weckt die Aufmerksamkeit der Männer, die sich schon auf die beiden Frauen stürzen wollen, welche wiederum von anderen Männern unterstützt werden. Ich nehme an, Quirins gesamte Einheit ist anwesend. Abzüglich Marian. Das kann nicht gut gehen.

»Ihr verfluchten Idioten aus der Hauptstadt haltet euch eh für was Besseres«, schimpft derselbe Typ, und viele andere steigen ein. »Kommt hierher, um für irgendeinen weiteren Volltrottel mit Krönchen Geld zu kassieren. Ihr könnt uns mal!«

Nun schreitet Quirin ein, aber er wird sofort erkannt, woraufhin nur noch mehr Wahnsinn ausbricht. Wenn hier der erste Schlag fällt, wird es nicht nur in einer Prügelei enden, sondern in Mord und Totschlag.

Nachdenken, Dina, nachdenken.

Während meines Studiums habe ich in einer Kneipe gejobbt, habe genug mit Betrunkenen zu tun gehabt, um diese Situation nur zu gut einschätzen zu können, und wie es scheint, ist seine Einheit sein Schwachpunkt. Jetzt wird Quirin von den zwei Frauen daran gehindert, dem provozierenden Typ nicht an die Gurgel zu gehen.

»Meine Herren!« Entschlossen trete ich zwischen die Parteien, die mich natürlich nicht beachten. »So, wie ich das sehe, geht es hier um sehr wichtige Dinge. Ehre und Stolz.«

Langsam verstummt das Gemurmel.

»Doch wollt ihr euch dafür schlagen wie gewöhnliches Fußvolk?«

Quirins Blick spüre ich in meinem Rücken. Es verunsichert mich, aber jetzt ist es zu spät, mich von meinem Plan abzuhalten.

»Das gebührt doch keinem Mann von Ehre.« Bewusst blicke ich die Betrunkenen an. »Also, wie wäre es mit einem Spiel, das diesen Zwist beendet, und zwar mit der wichtigsten Waffe, die es gibt? Der Intelligenz.« Ich trete auf den Provokateur zu und könnte allein von seinem Duft umkippen. Dass er überhaupt noch steht. »So ein intelligenter und wortgewandter Mann, wie Ihr es seid, wird doch dazu nicht Nein sagen können, oder?«

Er baut sich tatsächlich etwas größer auf. *Hab' dich.*

»General, wollt Ihr für Eure Einheit einstehen?«

Für einen Moment scheint Quirin überrascht, weil ich ihn so förmlich anspreche, aber er lässt es sich kaum anmerken. Er bestätigt meine Frage mit einem Nicken.

»Und Ihr?« Wieder wende ich mich dem Kerl mit der Alkoholfahne zu, der ebenfalls nickt. »Verratet mir Euren Namen, guter Mann.«

»Joachim.«

»Reicht einander die Hände für einen gerechten Wettkampf.«

So, wie mich Quirin anschaut, würde er mich am liebsten in den Erdboden stampfen, aber es macht mir besondere Freude, ihn so zu sehen. Ohne meinen Plan wäre es eskaliert, und das weiß er so gut wie ich. Also fügt er sich meiner Aufforderung und reicht Joachim die Hand.

»Drei Runden. Wer gewinnt, beweist seine Ehre, und wer verliert, hat eine Chance auf ein Bier der Gegenseite.«

Gemurmel ertönt, aber dann wird zugestimmt.

»Was wird das für ein Spiel, Mädchen?«, fragt Joachim.

»Drei Rätsel. Nennt mir die korrekte Lösung, und Ihr gewinnt die Runde. Frage eins: Er gibt 'ne Frist und hat Humor, mit Strick und Vogel kommt er vor. Was suche ich?«

Verwirrt kratzt sich Joachim am Hinterkopf. Auch Quirin ist tief in seinen Gedanken versunken. Der Raum ist völlig still. Jede einzelne Person überlegt, und wäre es nicht so ernst, würde ich in Gelächter ausbrechen. Hier ist ein Raum von mindestens fünfzig erwachsenen Männern und zwei Frauen, die sich wegen eines Wetttrinkens prügeln wollten, und nun stehen sie wie angewurzelt da und wollen mit ihren benebelten Gehirnen nach der Lösung suchen. Ja, Quirin hat einen deutlichen Vorteil, da er nüchtern ist, aber das muss der Rest nicht wissen.

»Der Galgen?«, fragt Quirin.

»Korrekt!« Zufrieden klatsche ich in die Hände, während die Gegenseite frustriert aufstöhnt. »Frage zwei.«

Nun lauschen mir wieder alle aufmerksam und starren mich an wie Katzen einen Laserpointer. Bloß keine Bewegung verpassen.

»Es ist wie ein Fluss, auf dem man fahren muss. Es ist wie ein Kahn, zieht ständig seine Bahn. Was suche ich?«

Diesmal reagiert Joachim sofort und brüllt: »Die Zeit!« Mit Mühe und Not wird er aufrecht gehalten, muss sogar ein paarmal schlucken, um sich nicht zu übergeben.

Kurz blicke ich zu Quirin, der nervös dreinblickt.

»Korrekt«, verlautbare ich etwas weniger enthusiastisch als zuvor.

»Bin Fischer, Mädchen. Das war leicht.«

Gut, dann etwas, das vielleicht Quirin einen Vorteil bringen könnte. Lange habe ich solche Worträtsel nicht mehr gespielt. Also muss ich umso konzentrierter nachdenken. Da fällt mir eines ein.

»Letzte Runde: zwei Köpfe, zwei Arme, sechs Füße, zehn Zehen. Wie soll ich das verstehen?«

Quirin mustert mich mit einem Blick, der mir deutlich zeigt, dass das nicht gerade eine leichte Übung ist. Dabei ist die Lösung so offensichtlich.

Joachim berät sich mit seinen Leuten. Wir haben nicht gesagt, dass es verboten ist. Als ich mir sicher bin, dass mich niemand beobachtet, will ich Quirin einen Tipp geben, aber sehe im selben Moment, dass er es erraten hat.

»Pferd und Reiter«, erklärt er mit einem stolzen Grinsen, und ich nicke ebenso freudig.

»Der General hat gewonnen!«, verkünde ich, und ein Raunen geht von Joachims Leuten aus.

Quirin greift in seine Hosentasche und zieht ein paar Münzen hervor. »Wir haben die Ehre, ihr das Bier.«

»Gerechter Tausch, Junge.«

Erst als sich Joachim verzogen hat, traue ich mich, auszuatmen. Das war knapp.

Wer hätte gedacht, dass das einmal nützlich sein könnte?

Quirin

Augenblicklich wird Dina von den Zwillingen umkreist und ausgefragt. Die anfängliche Enttäuschung über die entgangene Prügelei haben sie schnell abgelegt. Die beiden waren schon immer viel zu sehr in Schwierigkeiten verzettelt – das wohl größte Problem daran: Sie *lieben* Schwierigkeiten.

Kurzzeitig habe ich auch rot gesehen, als sie Vitus in ihren Konflikt hineingezogen haben. Mein Cousin ist ein guter Mann und ein guter König, nur leider sehen das lediglich die Leute so, die ihn und seine Beweggründe wirklich kennen. Für den Rest der Welt gilt er zunehmend als zu harmoniebedürftig und schwach.

Ich weiß wirklich nicht, warum es Menschen immer zum Krieg zieht. Haben sie ihn, bejammern sie das Blutvergießen, haben sie Frieden, jammern sie, dass es kein Blutvergießen gibt. Selbst nach fast fünfzehn Jahren in der Armee habe ich immer noch nicht herausgefunden, wie man es allen recht machen kann. Vielleicht werde ich das auch nie.

Doch als die Betrunkenen zu allem Überfluss nach den Köpfen meiner Nichten und Neffen geschrien haben, war es auch um mich geschehen und ich hätte die Kerle am liebsten ausgeweidet. Obwohl ich selbst keine eigene Familie möchte und sehr glücklich mit meiner Entscheidung bin, kann ich es nun wirklich nicht haben, wenn jemand meine Familie attackiert. Und Kinder - selbst im betrunkenen Zustand - in einen Konflikt hineinzuziehen, ist wirklich das Allerletzte.

Die letzten Tage waren nervenaufreibend genug, und ich war dadurch unvorsichtig. Sonst lasse ich mich nie so provozieren, aber ich habe mich von den Emotionen im Raum leiten lassen.

Gut, dass Dina einen kühlen Kopf bewahrt hat. Noch nie habe ich gesehen, dass so ein Konflikt ohne die eine oder andere gebrochene Nase gelöst werden konnte. Gegen die Wölfe war Dina absolut hilflos, aber hier … Einige der Diplomaten in der Hauptstadt könnten sich eine Scheibe von ihrem Geschick abschneiden.

Die Zwillinge sehen es ähnlich, denn sie fragen sie aus, wo sie diese Art der Konfliktlösung gelernt hat.

»Dina und ich haben noch etwas vor«, sage ich und greife sanft ihren Oberarm.

Ich sehe deutlich, wie unangenehm ihr die ganze Sache ist. Sie steht wirklich nicht gern im Mittelpunkt, das steht fest.

Dankbar lächelt sie mich an und entschuldigt sich bei den anderen, ehe wir den Raum verlassen, in dem sonst niemand Notiz von uns zu nehmen scheint.

»Ich bin beeindruckt«, erkläre ich, kaum dass wir den Saal verlassen haben.

»Das war doch gar nichts. Nur eine Spielerei, um alle abzulenken.«

»Eine Spielerei, auf die sonst niemand gekommen ist. Es wäre eskaliert, die Frage war nur, wie schlimm. Du hast es gut gelöst und uns alle im Zaum gehalten. Das ist eine bemerkenswerte Leistung.«

Fragend blickt sie mich von der Seite an. Ich kann meine Maske nicht mehr länger aufrechterhalten und pruste los. Wenige Momente später stimmt auch Dina ein. Gemeinsam lehnen wir uns an die nächste Wand und versuchen, nach Luft zu schnappen.

»Im Ernst«, beginne ich noch immer außer Atem. »Du spazierst in einen Raum, in dem die eine Hälfte der Männer Soldaten und die andere betrunken ist. Alle sind auf Streit aus, aber du stellst sie alle ruhig, indem du ein bisschen mit ihrem Stolz spielst.«

»Ich habe auch mit deinem Stolz gespielt, Quirin.«

Den unschuldigen Blick kaufe ich ihr nicht ab. Erst recht nicht, wie sie jetzt mit ihren Wimpern klimpert und ihren Standpunkt verdeutlichen will.

»Jetzt gerade spielst du mit dem Feuer«, grummele ich.

»Gut, Winter war nie meine Jahreszeit. Ich mag es warm.«

Für gefühlt endlose Momente starren wir uns an, ehe wir wieder in Gelächter ausbrechen. Kaum jemand schafft es, mich derart zum Lachen zu bringen – und dann auch noch über so eine absurde Situation. Erst recht nicht nach dem Tag, den wir hinter uns haben.

Diesmal ist es Dina, die meine Hand nimmt und mich von der Wand wegzerrt. »Wir haben noch etwas zu tun. Wo geht's zur Bibliothek?«

Ich nicke in eine Richtung, und Dina läuft freudig drauflos. Wer hätte gedacht, dass es in Tifus so witzig werden kann?

Vor einer massiven Tür angekommen, hält Dina ehrfürchtig inne. »Das ist keine Bibliothek, sondern ein Thronsaal, wie mir scheint.«

Mir gefällt es, wie schüchtern sie nun wieder klingt, voll freudiger Aufregung über das, was sich ihr gleich offenbaren wird.

»Es ist die größte Bibliothek des Landes. Über hunderttausend Bücher und mindestens genauso viele Schriftrollen verbergen sich hinter dieser Tür.«

Ein leises Quietschen verlässt ihre Lippen, das mich nur den Kopf schütteln lässt. Es ist schön, zu sehen, dass ihr eine solche Kleinigkeit so eine Freude machen kann.

»Mylady«, raune ich und senke meinen Kopf in einer spielerischen Verbeugung. »Willkommen in der Bibliothek von Tifus.«

Mit einem kräftigen Stoß öffne ich die Tür, deren Mechanismus nur ungern nachgibt und dessen Knatschen durch den ganzen Flur hallt. Ich war noch nicht oft in der Bibliothek. Meistens fehlte einfach die Zeit, aber der Anblick ist jedes Mal aufs Neue etwas Besonderes.

»Wow«, haucht Dina und tritt ein.

Bestimmt zehn Meter hohe Decken erstrecken sich vor uns und genauso große Regale. Der Boden ist aus feinstem Marmor, sodass sich die aufgestellten Fackeln wunderbar darin spiegeln können.

»Es ist wunderschön«, staunt Dina und läuft zum ersten Regal.

»Soweit ich mich erinnere, gibt es einige Abteile. Beginnend mit Geschichte, gefolgt von Chroniken zur Monarchie …«

Dina hört mir gar nicht zu, sondern beginnt, die Buchrücken zu streicheln, als wären sie Fabelwesen. Kurz darauf beugt sie sich vor und schnuppert an einem der Bücher.

»Geht es dir gut?«, frage ich sicherheitshalber nach.

Dina ist merkwürdig, das wird mir immer mehr bewusst, aber auf so eine erfrischende Art und Weise. Gestern bei den Wölfen wollte sie kämpfen, heute hat sie einen riesigen Aufstand geprobt, obwohl sie sicherlich wusste, dass sie diesen Kampf nicht gewinnen konnte, und jetzt ist sie völlig in ihrer eigenen Welt versunken. Selten habe ich eine Person gesehen, die so offen und zugänglich ist und dennoch alles von sich versteckt. Sie lässt nur in geschützten Momenten ihre Maske fallen und ist wirklich sie selbst. Dass es eine Maske ist, wird mir in diesem Augenblick besonders deutlich. Ihre Augen strahlen, sie versucht niemandem, etwas zu beweisen, sondern ist einfach sie selbst. Ohne Scheu und ohne Reue.

»Wieso versteckst du diese Seite an dir?« Ich lehne mich an das Bücherregal und versuche, Dina in die Augen zu blicken.

»Weil sie kaum jemand versteht und ich genug davon habe, verurteilt zu werden.« Mit einem aufgeregtem Blinzeln dreht sie sich weg und geht tiefer in die Bibliothek hinein. »Die meisten reagieren auf meine Art nicht gerade positiv.«

»Du musst niemanden beeindrucken. Es reicht, du selbst zu sein«, wiederhole ich die Worte meiner Mutter.

Wie oft hat sie mir genau dies zugeflüstert, als ich einmal mehr nach meinem Platz im großen Ganzen gesucht habe?

Dinas Wangen röten sich.

»Magst du es mir erklären?«, frage ich daher, um das Gespräch wieder aufzugreifen. Nebenbei halte ich Ausschau nach der richtigen Abteilung.

Irgendetwas über Träume oder Magie. Sie muss nicht wissen, dass ich sehr genau weiß, wonach wir suchen – zumindest im Ansatz. Diesem Weg zu folgen, bringt nichts. Nichts außer Tod. Nur so, wie ich Dina kenne, wird das eher ein Grund, sich tiefer in den Wahnsinn zu stürzen, als davon Abstand zu nehmen.

»Es ist recht simpel, Quirin. In meiner Welt werden Träumer belächelt. Es ist wichtig, eine gute Position in der

Gesellschaft zu haben, nicht negativ aufzufallen. Der Druck ist enorm. Du sollst ein erfülltes Leben führen, aber andere sagen dir, wie es auszusehen hat. Es kommt nicht darauf an, ob du gut in etwas bist oder eine Leidenschaft für etwas hegst. Es ist nur wichtig, dass es akzeptiert wird.«

»Meinst du, es ist hier anders? Ich meine, du redest mit mir, einem General, der mit knapp zwölf Jahren in die Armee eingetreten ist. Da fragt auch niemand nach Träumen.«

Dina dreht sich um und mustert mich. »Aber du hast die Chance, etwas daraus zu machen, dir deine eigenen Spielregeln zurechtzulegen …« Irgendetwas nuschelt sie noch, doch ich verstehe sie nicht.

»Was war das?«, hake ich nach und trete einen Schritt auf sie zu.

»Du hast die Chance, ein Held zu sein.«

»*Ein Held*?« Ich kann nicht anders, als sie schmunzelnd anzublicken. »Das sagen nur diejenigen, die keine Ahnung haben. Es ist nicht heldenhaft, im Dreck zu schlafen, Steuern einzutreiben und eigentlich vernünftig denkende Leute an die Gesetze zu erinnern. Oder Kriege zu führen, die vollkommen sinnlos sind. Glaub mir, wir träumen auch, aber die Realität holt uns ein. *Immer.*« Mein Blick fällt auf ein Regal links hinter Dina. »Die Magie-Abteilung.«

Ohne auf eine Reaktion zu warten, trete ich an ihr vorbei und gehe zu dem Regal. Allein in dieser Reihe stehen bestimmt tausend Bücher. Das wird uns Zeit verschaffen. Auch kann ich mir nicht vorstellen, dass Dina die Dialekte und Fremdsprachen beherrscht. Nicht, wenn sie nicht in Nadiraan ausgebildet wurde.

»Wonach suchen wir?« Dina steht plötzlich wieder neben mir und mustert die Regale eindringlich.

»Werden wir sehen, denke ich. Ich glaube nicht, dass wir ein Buch mit dem Titel ›Ich schlafe ein, wache in einer anderen Welt auf und will wissen, was passiert‹ finden werden.«

Kopfschüttelnd begibt sich Dina auf die Suche. »Du bist ein echter Witzbold, weißt du das eigentlich?«

»Wirklich? Vielleicht habe ich meine Berufung verfehlt. Ich frage bei nächster Gelegenheit nach einer Position als Hofnarr.«

Ich liebe es, sie zur Weißglut zu treiben, ihr diese kleinen Seufzer zu entlocken, weil sie meine Kommentare nicht witzig findet.

»Und da dachte ich, Marian ist der Sprücheklopfer bei euch.«

»O ja, er ist noch schlimmer.«

Wenn man mich fragen würde, warum ich in ihrer Gegenwart so bin, wie ich es gerade bin, könnte ich es nicht beantworten. Dinas Art ist irgendwie ansteckend, und ich genieße es, einmal nicht darauf achten zu müssen, wie ich mich benehme, sondern einfach nur zu sein. Das bringt sonst nur Marian bei mir zum Vorschein. Hm …

»Diese Buchstaben sehen anders aus.«

Sofort trete ich neben Dina. »Ja, das ist eine alte Sprache aus dem Norden. Niemand außer den Gelehrten spricht sie noch.«

»Die Schriftzeichen sind sehr ähnlich zu dem, was wir bei uns im Russischen kennen. Ein paar Abwandlungen, aber ähnlich genug.«

Ich habe zwar keine Ahnung, was sie genau damit meint, bin aber wieder einmal überrascht, wie viel sie zu wissen scheint.

»Du sagtest, du hast Sprache studiert. Aber ich schätze dich jünger ein als mich. Wie kannst du so viel wissen und so jung sein?« Die Frage interessiert mich brennend.

»Ich habe schon immer gern gelesen und liebe Sprache. Nicht nur verschiedene Dialekte derselben, sondern auch anderer. Es gibt verschiedene Ursprünge und Entwicklungen wie Gemeinsamkeiten. Das finde ich einfach enorm spannend. Wenn plötzlich ein Wort Tausendende von Kilometern entfernt von seinem eigentlichen Ursprung benutzt wird, muss es immer darauf zurückgehen, dass jemand dieses andere Land besichtigt und das Wort verwendet hat. Sprache ist auch so viel mehr als ein simpler Austausch von Informationen. Es sagt viel über den Redner aus. Ist die Sprache gewählt oder eher nicht … Ach, ich könnte stundenlang weiterreden.«

Es ist absolut faszinierend, ihr zuzuhören. Hätten meine Lehrer mit derselben Leidenschaft unterrichtet, wie Dina über ihre Studien berichtet, hätte ich bei meinen Tutoren weitaus besser aufgepasst.

»Und du sagtest, du arbeitest mit alten Schriften, richtig?«

Dina nickt.

»Wieso lehrst du nicht?«

»Lehren? Nein, dafür reicht mein Wissen nicht aus.« Verlegen verfärben sich ihre Wangen in ein sattes Rot. »Aber danke.«

»So, wie ich das sehe, ist Leidenschaft viel wichtiger, als alles zu wissen. Ein Lehrer, der vorgibt, nicht mehr selbst lernen zu müssen, ist ein schlechtes Vorbild. Wie will man junge Personen dafür begeistern, Wissen zu mehren, wenn die Person, die es lehrt, sich für allwissend hält? Ich finde das ziemlich frustrierend.«

Dinas Augen leuchten bei meinen Worten, und ehe ich mich versehe, wirft sie sich in meine Arme. Für einen Augenblick stehe ich wie versteinert da. Dina scheint ein sehr körperlicher Mensch zu sein. Ich bin es eher weniger.

»Danke«, haucht sie erneut und drückt mich fest. »Immer muss ich mich erklären, treffe auf Menschen, die mich nicht verstehen und verurteilen, aber nicht bei dir. Wir unterhalten uns, und zum ersten Mal seit einer langen Zeit muss ich mich nicht verstecken. Ich wusste gar nicht mehr, wie sich das anfühlt.«

Mit so viel Komplimenten kann ich gar nicht umgehen, jedoch erwidere ich die Umarmung kurz. Gern würde ich ihr sagen, dass es mir in ihrer Gegenwart genauso geht, aber ich halte mich zurück. Sie ist eine Fremde, und ich kann immer noch nicht mit Sicherheit sagen, dass keine Bedrohung von ihr ausgeht.

Ein Buch springt mir ins Auge, und ich schiebe Dina leicht weg.

»›Die Magie des Wandelns‹. Ich glaube, wir sind richtig.«

Dina nickt, dreht sich um und greift nach dem Buch. »Wir sollten uns noch umsehen und dann einen Tisch finden.«

Also teilen wir uns auf und treffen uns einige Zeit später in der Mitte des Raumes wieder. Dina brütet schon über den Büchern und streicht über die Buchstaben, als wären sie magische Symbole.

»Hast du etwas gefunden?«

Sie schüttelt den Kopf.

Kichernd schlage ich das erste Buch auf. Dann wollen wir mal die lange Nacht beginnen.

Dina

»Dead people receive more flowers than the living ones.
Because regret is stronger than gratitude.«
– Anne Frank

Die Fackeln in der Bibliothek wurden bereits zweimal ausgewechselt, doch wir sind noch keinen Schritt weiter. Meine Augen werden immer schwerer, und ich kann mich kaum noch darauf konzentrieren, was ich lese. Dabei ist der Dialekt nicht schwer zu verstehen. Selbst die Texte, die nicht in der *Universalsprache* geschrieben sind, sind ähnlich zu unseren Sprachen. Ein klein wenig musste ich mich umgewöhnen, aber dann klappte es wie von allein.

»Du solltest schlafen«, durchbricht Quirin die Stille und klingt selbst sehr erschöpft.

Ich schüttele den Kopf. Auf keinen Fall will ich einschlafen. Das würde nur bedeuten, dass ich in meiner Welt aufwache.

Wie letztes Mal.

In einem Leben, in dem ich mich nur verstelle. Ja, in Nadiraan ist es düster, brutal, dennoch will ich hier sein. Hier habe ich die Aufgabe, etwas wiedergutzumachen, kann etwas verändern. Ich will nicht zurück zu den belanglosen

Gesprächen, Tätigkeiten, die mir zwar Spaß machen, aber niemals für sich selbst stehen werden.

Ich beschäftige mich mit Dingen, die *andere* geschrieben haben, die Auswirkungen auf *andere* Menschen hatten. Quirin und Marian kämpfen – wenn auch in den Schatten – für etwas Gutes. Für eine bessere Welt. Sie haben einen Antrieb, den ich noch nie hatte. Ihre Energie zieht mich mit, die Möglichkeit, wirklich etwas zu verändern.

»Du bist völlig erschöpft, Dina, und ich ehrlicherweise auch.« Seine Worte werden von einem lauten Gähnen begleitet.

»Ich arbeite noch etwas weiter«, murmele ich, als mir etwas ins Auge springt, das wichtig sein könnte.

»Hast du etwas gefunden?«

Sanft kitzelt Quirins Atem meinen Nacken, und als ich mich zu ihm drehen will, sehe ich, wie nah er mir ist. Er muss sich hinter meinen Stuhl gestellt und heruntergebeugt haben.

Mein Körper reagiert auf seine Nähe, indem sich ein wohliges Kribbeln in meinem Bauch ausbreitet. Er sagte mir am ersten Abend frei heraus, dass er kein Interesse an mir hat, und ich glaube es ihm, dennoch genieße ich diese Art der unaufdringlichen Nähe. Trotz allem, was heute vorgefallen ist – oder sollte ich sagen, gerade deshalb?

Ich bin es nicht gewohnt, mit einem Mann Zeit zu verbringen, ohne dass ein Hintergedanke dahintersteht. Sei es in einer Beziehung oder im Dating. Es ist so herrlich erfrischend, einfach die Anwesenheit des anderen zu genießen, herumzualbern oder auch konzentriert zu arbeiten. All dies schenkt mir eine Ruhe, die ich am liebsten wie ein Schwamm aufsaugen will. Quirin gibt mir etwas, von dem ich nie wusste, dass es mir fehlt, das ich aber umso weniger gehen lassen will.

Und doch weiß ich nicht, ob ich mir nicht ein wenig mehr wünschen würde. Es wäre ein Leichtes, meinen Kopf zu drehen und mir einen Kuss zu stehlen, aber dann wäre ich nicht besser als die Männer, die ich genau dafür verurteile. Quirin und ich sind gut so, wie wir sind, und das möchte ich keinesfalls verändern. Jedenfalls nicht zum Nachteil.

Als ich merke, dass ich ihm noch immer nicht geantwortet habe, räuspere ich mich laut. »Ich glaube, das könnte etwas sein.« Mit meinem Finger zeige ich auf die Passage, und Quirin liest laut vor.

»Im Glauben der alten Götter wurde das Seelenband verehrt. Stets gab es zwei Gottheiten, die durch ihre Gemeinsamkeiten und Unterschiede das Gleichgewicht der Welt aufrechterhielten. Licht und Schatten, Wasser und Feuer, Erde und Luft, Gut und Böse, Krieg und Frieden, Chaos und Ruhe. Das oberste Ziel des Volkes war es, seinen Seelenverwandten zu finden. Ehen durften nur mit dem passenden Partner geschlossen werden, weshalb diejenigen, die keinen Seelenverwandten fanden, oft einsam und von der Gesellschaft ausgeschlossen gelebt haben. Mit der ersten Revolution und dem Zusammenschluss des Königreichs wurde auch diese Tradition ihrer Macht enthoben.« Quirin richtet sich wieder auf. »Das ist ja gut und schön, aber hilft uns nicht weiter.«

Seufzend nehme ich das Buch in die Hand und lese weiter vor. *»Manchmal jedoch kam es vor, dass die Verlassenen von ihren Seelenverwandten träumten und sie in anderen Umgebungen, gar Welten sahen. Sie verbrachten Zeit mit ihnen, konnten jedoch nie wirklich zusammen sein. Dieses Schicksal war allgemein als ›Seelenwanderung‹ bekannt.«* Mit einem Schmunzeln drehe ich mich zu Quirin um. »Das kommt dir bekannt vor, oder?«

»Willst du damit sagen, du bist meine *Seelenverwandte?*« Für einige Momente denke ich über meine Worte genauestens nach, doch Quirin kommt mir zuvor. »Gibt es das in deiner Welt? Ergibt das irgendeinen Sinn? Denn ich höre zum ersten Mal davon. Das ist eine Spinnerei, nichts weiter, Dina.«

Mir gefällt sein Ton überhaupt nicht. Zwar kenne ich ihn kaum, dennoch merke ich, dass irgendetwas anders ist.

Aber gewaltig.

»Es gibt Geschichten, ja«, antworte ich melancholisch und mit einer kleinen Spur Vorsicht. »Aber es ist mehr im romantischen Sinne. Ich kenne es aus Romanen, auch ist mir eine Legende aus dem asiatischen Raum bekannt. Oft wird bei unseren Eheschließungen davon gesprochen, den Seelenverwandten gefunden zu haben, und irgendwie träumt jeder davon. Doch ob es wirklich wahr ist? Hier steht jedenfalls nicht nur, dass Leute dachten, dass es wahr ist, sondern auch danach gehandelt haben.«

Stets hatte ich romantische Träume und Wünsche, aber geglaubt habe ich nicht wirklich daran. Eine Person, die deine Seele vervollständigt, das fehlende Puzzlestück – ist das nicht ein wenig einfach?

Quirin nimmt mir das Buch aus der Hand und schaut auf den Titel und Autor, ehe er sich der Rückseite widmet. »Hier steht, dass es noch einige Anhänger des alten Glaubens gibt. Heute leben sie als Nomaden. Wir haben ihre Zelte oftmals bei unseren Reisen gesehen. Von ihnen werden wir nichts erfahren.« Damit klappt er das Buch zu und legt es auf den Tisch.

»Wir könnten sie fragen, nein, wir *müssen!*«

Ich weiß nicht, warum ich eine solche Panik davor habe, diese Welt zu verlassen. Einzuschlafen und zu Hause wieder aufzuwachen. Vielleicht, weil es sich doch als Traum herausstellen könnte und ich niemals wiederkomme. Weil die Chance darauf, Teil von etwas zu sein, wie eine Seifenblase zerplatzen könnte.

»Wir werden dort keine Antworten erhalten. Es ist spät, und ich will schlafen!«

Quirin reicht mir seine Hand, die ich annehme. Er hilft mir auf und führt mich in Richtung Ausgang. So werde ich von ihm keine Antworten erhalten – oder irgendeine Art der Unterstützung. Er stand doch bisher auf meiner Seite. Was hat sich jetzt geändert? Warum will er nicht zu den Nomaden?

»Sollten wir nicht aufräumen?«, starte ich einen kläglichen Versuch, Zeit zu schinden.

»Das habe ich früher und wurde dafür ausgeschimpft, die heilige Ordnung zu zerstören. In Tifus räumen die Bibliothekare alles wieder ein. Es mag auf den ersten Blick unhöflich erscheinen, aber die Unordnung, die wir stiften könnten, wiegt schwerer, als ihnen das Einsortieren zu überlassen.«

Gut, das klingt logisch. Sollte ich vielleicht bei mir auf der Arbeit auch einführen. Würde einige Situationen deutlich einfacher gestalten.

An der Tür bemerke ich, dass ich seine Hand noch immer festhalte. Sein Griff ist leicht, jederzeit bereit, mich loszulassen, doch mein Körper scheint sich zu weigern.

»Danke für alles, Quirin.«

Verwundert mustert er mich. In meinem Kopf höre ich ein leises Klingeln.

»Sollten wir uns nicht mehr wiedersehen, wollte ich es noch mal gesagt haben. Danke für die schönen Stunden, die Rettung und dass ich bei dir einfach ich selbst sein darf.«

Das Klingeln wird lauter, und ich erkenne es als meinen Wecker.

Irritiert starrt er mich an. Ich sehe, dass sich seine Lippen bewegen, höre aber keines seiner Worte. Die Sicht auf Quirin verschwimmt, und mein Schlafzimmer nimmt vor mir Gestalt an.

Erst nach einigen Momenten bemerke ich, dass Tränen über meine Wangen laufen. Ich fühle mich so leer, so allein als hätte ich einen Teil meiner Seele dort zurückgelassen – nein, als wäre mir dieser gewaltsam entrissen worden. Es ist ein unbeschreibliches Gefühl, eine Endgültigkeit, die mir vollkommen den Boden unter den Füßen wegzieht.

Ein Wimmern verlässt meine Kehle, alle schönen Gefühle der letzten Stunden versinken in dem Chaos der schlechten. Wie ein Sturm, der beschlossen hat, mich einfach auszuspucken und mir selbst zu überlassen.

Kann es wirklich sein?

Das Seelenband?

Ist Quirin etwa …

Egal, was es zu bedeuten hat, ich muss zurück.

Starr liege ich in meinem Bett, während der Alarm schon zum dritten Mal läutet. Mein Rücken und Nacken schmerzen, als hätte ich die ganze Nacht über einem Tisch gebeugt dagesessen. Ich kann gar nicht verarbeiten, was in den letzten Stunden geschehen ist. Es muss real sein, aber das bedeutet auch …

Ein Schluchzen verlässt meine Kehle. Wie selbstverständlich habe ich mich in Gefahr begeben, habe so getan, als könnte mir nichts etwas anhaben. Habe mich in der Sicherheit gewogen, dass ich schon wieder aufwachen werde und das nächste Abenteuer auf mich wartet. Der Ausdruck in Marians Augen, als wir uns unterhalten haben … Es muss ihm das Herz zerrissen haben, zu sehen, wie Quirin eingeschritten ist, um mich zu retten, wo für ihn keine Rettung kam. Und dennoch hat er mich nicht verurteilt, sondern mir zugehört.

Wie er auf meine Berührung reagiert hat …

Wenn ich an meine Zeit in Nadiraan denke, weiß ich gar nicht, warum ich reagiert habe, wie ich es getan habe. Sonst lege ich auch kein überschwängliches Selbstvertrauen an den Tag. Traum oder nicht, ich habe damit Menschen wehgetan. Das bin ich nicht!

Ich muss einen Weg zurück finden. Wenn es wirklich stimmen sollte, was ich gelesen habe, ist es möglich. Ich werde einen Weg finden und alles in meiner Macht Stehende tun, um Quirin und Marian zu unterstützen. Um wiedergutzumachen, dass sie für mich von ihrem Weg abgewichen sind. Das bin ich ihnen einfach schuldig.

Ich bin es Nadiraan und allen Menschen schuldig, für die keine Hilfe kam.

Ein viertes Mal klingelt mein Wecker. Auf der Arbeit werde ich Nachforschungen zum Thema Traumwandeln anstellen. Mit unseren fast grenzenlosen Möglichkeiten werde ich sicherlich etwas finden.

Wieso nur fühle ich mich zu einer Welt hingezogen, die ich vor ein paar Tagen noch nicht kannte? Wieso bin ich mehr mit ihr verbunden als mit meinem Leben hier? Es sind wirklich schlimme Dinge geschehen, und doch will ich zurück. So habe ich mich noch nie gefühlt, so entschlossen. Meinen Weg sehe ich klar vor mir, und ich werde ihn gehen.

Enthusiastisch schwinge ich mich aus dem Bett und spüre sogleich eine bleierne Müdigkeit in meinen Knochen. Ausgeruht bin ich nicht. Leicht verschwimmt meine Sicht, und mein Kreislauf braucht ein paar Minuten, um sich an die neue Lage zu gewöhnen. Ein lautes Gähnen entweicht mir, direkt darauf ein weiteres – und noch eines. Ich steigere mich förmlich hinein und kann gar nicht mehr aufhören.

Träge gehe ich zum Fenster und öffne es. Die Morgenluft ist kühl und peitscht mir ins Gesicht, aber weckt mich auch nicht wirklich. Mit halb geschlossenen Augen blicke ich an mir hinunter. Das sind … Quirins Sachen. Aber ich bin doch mit meinem Nachthemd eingeschlafen, habe es in Tifus getragen. Heißt das etwa …

Das kann ich nicht müde beurteilen, also geht mein nächster Gang zur Kaffeemaschine, wo ich mir einen Espresso gönne. Aber auch der hilft kein Stück weiter. Meine Knochen schmerzen, meine Muskeln ziehen und ich kann mir nicht erklären, warum. Selbst wenn es wahr sein sollte und ich wirklich in Nadiraan war, dann doch sicher nicht mit meinem Körper, oder?

Im Bad bekomme ich einen weiteren Beweis dafür, wie falsch ich lag. Dicke Abdrücke zieren meine Handgelenke und sehen aus, als würden sie von den großen Pranken eines riesigen Menschen stammen.

Der Hüne, schießt es mir durch den Kopf.

Er hat mich grob gepackt und gezerrt. Obwohl mir mein Verstand etwas anderes sagen will, sickert die Erkenntnis im Angesicht dieses Beweises immer mehr in mein Bewusstsein.

Es ist kein Traum. Nichts davon.

Kurz betrachte ich meinen Hals, sehe ganz leichte Verfärbungen durch Marians Griff. Sanft fahre ich darüber. Was muss er in seinem Leben gesehen haben, was muss ihm angetan worden sein, dass er so auf mich reagiert hat? Keinen anderen Ausweg als den Angriff sah? Auf eine Person, die ihm gar nicht gefährlich werden kann.

Aber ich wurde gefährlich. Auf eine ganz andere Art, die nicht minder schmerzt.

Also bin ich nicht nur im Geiste in Nadiraan, sondern auch mit meinem Körper. Ein Grund mehr, herauszufinden, was hier vor sich geht.

Auf der Arbeit gehe ich direkt an den PC und starte einen Suchlauf über Traumwandeln. Es ist mir egal, dass Papierkram auf mich wartet. Das Papier stirbt nicht, wenn ich es einen Tag nicht bearbeite. Die Sklaven in Nadiraan schon.

Das Volk der Anishinaabe, ein großer und bekannter indigener Stamm in Minnesota, ist bekannt für seine enge Bindung zu Träumen. Die uns bekannten Traumfänger gehen ebenfalls auf sie zurück. Sie sehen die Träume teils als realer an als die wirkliche Welt, ein wenig zu vergleichen mit dem Himmel im Christentum. In ihren Augen ist es erstrebenswert, in der Traumwelt zu versinken, auf einer Art Metaebene eins mit ihr zu werden. Da Raven-Falls an der kanadischen Grenze liegt, werden wir sicherlich auch einige Aufzeichnungen über die Ureinwohner haben.

Sofort mache ich mich auf, ignoriere meinen protestierenden Körper und gehe in die Abteilung des Archivs, die auf die Ureinwohner spezialisiert ist.

»Hey, Betty. Alles gut bei dir?«, grüße ich die alte Dame, die diesen Teil bedient.

Sie ist fast so alt wie das Inventar – gefühlt zumindest. Seit der Digitalisierung ist eine mündliche Auskunft meist nicht mehr nötig, aber eine Frau kurz vor der Rente zu kündigen, hat niemand über das Herz gebracht, und Betty vor einen PC zu setzen, grenzt an Folter. Einmal hat sie mich allen Ernstes gefragt, wozu man einen Doppelklick benötigt. Dazu kann man auch nichts mehr sagen.

»Aber sicher, Kindchen. Was kann ich für dich tun?«

»Ich suche etwas über die Traumkultur der Anishinaabe.«

Ich weiß zwar genau, wo ich suchen muss, aber wenn Betty da ist, kann ich sie auch involvieren. Es gibt ihr ein gutes Gefühl und mir auch, wenn ich ihr zeigen kann, dass sie noch immer wichtig ist.

»Da haben wir einiges.« Betty erhebt sich gemächlich von ihrem Stuhl und tritt an das Regal hinter ihr heran. »Suchst du etwas ganz Bestimmtes?«

»Traumwandeln?«

Genaueres habe ich auch in unserer Datenbank nicht gefunden.

»Dazu gibt es tatsächlich nicht allzu viel. Als die Vertreibung der Ureinwohner extreme Ausmaße angenommen hat, wurde diese Kultur weitestgehend verbannt. Erst in den Sechzigern wurde so langsam wieder darüber gesprochen. Eine Schande.«

Betty kommt mit zwei Schriftstücken wieder, die sie mir lächelnd in die Hand drückt. Jeder in Raven-Falls kennt sie. Sie hat sechzehn Enkelkinder und schon fünf Urenkel, von denen immer die aktuellen Bilder auf ihrem Schreibtisch stehen.

Die Tür zum Archiv wird aufgestoßen, und der Klang von Absätzen dringt an meine Ohren.

»Hier bist du Nerd ja. Ich brauche die Übersicht der Teilnehmer der letzten Konferenz mit den Stadträten und den Leuten aus dem Reservat.«

Wie ich Stacy verabscheue.

»Schau im Intranet, wie jeder andere auch. Dort ist alles vermerkt.«

»Du sollst es mir aber raussuchen.«

»Sagt wer?«

Ich bin selbst überrascht, wie ich gerade reagiere. Besonders auf der Arbeit versuche ich normalerweise, mich zurückzuhalten, damit ich meine Ruhe habe. Ist es die Müdigkeit?

»Der Bürgermeister, und jetzt husch, husch. Du willst ihn doch nicht warten lassen.«

»Redest du von dir selbst?«, schieße ich zurück, ehe ich mich trotzdem in Bewegung setze. Streit hilft niemandem.

Knapp verabschiede ich mich von Betty und gehe vor in mein Büro.

»Für eine simple Bibliothekarin, die sich den ganzen Tag im Keller versteckt, bist du ziemlich frech.«

Mit hochgezogenen Augenbrauen, auf mein letztes Fünkchen Selbstbeherrschung fixiert, versuche ich, sie zu ignorieren. Bloß kein weiteres Futter geben. Es gibt deutlich Wichtigeres als diese kleine Möchtegernmadame.

»Aber kein Wunder. Wenn man einsam ist, versucht man, es nicht so aussehen zu lassen, nicht wahr? ›Bissiger Köter‹ steht dir trotzdem nicht.«

Automatisch balle ich meine Hand zur Faust und zwinge mich, tief durchzuatmen, als ich an meinen PC herantrete.

Gleich ist sie weg, nur noch ein paar Minuten, rede ich mir ein, als würde das irgendwie helfen.

»Bloß weil ich allein hier bin, bin ich nicht einsam, und ich kann mich nicht daran erinnern, nach deiner Meinung gefragt zu haben, Stacy.«

Es ist sicher die Rache für die Sache in der Kantine.

»Welches Jahr?«, besinne ich mich wieder auf das Thema.

»Das habe ich gesagt, das letzte Treffen.«

»Also dieses Jahr.«

Nach ein paar Klicks habe ich die Daten und maile sie Stacy zu. Dass sie extra den Weg hierher angetreten ist, zeigt eindeutig, dass sie ihren Geltungsdrang ausleben muss.

»Hast die Daten per Mail.«

»Ich brauche sie ausgedruckt.«

Schnaubend drücke ich auf ›Print‹ und blicke sie danach mit einem verkniffenen Lächeln an, während der Drucker zum Leben erwacht.

»Wieso dauert das so lange?«, beschwert sie sich.

»Ich drucke nicht viel.«

»Ein weiterer Beweis dafür, wie unwichtig dein Job ist.«

Das Papier wird ausgespuckt. Ich greife danach und drücke es Stacy etwas zu fest in die Hand.

Sie dreht sich mit einem ekelerregenden Grinsen um, und ich kann mich nicht mehr zurückhalten.

»Zieh nächstes Mal einen längeren Rock an. Deine Knie sind rot, und nicht jeder muss wissen, dass du gerade unter dem Schreibtisch des Bürgermeisters saßt. Oh, entschuldige, *ihm assistiert hast.*«

Stacy bleibt mit offenem Mund stehen, und ich knalle ihr die Tür vor der Nase zu, passend zu ihrer frustrierten Hasstirade. Direkt drehe ich den Schlüssel im Schloss um und lehne mich schwer atmend dagegen.

Wieso muss ich gerade jetzt an Quirin denken? Daran, wie er mich gestern für die Deeskalation mit den Betrunkenen gelobt hat. Jetzt war ich nicht ganz so deeskalierend und hätte etwas von seiner Ruhe gebrauchen können. Die Quittung werde ich ganz sicher erhalten, aber das war es mir wert. Diese Konferenz war absolut unbedeutend, und dafür macht sie einen Aufriss.

Merkwürdig. Bis gestern war das alles noch das Zentrum meines Lebens, jetzt kann ich es kaum abwarten, wieder in den Schlaf zu sinken und zu dem Leben zurückzukehren, das sich wahr anfühlt.

Mein Blick fällt auf die Schriftstücke, die ich von Betty erhalten habe, und ich weiß, dass nur eine Sache meinen Tag retten kann: einen Weg zurück nach Nadiraan zu finden, vielleicht auch einen etwas permanenteren.

Quirin

Wie versteinert stehe ich vor der Tür der Bibliothek. Vor einer Sekunde habe ich noch in Dinas Augen geblickt, doch starre jetzt nur ins Leere.

Sie hat die Wahrheit gesagt … Wie ist das möglich?

Mehrfach schüttele ich den Kopf, versuche, einen Sinn in all dem zu finden, was ich gerade mitbekommen habe. Sie hat sich einfach in Luft aufgelöst. Im einen Moment haben wir noch miteinander gesprochen, im nächsten war sie weg. Einfach verschwunden. Zurück in *ihrer* Welt.

Aber bedeutet das … Die Seelenwanderung …

Ich habe sie im Wald gefunden. Bedeutet das etwa, dass sie *meine* Seelenverwandte ist?

Plötzlich bin ich wieder hellwach und eile zurück zum Tisch. Natürlich sind nachts keine Bibliothekare anwesend, also liegt noch alles genau so da, wie ich es hinterlassen habe. Wie *wir* es hinterlassen haben.

Immer wieder lese ich die Passagen. Das kann nicht sein. Warum ich? Mit aller Macht habe ich mich genau dagegen gewehrt, bin nie eine Beziehung eingegangen, damit es niemals dazu kommt. Natürlich waren da noch andere Gründe, aber dies ist mit der schwerwiegendste. Liebe und der ganze Quatsch, der dazugehört, enden nur im Tod. Und darauf läuft dieser gesamte Schwachsinn doch hinaus.

»Quirin?«, ertönt Marians Stimme neben mir, und ich fahre erschrocken zusammen. »Wo ist Dina?«

Immer noch tief in Gedanken versunken, blicke ich nach oben. »Sie hat die Wahrheit gesagt, Marian. Ich habe es mit eigenen Augen gesehen.«

Anscheinend sieht er, wie aufgebracht ich bin, denn er setzt sich zu mir und sagt kein Wort. Wartet einfach geduldig ab.

»Sie stand vor mir und hat sich dann in Luft aufgelöst.«

Sicher, in Nadiraan gibt es Hexen und Magier. Doch von dieser Art Magie habe ich noch nie gehört. Oftmals heilen Hexen, Magier können auch gewisse Dinge der Natur beeinflussen, andere wiederum haben Kräfte des Geistes, aber das hier ist etwas ganz anderes.

»Du bist seit Ewigkeiten wach, mein Freund. Ich möchte euch beiden glauben, doch das klingt etwas …«

»Wahnsinnig«, beende ich seinen Satz. »Ich weiß. Sieh hier.«

Ich zeige ihm das Buch, und er liest aufmerksam, wenn auch langsam. Vor all den Jahren habe ich ihm das Lesen beigebracht, dennoch braucht er bei komplexen Texten immer noch etwas länger. Kaum ein Soldat in der Armee kann lesen, es ist den Hochwohlgeborenen vorbehalten. Nur die wenigsten gewöhnlichen Leute Nadiraans beherrschen es.

»Seelenverwandte, ist das nicht … Ich kenne es nur aus deinen Geschichten, aber …« Marian wählt seine Worte mit Bedacht, und ich weiß genau, warum. »Was bedeutet das für dich?«

Stets dachte ich, dass wenn es eine Person in dieser Welt gibt, die einer Seelenverwandtschaft am nächsten kommt, es Marian ist. Ja, es ist verboten, *falsch* – zumindest in den Augen der Gesellschaft –, aber nie habe ich daran gezweifelt, dass es doch sein könnte … *richtig* ist. Wir haben so viel durchgestanden, sind immer zusammen, und jetzt taucht Dina auf und soll genau diesen Platz beanspruchen, den ich gar nicht vergeben will? Den an meiner Seite.

Das kann nicht sein.

»Ich habe keine Ahnung …«

Auch wenn ich oft von dem Seelenband gehört habe, war es immer im romantischen Sinne. Der fehlende Teil deiner Seele, die Person, die für alle Zeit dazu auserwählt ist, dich zu finden. Meine Eltern sprachen stets davon, Seelenverwandte zu sein. Für manche mag es eine Spielerei sein, für mich ist es bitterer Ernst. Es jetzt annähernd bestätigt zu wissen … im Zentrum eines solchen Bandes zu stehen … Ich kann nicht in Worte fassen, was das in mir auslöst.

»Puh …«, seufzt Marian.

Er muss gar nicht aussprechen, dass es ihm ähnlich geht wie mir. Die Kränkung ist ihm auf die Stirn geschrieben. Auch wenn wir es nie auf diese Art ausgelebt hätten, wir hatten immer uns und es war gut so. Es war unsere Wahrheit, wenn auch unausgesprochen. Alles außerhalb der Beziehung, die wir pflegen, ist verboten, warum sollte sich jedoch meine Seele dafür interessieren? Sie fühlt, was sie fühlen will, hält sich nicht an gesellschaftliche Normen. Dennoch … kann ich mich so vertan haben? *Wir beide?*

Es hat fatale Folgen, wenn man das Seelenband ausschlägt – so viel weiß ich. Ich halte von dem Glauben meiner Mutter nicht viel in Ehren, versuche die meiste Zeit, ihn zu verdrängen, aber das hat sie mir immer gepredigt. Das Band sei ein Geschenk, das nur die Unwürdigen verstoßen und dafür bitter bezahlen. Wie, hat sie mir nie gesagt. Das bedeutet, dass ich, sosehr ich mich auch dagegen sträuben mag, zu den Schamanen aufbrechen muss. In den alten Schriften galten sie gemeinhin als Nomaden, jedoch wurden sie gezwungen, sesshaft zu werden. *Wo man sie im Auge behalten kann.*

Nur dort werde ich Antworten finden. Hoffentlich welche, die mir gefallen.

»Wir müssen - wenn Dina wiederkommt - auf dem Rückweg bei den Schamanen weitere Informationen einholen. Wenn das stimmt ...«

Marian blickt mich mit einer Zerrissenheit an, die ich ihm am liebsten spiegeln würde. Dennoch bin ich immer stark. Für uns beide.

»Wenn Dina–«

»Es wird zwischen uns nichts ändern. Du bist mein bester Freund.«

»Und der werde ich immer bleiben, nicht wahr?«

Anders als Marian bin ich noch nie eine Beziehung eingegangen, habe noch nie jemanden an mich herangelassen. Er ist das komplette Gegenteil, ein echter Schürzenjäger, wenn man so will. Marian wird nie die Chance haben, eine Familie zu gründen, also warum zurückhalten? Wir werden nie mehr sein als das, was wir sind. Jetzt jedoch einen Weg zu betreten, auf dem er mir nicht folgen kann, ist etwas ganz anderes.

»Ich weiß, es ist unüblich, so etwas zu sagen, aber pass auf, dass du nicht in etwas hineingerätst, das du nicht willst.«

Eindringlich schaut Marian in meine Augen. Wenn jemand weiß, dass ich keine Beziehung möchte, ist er es. Weder werde ich eine Familie haben noch eine Frau an meiner Seite. Dem habe ich vor einer langen Zeit abgeschworen.

»Nicht nur Frauenherzen können gebrochen werden, Quirin.«

»Ich empfinde nichts für Dina, Marian. Sie ist eine Fremde, dennoch werde ich sie nicht verleugnen können, wenn es stimmt. Wenn sie für mich …«

Enttäuscht wendet er den Blick ab. Ich würde zu gern noch etwas sagen, doch da dringen die Stimmen der Zwillinge an mein Ohr und ich beschließe, dass es Zeit ist, zu gehen.

Heute Morgen will ich die Einheit über alles aufklären, was wir vom Statthalter erfahren haben, und danach vielleicht noch mal mit ihm reden.

Ein lautes Gähnen verlässt meine Lippen.

Und vielleicht noch etwas schlafen.

Dreizehn gespannte Augenpaare starren mir entgegen. Wir haben uns in eine der Räumlichkeiten des Statthalters zurückgezogen, damit wir unsere Ruhe haben und die nächsten Schritte besprechen können.

»Kurz gesagt«, beginne ich und atme noch einmal tief durch, »wollen die Herzöge Vitus ersetzen.«

Ein erschrockenes Einatmen geht durch den Raum.

»Durch mich.«

Absolute Stille.

Normalerweise kommt immer ein Kommentar, gerade von den Zwillingen, doch auch ihnen hat es komplett die Sprache verschlagen.

»Ich denke, ich muss euch nicht sagen, dass ich diese Position nicht annehmen will und es absolut ablehne, in etwas hineingedrängt zu werden, hinter dem ich nicht stehe.«

Marian haut mir aufbauend auf die Schulter.

Darius, der diplomatischste und zudem älteste meiner Männer, ist der Erste, der sich räuspert. »Ich glaube, da hast du nicht allzu viel Mitspracherecht, Junge. Wenn die sich etwas in den Kopf gesetzt haben, wird es geschehen, ob nun mit dir oder jemand anderem. Aber aus allen Kandidaten bist du die logische Lösung. Wenigstens diesbezüglich muss ich den Herzögen ein Lob aussprechen.«

»Wieso das denn? Weil er ein gehorsamer Soldat ist? Zumindest auf dem Papier? Quirin hat alles getan, was Vitus verlangt hat. Wir alle leisten gute Arbeit, sind loyal – und das ist der Dank?«, echauffiert sich Amaya.

»Nein, Kind. Weil Quirin wie sonst niemand der königlichen Familie in diesem Reich bekannt ist, sogar über den Kontinent hinaus. Er hat sich den Respekt vieler Bewohner Nadiraans verdient, ist geschätzt. Wenn ein Kandidat vom gemeinen Volk unterstützt wird, dann ist er es. Ein geschickter Schachzug.«

»Dann noch die Sache mit der Sklavin«, fügt Ilya an. »Man könnte fast meinen, sie haben es geschickt eingefädelt und genau so geplant. Was weißt du über sie? Wir alle haben sie gestern zum ersten Mal gesehen.«

Ich beschließe, ehrlich zu ihnen zu sein und ihnen alles zu erzählen, was ich weiß. Nie hatten wir Geheimnisse in dieser Einheit, und ich will nicht in so einer wichtigen Situation damit anfangen.

»Also bewahrheiten sich die alten Geschichten«, fasst Darius zusammen. »Dass es genau jetzt geschieht, wird auch ein Zeichen sein.«

Er ist einer der wenigen, die an Schicksal glauben. An die Wichtigkeit der Rolle, die wir alle im ›großen Ganzen‹ spielen. Wie im alten Glauben auch, ist er fest von der Wiedergeburt überzeugt. Davon, dass wir erst Frieden finden können, wenn wir unsere Lektionen gelernt und unsere Qualitäten zu unseren besten Möglichkeiten ausgeschöpft haben. Dazu passt ebenfalls die Seelenwanderung. Öffentlich darf er das nach dem letzten Bürgerkrieg vor fünfzehn Jahren nicht mehr sagen – eigentlich nicht einmal mehr denken. Doch in unserer Einheit spielt das keine Rolle.

»Das heißt, wir sollten unbedingt zu einem Schamanen und uns informieren. Denn ich glaube nicht, dass es nur Auswirkungen auf dich hat, Quirin.«

»Das befürchte ich auch.«

Trotz des Chaos, das um mich wütet, bin ich froh, mich immer auf meine Einheit verlassen zu können. Meine Leute werden an meiner Seite sein, egal, wem oder was wir gegenüberstehen.

Jeder von uns hat eine bestimmte Aufgabe. Marian und ich übernehmen die Führung, Darius hält uns von Dummheiten ab und ist gemeinsam mit Ilya eher diplomatisch unterwegs. Amaya und Amina sind unsere Kundschafter, Konrad, Gerit, Markus und Olaf sind die Bogenschützen, Oswin und Otto sind unsere Heiler und Dagur, Darian, Darius' Sohn und Alwin sind unsere Kavallerie.

Wir alle haben unsere Stärken. Das Reden und Planen obliegt meist Darius, Ilya, Marian und mir. Nicht, weil wir die anderen nicht einbeziehen wollen, sondern eher, weil es einfach ist, Entscheidungen im kleinen Kreis zu treffen. Jedoch wird nichts ohne eine mehrheitliche Zustimmung unternommen.

»Ist jeder damit einverstanden?«

Ein kollektives »Ja« ertönt.

»Gut. Ich werde beim Statthalter eine Verlängerung unseres Aufenthaltes ankündigen. Wir brauchen weitere Informationen, und je länger wir die Rückreise hinziehen können, desto besser.«

»Sie wollen Vitus vor der Krönung stürzen.«

Mit einem Nicken erhebe ich mich. »Genau das befürchte ich.« Ich bedeute Marian, mir zu folgen, doch wie immer ist er schon an meiner Seite. »Hört euch um und verhaltet euch sonst ruhig, ja?«

Meine Worte sind besonders an Amaya und Amina gerichtet. Wenn jemand Unruhe stiftet, dann die beiden. Da helfen auch nicht ihre unschuldigen Blicke, mit denen sie mich in diesem Moment mustern.

Es dauert nicht lange, bis wir bei den Räumlichkeiten des Statthalters ankommen. Ich klopfe an, gleichzeitig mit einem beruhigenden Schulterklopfer von Marian, und wir werden sogleich hineingebeten.

»Es freut mich sehr, dass Ihr so kurzfristig vor eurer Abreise doch noch das Gespräch suchen wollt. Das gestrige ist doch recht abrupt geendet«, beginnt der Statthalter und deutet auf die beiden Stühle vor seinem Schreibtisch.

Ohne etwas zu erwidern, setzen wir uns.

»Statthalter …«

Zögerlich hole ich Luft, denn das, was ich jetzt tun werde, geht gegen alles, wofür ich stehe, was ich von mir halte. Dennoch ist es der einzige Weg, den wir beschreiten können, um für die Sicherheit aller zu sorgen.

»Zunächst würden wir unseren Aufenthalt noch etwas verlängern, wenn es genehm ist. Nur für ein paar Tage.«

Das Gesicht des Statthalters erhellt sich vor Freude. »Gern doch. Ihr wisst, dass Ihr hier stets willkommen seid, Prinz Quirin.«

»Und dann hätte ich noch eine Bitte.« Mein Magen verkrampft sich, sodass ich mir nicht sicher bin, ob ich mich gleich auf den Schreibtisch übergeben werde. Doch es führt kein Weg daran vorbei. »Könntet Ihr ein Treffen mit den führenden Personen hinter dem geheimen Vorhaben arrangieren?«

Sein Grinsen wird nur noch breiter. »Sicherlich.«

Innerlich atme ich auf. Wir müssen mehr darüber erfahren, was passieren wird, was geplant ist und vor allem, was mit Vitus und seiner Familie geschehen soll.

Ich werde ihn warnen und gleich nach dem Gespräch meinen Raben Nox mit einer Botschaft in die Hauptstadt schicken. Vielleicht ist es sinnig, dass Vitus erst einmal die Flucht ergreift, bis die Situation unter Kontrolle und seine Sicherheit gewiss ist. Ich kontrolliere die Armee und werde Nadis schon ruhig halten können. Auch wenn ich nur ein General bin, der meist durch die Weltgeschichte gejagt wird, bin ich ein Mitglied der königlichen Familie und habe viele Freunde und Loyalitäten in meiner Heimat. Es wird mir gelingen. Anschließend können wir weitersehen.

Ich bin so in Gedanken versunken, dass ich gar nicht bemerkt habe, wie der Statthalter ein Pergament hervorgeholt hat. Wortlos schiebt er es zu mir, und Marian wirft als Erster einen Blick darauf.

»Nein!« Wütend springt Marian auf und nimmt das Pergament in die Hand. »Das ist doch nur eine Absicherung für Euch, nichts mehr.«

Marian blickt zu mir, und ich strecke meine Hand aus. Zögerlich gibt er mir das Pergament, und ich kann nicht glauben, was ich lese.

Hiermit erkläre ich, Quirin, General der Armee Nadiraans, dass ich Anspruch auf den Thron erhebe und meinen Cousin Vitus denunziere. Er hat sich die Krone unter falschen Umständen zu Eigen gemacht und die wahren Erben bestohlen. Wer der Krone Nadiraans treu ist, wird sich unter meinem Banner vereinen, um den Thronräuber Vitus zu vertreiben.

»Eine reine Formalität«, flötet der Statthalter.

»Damit bekenne ich mich zu Hochverrat. Warum sollte ich das tun?«, knurre ich.

Als Marian erkennt, dass ich noch nicht vollkommen den Verstand verloren habe, setzt er sich erneut hin und atmet geräuschvoll aus.

»Weder sind hier die wirklichen Organisatoren des Aufstands benannt noch weiß ich, von wem das Schriftstück kommt. So, wie es für mich aussieht, wollt Ihr einen Aufstand anzetteln, Vitus und mich hinrichten lassen, da wir beide in Euren Augen des Hochverrats schuldig sind, und auf unseren Gräbern Eure Macht aufbauen. Danke, aber nein danke.« Ich zerknülle das Pergament mit beiden Händen und werfe es auf den Schreibtisch. »Übermorgen wird eine Sitzung stattfinden, bei der ich die Leute dahinter kennenlernen werde, andernfalls findet *Ihr* Euch auf der Seite des Hochverrats wieder.«

»Woher–«

»Ihr habt dieses Pergament vorbereitet und würdet es niemals so verschicken«, unterbricht ihn Marian und steht ebenfalls auf. »Das heißt, die Drahtzieher sind hier oder in der Nähe. Ihr wusstet, dass wir kommen, und wollt kein Risiko eingehen. Also tut, was Euch befohlen wurde.«

Marian macht keinen Hehl daraus, wie sehr er es genießt, dem Statthalter die Meinung zu geigen. Und mich stärkt allein das Gefühl, ihn an meiner Seite zu haben.

Das ist Loyalität, die ich mir aufgebaut habe, und egal, wofür ich mich entscheide, Menschen werden mir folgen. Sollte ich jemals wirklich einen Aufstand anzetteln wollen, hätte ich definitiv die Unterstützung, die ich benötige. Fraglich ist nur, für welches Ziel ich dieses Wissen einsetze.

»Aber–«

»Übermorgen, Statthalter.«

Ohne ein weiteres Wort verlassen Marian und ich das Zimmer.

»Ich muss Vitus warnen«, wispere ich ihm zu.

»Noch nicht. Wir wissen gar nichts, und ein ungezielter Racheakt aus der Hauptstadt gibt den Herzögen vielleicht nur noch mehr Gründe, gewalttätig zu reagieren. Wenn wir unüberlegt handeln, verhindern wir keinen Krieg, sondern beginnen ihn. Eine Botschaft zu schicken, ist aktuell unsere einzige Möglichkeit, und geschriebene Worte können sehr schnell falsch verstanden werden.«

Ich weiß, dass er recht hat, dennoch widerstrebt mir der Gedanke, das alles hinter dem Rücken meines Cousins – *des Königs* – zu tun. Aus gutem Grund bin ich ein Soldat und kein Spion. Mir liegt es nicht, Geheimnisse zu haben – erst recht nicht vor meiner Familie.

»Du bist ein großartiger General, Quirin, und wir alle schätzen dein Ehrgefühl, aber manchmal ist das Ehrenhafteste das, was dich in die dunkelsten Schatten führt.«

»Du hast recht«, sage ich und seufze. »Es gefällt mir einfach nicht. Die Sache mit Dina, die Seelenwanderung, das Spionieren, die drohende Revolution, in deren Zentrum ich stehe …«

»Ich weiß.« Marian schließt mich von der Seite in den Arm, ehe er den Moment mit einem kräftigen Schlag auf meinen Rücken beendet. »Was tun wir in der Zwischenzeit?«

Ein Gähnen verlässt meine Lippen, und mir wird einmal mehr bewusst, wie lange ich schon wach bin. »Ich lege mich etwas hin. Das hilft sicherlich, meine Gedanken zu sortieren.«

»Dann höre ich mich mal um. Vielleicht finde ich schon etwas heraus.«

Dina

»She never looked nice.
She looked like art.
And art wasn't supposed to look nice;
it was supposed to make you feel something.«
– Rainbow Rowell

Mit einem Glas Wein bewaffnet, sitze ich am Abend an meinem kleinen Küchentisch und lese die Aufzeichnungen, die ich mir von der Arbeit mitgenommen habe. Zwar wird viel darüber berichtet, dass es Traumwandlungen und dessen Deutungen gibt, aber nicht, dass sie *tatsächlich real* sind. Man kann viel erzählen, wenn der Tag lang ist, keine Frage, aber das, was ich erlebe, ist echt.

Wie von selbst finden meine Finger mein Handgelenk und streichen darüber. Die Rötung ist noch leicht zu sehen, würde jedoch nicht auffallen, wenn man nicht genau hinsieht.

Ich nehme einen weiteren kräftigen Schluck und stelle danach mein leeres Glas ab. Mein Weg führt mich in mein Schlafzimmer. Irgendwie reizt es mich, zu sehen, ob noch anderweitige Male zu sehen sind.

Langsam schäle ich mich aus meiner Kleidung, ehe ich mich vollkommen nackt vor den Spiegel stelle. Noch nie habe ich mich für sonderlich schön oder hässlich gehalten – egal, wie die Kommentare ausfielen. Es war nie wichtig, jedenfalls nicht für mich.

Ja, ich hatte romantische Beziehungen, habe Komplimente bekommen, wie es eben üblich ist, dennoch haben sie nie etwas in mir ausgelöst. Auch wenn ich jetzt meinen Körper betrachte, fühle ich weder Stolz noch Ekel.

Sollte ich mich so fühlen, wenn ich mich selbst ansehe?, sinniere ich.

Vielleicht liegt es auch daran, dass ich mich selbst zwar für recht gut aussehend halte, aber im Vergleich zu anderen untergehe.

Innerlich schüttele ich mich. Stacys Worte gehen mir viel zu nahe. Ich liebe meinen Job, mein Leben, also gibt es keinen Grund, einer anderen Person zu erlauben, meinen Selbstwert kleinzureden.

Nicht, wenn ihn andere so schätzen wie ich.

Automatisch denke ich an die letzte Nacht und die verblüfften Blicke nach meinen Wortspielen. Keine Verurteilung oder ähnliches lag in Quirins Augen, nur Dankbarkeit für die Lösung des Konflikts. Wenn ich in Nadiraan bin, kann ich so sein, wie ich bin. Dort habe ich keine Sorge davor, mich beweisen oder verstellen zu müssen. Ich bin ich und werde so genommen, wie ich bin.

Zum allerersten Mal.

Wieder starre ich meinem Spiegelbild in die Augen. Obwohl es mir niemand ins Gesicht sagt, habe ich zum ersten Mal das Gefühl, genau richtig zu sein. Die richtige Person, am richtigen Ort. Und das alles fernab von Äußerlichkeiten. Es gibt keine Erwartungen, ich kann einfach leben.

»Wann konntest du das je von dir behaupten?«, wispere ich mir zu, und ein Lächeln schleicht sich auf meine Lippen, ehe ich mich mit einem Zwinkern von meinem Spiegelbild verabschiede und unter die Dusche springe.

Es ist schon weit nach Mitternacht, als ich endlich in die Welt der Träume sinke und ›Quirin‹ und ›Tifus‹ in meinen Gedanken wiederhole. Hoffentlich lande ich diesmal nicht mitten auf der Straße. In weiser Voraussicht habe ich mich heute bequem angezogen und trage sogar Schuhe im Bett. Neue Turnschuhe, die noch auf ihren ersten Einsatz gewartet haben. Dass ich sie so verwenden würde, habe ich mir beim Kauf definitiv nicht gedacht.

Meine Sicht verschwimmt langsam, und ich heiße die Veränderung willkommen.

Ein Klingeln reißt mich aus meinem Schlaf.

Moment, ist das …

»Nein!«, rufe ich aus und fluche. Wie von selbst findet meine Hand den Wecker und drückt den Snooze-Button. Tränen sammeln sich in meinen Augen. »Ich bin noch hier … aber wieso?«

Die beiden Nächte davor hat es doch auch geklappt. Wieso jetzt nicht?

In meinem Körper breitet sich eine Leere aus, die mich völlig überrascht. Sollte es jetzt vorbei sein … Nein, das kann nicht sein. Ich war noch nicht bereit.

Mein Herz zieht sich schmerzhaft zusammen, als würde es mir aus der Brust gerissen werden. Ich wollte doch unbedingt zurück. Wieso gelingt es mir dieses Mal nicht?

Mein Blick geht zum Fenster. Neumond … Moment, da war etwas. Sofort springe ich aus dem Bett und renne in die Küche zu meinen Notizen.

»Bei Neumond ist die Linie zwischen den Welten am stärksten. Nur geübte Personen können bei Neumond wandeln.«

Das ergibt Sinn. Wie oft wird berichtet, dass Menschen unter dem Einfluss des Vollmondes leiden? Albträume haben, schlafwandeln oder gar nicht schlafen können. Das heißt, dass es bei Neumond genau anders sein muss.

Ich hoffe nur, dass Quirin und die anderen morgen noch in Tifus sein werden, damit ich es erneut versuchen kann. Denn auf eine Wiederholung wie bei meinem ersten Abend habe ich nun wirklich keine Lust.

»Dina, auf ein Wort.«

Ich zucke bei Georgianas Worten zusammen. Egal, wie sehr ich mich bemühe, ich kann keinen klaren Gedanken fassen. Immerzu denke ich an Nadiraan und die Angst, dass ich vielleicht nicht zurückkann.

Wie konnte in so kurzer Zeit ein Ort eine derartige Bedeutung für mich entwickeln? Ein Ort, der mich in die Knie zwingen will, was ihm ohne die Hilfe der anderen auch gelungen wäre. Dennoch sind meine Beziehungen zu ihnen flüchtige Bekanntschaften, nichts weiter.

Was Marian jetzt wohl denkt? Quirin hat mich vor einem grausamen Schicksal beschützt, das ihn ereilt hat. Und jetzt verschwinde ich einfach? Ja, ich habe gesagt, was hinter meinem Verschwinden steckt, dennoch … Er und Quirin haben sich für mich eingesetzt, verraten, wofür sie stehen, und jetzt kehre ich nicht zurück? Halte mein Wort nicht, das ich ihnen gegeben habe? Allein bei diesem Gedanken wird mir schlecht. Denn das bin ich nicht.

»Was gibt's?«, frage ich Georgiana und versuche, mir die Überraschung nicht anmerken zu lassen.

»Du solltest aufpassen, wie du mit Stacy redest. Das ganze Gebäude weiß über euren Disput Bescheid.«

»*Disput?* Du meinst, dass sie zu mir gekommen ist, um mich rundzumachen?«

»Und dass du sie als Schlampe des Bürgermeisters betitelt hast.«

Mit aufgerissenen Augen starre ich sie an, als hinter ihr ausgerechnet der Bürgermeister auftaucht.

»Dina, das macht mir keine Freude.« Er geht an Georgiana vorbei und drückt mir anschließend einen Brief in die Hand, den ich sofort öffne.

»Abmahnung?«, flüstere ich und überfliege den Text. »Wegen Mobbings?« Ich kann nicht anders, als laut aufzulachen. »*Ich* werde wegen Mobbings abgemahnt? Dabei werde *ich* doch gemobbt. Jeden. Verfluchten. Tag. Dieses eine Mal habe ich mich zur Wehr gesetzt, und dafür werde ich jetzt bestraft?«

»Es tut mir leid«, erwidert er, doch ich sehe kein Bedauern in seinen Gesichtszügen.

Nur Georgiana sieht betroffen aus, als hätte sie genau damit gerechnet.

»Tut es nicht. Aber das ist okay.«

Die aufkommenden Tränen kämpfe ich mit aller Kraft nieder. Ich werde mir nicht die Blöße geben, vor ihnen zu weinen.

Nur über meine Leiche.

»Wenn ihr mich dann entschuldigt, ich muss weiterarbeiten, es sei denn, ich bekomme direkt die Kündigung im Anschluss.«

»Nicht, wenn du dich ruhig verhältst.«

Seine Worte versetzen mir einen Stich. Was ist aus dem stets flirtenden Bürgermeister geworden? Seine Flirtversuche wollte ich nie, aber diese Behandlung habe ich noch weniger verdient.

»Georgiana.« Er nickt meiner Kollegin zu und verlässt den Raum.

»Leg dich nicht mit Stacy an, ja?« Sie setzt ein kleines Lächeln auf, das mir versichern soll, dass sie an meinem Wohlbefinden interessiert ist, aber ich bin mir sicher, dass es nicht weiter von der Wahrheit entfernt sein könnte

»Und ich denke, es wäre besser, wenn wir uns nicht mehr zusammen sehen lassen.«

Schlafe ich doch und das ist ein verfluchter Albtraum? Ich arbeite seit dem Ende meines Studiums hier, habe mir nie … *nie* etwas zu schulden kommen lassen, und kaum sage ich einmal meine Meinung, werde ich abgemahnt? Ich habe öffentliche Demütigungen ertragen, weiß um die Wette, die unser werter Bürgermeister laufen hat, um mich ins Bett zu bekommen, und ich werde allen Ernstes bestraft, wenn ich für mich entstehe?

Georgiana verlässt den Raum und schließt die Tür hinter sich. Sie hat gar nicht auf meine Antwort gewartet. Auch hier wurde einfach entschieden, und ich habe es hinzunehmen.

Fassungslos sitze ich an meinem Tisch und starre auf die Tür. Vor nicht einmal vierundzwanzig Stunden war ich an einem Ort, an dem ich geschätzt wurde. Meinen Worten wurde gelauscht und meine Intelligenz bejubelt. Und jetzt?

Habe ich studiert und jeden Tag meinen Job mit Liebe gemacht, damit mir andere aus dem Nichts das nehmen können, was ich wirklich will? Nein, nicht mit mir. Sie mögen diese Runde gewonnen haben, denn ich kann nicht kündigen, schließlich habe ich Rechnungen zu bezahlen, aber das werde ich nicht auf mir sitzen lassen. Was ich zu Stacy gesagt habe, war hart, ja, aber diese Reaktion ist nicht gerechtfertigt. Auf keinen Fall. Es ist nur ein weiterer Grund, schnell nach Nadiraan zurückzukehren.

An den einzigen Ort in meinem Leben, an dem ich gut bin, wie ich bin.

Quirin

Hey, Schlafmütze.«

Verschlafen öffne ich ein Auge, erwarte schon, gegen grelles Licht anblinzeln zu müssen, doch es dämmert. Habe ich den ganzen Tag geschlafen?

Marian taucht vor mir auf und hält mir einen Laib Brot sowie einen großen Becher hin. Passend beginnt mein Magen zu knurren, und ich spüre ein Kratzen in meiner Kehle.

»Wie spät ist es?«

»Sechs Uhr ungefähr.«

»Wieso dämmert es dann schon?« Mit einem lauten Gähnen setze ich mich auf, nehme das Brot und den Becher entgegen, lehne mich an das Kopfteil des Bettes und beiße ab.

»Sechs Uhr morgens, mein Freund.«

Fast bleibt mir der Bissen im Hals stecken. »Ich habe anderthalb Tage geschlafen?«

»Du warst auch fast zwei Tage durchgängig wach. Das Nickerchen neben Dina zählt nicht. Aber keine Sorge, es ist nichts weiter passiert. Das Treffen heute Abend steht, und ansonsten ist es ruhig. Ich weiß, dass du es dir nicht eingestehen willst, aber du bist auch nur ein Mensch, und es ist in Ordnung, das gelegentlich zu zeigen.« Marian nimmt sich ebenfalls etwas zu essen und schwingt sich auf sein Bett. »Ich habe die Zeit genutzt und mich mal ausgeruht, die anderen übrigens auch. So, wie die Sache aussieht, werden wir die nächsten Wochen nicht viel Ruhe haben und all unsere Kräfte brauchen.«

Ein zustimmendes Seufzen verlässt meine Lippen. Da läuft mein Leben gradlinig – über Jahre –, und plötzlich ändert sich alles. Das Treffen mit dem Statthalter gestern war deutlich. Ich denke nicht, dass sie mich wirklich als König einsetzen wollen, sondern eher jemanden brauchen, der ihnen den Weg ebnet, die Monarchie zu stürzen. Vielleicht gibt es ein paar Personen, die mich anstelle meines Cousins bevorzugen, aber der Großteil will die Monarchie bezwingen. Warum, weiß ich nicht. Ja, in anderen Ländern gibt es andere Möglichkeiten, Wahlen und Regierungen, die sich abwechseln. Doch scheinen die Herzöge Nadiraans nicht zu sehen, wie viel Blut dafür vergossen wurde; und glücklicher sind die anderen Völker auch nicht unbedingt.

Wieso nur muss immer alles im Krieg enden? Ich habe in genügend Aufständen gekämpft, unsere Grenzen gegen andere Reiche verteidigt und weitaus genug Personen sterben sehen, dass ich das nicht brauche. Hätten wir Ungerechtigkeit, könnte ich es verstehen. Der Sklavenhandel ist das, was abgeschafft werden muss, ansonsten ist Nadiraan ein stabiles und gerechtes Königreich. Und an dem Ziel, die Sklaven zu befreien, arbeitet meine Einheit seit Jahren. Wenn auch in den Schatten.

»Mir graut es ein wenig vor heute Abend, wenn ich ehrlich bin.«

»Verständlich«, erwidert Marian. »Jeder kocht sein eigenes Süppchen. Und du bist die Garnitur.«

Von der Seite werfe ich ihm einen Todesblick zu. »Dann wird die Suppe aber ziemlich bitter.«

»Manche mögen es bitter.« Verlegen beißt er in sein Brot, als ihm auffällt, was er gerade gesagt hat.

Wir haben uns jahrelang zurückhalten können, aber auch das scheint seit Neuestem immer schwerer zu werden.

»Wo ist eigentlich Dina?«, fragt er mit vollem Mund. »Habe sie gestern Abend nicht gesehen.«

»Ich auch nicht, denn ich habe geschlafen, falls du es vergessen hast.«

Marian schiebt sich den letzten großen Bissen in den Mund und steht auf. Mit Wasser spült er nach und geht zur Tür. »Es ist früh, und wir haben ein paar Stunden bis zum Treffen. Vielleicht sollten wir uns noch einmal genauer umsehen – wenn du verstehst, was ich meine.«

Er muss es gar nicht aussprechen. Natürlich weiß ich, was er mir sagen will.

Schnell ziehe ich meine Stiefel an. Meine Kleidung habe ich seit Tagen nicht gewechselt, und ich rieche mich mittlerweile selbst, aber das spielt uns jetzt nur in die Karten. Meine Dolche verstecke ich in den Stiefeln, mein Schwert und meinen Bogen lasse ich absichtlich im Zimmer zurück, denn daran würde man mich sofort erkennen.

Kaum ist die Tür hinter uns geschlossen, ziehe ich meine Kapuze tief in mein Gesicht. Marian tut es mir gleich.

Wollen wir doch mal sehen, wie wir Tifus aufmischen können.

Unser Weg führt uns direkt zum Hafen. Wir haben uns auf ein altes Gebäude verkrochen, von dem aus wir eine perfekte Sicht haben.

»Das fünfte Sklavenschiff, seit wir hier sind«, murmelt Marian.

Die Wut in seiner Stimme unterdrückt er nicht, wofür ich ihm dankbar bin, denn ich teile sie. Nicht nur, weil ich bei ihm hautnah mitbekommen habe, was Sklaverei wirklich bedeutet, sondern, weil ich der festen Überzeugung bin, dass jeder sein Schicksal selbst in die Hand nehmen sollte. Für die meisten widerspricht das genau der Monarchie, doch für mich ist es die Bestätigung. Dieses System zu stürzen, würde Tausenden Armut bringen. Wie ich Dina schon erklärt habe, würden nicht die kämpfen, die ein neues System wollen, sondern die, die am meisten leiden.

»Meinst du, sie bereiten einen Krieg vor?«, spreche ich meinen Gedanken laut aus.

»Möglich.« Marian räuspert sich. »Nein, eigentlich höchstwahrscheinlich.«

Er nickt zu einer kleinen Kutsche, aus der ein nobel gekleideter Mann aussteigt. Ein Teppich wird vor der Kutsche ausgerollt, damit seine Lederschuhe garantiert nicht dreckig werden. Es braucht nicht viel, um bei mir sofort in Ungnade zu fallen, aber diese Person schafft es. Ein kleiner, buckeliger Mann eilt zu seiner Seite und bekommt sofort einen Schlag auf den Hinterkopf.

Marians Hand zuckt zu seinem Gürtel, und ich weiß sofort, wonach er greift: seinen Wurfmessern. Selbst aus der Entfernung wäre es ein Leichtes für ihn, den Mann zu töten, doch jetzt ist nicht der richtige Zeitpunkt. Zwar wäre es nicht das erste Mal, dass uns bei so einem Kerl *die Hand ausrutscht*, aber nicht in der Öffentlichkeit und schon gar nicht, wenn wir Informationen brauchen. Also greife ich nach Marians Hand und drücke sie.

»Ruhig«, wispere ich und hänge ein »Später« an.

Widerwillig schnaubt er, doch entspannt sich ein kleines bisschen.

Der Mann stolziert über den Teppich und mustert junge Männer. Das bestätigt unseren Verdacht. Wollte er Sklaven für seinen Spaß, wären es Frauen und er würde nicht in der Morgendämmerung zum Hafen fahren. Das ist etwas Geheimes.

Kurz blicke ich über meine Schulter, suche die anderen Dächer ab und überprüfe, ob uns jemand beobachtet, aber alles ist ruhig.

»Sie fühlen sich anscheinend sehr sicher«, knurrt Marian. »Viel zu sicher.«

Die Auktion war gerade erst. Normalerweise ist es jetzt für ein halbes Jahr ruhig, doch die Sklavenschiffe kommen noch immer – und jetzt das. Mittlerweile bin ich mir sicher, dass ein Krieg nicht mehr aufzuhalten ist. Anscheinend brodelt es schon sehr lange im Verborgenen.

Es wird Blutvergießen geben, und ich denke, das Einzige, das wir noch ausrichten können, ist die Frage, *wessen* Blut vergossen wird.

Der Kerl mustert noch ein paar weitere junge Männer, ehe sie in einen der Käfige am Hafen gebracht werden. Sie sind höchstens zwanzig, die meisten würde ich deutlich jünger schätzen. Kinder sind ebenfalls dabei.

Nachschub für eine längere Kriegsperiode.

»Leichte Beute«, brummt Marian. »Es wird einfach nicht besser. Der Kerl macht sich nicht einmal die Füße *schmutzig*, dabei läuft er nur auf dem Boden, den wir alle benutzen, und lässt andere für seine Ideologie in den Tod gehen, damit er aus noch goldeneren Bechern trinken kann.« Mit einem Satz springt er auf die Füße und bewegt sich in geduckter Haltung von dem Dach.

Für einen weiteren Moment beobachte ich die Szenerie, bis ich mich Marian anschließe. In der schmalen Gasse hinter dem Gebäude läuft er aufgeregt auf und ab.

»Hast du dich im Griff?«, hake ich mit monotoner Stimme nach.

»Im Griff?«, quietscht er beinahe. »Weißt du–«

»Ich weiß«, brumme ich nun. »Aber wir helfen ihnen kein Stück, wenn du dich nicht im Griff hast, deine Emotionen nicht kontrollieren kannst und keinen freien Kopf hast. Das Einzige, das du damit erreichst, ist, dass du neben ihnen landest.«

Ich sehe ihm deutlich an, dass er etwas erwidern will, aber er bremst sich im letzten Moment. Zwar beharre ich nicht oft darauf, doch ich bin immer noch sein Offizier, sein General.

»Wir brauchen Informationen«, beginne ich erneut und bemühe mich, meine Stimme ruhig zu halten. »Das weißt du so gut wie ich. Also entweder hast du dich im Griff und wir arbeiten Seite an Seite oder du gehst.«

Marian öffnet den Mund, doch ich unterbinde ihn.

»Das ist ein Befehl und keine Empfehlung.«

»Verstanden«, knurrt er.

Ich weiß, wie er in dieser Laune ist. Er sagt mir das eine, macht im nächsten Moment jedoch das andere. Also trete ich auf ihn zu und baue mich vor ihm auf. Er ist zwar nur einen halben Kopf kleiner als ich, aber deutlich schmaler gebaut. Es ist nicht oft nötig, dass ich ihn so in die Schranken weisen muss, dennoch nutzt es keinem etwas, wenn er die Nerven verliert und wir damit alles, was wir in den letzten Jahren aufgebaut haben und was uns jetzt noch erwartet.

»Du gehst, ich mache allein weiter.«

»Aber–«

»Du gehst.«

Gezielt greife ich an seinen Gürtel, löse ihn und binde ihn mir anschließend um. Die Wurfmesser klappern bei meiner Bewegung. Ich weiß genau, dass wenn ich ihn bewaffnet gehen lasse, er nur einen anderen Weg finden wird, sich doch noch einzumischen.

»Kühl dich ab. So schadest du uns allen, und das weißt du.«

Ohne auf seine Reaktion zu warten, drehe ich mich um, kontrolliere den Sitz meiner Kapuze und verschmelze mit den immer weniger werdenden Schatten der Häuser. Viel Zeit habe ich nicht mehr.

Marian wird sich nicht gegen einen direkten Befehl stellen, egal, wie wütend er ist. Denn eines weiß er sicher: Ich bin wütender, kann es nur deutlich besser kontrollieren, wenn ich es darauf anlege. Noch nie habe ich viel davon gehalten, meine Position durch Angst zu verdeutlichen. Respekt soll freiwillig gegeben werden. Doch das heißt nicht, dass ich diesen Punkt nicht ändern kann, wenn es nötig ist. *Und werde.*

Ständig blicke ich über meine Schulter, aber ich bin allein. Am Hafenbecken angekommen, sehe ich noch, wie die Kutsche verschwindet und sich die Männer wieder den Schiffen zuwenden, nachdem sie ›die Fracht‹ verstaut haben. Die Käfige sind offen, nicht vor der Witterung geschützt und nur mit Stangen versehen. Mir wird allein vom Zusehen schlecht. Es gibt keine Toiletten und keine Waschbecken; es obliegt allein den neuen *Meistern*, sich um die Reinlichkeit der Sklaven zu kümmern. Nur vor Ausstellungen werden alle in einer Großraumwaschzelle gesäubert, damit sie ein paar Münzen mehr einbringen.

Noch in den Schatten versteckt, nähere ich mich. Ich habe vielleicht zehn Minuten, bis die Sonne alles um mich herum erhellen wird.

»Woher kommt ihr?«, frage ich leise, und der älteste der Männer fährt kurz erschrocken zusammen.

»Wer bist du?«

»Ein Freund, alles andere ist zu gefährlich. Für uns alle.«

»Wir kommen aus Verantis, haben drei Wochen auf dem Schiff verbracht.«

Dann haben sie schon aufgehört, die Sklaven aus den näheren Gebieten zu beziehen. Das ist nicht gut.

»Was wollte der Mann von euch?«, bohre ich nach.

»Wieso interessiert dich das?«

»Weil ein Krieg naht und ihr in die erste Reihe befehligt werdet, wenn es niemand aufhält.«

Der Mann tritt näher, und ich muss sagen, dass er nicht verkehrt an der Front wäre. Würde ich ihn bei einer der Musterungen sehen, hätte er direkt meine Aufmerksamkeit. Er wirkt entschlossen, ohne arrogant zu sein, und bewegt sich mit einer Selbstsicherheit, für die die meisten Jahre brauchen.

»Und du willst sie aufhalten?«, schlussfolgert er, doch ein ungläubiger Unterton schwingt in seiner Stimme mit. Ich kann es ihm nicht verübeln. Warum sollte er mir glauben? Ich würde es auch nicht tun.

»Ja.«

Er schnaubt abfällig. »Für euch in Nadiraan sind alle anderen doch nur kleine Maden, die euch dienen sollen. Weder habt ihr Respekt vor anderen Völkern noch vor dem Leben an sich. Es hat sich seit Jahren nichts geändert. Warum sollte es jetzt so sein?«

»Eure Hoheit«, ertönt eine weitere Stimme.

Ich fahre zusammen. Hat mich jemand erkannt? Aber wie?

Der Kerl vor mir dreht sich um und wendet sich einem Jungen zu. Dieser blickt ihn ehrfürchtig an und bietet ihm einen kleinen Becher an. Der Mann lehnt jedoch ab und überlässt ihn stattdessen ihm.

»Wer bist du?«, frage ich geradeheraus.

»Ich *war* einmal König Ricard, bevor meine Familie ins Exil getrieben und getötet wurde. Meine Strafe ist das hier.« Er nickt kurz Richtung Käfig. »Zu sehen, wie mein Volk zugrunde geht und in der Sklaverei versinkt. Ich soll für das Volk kämpfen, das uns in dieses Schicksal verbannt hat.«

»Wer ist dafür verantwortlich?«

Wenn seine Andeutung stimmt, muss ich es genau wissen.

»König Bjarne von Nadiraan. Bestätigt durch das Siegel.«

Das wird immer verwirrender. Was hat mein Großvater mit dieser Regelung zu tun? Warum sollte er ein Volk angreifen, das uns nicht schadet und gegen das wir nie Krieg geführt haben? Zudem hat Vitus vor drei Jahren die Regierungsgeschäfte übernommen. Das muss eine Fehlinformation sein. Warum sollte während Vitus' Regentschaft eine solche Mission ausgeführt werden – und vor allem ohne mein Wissen? Ich bin einer der ranghöchsten Offiziere der Armee Nadiraans. Kriege oder Eroberungen außerhalb unseres Territoriums passieren nicht einfach ohne mein Wissen.

»König Bjarne ist tot«, antworte ich ihm.

»Gut.« Ricard spuckt auf den Boden vor mir. »Möge er verrotten und seine Sippschaft dazu. Nicht nur, dass sie Nadiraan immer reicher werden lassen, nein, sie müssen sich auch noch unsere Reichtümer aneignen.«

»Das ändert sich. Der neue König ist gütig und nicht auf Krieg aus. Ich weiß zwar nicht, warum ihr überfallen wurdet, aber das ist nicht Nadiraan«, verteidige ich Vitus.

Ricard kommt näher, umfasst die Stangen mit seinen Händen und starrt mir ins Gesicht, obwohl er es unter der Kapuze nicht sehen kann. »Und woher will ein kleiner Spion das wissen?«

Aus einem Instinkt heraus ziehe ich meine Kapuze hinunter und blicke ihm tief in die Augen. »Weil *ich* nicht dafür stehe. Und mein Cousin auch nicht.«

Ich müsste mich schon sehr täuschen, wenn Vitus das wirklich unterstützt. Wir sind zusammen aufgewachsen – ja, in den letzten Jahren haben wir uns aus den Augen verloren, dennoch ... So ein Wandel ist unmöglich.

»Muss mir dein Gesicht etwas sagen?«

»Jetzt nicht.« Am Hafen wird es lauter, und ich bemerke, dass mir die Zeit davonläuft. »Aber wenn wir uns das nächste Mal sehen, ist es besser, wenn du dich an es erinnerst. Denn ich bin auf deiner Seite.«

»Und wer bist du?«

»Quirin, Enkel von König Bjarne und ein Erbe des Throns von Nadiraan.«

Zu meiner eigenen Überraschung löst es Stolz in mir aus, diese Worte zu sagen. Gleichzeitig wird mir immer deutlicher, dass die Adeligen Vitus stürzen wollen, um ihre eigene Macht zu sichern, und ich dabei ihre Spielfigur sein soll. Doch wie es scheint, geschieht noch viel mehr, von dem ich nichts weiß.

Vielleicht habe ich die Situation zu einfach eingeschätzt. Nach Schwarz und Weiß beurteilt, *einen* Feind gesucht, wenn es doch eher ein Kampf um alles ist. Bisher wollte ich es nicht wahrhaben, dennoch ändert es nichts, wenn ich die Augen verschließe. Wenn der Befehl im Namen meines Großvaters kam, muss Vitus davon gewusst haben – es gibt keine andere Erklärung. Wären das Planungen der Herzöge, hätte mir der Statthalter darüber berichtet. Gerade weil ich eine Sklavin für mich *beansprucht* habe.

All dies ist viel verworrener, als wir es alle angenommen haben, mündet aber in ein und derselben Sache: Wir brauchen eine Veränderung, und vielleicht muss ich sie bringen. Ob ich es will oder nicht. Aber das hier muss enden.

»Wie sah das Siegel aus?«, frage ich zum Abschluss.

»Ein Falke, der eine Krone trägt.«

»Das ist Vitus' Siegel«, hauche ich geschockt.

In Ricards Augen blitzt Überraschung auf, doch ehe er etwas erwidern kann, ziehe ich wieder meine Kapuze über und verschwinde in den Schatten.

Dina

»Can you remember who you were,
before the world told you who you should be?«
– Charles Bukowski

Den Rest des Tages habe ich mich bemüht, mich ruhig zu verhalten. Immer wieder ertappe ich mich dabei, wie ich auf den Brief schaue, den mir der Bürgermeister gegeben hat.

Eine Abmahnung.

Für die meisten ist es kein Weltuntergang, für mich jedoch schon. Bisher habe ich mir immer etwas darauf eingebildet, dass ich mir nichts habe zu Schulden kommen lassen, eine weiße Weste besaß. Und jetzt das.

Wofür habe ich jahrelang gebuckelt und meine Gefühle hinuntergeschluckt, wenn ich jetzt doch nur wieder dafür bestraft werde? Meine Worte waren hart und unter der Gürtellinie, da gebe ich allen recht, aber dennoch. Wer rennt denn deshalb direkt zum Bürgermeister?

Jemand, der dir Böses will, flüstert meine innere Stimme.

Stets versuche ich, das Gute im Menschen zu sehen – und immer wieder falle ich damit grandios auf die Nase. Frontal in einen riesigen Haufen Matsch an einem regnerischen Tag. Ich lerne es einfach nicht.

Schon immer war ich eine Außenseiterin, hatte Interessen, die nie jemand geteilt hat. In meiner Freizeit habe ich lieber gelesen, bin in fremde Welten abgetaucht – in meinen Teenager-Jahren kam dann das Zocken dazu. Je öfter ich der Realität entfliehen konnte, desto besser. Den Spott dafür konnte ich immer gut an mir abprallen lassen, denn ich hatte meinen *safe space.* Doch noch nie wurde ich so offensichtlich dafür bestraft, *anders* zu sein.

Es hat Stacy nicht gepasst, dass sie einen Kommentar von mir – ausgerechnet mir – bekommen hat, der dazu auch noch wahr ist. Sie will mich kleinhalten, mich mundtot machen und damit ihre Macht demonstrieren. Vielleicht weiß sie auch von der Wette und hat Angst, wer weiß das schon? Dabei will ich ihr gar nicht in die Quere kommen. Selbst wenn unser Bürgermeister der letzte Mann der Welt wäre, würde er nicht mal mit einem Kilometer Entfernung in die Nähe meines Bettes kommen.

Schlimmer jedoch als die Blamage der Abmahnung ist, dass Stacy damit durchkommen wird. Sie sitzt am längeren Hebel, und ich habe keinerlei Möglichkeiten, etwas gegen sie zu unternehmen.

Jeder weiß, dass sie hinter dem Bürgermeister her ist – das war sie schon, als sie hier angefangen hat. Also bleiben für mich nur zwei Möglichkeiten: Entweder ich verhalte mich ruhig und lasse es ihr durchgehen oder ich gehe.

Innerlich schnaube ich. Erst vor zwei Nächten wurde ich auf einer Sklavenauktion zum Verkauf angeboten, habe mit meiner Intelligenz eine Prügelei verhindert, und in meinem echten Leben werde ich genau dafür abgestraft. Irgendetwas stimmt hier nicht.

Vorgestern hat mir die Augen geöffnet. Ich möchte an einem Ort sein, an dem ich geschätzt werde. So, wie ich bin. Wo es nicht nötig ist, still zu sein, um niemanden zu reizen und anderen zu gefallen, damit das Mobbing aufhört. Ich will mich nicht jeden Tag selbst verraten, um Ruhe zu haben. Nicht einmal Respekt, nur Ruhe. Das kann doch nicht zu viel verlangt sein.

Also öffne ich meinen Browser und suche nach neuen Arbeitsstellen. Ich habe es nicht nötig, mich unter Wert zu verkaufen.

Sofort wandern meine Gedanken zu Marian.

Er wurde verkauft, er hatte keine Zukunft und trotzdem hat er sich etwas aufgebaut, etwas Eigenes. Nun sitzt er am Tisch mit denen, die ihn niemals in einer solchen Position sehen wollten. Es ist möglich. Allein diese Tatsache gibt mir die Zuversicht, die ich so dringend brauche.

Vier Stunden später habe ich zehn Bewerbungen im ganzen Land geschickt. Es wäre nicht schlimm, sollte ich umziehen müssen. Ich habe nichts, was mich in Raven-Falls hält. Den Kontakt zu meiner Familie habe ich mit achtzehn abgebrochen. Sie lebt zwar auch in Minnesota, aber weit genug weg von mir. Ihr würde es nicht einmal auffallen, wenn ich von heute auf morgen nicht mehr da wäre.

Jetzt ist es schon halb sechs abends. Vielleicht bin ich heute extra länger geblieben - nicht nur, um die Bewerbungen zu schreiben, sondern auch, um den anderen aus dem Weg zu gehen. Lust auf weitere dumme Sprüche habe ich nicht. Eventuell wäre heute auch der perfekte Zeitpunkt für eine ausgiebige Runde Sport. Einfach mal den Kopf ausschalten. Mein Herz zieht mich zurück nach Nadiraan, aber kann ich mir wirklich sicher sein, dass ich zurückfinden werde? Ja, ich glaube, es war … *ist* real, doch das heißt noch lange nicht, dass es das bleibt.

Die ganze Zeit über kreisen meine Gedanken. Wo wird mein Weg hinführen, wo will ich sein, *wer* will ich sein? Menschen wie Stacy wird es überall geben. Und ich werde immer die sein, die ich bin. Wieso ist es nur so verflucht schwer, einen Ort zu finden, an dem ich mich völlig wohlfühle?

Erschöpft von meinen Gedanken und vom Sport, lege ich mich auf mein Sofa, kuschele mich in meine Lieblingsdecke und schließe für ein paar Minuten die Augen. Es ist zwar erst neunzehn Uhr und vor dreiundzwanzig Uhr gehe ich normalerweise nie schlafen, aber was soll's?

Ich öffne meine Augen und muss sofort lächeln.

Dieses Zimmer kenne ich. Das Feuer im Kamin knistert und spendet wohliges Licht und Wärme. Sofort hüllt mich der Geruch der beiden Männer ein, die ich ehrlicherweise sehr vermisst habe. Augenblicklich entspannt sich mein Körper, und ich spüre die Anspannung wie Felsbrocken von mir abfallen. Ich kann nicht anders, als einen tiefen Atemzug zu nehmen, jedes Gefühl in mir aufzusaugen. Die Ruhe schmiegt sich an mich wie eine kuschelige Decke, hüllt mich ein und stellt sicher, dass mir nichts passieren kann.

Passend dazu höre ich Quirin und Marian hinter mir, wie sie mal wieder zicken. *Diese beiden.*

So gern ich auch in ihrer Nähe bin, verdeutlichen mir diese Momente nur, wie sehr ich ebenfalls jemanden in meinem Leben haben möchte, bei dem ich zu hundert Prozent ich sein kann. Jemanden, der mich nicht verlässt, wenn ich Angst habe, der mich nicht verbiegen will, sondern mich so nimmt, wie ich bin. Ich liebe es, zu sehen, dass die beiden so eine Verbindung teilen, und doch bin ich neidisch. Macht mich das zu einem schlechten Menschen?

Langsam drehe ich mich um, wundere mich, warum sie mich noch nicht erkannt haben, und erstarre. Ich räuspere mich, und beide fahren geschockt zu mir herum.

Quirin und Marian stehen nur in Unterhosen bekleidet an ihren Betten und ziehen sich anscheinend gerade um. Aus Quirins Haaren tropft Wasser sekündlich auf den Boden und hallt in meinen Ohren wie ein Presslufthammer nach.

Immer wieder blicke ich zwischen den beiden hin und her, weiß gar nicht, an wem mein Blick hängen bleiben soll. Sie sind beide unheimlich attraktiv. Quirin ist etwas größer und breiter, an seinen Armen könnte ich sicherlich jeden einzelnen Muskelstrang zählen, während Marian eher schmal gebaut ist, aber dafür kein Gramm Fett am Körper hat. Seine Bauchmuskeln stehen hervor, und plötzlich wird mir klar, warum immer alle vom ›Waschbrett-Bauch‹ sprechen – Marians sieht aus, als wäre er in Stein gemeißelt. Natürlich bemerkt er mein Starren, denn ein Schmunzeln schleicht sich auf seine Lippen und wird nur von dem Funkeln in seinen blauen Augen unterstrichen.

Ich bin mir sicher, dass ich verlernt habe, zu atmen. Wieso reagiere ich so auf die beiden? Es ist nicht so, dass ich noch nie einen nackten Mann gesehen habe, aber die beiden … sind perfekt. Auf so eine unterschiedliche Weise.

Perfekt? Dina, du wirst wahnsinnig, schimpft meine innere Stimme, und ich muss ihr recht geben. Dennoch …

Quirins Stärke und Ruhe zeigt sich nicht nur in seinem Verhalten und seiner Haltung, sondern auch in jedem bisschen, das ich von seinem Körper sehe. Er ist wie der sprichwörtliche Fels in der Brandung, in dessen Arme ich mich jetzt gerade am liebsten flüchten würde. Mit der Bitte, mich vor der Welt zu schützen. Ich bin mir sicher, dass er es tun würde, ohne mich dafür zu verurteilen – kompromisslos.

Marian hingegen ist alles, was ich nicht bin und an mir vermisse. Offen, laut und auf so eine offensichtliche Art attraktiv, dass es mir für einen Moment die Schamesröte in die Wangen treibt. Vereinzelt erblicke ich Narben an seinem Körper und kann mir denken, woher sie stammen. Doch es schmälert seine Attraktivität nicht. Wenn ich ihn ansehe, fühle ich mich stark und motiviert, als könnte ich die Welt erobern.

Wie können zwei Personen nur so unterschiedlich sein und so Unterschiedliches in mir hervorrufen?

»Hat es dir die Sprache verschlagen, Dina?«, fragt Marian schelmisch, während Quirin schnaubt und sich ein Oberteil anzieht.

»Tut … tut mir leid, dass ich so hineingeplatzt bin. War keine Absicht«, stammele ich und meine es so.

Woher hätte ich denn ahnen können …

»Nur wenn du uns irgendwann denselben Gefallen tust, dass wir auch mal bei dir einfach *reinplatzen* dürfen, kann ich dir vergeben. Gleiches Recht für alle.«

Hat er schon immer so mit mir gesprochen? Und wieso steht mein Körper plötzlich in Flammen?

»Lass es, Marian. Sie kann nichts dafür, und bedräng sie nicht.«

Natürlich ist Quirin die Stimme der Vernunft, aber warum würde ich am liebsten schreien, dass Marian ruhig weitermachen kann? Sonst hasse ich solche lahmen Versuche, bei mir zu landen, aber Marian macht es auf so eine charmante Art und Weise, dass ich ihn am liebsten ebenfalls necken würde.

Quirin fährt sich durch die Haare und kämmt sie mit den Fingern nach hinten. Für einen kurzen Moment bin ich neidisch und würde das am liebsten selbst übernehmen.

Was zur Hölle stimmt nicht mit mir? Woher kommen diese Gedanken auf einmal? Quirin hat mich zweimal gerettet, jedoch sämtliche meiner Avancen abgelehnt, Marian sieht nicht aus wie ein Kind von Traurigkeit. Ich sollte nicht mit ihnen flirten.

»Habt ihr etwas vor?«, frage ich und gehe an Marian vorbei zum Tisch. Er hat zu wenig an, als dass ich mich konzentrieren könnte.

»Ja, heute Abend steht ein Treffen an.«

Weshalb ist Quirin so kurz angebunden? Traut er mir nicht mehr? Was könnte ich schon verraten? Ich weiß ja nicht einmal, was hier vor sich geht.

»Meinetwegen?«

»Nein.«

Marian schüttelt den Kopf und zieht sich ebenfalls etwas über. Ich nehme währenddessen Platz. Mit dieser plötzlichen Abweisung weiß ich nicht so recht umzugehen. Aber dieses Treffen scheint wichtig zu sein.

Sofort sickern die Erinnerungen an den heutigen Tag in mein Bewusstsein und vervielfachen meine Unsicherheit nur. Sie trauen mir nicht. Warum auch? Wir kennen uns kaum. Wahrscheinlich hat es was mit den Sklaven zu tun, und sie haben mir schon einmal den Hintern gerettet. Welches Recht habe ich nach meinen Dummheiten, in irgendetwas einbezogen zu werden?

»Die Sklavenauktion ist noch nicht vorbei«, beginnt Marian und erntet dafür einen strengen Blick von Quirin. »Wir haben neue Sklavenschiffe entdeckt. Heute Morgen. Es waren viele junge Männer – das heißt, ein Krieg naht. Und so, wie es aussieht, werden wir mittendrin sein. Durch deine Rettung sehen nun die Herzöge, dass sich Quirin zumindest in dem Fall auf die Seite der Sklavenhändler gestellt hat. Das war eine sehr gute wie auch eine sehr dumme Entscheidung.«

»Ich verstehe.« Auf dem Stuhl rutsche ich etwas zurück und schlage ein Bein über das andere.

»Ach ja? Wie denn?«, zischt Quirin. »Du kennst diese Welt nicht, und wenn ich nicht in dem Moment gehandelt hätte, wärst du garantiert nicht in diesem Zimmer aufgetaucht, sondern bei deinem Meister, der dich direkt wegen deiner Flucht bestraft hätte.« Er legt sich einen Mantel um, der wesentlich hochwertiger aussieht als die Kleidung, in der ich ihn sonst kenne.

»O mein Gott«, entfährt es mir, und beide schauen mich an. »Es geht um den Sklavenhandel, deine neue Position als *Befürworter.*«

Sofort eilt Quirin zu mir und legt seine Hand auf meinen Mund. »Sprich nicht weiter. Du weißt gar nicht, worum es geht.« Eindringlich sieht er mich an, ehe er die Hand wieder runternimmt.

»Wenn sie dich als Paradefigur für den Sklavenhandel haben, wie Marian sagte – einen hochrangigen General –, kann sich das Königreich nur schwer dagegenstellen. Was nicht nur dich, sondern auch alle um dich herum in Gefahr bringt. Das, wofür ihr steht …« Mein Blick geht zu Marian. »… und alle Sklaven, die es zu befreien gilt.«

»Hat dir schon mal jemand gesagt, dass du zu intelligent für dein eigenes Wohl bist?«, murmelt Marian traurig, doch ich ignoriere ihn.

»Was kann ich tun?«

Quirin reißt die Augen auf, bleibt jedoch stumm.

»Ohne mich wärt ihr nicht in dieser Position. Ihr hattet ein Ziel, und ich habe mich euch in den Weg gestellt. Egal, was ich tun kann, ich will helfen. Bitte. Ich habe Marian schon gesagt, dass ich euch unterstützen will.«

Entschlossen erhebe ich mich und baue mich vor Quirin auf, was ziemlich lächerlich ist, wenn man unseren Größenunterschied bedenkt. Ein Brummen verlässt seine Kehle, und er wendet sich ab.

»Wenn Quirin eine Sache hasst, dann, wenn andere recht haben«, flötet Marian, als würde es ihm die größte Freude bereiten, unser Gespräch zu verfolgen.

Auf Quirins *Wut* gehe ich gar nicht erst ein. »Das heißt, wir haben zwei Möglichkeiten: Die eine ist, ihr spielt deren Spiel mit. Ich bin *deine Sklavin,* stehe in deiner Schuld. So könntest du ihnen das geben, was sie wollen.«

»Auf keinen Fall!«, entfährt es Quirin, und er starrt mich wütend nieder.

»Die zweite?«, hakt Marian mit dunkler Stimme nach. Ihm passt es genauso wenig, aber er sieht die Situation so, wie sie ist.

»Du gibst mich frei. Öffentlich. Stellst dich gegen alles, entlässt mich aus *deinen Diensten.*«

»Klingt besser«, bestätigt Quirin.

»Nein, tut es nicht. Nicht unbedingt.«

Überrascht mustert Quirin Marian.

Dieser schaut kurz zu mir und scheint nach etwas zu suchen, ehe er fortfährt. »Die Herzöge wollen dich auf dem Thron sehen – zumindest offiziell –, einen Befürworter der Sklaven. Du hast einen König unter den neuen Sklaven gefunden. Ich hasse die Idee, aber Dina hat recht. Wenn du ihr Spiel spielst, kannst du unserem Ziel eher dienlich sein als mit unserem ursprünglichen Plan.«

»Das meinst du nicht ernst.«

Die beiden starren sich nieder, und auch wenn sie kein weiteres Wort sprechen, sehe ich, dass so viel mehr gesagt wird, als es Worte ausdrücken könnten. Allein Marian muss es so viel kosten, seine Prinzipien loszulassen und meinen Vorschlag zu tolerieren. Dass er das kann, rechne ich ihm hoch an.

Quirin will seinen besten Freund schützen, mich vielleicht auch. Und so, wie es klingt, ganz Nadiraan. Das ist nichts, was man mit Logik und Worten klären kann.

Aber Moment!

»Wieso wollen dich die Herzöge als König?«, hauche ich und erhalte abrupt die Aufmerksamkeit beider Männer.

Marian blickt mich mit großen Augen an, während Quirin nur den Kopf schüttelt.

»Ich bin der Enkel des alten Königs und Anwärter auf den Thron. Eigentlich habe ich ihm entsagt, aber das reicht nicht mehr.«

Meine Gesichtszüge entgleisen mir. Das Ganze ist noch gewaltiger, als ich dachte. Mit der Entscheidung für mich hat Quirin eine Offerte für einen Bürgerkrieg gegeben. Selbst wenn er gewinnen sollte, wäre sein Leben danach in Gefahr, denn wie er mir sagte, kann er nicht einfach den Sklavenhandel abschaffen. Er würde seine Familie, seine Ehre und seine Werte verraten – nicht zuletzt meinetwegen. Weil er mich retten musste. Hätte ich doch nur meine Füße stillgehalten. Aber ich musste ja mal wieder beweisen, dass ich *mehr* bin, mich wehren kann. Hätte ich auf das gehört, was man mir gesagt hat, wäre es nie so weit gekommen.

Zumindest nicht so öffentlich.

Ich überbrücke den Abstand zu Quirin, gebe mir einen Ruck, fasse an seine Wangen und lenke seinen Blick auf mich. »Manchmal muss man sich auf die Seite des Feindes schlagen, um einen Krieg zu gewinnen. Deine Intentionen bleiben dieselben, und es ehrt dich, an allem festhalten zu wollen, aber ich biete es freiwillig an. Egal, wie der Weg aussehen mag. Ich. Will. Helfen. Lass mich. Bitte.«

Seine grauen Augen mustern mich eindringlich. Ihre Tiefe raubt mir für einen Moment den Atem. Ich sehe den Kampf, der gerade in ihnen tobt.

»Du versklavst mich nicht, wenn ich mich freiwillig hingebe.«

Dass ich in diesem Moment nicht nur von dem Ziel rede, sondern auch davon, wie gern ich mich jeden Tag in seinen Augen verlieren würde, spreche ich nicht aus. Stets war ich ein rationaler Mensch, aber in seiner Nähe weiß ich einfach, dass alles richtig ist. Weiß, dass er nie etwas tun würde, das mich gefährdet. Das würde sein Ehrgefühl gar nicht zulassen. Und ich hätte nie gedacht, dass ich diese Eigenschaft allein so anziehend finden könnte. Er und Marian haben ein wichtiges Ziel, bedeutender als alles, woran ich mich je beteiligt habe, und verflucht, ich will ihnen helfen. Egal, wie die Konsequenzen aussehen mögen.

Ich spüre eine Präsenz hinter mir, die jedes meiner Gefühle nur bestätigt.

»Sie hat recht, Quirin. Ich habe mich dir freiwillig angeschlossen, als ich die Chance hatte, zu gehen. Wenn sich Dina uns anschließen will, lass sie ihren Teil beitragen. Es ist ihre Entscheidung, und wir können ihre Hilfe gebrauchen. Vitus hat Familie, ist trotzdem nicht sicher, und du als alleinstehender Mann …«

Quirin hebt seinen Blick, schaut über meinen Kopf hinweg zu Marian. Die beiden haben eine so bedeutsame Geschichte und tiefe Freundschaft – das sieht man bei jedem Wort und jeder Geste, die sie teilen.

»Na schön.« Er seufzt und löst meine Hände von seinem Gesicht. Sofort vermisse ich die Wärme seiner Haut unter meinen Fingerspitzen. »Ihr habt recht, aber es gefällt mir nicht.«

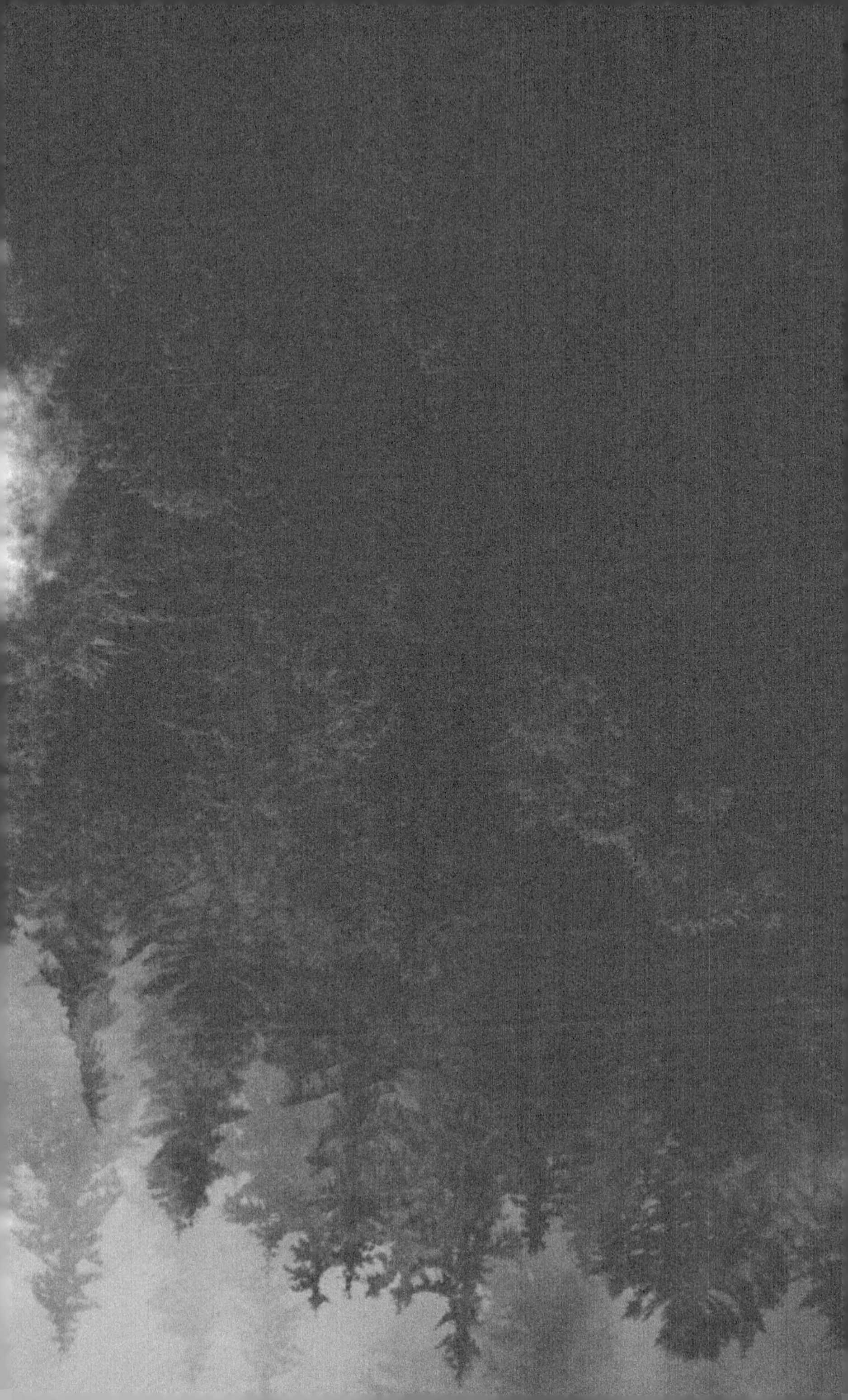

Quirin

Tief in Gedanken versunken, wende ich mich von Dina ab. Wie kann sie Ja dazu sagen? Und vor allem, warum stimmt Marian zu?

Ausgerechnet er?

»Du weißt, was das bedeutet?«, merkt er an, und ich nicke.

Ich will mich wirklich nicht aus der Verantwortung ziehen, aber ich schaffe es nicht, ihr die Wahrheit zu sagen. Wenn wir Dina nicht als meine Sklavin behandeln, braucht sie einen anderen Platz, einen offiziellen. Niemand wird mir glauben, dass sie eine Soldaten-Anwärterin ist, und mit jeder anderen *gedachten* Position würde ich sie noch mehr degradieren. Es gibt nur einen Weg, wie sie uns helfen und gleichzeitig ihre Ehre behalten kann. Ich freue mich, dass sie uns unterstützen will, sich auch auf meine Seite stellt, aber ich werde sie nicht in den Dreck ziehen. Niemals könnte ich sie degradieren, um unserem Zweck zu dienen.

Marian scheint denselben Gedanken zu haben, denn er mustert mich genauso eindringlich wie ich ihn.

»Kannst du es ihr erklären? Ich brauche einen Moment.«

Es sind nur ein paar Schritte bis zum Fenster. Ich hoffe, dass der Trubel, den ich auf der Straße erkennen kann, mich das alles für einen Moment ausblenden lässt.

»Quirin gehört der königlichen Familie an – das bedeutet, er darf sich nicht mit einer Frau in Begleitung zeigen«, erklärt Marian ruhig.

»Das ist eine sehr merkwürdige Regelung.«

»Dina, du verstehst nicht. Wenn du dich an seiner Seite zeigst – nicht als sein Eigentum, sondern als Frau –, zeigst du dich als *seine* Frau. Das wäre die *andere* Lösung.«

»Hm …«, überlegt Dina, und ich höre es rumpeln.

Ich werfe einen Blick über meine Schulter. Sie hat sich wieder auf den Stuhl gesetzt.

»Du könntest als *Eigentum* seine Begleitung sein, doch ich denke, ich spreche für uns beide, wenn ich sage, dass wir absolut dagegen sind. Auch wenn es bei eurem Ausflug in die Bibliothek höchstwahrscheinlich den Anschein gemacht hat, dass du seine Sklavin bist.«

»Also entweder ich bleibe sein Eigentum oder ich werde seine zukünftige Frau«, beendet Dina, und ich spüre ihren Blick im Nacken. »Könntest du dich bitte umdrehen?«

Zögerlich komme ich ihrer Bitte nach. »Du musst wissen, dass du dadurch eine Zielscheibe auf dem Rücken haben wirst. Das Komplott der Herzöge sieht vor, mich auf den Thron zu setzen, aber wir denken beide, dass es nur ein Vorwand ist. Vitus und ich sollen uns bekämpfen und somit den Weg für die Abschaffung der Monarchie ebnen.«

In Dinas Augen sehe ich Erstaunen aufblitzen. »Aber das heißt …«

»Wenn wir Hochverrat an meinem Cousin begehen und der Putsch erfolgreich sein sollte, wird es sicherlich Mordversuche geben. Stellen wir uns gegen die Herzöge, werden wir wahrscheinlich nicht lebend in der Hauptstadt ankommen.« Ich gehe auf Dina zu, hocke mich vor sie und nehme ihre Hände in meine. Was eigentlich eine aufbauende Geste sein soll, jagt mir selbst einen kalten Schauer über den Rücken. »Wenn du dich entscheidest, dich uns anzuschließen, kann ich dir nicht versprechen, dich beschützen zu können. Du hast mein Wort, dass ich mein Möglichstes tun werde, aber–« Meine Stimme bricht, und ich senke den Blick.

»Quirin«, wispert Dina, legt eine Hand an meine Wange und lenkt meinen Blick wieder auf sie. »Ich willige ein. Zu allem, jeder Gefahr. Euer Ziel ist ehrenhaft und wichtig, und ich werde tun, was ich kann. Durch mein Handeln ist es auch meine Verantwortung geworden.«

»Das ist kein Spaß, kein Spiel. Vitus hat drei Söhne, ist eigentlich sicher auf dem Thron. *Eigentlich.* Nicht einmal drei männliche Erben genügen, damit er seinen Anspruch nicht verliert. Anscheinend hat meine Familie den Sklavenhandel seit Jahren nicht nur geduldet, sondern sogar forciert. Es reicht, dass ich zwischen die Fronten gerate und ihr euch an meine Seite stellt, aber ich kann dich da nicht mit reinziehen.«

»Ich habe dich mit hineingezogen«, antwortet sie, und ich kann kaum glauben, was sie sagt. »Lass uns gemeinsam dafür sorgen, dass wir rauskommen.«

»Also eigentlich dachte ich, dass ein Antrag romantischer abläuft«, spottet Marian.

»Das ist kein Spaß!« Augenblicklich springe ich auf. »Ihr beide scheint euch dem Ernst der Lage nicht bewusst zu sein.«

Marian atmet tief durch. »Glaub mir, wenn jemand den Ernst der Lage kennt, dann wohl ich.«

»Jungs!«, ruft Dina dazwischen. »Noch mal von vorn. Wenn ich mich an deiner Seite zeige, bin ich deine zukünftige Ehefrau. Einfach so? Meines Wissen nach wird man zumindest vorher gefragt. Ein Kniefall oder so gehört auch dazu, da muss ich Marian recht geben.«

»Ein Prinz kniet nicht«, grummele ich, und Marian stöhnt auf.

»Für diese Unterhaltung bin ich eindeutig zu nüchtern.« Lautstark lässt er sich auf sein Bett plumpsen. »Es geht in unserer Kultur weniger um das, was zwischen den Personen passiert, sondern mehr um den Eindruck der Gesellschaft, Dina. Nicht nur die Frau muss sich der Ehe würdig erweisen, sondern auch der Mann.« Marians Stimme wird immer leiser. »Das ist einer der Gründe, warum ich niemals heiraten kann.«

»Was?«, haucht Dina, steht auf und geht zu ihm. Wie selbstverständlich setzt sie sich auf seine Bettkante.

Ich habe es noch nie erlebt, dass eine Frau so wenig Berührungsangst mit Männern hat. Wir könnten wer weiß was mit ihr anstellen. Aber wenn ich an unsere erste Begegnung zurückdenke, könnte sie genau das wollen.

Ich schüttele kaum merklich den Kopf. Dieses Bild hat nichts mit der Dina gemein, die ich kennengelernt habe. Wenn sie damals wirklich dachte, ich sei ein Traum … Wir alle haben *solche* Träume. Sie dafür zu verurteilen, wäre nicht gerecht.

»Aber wieso? Du bist ein angesehener Soldat. Ich habe es gesehen, als du auf dem Hof mit der Einheit gesprochen hast. Sie respektiert dich. Wieso solltest du keine Ehe eingehen können? Ich bin mir sicher, es gibt–«

Marian nimmt ihre Hände und lässt sie damit verstummen. »Du verstehst nicht. Ich wurde an die Armee verkauft. Aber vorher … Ist jetzt nicht wichtig. Es steht nicht zur Debatte – nie. Es gibt niemanden im gesamten Land, der eine Trauung eines ehemaligen Sklaven vollziehen würde. Es würde mit dem Tod bestraft werden.«

Das ist auch einer der Gründe, warum ich mir geschworen habe, nie eine Frau zu nehmen. Marian und ich sind beste Freunde, wir haben den Großteil unserer Leben gemeinsam verbracht. Ich will keinen Weg gehen, auf dem er mir nicht folgen kann.

»Du bist ein großartiger Mann, Marian«, sagt Dina und umschließt sein Gesicht mit ihren Händen, wie sie es bei mir tat. Ich denke nicht, dass sie versteht, was Marian versucht hat, ihr mitzuteilen, aber ihr Ehrgefühl spricht für sie. »Und diese Regelung ist Mist. Der reinste Bullshit.« Direkt danach wendet sie sich mir zu. »Wenn du König bist, will ich, dass sie abgeschafft wird. Verstanden?«

»Du *willst?*«, frage ich verwirrt nach.

Dina nickt, steht auf und kommt erhobenen Hauptes auf mich zu. »Ja, ich will. Ich werde deine zukünftige Frau sein, Zielscheibe hin oder her. Gemeinsam werden wir dem Sklavenhandel den Kampf ansagen und dafür sorgen, dass Nadiraan eine Generalüberholung der Gesetze bekommt.«

Ich starre sie einfach nur erstaunt an, unfähig, etwas zu sagen. Nach einigen Momenten der Stille räuspere ich mich und versuche, meine Stimme wiederzufinden.

»Aber ich will Vitus nicht stürzen, geschweige denn König werden. Das wollte ich nie. Diese ganze Sache ist nur ein Spiel, um die Herzöge im Griff zu haben.«

»Dann hat dein Cousin eine Schuld abzutragen, und das wird sie sein.« Sie streckt mir ihre Hand entgegen. »Meine Hand für dein Wort gegen den Sklavenhandel und das Gesetz.«

»Dina, du–«

»O doch, ich muss, Marian. Denn wenn Quirin König wird, werde ich Königin – und die hat in dieser Konstellation auch etwas zu melden.«

Ein kleines Schmunzeln breitet sich auf meinem Gesicht aus, und ich schlage ein. »Abgemacht.«

Dina ist zu den Zwillingen verschwunden, die sie neu einkleiden werden. Als Frau an meiner Seite muss sie entsprechend aussehen und kann hier nicht in der Kleidung aus ihrer Welt herumlaufen.

Marian und ich haben uns eine Erklärung zurechtgelegt, die so aussieht: Ich habe darauf bestanden, Dina als Eigentum aus der Auktion zu nehmen, um nicht noch mehr Fragen aufzuwerfen. Eine Gelegenheit, sie als zukünftige Frau an meiner Seite zu präsentieren, hatten wir bisher nicht, da die Erlaubnis des Königs fehlt, was jetzt in Anbetracht der Dinge nicht mehr wichtig ist.

Ich kann immer noch nicht glauben, dass sie das einfach so tut. Sie kennt uns kaum, und doch fühle ich mich ihr so verbunden wie nur einer weiteren Person auf der Welt. Dina versteht mich einfach, ohne viele Worte. Sie setzt sich für das Richtige ein, unterstützt mich. Und die einzige Gegenleistung, die sie fordert, ist, dass ich mein Wort halte, unser Ziel bis zum Ende zu verfolgen.

Ist sie wirklich …

Ist das Schicksal?

Noch immer will ich nicht wahrhaben, dass dieser Schritt nötig ist, sich gegen meine Familie und meinen König zu stellen. Aber seit den Geschehnissen am Hafen muss auch ich einsehen, dass ich offenbar der Einzige bin, der sich an die Regeln hält. Der Befehl mit den neuen Sklaven kam vielleicht von meinem Großvater, doch Vitus hat ihn mit seinem Siegel bestätigt. Das heißt, der Mann, den Marian und ich gesehen haben, war keiner der Herzöge. Vitus baut sich eine eigene Armee auf. Er rechnet mit Krieg. Natürlich ist es ehrbar, dass er kein Blut seines Volkes vergießen will, aber sich an einem anderen zu bedienen, ist auch keine Lösung. Alles verfällt dem Wahnsinn. Und ich langsam auch.

»Wir müssen los«, reißt mich Marian aus meiner Starre und zerrt mich aus unserem Zimmer. »Dina weiß gar nicht, was sie für ein Opfer bringt.«

»Geschweige denn erkennt sie die Gefahr, in die sie sich begibt.«

»Dich grummeliges Etwas wirklich heiraten zu müssen, ja.«

Sosehr ich Marians Humor zeitweise nicht ausstehen kann, hilft er mir jetzt und entlockt mir tatsächlich ein Kichern.

»Glaub mir, damit habe ich auch nicht gerechnet.«

Es hilft, zu wissen, dass Dina an meiner Seite ist, weil wir dasselbe Ziel verfolgen. Ich muss sie nicht zu etwas zwingen. Sie hat sich freiwillig dazu entschieden, weiß über alles Bescheid und scheut trotzdem nicht davor zurück. Äußerst selten verspüre ich Dankbarkeit, aber jetzt gerade bin ich verflucht dankbar.

Der Rest der Einheit wartet schon vor dem Zimmer der Zwillinge. Mein Blick geht sofort zu Marian, der mich entschuldigend anblickt. Also haben er und die Zwillinge getratscht, war ja klar.

»Glückwunsch, General, wenn auch überraschend«, verlautbart Darius mit einem Schmunzeln.

Er ist der Vater der Einheit. Nicht viele von uns hatten je einen präsenten Vater, und er übernimmt die Aufgabe nur zu gern.

Ehe ich antworten kann, geht die Tür auf. Die Zwillinge sind wie gewohnt simpel gekleidet. Sie hassen alles, was sie auf ihre Weiblichkeit reduziert.

Amina hat es mir einmal erklärt. Es geht nicht einmal darum, dass sie sich selbst nicht schön anziehen wollen, sondern darum, dass sie direkt an Respekt verlieren, wenn sie es tun. Dass niemand – außerhalb unserer Einheit – sie als die Personen respektiert, die sie sind. Stattdessen werden sie nur auf ihre Äußerlichkeiten reduziert. Das ist auch ein Grund, warum sie freiwillig einer Familie entsagen. Es passt einfach nicht in ihr Konzept von Freiheit, und für ihren Mut kann ich sie nur bewundern. Nicht viele stellen sich gegen den traditionellen Weg, obwohl es ihre Entscheidung ist. Wie es sein sollte.

»Wir haben uns Mühe gegeben«, flötet Amaya und tritt zur Seite.

Ich will schon die Augen verdrehen, da erkenne ich Dina. Ihre rabenschwarze Mähne ist kunstvoll zu kleinen und großen Zöpfen geflochten, jedoch liegt der untere Teil ihrer Haare vollkommen offen dar und fließt über ihre Schultern. Das Kleid, das sie trägt, ist einfach, aber das blasse Dunkelblau lässt ihre Augen strahlen, als wäre es genau dafür gemacht.

Ich spüre ein Klopfen unter meinem Kinn.

»Du sabberst«, wispert Marian. »Mund zu.«

»Ich sabbere nicht.«

Trotzdem fahre ich kurz mit meinem Handrücken über mein Kinn – *zur Sicherheit.*

»Geht das so?«, fragt Dina schüchtern.

»Du bist wunderschön«, antworte ich, kaum dass sie die Frage gestellt hat.

Sofort breitet sich eine niedliche Röte auf ihren Wangen aus. *Niedlich?*

Sie tritt noch einen Schritt näher, und ich biete ihr meinen Arm an. »Bist du dir sicher?«

Sie legt ihre Hand in meine Armbeuge und schaut mir tief in die Augen. »Ja.«

»Willst du uns deine Zukünftige nicht vorstellen?«, werden immer mehr Rufe laut.

»Später«, antworte ich, und Dina lächelt entschuldigend.

Langsam machen wir uns auf den Weg in Richtung Hauptsaal. Bei jedem Schritt spüre ich meine Nervosität ansteigen, aber bei Dina merke ich nichts davon. Sie geht neben mir, als wäre sie dazu bestimmt.

Normalerweise bin ich immer derjenige, der Sicherheit gibt und beschützt, jedoch genieße ich es in diesem Moment, die Aufgabe einmal teilen zu können. Dina erdet mich, zeigt mir allein durch ihre Haltung, dass sie an meiner Seite ist und wir alles Weitere zusammen machen, und dafür bin ich dankbar. Es tut gut, mich auf sie verlassen zu können. Jeder anderen würde ich Machtgier unterstellen, ihr jedoch nicht. Sie stellt sich an meine Seite, weil sie es will. Sie will mit Marian, mir und meiner Einheit kämpfen. Ihre Waffen sind anders als unsere, und trotzdem bietet sie sie mir an.

Nie dachte ich, mit einer Frau an meiner Seite einen Raum zu betreten, doch ich bin froh, dass es Dina ist. Sie ist intelligent, hat ein gutes Herz, kämpft für dieselben Dinge wie ich und sieht dazu noch umwerfend aus.

Reiß dich zusammen!, befehle ich mir selbst. Wir haben ein Ziel, und es ist kein Platz für eine Träumerei. *Obwohl es als Traum begonnen hat – und ich sie wieder gehen lassen muss.*

Das Getuschel meiner Einheit höre ich wie ein Rauschen in meinen Ohren, blende es jedoch aus. Ich spüre Marians Blick in meinem Rücken, was mich noch mehr beruhigt.

Am großen Tor der Haupthalle angekommen, drehe ich mich zu Dina um. »Letzte Möglichkeit, dich umzuentscheiden.«

Sie geht nicht auf meine Worte ein, sondern wendet sich der Wache neben der Tür zu. »Aufmachen, Prinz Quirin wird erwartet.«

Dina

*»My imagination makes me human and makes me a fool;
it gives me all the world and exiles me from it.«
– Ursula K. Le Guin*

Mein Herz schlägt mir bis zum Hals, als die Wachen meinem Befehl nachkommen. Ich weiß nicht, wieso, aber Quirin gibt mir ein Selbstbewusstsein, das mir vollkommen fremd ist. Bei ihm traue ich mich Sachen, die ich mich im wahren Leben nie wagen würde. Und dabei bin ich zum ersten Mal ganz ich selbst. Nicht die verbitterte Version meiner Selbst, die es mit Stacy aufnimmt. Nicht die Träumerin, die in fremde Welten flieht, weil sie ihr Leben nicht mehr erträgt. Nein, ich bin ich. Voll und ganz, wie ich immer sein wollte und nun endlich sein kann. Ja, es ist eine fremde Welt und ich träume gerade auf meinem Sofa. Dennoch wird Nadiraan immer mehr zu meinem wahren Zuhause, dem Ort, an dem ich sein will. An den ich gehöre. Das spüre ich ganz fest.

Bisher habe ich in keiner Beziehung einem Antrag zugestimmt, habe stets die Flucht ergriffen, wenn es auch nur darum ging, zusammenzuziehen. Jetzt stehe ich hier, und es war sogar mein Vorschlag, Quirins zukünftige Frau zu werden. Zwar nur für alle anderen zur Show, aber nicht einmal dazu konnte ich mich in der Vergangenheit durchringen.

Was ist nur los mit mir? Warum fallen mir Dinge hier leichter, und weshalb fühlt sich alles so richtig an?

In Quirins Augen erkenne ich dieselbe Unsicherheit, die ich auch spüre, und ich drücke seinen Arm. Ich kenne ihn nicht lange, sehe jedoch die Loyalität seiner Einheit, die Art, wie er mit Marian umgeht und auch mit mir, als ich ihn brauchte. Er ist jemand, der immer alle anderen zuerst sieht und erst dann sich selbst. Quirin hat es verdient, dass ihm jemand diesen Gefallen einmal zurückgibt und für ihn da ist, wenn er es braucht.

Und was ich tun kann, werde ich tun.

Denn zum ersten Mal in meinem Leben stehe ich einer Person gegenüber, die nichts von mir erwartet und dennoch dankbar ist. Ich könnte mich jetzt umdrehen und mich umentscheiden. Quirin würde mich nicht dafür verurteilen, sondern meine Entscheidung respektieren. Sollte ich seine Hilfe nochmals brauchen, wäre er trotzdem da. Das weiß ich aus tiefster Überzeugung, und genau das ist es, was mich einen Schritt nach vorn machen lässt. Nur noch vorwärts, niemals zurück. Egal, was sich uns gleich darbieten wird, wir werden uns dem stellen. Gemeinsam.

Ehe wir die Schwelle übertreten können, spricht uns die Wache an. »Nur der Prinz.«

»Nein«, sagt Quirin direkt. Seiner Einheit befiehlt er, draußen zu bleiben, mich und Marian will er jedoch mitnehmen.

Memo an mich, mich ausgiebig seinen Leuten vorstellen, damit sie keinen falschen Eindruck von mir haben. Ich will mich nicht zwischen sie drängen, nur haben wir gerade nicht viel Zeit für Erklärungen. Mit den Zwillingen konnte ich mich unterhalten, aber der Rest ist mir noch unbekannt.

»Prinz Quirin!«, dröhnt eine Stimme durch den großen Saal, und ein Mann, den ich hier schon einmal gesehen habe, taucht vor uns auf. Eine recht extravagante Person, anscheinend jemand, der viel auf Äußerlichkeiten gibt.

Quirin und ich haben uns nicht wirklich darüber unterhalten, wie ich mich zu verhalten habe. Nicht dass ich mich sonst dafür interessiere, aber auch mein Eindruck ist für unser gemeinsames Ziel von Bedeutung. Das darf ich nicht außer Acht lassen.

»Statthalter, darf ich Euch meine zukünftige Frau vorstellen? Dina, das ist der Statthalter von Tifus.«

»Hocherfreut.« Er wedelt ein paarmal mit den Armen, ehe er in eine tiefe Verbeugung sinkt, die zu übertrieben ist, als dass er sie ernst meinen könnte.

Ich löse meinen rechten Arm aus Quirins Armbeuge nicht, denn ich will unsere Verbindung zueinander auf keinen Fall trennen. Stattdessen reiche ich dem Statthalter meine linke Hand. »Die Freude ist meinerseits, Statthalter.«

Schon merkwürdig, dass zwei Personen mit derselben Position einen solchen Einfluss auf mein Leben haben.

Er erhebt sich und drückt mir einen feuchten Kuss auf den Handrücken. Ich muss mich wirklich zusammenreißen, nicht zu würgen. Doch es beweist mir, dass ich nicht kaputt bin und in Nadiraan generell anders auf Männer reagiere, sondern nur auf einen.

Marian räuspert sich.

Gut, zwei.

»Wo habt Ihr nur so eine exquisite Frau gefunden?«

Hat er mich gerade *exquisit* genannt? Wenn das ein Kom-pliment sein sollte, ist es ihm misslungen.

»Auf der Auktion«, ertönt eine Stimme vom Tisch.

Erst jetzt nehme ich die restlichen Männer wirklich wahr, die sich an der langen Tafel befinden.

»Sie ist sein Eigentum.«

»Zeit, sich vorzustellen«, beschließt der Statthalter, und ich lasse mich von Quirin zum Tisch führen.

Natürlich sind für Marian und mich keine Plätze vorgesehen, wir waren auch nicht angekündigt.

Der Statthalter schnippt zweimal, und eine Dienerin eilt herbei. Als ich ihr ins Gesicht blicke, erkenne ich die Frau, die mich vorgestern noch davor gewarnt hat, den Mund aufzumachen. Unsere Blicke treffen sich, doch sie wendet ihren schnell wieder ab.

Ihre Worte kommen mir zurück in den Sinn. Sie hat wohl Glück gehabt und ist Dienerin geworden statt …

Zwei Stühle werden platziert, und Quirin zieht meinen hervor, damit ich mich bequem setzen kann. An diese Geste könnte ich mich glatt gewöhnen.

Flüchtig streicht er über meine Schulter. Ich liebe es, wie unsere Verbindung nie wirklich abreißt. Wir geben einander Sicherheit, und das Schönste ist: Er braucht sie so sehr wie ich.

»Also, Eure Zukünftige ist eine Sklavin?«, hakt der Statthalter nach und trinkt einen Schluck Wein.

»Nein, ist sie nicht. Sie wurde bei einem Spaziergang fälschlicherweise für eine Sklavin gehalten. Bisher habe ich keine Erlaubnis zur Eheschließung von König Vitus, deshalb habe ich versucht, sie noch nicht öffentlich zu präsentieren, und wollte auch bei der Auktion so wenig Aufsehen wie möglich erregen, aber das erübrigt sich nun. In der Situation habe ich einfach reagiert, daher war meine Verlobte auch äußerst verwirrt.«

»Verstehe«, erwidert der Statthalter, und auch die anderen scheinen die Erklärung zu akzeptieren.

Nervös beginne ich, mit meinem Bein zu wippen, und spüre einen kurzen Moment später eine Hand auf meinem Oberschenkel, die sanft zudrückt. Sie ist rau, fühlt sich aber selbst durch den Stoff wunderbar an. »Ruhig, sonst verschüttest du den Wein mit deinem Wippen«, wispert Marian, während er sich an einer Traube auf dem Tisch bedient.

Er lehnt sich erneut zurück und will seine Hand wegziehen, doch ich ergreife sie reflexartig. In meiner rechten Hand ruht nun Quirins und in meiner linken Marians. Es sollte sich falsch anfühlen, aber das tut es nicht.

»Also, Prinz Quirin, es ist an der Zeit, dass wir Euch vorstellen, wer hinter unserem Plan steht.«

Die Namen, die der Statthalter genannt hat, konnte ich mir ehrlicherweise nicht merken. Meist war es eine Aneinanderreihung an Titeln, mit denen Quirin und Marian umzugehen wussten. Für mich waren sie nur Schall und Rauch. Genauso wie die Thematik. Anstatt sich über das Wesentliche zu unterhalten, haben wir bestimmt zwei Stunden damit verbracht, uns einander vorzustellen und den Herzögen bei der eigenen Lobpreisung zuzuhören. Aber weiter sind wir keinen Schritt.

»Ihr werdet sicherlich verstehen, dass wir nicht ewig auf Reisen bleiben können«, erwähnt Quirin bestimmt zum fünften Mal in der letzten halben Stunde. »Also wäre ich euch sehr verbunden, wenn wir *endlich* zum Punkt kämen.«

»König Vitus muss abdanken«, antwortet einer der Herzöge – so, wie ich es mitbekommen habe, der reichste unter ihnen.

Wie war gleich sein Name? Herzog von Dextran? Wenn ich es richtig verstanden habe, hat er Ländereien nahe der Hauptstadt und die wohl größte Armee. Also ein potenziell wichtiger Verbündeter.

»Das wird er nicht tun«, erwidert Quirin. »Warum sollte er auch? Er ist der rechtmäßige Erbe, und seine Krönung findet bald statt. Er hat Söhne, die seine Linie sichern. Aus welchem Grund sollte er sich fügen?«

Um diese Frage sind die Herzöge bereits mehrfach herumgeschlichen. Irgendwie scheint es mir, als würde niemand wirklich die Wahrheit sagen wollen. Ob sie vermuten, dass wir eigentlich ein falsches Spiel spielen? Doch dann wären sie nicht so zahlreich erschienen und hätten stattdessen Gesandte geschickt. Trotzdem schreit meine innere Stimme, vorsichtig zu sein.

»Bitte entschuldigt meine Frage«, unterbreche ich die Stille nach einigen Momenten und kichere verhalten.

Diese Verhaltensweise habe ich schon oft bei Stacy oder Georgiana gesehen, wenn sie sich an den nächsten Kerl geschmissen haben. Lieber dümmlich und niedlich spielen, gerade bei Männern in dieser Position, und dann zuschlagen. Ich würde niemals auf die Idee kommen, mich so dämlich zu verhalten, aber es ist sinnig, das Spiel der Herzöge ein wenig mitzuspielen. So altbacken, wie sie eingestellt sind, würde ich keine Antwort erhalten, wenn ich sie drohend von ihnen verlange. Glücklicherweise gibt es mehrere Wege, an mein Ziel zu kommen.

»Aber welche Sicherheit haben wir?«

Quirins und Marians Hände umschließen meine augenblicklich fester.

Der Statthalter schnaubt. »Von welcher Sicherheit redet Ihr?«

»Von der, dass ihr uns nicht sagt, dass ihr meinen zukünftigen Gemahl auf dem Thron wissen wollt und uns dann genauso ersetzen könnt, wenn es euch beliebt.«

Absolute Stille tritt ein. Ich bin mir nicht einmal sicher, ob noch irgendjemand atmet. Also habe ich einen wunden Punkt getroffen.

»Wenn König Vitus abdankt und seine Kinder ihren Thronanspruch verlieren, wer garantiert mir, dass ihr es mit meinen nicht gleich handhabt? Wir mögen heute in eurer Gunst stehen, aber das ist eine Entscheidung, die nicht leichtfertig getroffen gilt. Das versteht ihr sicher. Und zu der Sicherheit, die wir brauchen, gehört vor allem eines: Ehrlichkeit.«

Ich drehe meine Hände auf meinem Schoß und verschränke meine Finger mit Quirins und Marians. Es tut gut, ihnen – wenn auch nicht sichtbar – nah zu sein. Wir stehen das zusammen durch.

»Was wollt Ihr?«, knurrt Herzog Dextran und starrt mich nieder.

»Das wird mein Verlobter besser beantworten können. Ich habe einfach nur eine Befürchtung geäußert, die ihr sicherlich verstehen könnt, aber ich würde mir nicht anmaßen, mich mit Dingen zu beschäftigen, die ich nicht begreifen kann.« Mit einem Lächeln wende ich mich an Quirin, der ein paar Momente braucht, um sich zu fangen. »Nicht wahr, Geliebter?«

Ich rechne es ihm hoch an, dass er seinen Schock über meine Worte nicht zeigt. Mich schocken sie ja selbst, aber es ist ein Spiel, nichts weiter. Eines, das einzig und allein dem Zweck dient, sie einzulullen.

Der Thron ist Quirins Erbe. Es ist seine Aufgabe. Natürlich könnte ich mich in den Vordergrund stellen, jeden Einzelnen am Tisch zur Schnecke machen, aber was würde das bringen? Ich kenne Nadiraan nicht, weiß nichts über die politischen Verhältnisse oder die Personen, die Ämter bekleiden. Quirin hingegen weiß alles. Kennt jeden. Er braucht meine Unterstützung, nicht meine Bevormundung.

»Wie recht du hast«, antwortet er, hebt unsere verschränkten Hände an und haucht mir einen Kuss auf den Handrücken.

Heiße und kalte Schauer jagen über meinen Rücken, und ich kann gar nicht glauben, wie unglaublich intim sich diese simple Geste anfühlt. Nur Sekunden haben seine Lippen meine Haut berührt, und ich habe jetzt schon Sehnsucht danach, sie wieder zu spüren.

Die ganze Zeit über blickt er mir tief in die Augen, was unsere Verbindung und stille Absprache nur noch mehr festigt. Ich würde lügen, wenn ich sage, dass ich noch nie so angesehen wurde, denn das wurde ich - und doch ist es anders. Zum ersten Mal wird der Gedanke in mir laut, dass ich mir vielleicht sogar wünschen könnte, dass es kein Spiel ist. Dass diese Intimität, diese Liebkosung, echt ist.

»Geliebte«, fügt er hinzu und hebt seinen Kopf erneut.

Kurz blickt er nach unten, sieht Marians und meine Hände, und der Moment der Intimität verpufft. Mit eingefrorener Miene wendet er sich den Herzögen am Tisch zu und mustert die Runde.

»Ich brauche Loyalität«, beginnt er. »Keine Diener in den Schatten, die mich im nächsten Atemzug verraten könnten. Ich bin auch ein Erbe des Throns, ja, und bis zu einem gewissen Grad gewillt, mich euch anzuschließen, aber nicht so. Ich erwarte, dass ihr mir alle schriftlich zusichert, was ihr bereit seid, für diesen Aufruhr zu investieren. Die Männer, die ihr gewillt seid, zu stellen, die Sklaven - und nicht zu vergessen, was ihr von mir im Gegenzug erwartet.«

»Aber-«, wispert der Statthalter.

»Ihr wollt einen König stürzen, und wir wissen alle, dass ihr das allein nicht könnt, sonst bräuchtet ihr uns nicht. Das sind unsere Forderungen.«

Demonstrativ erhebt sich Quirin und zieht meinen Stuhl zurück. Die Kälte, die ich an meinen Händen spüre, überrascht mich. Wie schnell haben sie sich an die Wärme der beiden Männer gewöhnt?

Ich erhebe mich ebenfalls, wende mich Quirin zu und hake mich wieder bei ihm ein.

»Und wer garantiert uns, dass Ihr nicht zu Eurem Cousin geht und ihm alles verratet? Uns an ihn ausliefert?«

»Ich, indem ich dieses Dokument ebenfalls unterschreiben werde.«

Ohne dass noch etwas gesagt werden kann, zieht mich Quirin aus dem Raum, dicht gefolgt von Marian. Allein an seiner Haltung kann ich erkennen, dass das Thema noch lange nicht beendet ist.

Quirin

Es ist mir egal, dass die Tür bereits hinter mir zugefallen ist, ich gehe einfach mit Dina am Arm weiter. Nach ein paar Metern lege ich meine Hand an ihre Taille, damit ich sie nicht mehr hinter mir herzerre wie ein Wahnsinniger.

Marians Schlurfen höre ich hinter uns, und die Einheit wartet natürlich schon im angrenzenden Flur. Sofort wird mir bewusst, dass ich meinen Ärger für ein paar weitere Momente hinunterschlucken muss. Dabei weiß ich gar nicht, was genau mich gerade wütend macht.

Dina, die Marians Hand hielt.

Marian, der Dinas Hand hielt.

Oder beide, die scheinbar eine ähnliche Verbindung zu haben scheinen wie wir. Die Gefahr, die damit einhergeht. Wenn irgendjemand gesehen hat, wie meine *Verlobte* die *Aufmerksamkeit* meines besten Freundes genießt …

»Und, wie lief's?«, fragt Darius mit gewohnt stoischer Miene.

»Wie erwartet. Sie sind uns entgegengekommen und wir ihnen. Wie wir vermutet haben, war das erst der Anfang.«

Ich drücke mich bewusst mehrdeutig aus, denn wer weiß, ob wir vielleicht doch abgehört werden. Bis vor ein paar Tagen war ich mir meiner Umgebung sicher, meiner gesamten Weltanschauung, nur um jetzt festzustellen, dass alles langsam, aber sicher im Chaos versinkt.

»Ich hatte noch keine Chance, mich vorzustellen«, erhebt Dina mit fast schon piepsiger Tonlage die Stimme und schaut in die Runde.

Natürlich sagt niemand ein Wort. Meine Einheit ist mir gegenüber loyal, und auch wenn sie sicherlich schon von Amaya und Amina gehört hat, was wir planen und was Dinas Position ist, würde sie niemals ohne meine ausdrückliche Einwilligung darüber sprechen. Dafür kennen meine Leute Dina nicht gut genug, und allein diesen Grad an Loyalität zu haben, erfüllt mich mit Stolz.

Dina räuspert sich. Das Geräusch hallt von den Wänden wider, als wäre es das einzige im gesamten Gebäude. »Ihr werdet sicherlich schon etwas von mir gehört haben – was, will ich ehrlicherweise nicht wissen.« Ein unsicheres Kichern verlässt ihre Lippen. »Aber ich möchte euch versichern, dass ich auf eurer Seite stehe.« Sie wendet mir ihren Blick zu. »Und hinter Quirin. Das schwöre ich.«

Ich würde ihr gern bestätigende Worte zuteilwerden lassen, aber ich kann es nicht. Nicht nachdem …

»Warum?«, hakt Darius nach.

Jeder, der ihn kennt, weiß seine neutrale Art einzuschätzen, aber auf jemanden, dem er fremd ist, kann es doch merkwürdig, vielleicht sogar unhöflich wirken.

Dinas Blick geht zu Boden, und sie atmet ein paarmal tief durch, ehe sie Darius ansieht. Anscheinend musste sie mit sich debattieren, ob sie ihm die Wahrheit sagen soll, die ich nicht einmal kenne – jedenfalls nicht wirklich.

»Weil nie jemand für mich eingestanden ist. Mein Leben lang war ich auf mich allein gestellt. Habe alles allein getan, weil niemand da war. Wenn ich meinen Teil dazu beitragen kann, dass die Kinder, in deren Augen ich geblickt habe, eine Zukunft finden, in der es Hoffnung gibt, werde ich alles tun.« Ihre Worte durchschneiden die Stille und lassen selbst mich für einen Moment sprachlos zurück. »Ich kenne es nicht, dass sich jemand für das Richtige einsetzt, ohne einen persönlichen Vorteil. Dort, wo ich herkomme, gibt es so viele Menschen, die helfen, aber sich gleichzeitig damit brüsken, wie großartig sie doch sind, weil sie sich an etwas beteiligen, das selbstverständlich sein sollte. Quirin hat mir geholfen, ohne auch nur eine Gegenleistung zu verlangen. Für ihn war es selbstverständlich und das, obwohl er sich damit in den Vordergrund stellt, was er gar nicht will. Euer Ziel ist ehrenhaft, und ich habe zum ersten Mal das Gefühl, wirklich zur richtigen Zeit am richtigen Ort zu sein. Ich erhoffe mir nichts von alledem, außer dass wir etwas verändern können. Quirin hat zweimal mein Leben gerettet, und ja, da spielen auch Dankbarkeit und Wiedergutmachung rein, aber das ist nicht alles. Es gibt Dinge, für die es sich zu kämpfen lohnt. Das ist eines davon. Und jede Waffe, die mir zur Verfügung steht, gilt diesem Ziel.«

Überrascht blicke ich Dina an, die erst einmal ein paar tiefe Atemzüge nimmt. Obwohl sie merklich nervös war, macht das ihre Worte nicht weniger wahr. Im Gegenteil. Alles an ihr wirkt ehrlich und aufrichtig. Aber wie passt das zu dem, was ich gerade gesehen habe?

Darius' Mundwinkel zuckt leicht – das wohl eindeutigste Zeichen seiner Zustimmung. Er war noch nie ein Mann großer Gefühle.

»Ich hoffe, dass morgen alles geklärt sein wird, damit wir zumindest einen halben Tag reisen können. Macht euch für den Mittag bereit«, adressiere ich meine Einheit, die sich sogleich in alle Himmelsrichtungen zerstreut.

Manche werden trinken, andere schlafen und wieder andere einfach die Zeit vertrödeln. Mir soll es recht sein. Es ist ihre Freizeit, und die sollen sie bestmöglich nutzen.

Auch mich überkommt der Drang nach Ruhe. Ich brauche einfach mal ein paar Momente, um mir genau Gedanken zu machen, was das alles nun für mich bedeuten wird.

Ich bin im Begriff, meinen Cousin, der stets wie ein Bruder für mich war, zu hintergehen. Dabei will ich es gar nicht. Aber alles, wirklich *alles,* deutet darauf hin, dass er sich von seinen einstigen Idealen abgewandt hat. Dass er nun für den Sklavenhandel ist, die Herzöge und damit die Stabilität des Landes nicht im Griff hat. Was in sich ein Widerspruch ist.

Ich will den Thron nicht, wollte ihn nie, doch war der Ruf der Pflicht für mich schon immer stärker als mein eigener Wille. Das mag wohl daran liegen, dass ich durch und durch ein Soldat bin. Ich bin es gewohnt, zu dienen, kenne es nicht anders und liebe es auch. Es gibt mir einen Sinn im Leben, eine Aufgabe, die ich nur zu gern erfülle.

Und sollte nun der Thron nach mir verlangen, für den Frieden Nadiraans, werde ich auch seinem Ruf folgen. Jede meiner Taten gilt dem Volk und wird ihm immer gelten.

Damals dachte ich, dass es richtig wäre, meinem Anspruch zu entsagen, meine Loyalität der Person zu schwören, die ich immer auf dem Thron sehen wollte. Aber allein, was ich heute Morgen gesehen habe, spricht eine ganz andere Sprache. Ich kann der Vergangenheit hinterhertrauern, aber es gibt mir nicht das Recht, die Realität zu verleugnen.

Sicher, es könnte auch sein, dass jemand in Vitus' Namen agiert, sein Siegel missbraucht, doch mein Bauchgefühl sagt mir immer deutlicher, dass dem nicht so ist. Und wenn ich mich auf eine Sache stets verlassen konnte, war es mein

Innerstes. Es ist der Kompass, der mich durch die tiefste Dunkelheit wieder ins Licht führt, mir zeigt, was richtig und falsch ist. Natürlich habe ich auch Fehler begangen – ich bin kein Heiliger –, aber meist resultierten sie daraus, dass ich nicht auf meinen Instinkt gehört habe. Mich auf andere verlassen und meine innere Stimme ignoriert habe. In so einer wichtigen Angelegenheit kann ich mein Bauchgefühl nicht ignorieren und werde es auch nicht.

»Ich muss nachdenken«, sage ich zu Marian und Dina, die ebenfalls tief in Gedanken versunken zu sein scheinen. Kurz blicke ich Dina an, die mir ein aufmunterndes Lächeln schenkt. »Wo warst du eigentlich gestern?«

»Hast du mich vermisst?«, fragt sie, und ihr Lächeln wird ein klein wenig größer. Hoffnungsvoller.

»Ich habe mich nur gewundert.«

Marian wirft mir einen Seitenblick zu. Er weiß genau, dass ich mich weder gewundert noch mir Gedanken darüber gemacht habe, da ich den ganzen Tag im Bett lag. Zudem ist mein Spruch ein unnötiger Tiefschlag nach Dinas Bekundung gerade. Dennoch, in mir herrscht nur Chaos.

»Oh.« Sofort erstirbt Dinas Lächeln. »Es war Neumond. Meine Nachforschungen haben ergeben, dass es bei Neumond schwierig ist … Du weißt schon.«

»Also hast du keine Neuigkeiten?«

Sie schüttelt den Kopf.

»Gut, morgen reisen wir ab, aber ich bin mir sicher, dass du uns finden wirst, solltest du …« Den Rest des Satzes lasse ich bewusst offen und eile durch den Flur.

Ehrlicherweise weiß ich nicht, warum mir Dina so unter die Haut geht. Jedes ihrer Worte … Auch gerade … Sie spricht genau das aus, was ich mir erhofft habe. Sie ist das perfekte Gegenstück zu mir.

Sofort schüttele ich den Kopf.

Dann würde sie nicht Marians Nähe suchen, ermahne ich mich und öffne im selben Moment die Tür nach draußen.

Der Mond steht schon hell am Himmel. Fackeln beleuchten den Hafen, ebenso wie der große Leuchtturm in weiter Ferne. Es ist ruhig, doch es wirkt wie die Ruhe vor dem Sturm.

Der Duft von frischem Brot steigt mir in die Nase, und ich bekomme eine Idee. Ich greife in meinen Nacken, ziehe meine Kapuze über meinen Kopf und gehe in Richtung Küche.

Es dauert fast eine halbe Stunde, bis ich den Hafen erreiche. Eigentlich liegt es mir fern, zu stehlen, aber um diese Uhrzeit mit dieser Menge Brot gesehen zu werden, würde Fragen aufwerfen, die ich lieber nicht beantworten möchte.

Ständig blicke ich über meine Schulter, aber alles ist ruhig. Ich wähle denselben Weg wie heute Morgen und stehe wenig später vor den Käfigen.

Mit geschürzten Lippen stoße ich ein Pfeifen aus, das wie das eines Vogels klingt. Keine Wache reagiert, also sollte es keine Probleme geben.

»Ricard?«, wispere ich an den Stangen.

Obwohl vereinzelt Fackeln verteilt sind, ist es duster.

Wenige Sekunden später erblicke ich die Gestalt des Exilkönigs vor mir und halte ihm das Brot hin. Überrascht mustert er die fünf großen Laibe und nimmt sie nacheinander an.

»Mehr konnte ich nicht unbeobachtet mitnehmen, tut mir leid.«

»Danke«, haucht Ricard mit leichter Verwirrung in der Stimme und verteilt das Brot sofort an einige Männer, die hinter ihm stehen, ehe er sich mir wieder zuwendet.

»Ich habe nicht viel Zeit, aber baue auf Eure Unterstützung. König Vitus soll gestürzt und ich an seiner statt auf den Thron gesetzt werden. Die Herzöge beschließen es soeben. Damit werde ich zum Hochverräter.«

»Warum sagt Ihr mir das?«

»Weil ich Euch und Eure Männer morgen befreien will. Sklaven bleiben nie lange an einem Ort, daher nehme ich an, dass Ihr morgen weggebracht werdet.«

»Dasselbe habe ich auch gehört. Wir sollen zur Hauptstadt gebracht werden.«

»Das ist auch unser Ziel«, flüstere ich. »Meine Einheit reist gegen Mittag ab, das wird kein Aufsehen erregen. Wir werden Euch finden und nachts das Lager überfallen. Sagt Euren Männern, dass sie sich ruhig verhalten sollen.«

»Das klingt fast so, als wäre es nichts Neues für Euch.«

»Nicht wirklich, aber darum geht es jetzt nicht. Haltet bis Abends die Füße still, in Ordnung?«

»Was ist Euer Preis?«

»Ich habe keinen, nur die Bitte, dass Ihr im Fall eines Krieges auf meiner Seite stehen werdet.«

»Also verlangt Ihr dasselbe wie Euer König, Quirin.«

»Ich verlange es nicht, ich bitte darum. Um unser aller willen. Was Ihr damit macht, ist Euch überlassen.«

Lautes Rufen dringt an meine Ohren, und ich verschwinde sogleich zurück in die Schatten.

Wenn Ricard ein Mann von Ehre ist, wird er sich auf meine Seite stellen, und wenn nicht, habe ich meine wenigstens nicht verraten.

Dina

*»To live is the rarest thing in the world.
Most people exist, that is all.«
– Oscar Wilde.*

»Komm, ich bringe dich aufs Zimmer«, sagt Marian, als Quirin den Flur bereits verlassen hat.

Schweigend folge ich ihm. Irgendetwas hat sich verändert, seit er Marians und meine verschränkten Finger gesehen hat. Dabei hat er mir nur beigestanden – so, wie ich den beiden beigestanden habe. Es hat nichts bedeutet, war nur eine freundschaftliche Geste. Das muss er doch auch sehen, oder?

»Wieso ist Quirin so schnell gegangen?«, frage ich Marian.

»Er ist durch und durch Soldat. Auch wenn er für jeden in der Einheit sein Leben geben würde und stets bemüht ist, das Richtige zu tun, hasst er die Verantwortung daran. Sie macht ihm zu schaffen. Er ist ein guter General – versteh mich bitte nicht falsch –, doch er könnte gut ohne die Verantwortung der Position leben.«

»Aber geht das nicht Hand in Hand?«

Ich verstehe es wirklich nicht. Wenn man Offizier ist, diese Laufbahn einschlägt, ist man sich der Verantwortung doch bewusst – und die meisten genießen es sogar. Das Gefühl von Macht.

»Schon.« Marian seufzt und öffnet die Tür zu deren Schlafgemach. »Es ist kompliziert. Solange Quirin einer Sache dient, ist alles für einen Zweck, der offensichtlich ist, greifbar. Jetzt jedoch ist *er* die Sache. *Er* ist der Zweck, und das bringt eine große Verantwortung mit sich. Wenn du einen Krieg führst, um dein Land zu vergrößern, kämpfst du mit Menschen, die dasselbe Ziel haben, und es ist für jeden deutlich: Darum geht es. Aber bei Personen ist es anders. Wenn Quirin einen Befehl gibt oder jetzt Zentrum von etwas ist, trägt er die Verantwortung für die Konsequenzen seiner Befehle. Er ist kein Soldat mehr, sondern der, zu dem aufgesehen wird – und das nagt an ihm.«

Leise schließe ich die Tür hinter mir. »Du kennst ihn sehr gut, nicht wahr?«

»Er ist mein bester Freund«, antwortet Marian mit einem Lächeln.

Amina hat sich die größte Mühe gegeben, meine Haare ordentlich zu flechten, jedoch sorgen die engen Zöpfe langsam, aber sicher dafür, dass ich Kopfschmerzen bekomme. Also beginne ich, das Kunstwerk zu lösen.

»Was tust du da?«, haucht Marian schockiert.

»Ich werde diese Zöpfe los«, erwidere ich und kichere. »Sie sehen zwar schön aus, aber–«

Augenblicklich sind Marians Hände auf meinen und unterbrechen meine Handlung. »Nicht.«

Ich hebe meinen Blick und schaue ihm verwundert in die Augen. Er steht so nah vor mir, dass sich unsere Nasenspitzen beinahe berühren.

»Auch eine sehr alte Tradition unseres Volkes. Bei versprochenen Paaren darf nur der Partner das offene Haar sehen.«

»Wie bitte?«, entfährt es mir etwas zu laut. »Das heißt, nur Quirin darf mich mit offenen Haaren sehen und sonst niemand? Das ist lächerlich. Was soll das denn? Darf sich eine Frau nicht so zeigen, wie sie will?«

»Nein, du verstehst das falsch. Es gilt für beide Partner. Bis zur Hochzeit ist es der Frau nicht erlaubt, ihre Haare zu schneiden, und der Mann darf weder Bart noch Haare kürzen. In einer Zeremonie am Vorabend der Hochzeit werden sie vom jeweils anderen kunstvoll geflochten und mit kleinen Ringen versehen, die deutlich zeigen, dass die Person verheiratet ist. Wenn sich jemand bereits vor der Ehe dazu entschließt, seinen Status zu zeigen, ist es nicht erlaubt, zum Beispiel die Zöpfe vor anderen zu lösen. Es gilt für beide Seiten und ist ein Zeichen der Treue und Zugehörigkeit.«

»Oh.« Also ist es wie bei uns mit Eheringen, nur im Haar. »Aber wieso Haare?«

Marian kichert. »Sie sind mit das deutlichste Merkmal des Menschen. Es gibt die Farbe, die Länge, die Frisur. Sicher, irgendwann werden die Haare grau, aber sie machen mit den deutlichsten Teil der Erscheinung aus. Rasierst du sie ab, ist die Person eine andere. Kleidung kann man wechseln, färben, Haare nicht.«

Ich erzähle ihm besser nicht, dass es in meiner Welt sehr einfach ist, von heute auf morgen seine gesamte Erscheinung zu ändern. In Nadiraan ist das etwas ganz anderes, da hat Marian recht. Und irgendwie ist es ein schönes Symbol, dass die Menschen durch alle Zeiten mit einer erkennbaren Geste ihre Zugehörigkeit zeigen. Wie oft werden bei uns Ringe abgenommen, weil man sie auf der Arbeit nicht nutzen darf? Das Symbol ist eher für die Eheschließung, doch je nach Beruf trägt man den Ring nur sehr selten.

»Aber dann dürfte ich auch nicht allein mit dir in einem Schlafzimmer sein, oder?« Die Frage ist eher witzig gemeint, doch Marian versteht sie vollkommen ernst, denn seine Gesichtszüge verfinstern sich.

»Richtig.«

Ich kann nicht anders, als mich in seinen blauen Augen zu verlieren, deren Blick mich auf so eine andere Art durchbohrt als Quirins. Wo er Stärke und Verlässlichkeit ausstrahlt, ist Marian verletzlich und ruft in mir den Drang hervor, ihn vor allem Übel der Welt zu schützen. Nicht dass er nicht auch maskulin ist, aber auf eine sensible Weise. Sein Körper strahlt eine Stärke und Anmut aus, die ich nur von Menschen kenne, die die dunkle Seite des Lebens kennengelernt haben, gleichzeitig ist er so sanft, dass es mir den Atem raubt.

Sacht löst sich seine Hand von meiner, und er streicht über meine Wange. Ich schließe die Augen, genieße die unschuldige Berührung, die eigentlich alles andere als das ist. Ein leises Keuchen verlässt meine Lippen, über das ich selbst verwundert bin.

Zärtlichkeiten habe ich noch nie wirklich genießen können, meist waren sie ein Mittel zum Zweck. Als Dankeschön für ein Abendessen nach einem langen Arbeitstag, als Vorspiel, aber nie war es einfach nur Zärtlichkeit.

Marians Daumen fährt über meine Wangen, und ich spüre seinen Atem an meinen Lippen. »Warum weinst du, Dina?«

Überrascht öffne ich die Augen. Wie konnte ich nicht bemerken, dass ich weine? Durch einen Tränenschleier halte ich Marians Blick, würde den Moment am liebsten einfrieren. Ich präge mir alles ein, damit ich ihn für alle Ewigkeiten in Ehren halten kann.

»Weil noch nie jemand zärtlich zu mir war, ohne etwas zu verlangen.«

Es tut seltsam gut, die Worte auszusprechen, mich dem Mann vor mir zu öffnen, meine vulnerable Seite zu zeigen, denn er würde es nie ausnutzen, dessen bin ich mir sicher.

»Ich kenne auch keine zärtlichen Berührungen. Lange Zeit war für mich jede Form der Nähe Schmerz.«

Am liebsten würde ich ihn in die Arme schließen, ihn fest an mich drücken und ihm das geben, was er mir so bereitwillig zuteilwerden lässt, aber ich will unsere Verbindung nicht unterbrechen – und ihn nicht wieder in eine Ecke drängen. Ihm scheint es ähnlich zu gehen, denn für Minuten versinken wir nur im Blick des anderen.

Langsam hebe ich meine Hände, lege sie an seiner Brust ab, vergewissere mich in jeder Sekunde, dass ich keine Grenze überschreite, bis sie an seinen Schlüsselbeinen ruhen. Marian legt seine andere Hand an meinen unteren Rücken, streichelt mich so sanft, dass ich mir beinahe nicht sicher bin, ob er es wirklich tut. Wie gern würde ich mich an ihn schmiegen, weiter gehen als diese fast schon keuschen Berührungen, aber es geht nicht.

Ich bin seinem besten Freund versprochen.

Was tun wir hier?

Und verflucht, warum kann ich nicht aufhören?

Marian schließt seine Augen, legt seine Stirn an meiner ab. »Was tun wir hier?«

»Ich weiß es nicht.«

Langsam schließen sich auch meine Augenlider. Fast schon krampfhaft kralle ich mich in sein Hemd, suche Halt, irgendetwas, das mich erdet oder von Dummheiten abhält.

Meine Atmung geht immer schneller, meine Gefühle toben in mir wie ein Küstensturm. Marian scheint es ähnlich zu gehen, denn ich höre auch seine schweren Atemzüge.

Es wären nur ein paar Millimeter, nur ein paar.

Mein Körper lechzt danach, seine Lippen auf meinen zu spüren, tiefer in diesen Zärtlichkeiten zu versinken. Aber dann könnte ich Quirin nie mehr in die Augen sehen.

Ein Kribbeln durchfährt meinen Körper. Etwas zerrt an mir, und ich weiß, dass sich meine Zeit in Nadiraan erneut dem Ende neigt.

Vielleicht gerade rechtzeitig.

»Ich werde euch finden«, hauche ich kurz vor Marians Lippen, spüre sie ganz sanft über meine streichen, während ich spreche.

»Das hoffe ich.«

Und als ich die Augen öffne, ist er verschwunden.

Wie die letzten Tage auch, brauche ich einige Momente, um zu mir zu kommen. Die Decke auf meinem Sofa ist mittlerweile verrutscht und liegt nur noch auf meinen Beinen. Auch wenn ich halb verdreht daliege, will ich mich noch nicht bewegen, versuche krampfhaft, das Prickeln in meinem Körper zu erhalten, das Marian in mir entfacht hat.

Seufzend schließe ich erneut die Augen. Wie schaffen es diese zwei Männer, solche Gefühle in mir hervorzurufen, und seit wann lasse ich mich darauf ein? Ich bin jetzt *verlobt*, habe mich auf eine Revolution eingelassen, mich auf die Seite von künftigen Hochverrätern gestellt. Einem Mann die Treue *geschworen*, nur um dann in seinem Schlafzimmer seinen besten Freund anzuschmachten. Was ist los mit mir? So kenne ich mich nicht.

Als das wohlige Gefühl so langsam Unmut weicht, setze ich mich auf und fahre über meine Haare, die noch immer zu Zöpfen geflochten sind. Mein Blick fällt auf die dekorative Wanduhr über meinem Esstisch. Ein Uhr nachts. Kein Wunder – so früh, wie ich mich hingelegt habe. Mein Körper schrie nach Schlaf, und jetzt bin ich hellwach.

Verzweifelt vergrabe ich mein Gesicht in meinen Händen. Was soll ich nur tun? Mein Körper, meine Seele, alles zieht mich nach Nadiraan. Ich spüre so deutlich, dass ich dort sein will, bei Menschen, die mich schätzen - nicht hier, in einem Leben, das mir so fremd geworden ist.

Aber Nadiraan ist gefährlich. Es ist anders als in meinen sonstigen Träumen, realer. Sicher, es kann für immer sein, dass ich in meinen Träumen wandele. Niemals wirklich dort ankomme … Wieso nur fühlt sich der Gedanke daran so falsch an?

Und was ist, wenn Quirin scheitert? Wenn *wir* scheitern? Dann wartet dort nur der Tod.

Hier bin ich sicher.

Unglücklich, aber sicher.

Will ich ein Leben voller Gefahr? Künftig dem Tod in die Augen sehen? Gibt es überhaupt eine Möglichkeit dazu? Oder mache ich mir umsonst Gedanken und es wird mir nie möglich sein, Nadiraan zu meiner Realität werden zu lassen?

In den paar Tagen ist mir diese Welt schon so ans Herz gewachsen, das Ziel, meine Aufgabe darin. Dennoch weiß ich nicht, ob ich bereit bin, die Antworten zu finden, die ich suche. Ob ich es je sein werde.

Noch nie war der Ruf meines Herzens so laut wie in diesem Moment. Es schreit, fleht mich förmlich an, einen Weg zu finden, aber wenn ich ehrlich bin, habe ich Angst.

Zu oft habe ich Hoffnung in etwas gesetzt, nur um in Lieblosigkeit zu enden. Die drei Männer, die ihre Zukunft mit mir verbringen wollten, haben mich geliebt. *Auf ihre Weise.* Nie auf die, wie ich es brauchte, dennoch war es Liebe.

Quirin liebt mich nicht, ich liebe ihn nicht. Es ist eine Zweckgemeinschaft. Wir kämpfen für dasselbe und haben darin im jeweils anderen einen Partner gefunden. Doch reicht das?

Was ist, wenn wir erfolgreich sind? Wird er mich wirklich zur Königin machen? Würde ich es wollen, mein Leben in einer respektvollen, aber lieblosen Ehe zu verbringen? Nie Leidenschaft zu spüren, Situationen wie der gerade mit Marian für immer zu entsagen?

Auch hier schreit mein Herz, dass es Hoffnung gibt. Es herrscht ein Knistern zwischen Quirin und mir, das keiner von uns leugnen kann und mehr werden könnte.

Aber dann ist da noch Marian …

Jetzt weiß ich, was er wegen Quirins Verantwortung meinte. Ich weiß nicht einmal, ob die Hälfte der Dinge, über die ich mir Gedanken mache, möglich sind, und dennoch erdrückt mich ihre Wucht.

Jedoch wäre es mit einem Partner leichter …

»Halt den Mund!«, befehle ich meiner inneren Stimme und stehe auf. Anschließend gehe ich in die Küche, schnappe mir ein Glas und fülle es unter dem Wasserhahn auf.

Wenn es keine Möglichkeit gibt, permanent nach Nadiraan zu reisen, lösen sich die Hälfte deiner Probleme auf, denke ich mir und leere das Glas in einem Zug.

Also sollte ich vielleicht herausfinden, was wirklich möglich ist, und danach entscheiden.

»Ganz rational«, sage ich bestimmend in die Stille meiner Wohnung und gehe an meinen PC.

Wollen wir den Rest der Nacht doch gleich einmal nutzen.

Quirin

Auf dem Rückweg bin ich vollkommen in Gedanken versunken. Stets habe ich etwas darauf gegeben, mein Leben und das Wohlergehen meiner Einheit im Griff zu haben – nur um jetzt in jedem Moment festzustellen, dass ich entweder eine Lüge gelebt habe oder rein gar nichts kontrolliere.

Ehrlich gesagt weiß ich auch nicht, wie ich Dinas Verhalten einschätzen soll. Ich bin mir sicher, dass sie es ernst meint, unseren Kampf kämpfen will. *Mit uns.* Wieso will ich, dass es ein ›mit mir‹ wird?

Seit Jahren teile ich alles mit Marian, und es hat mir nie etwas ausgemacht, ihn mit seinen endlosen Liebschaften zu sehen. Doch zum ersten Mal entscheidet sich jemand für mich – ist offiziell meine Verlobte –, und an diesen Umstand will ich mich festklammern. Ich will Dina nicht teilen, nicht einmal im freundschaftlichen Sinne. Sie soll zu ihrer Entscheidung stehen, mir treu sein. Voll und ganz, nicht einmal mehr andere Männer betrachten. Erst recht nicht meinen besten Freund.

Allein der Gedanke ist egoistisch, denn ich denke nicht daran, die Ehe mit Dina zu *vollziehen.* Wie könnte ich das Risiko eingehen, Kinder mit ihr zu zeugen, die dem Wahnsinn dieser Welt verfallen würden und derselben Gefahr ausgesetzt wären wie ich jetzt? Es ist das eine, wenn ich diese Entscheidung für mich treffe, Dina sich mir anschließt, aber etwas ganz anderes, unschuldige Wesen hineinzuziehen.

Mit diesem Gedanken betrete ich das Zimmer und treffe auf Marian. *Allein.*

»Wo ist Dina?«

»Wahrscheinlich aufgewacht und wieder in ihrer Welt.«

Marian wirkt durch den Wind, er sieht mir nicht einmal in die Augen. Ist das ein Schuldeingeständnis? Ist etwas geschehen, das er bereut? Nie war es so merkwürdig zwischen uns, aber ich kann diese Stille nicht anders einschätzen.

»Ist etwas zwischen euch geschehen?« Meine Stimme ist nur ein leises Brummen, doch verfehlt ihre Wirkung nicht.

»Nichts, was wir bereuen müssten.«

Das ist keine Antwort. Eigentlich ist es die Bestätigung dessen, was ich bereits gesehen habe.

Marian erhebt sich vom Bett und geht ein paar Schritte auf mich zu. Der sonst stolze Mann, der sich für nichts und niemanden kleiner macht, wirkt jetzt zusammengesunken, beinahe winzig.

»Was müsst ihr nicht bereuen?«, hake ich nach, denn ich will die volle Wahrheit hören. Ob es nur ein Kuss war oder schon mehr, vielleicht auch nur ein Gespräch. Was auch immer es war: Es hat meinen besten Freund völlig durcheinandergebracht.

»Sie ist deine Verlobte«, beginnt er zögerlich, und das ungute Gefühl in meinem Bauch wird sekündlich größer.

So habe ich ihn seit Jahren nicht gesehen. Sonst ist er nie um einen Spruch verlegen, egal, wie schlimm die Situation auch ist. Das hier ist nicht der Marian, den ich kenne, sondern der, den ich in Vergessenheit geglaubt habe.

»Ich würde nie etwas tun, um mich zwischen euch zu drängen, auch wenn es nur gespielt ist.« Er blickt mir tief in die Augen. »Jedoch kann ich nicht abstreiten, dass sie etwas in mir auslöst, die Wunden der Vergangenheit wieder aufreißt.«

Ich werde sie …

»Und sie heilt«, fügt Marian beschämt hinzu und senkt den Blick, ehe er tief durchatmet. »Du bist mein General und mein bester Freund, Quirin.«

Erneut blickt er mir tief in die Augen, und es ist, als stünde der junge Marian vor mir. Blutend und geschunden, mit einem Feuer in seinem Blick, das vor so viel Lebenswillen und Trotz strotzt, dass es einfach nur mitreißend ist. Schon immer hatte er diese Wirkung auf mich, konnte meine Welt sprichwörtlich aus ihren Angeln heben, ihr einen neuen Fokus geben. Dennoch bin ich diesmal nicht der Grund dafür, was mir einen zusätzlichen Stich versetzt.

»Dina ist anders. Ich weiß, wie das klingt, Quirin«, spricht er weiter, denn ich bin nicht imstande, irgendetwas zu erwidern, und starre ihn einfach nieder. »Sie zeigt mir, dass es in Ordnung ist, schwach zu sein, spricht eine Seite von mir an, die ich tief vergraben habe. Glaub mir, ich wehre mich dagegen. So sehr.«

»Aber du kannst es nicht länger«, beende ich.

Ich habe mir immer gewünscht, dass Marian jemanden findet, bei dem er ankommen und seine Vergangenheit endgültig vergessen kann. Doch muss es ausgerechnet meine Verlobte sein? Die Person, von der wir ausgehen, dass sie … *meine* Person ist?

»Ist sie *deine* Seelenverwandte?«, frage ich geradeheraus.

Haben wir uns vielleicht vertan und ihre Seele ruft nicht nach meiner, sondern nach Marians? War ich nur der Erste, den sie in dieser Welt gesehen hat, die Verbindung zu ihrem wahren Ziel?

»Ich weiß es nicht.«

Auch wenn ich Marians Ehrlichkeit stets geschätzt habe, ist sie für mich jetzt nur ein weiterer Schlag ins Gesicht. Von Sekunde zu Sekunde werden meine Gedanken immer leerer. Ja, ich habe mich gegen die Vorstellung gewehrt, habe es immer ausgeschlossen, eine Partnerin zu finden, *eine Frau zu nehmen.* Ist es mein Schicksal, dass die Einzige, mit der ich es mir vorstellen könnte, nun jemand anderen wählt?

»Du bist verletzt«, stellt Marian fest. »Das wollte ich nicht. Noch weniger will ich, dass etwas zwischen uns steht.«

»Dina steht zwischen uns. Du willst sie.«

»Und du auch.«

Selten haben wir uns außerhalb der Übungskämpfe so gemustert wie in diesem Moment.

»Ich will sie, weil ich dich nicht haben kann.«

Kaum habe ich die Worte ausgesprochen, weiß ich, wie falsch sie sind. Der Moment, in dem ich Dina auf der Bühne der Auktion gesehen habe, hat etwas mit mir gemacht. Ich will sie in meiner Nähe wissen, sie schützen und ihre Stärke in Situationen genießen; wie heute Abend bei den Herzögen. Wahr ist jedoch, dass ich diese Gedanken wahrscheinlich gar nicht hätte, wenn Marian und ich … Nein, das stimmt auch nicht. Wieso kann ich, wenn es um die beiden geht, keinen klaren Gedanken mehr fassen?

Dina hat sich für mich entschieden, trotz aller Gefahren und aller Abgründe, doch diese Worte verlassen meine Lippen nicht. Sie hat mich gewählt und steht zu mir. *So, wie es Marian nie könnte.*

Auf meine Worte folgt eine Stille, die mich sofort bereuen lässt, die Stimme erhoben zu haben. Was ist plötzlich los mit uns? Wieso sprechen wir das aus, was wir uns jahrelang nicht getraut haben? Warum bringt eine Person alles ins Wanken?

»Vergiss, was ich gesagt habe.« Kopfschüttelnd wende ich mich ab, spüre jedoch sogleich eine Hand an meinem Arm.

»Du weißt, dass das nicht geht«, murmelt Marian, dennoch höre ich seine Worte laut und deutlich. »Jetzt noch weniger als jemals zuvor. Und ich will nicht meinen besten Freund verlieren. Ich brauche dich – in meinem Leben, an meiner Seite. Allein die Vorstellung, dass du nicht mehr bei mir bist, ist unerträglich für mich.«

Sacht drehe ich mich um, kann dem Drang nicht widerstehen und lege meine Hand an Marians Wange, die sich perfekt in meine Handfläche schmiegt. »Ich will dich auch nicht verlieren. Niemals.«

Ein kleines Lächeln huscht über das Gesicht meines besten Freundes, und einen Moment später spüre ich seine Lippen auf meiner Hand. Nur ganz zart. Ich bin mir nicht einmal sicher, dass ich es fühlen würde, wenn ich es nicht mit eigenen Augen sähe.

»Ich werde mich zurückziehen«, beschließt Marian. »Dina hat sich für dich entschieden, und jede andere Wahl würde zu diesem Zeitpunkt für uns alle im Tod enden. Du hast es verdient, jemanden zu finden.«

»Ich will nicht, dass du unglücklich bist«, widerspreche ich.

»Dank dir weiß ich doch erst, was Glück bedeutet. Nichts, was du tust, könnte mich je unglücklich machen.«

Mein Herz schlägt laut in meiner Brust. Noch immer liegt meine Hand an Marians Wange, und es kostet mich jedes bisschen meiner Beherrschung, dem Drang, ihn zu küssen, nicht nachzugeben. Also lege ich meine Stirn an seiner ab. »Manchmal verfluche ich unsere Welt.«

»Manchmal?«, erwidert er und kichert. »Ich verfluche sie seit dem Tag meiner Geburt.«

Mit diesen Worten löst er sich von mir und nimmt diesen Moment mit sich. In einer gerechten Welt wäre es möglich, dass wir glücklich sind, ohne Angst vor unserem eigenen Schatten haben zu müssen. Aber egal, wie hart wir kämpfen, das werden wir nie erreichen.

Marian macht sich bettfertig und kuschelt sich unter seine Decke. Ein paar Momente später lege ich mich in mein Bett. Noch nie habe ich die Entfernung so gehasst wie jetzt. Ich spüre deutlich, dass er leidet. Dass er zusammengekauert daliegt, wie er es so oft als Kind getan hat, wenn ihm die Welt zu viel geworden ist. Immer hat er den Schutz der Dunkelheit gesucht, gedacht, dass es niemand sehen würde. Doch ich habe es stets bemerkt.

Ohne groß darüber nachzudenken, hebe ich meine Decke, gehe hinüber und bleibe vor seinem Bett stehen. »Rutsch rüber.«

Schon als wir klein waren, haben wir uns bei Albträumen immer getröstet. Marian hatte deutlich mehr als ich, wurde noch weit ins Erwachsenenalter von ihnen geplagt. Von den Peitschenhieben, deren Zeichen noch heute seinen Körper zieren, und von den Narben, von denen er nie laut aussprechen würde, woher sie stammen. Jedoch werden sie ihn ein Leben lang an die Taten anderer erinnern.

»Meinst du, das ist eine gute Idee?«

Seine Stimme ist belegt, und ich weiß genau, dass er nur darauf wartet, dass ich einschlafe, damit er seinen Gefühlen freien Lauf lassen kann. Was er nicht weiß, ist, dass ich nie schlafe, sondern immer so lange wach und regungslos daliege, bis ich weiß, dass er schläft.

Ich passe auf ihn auf – *immer*.

»Du bist mein bester Freund. Lass mich für dich da sein; wie in alten Zeiten.«

Diese Worte scheinen ihn zu überzeugen, denn er macht mir Platz. Zwar gibt es davon in dem Bett nicht viel, aber es reicht für uns beide.

Sofort dreht er sich auf die Seite, hebt den Kopf, und nachdem ich meinen Arm in Position gebracht habe, kuschelt er sich an meine Brust. Meine Hand lege ich unter meinen Kopf, darauf bedacht, Marians Rücken nicht zu nah zu kommen, und mit der anderen halte ich ihn. *Wie früher.* Er konnte es noch nie ertragen, wenn ihn jemand in seinen schwachen Momenten sieht. Also halte ich ihn einfach nur. Gebe ihm das, was er braucht.

Meine Stärke.

Was ihm jedoch nicht bewusst ist, ist, dass er mir diese Stärke gibt. Zu wissen, dass er mir bedingungslos vertraut, nicht nur sein Leben in meine Hände legt, sondern sich auch bei mir fallen lässt – so, wie es ihm eben möglich ist – das macht mich erst stark.

Ich kann nur beschützen, wenn es jemanden zu beschützen gibt, Halt geben, wenn ihn jemand braucht. Ich hasse es, ihn schwach zu sehen, aber ich liebe es, dass ich es bin, der ihn in dieser dunklen Zeit begleiten darf. Doch auch diese Worte wird er niemals von mir hören. Er braucht den unverwundbaren Quirin, seinen Fels in der Brandung, und der werde ich bleiben. So lange, wie er mich braucht.

Am Morgen wachen wir genauso auf, wie wir eingeschlafen sind. Und wie immer verlieren wir kein Wort darüber, was geschehen ist.

Der Statthalter hatte das Papier schon unterschrieben, ebenso die Herzöge, was unsere Abreise aus Tifus glücklicherweise beschleunigen kann. Jedoch müssen wir uns noch etwas gedulden, damit nichts unseren Plan zunichtemacht, die Sklaven rund um König Ricard zu befreien. Das hat oberste Priorität.

Wie vor jeder wichtigen Abreise, gibt es eine kurze Besprechung meiner Einheit. Hier zählt jede einzelne Meinung. Sicher, ich bin es, der die Entscheidungen fällt, die Verantwortung trägt, aber das macht die Stimmen meiner Leute nicht weniger wichtig.

»Was erhoffst du dir davon, den König zu befreien – wie war gleich sein Name?«, fragt Amina zum bestimmt fünften Mal.

»Ricard«, antworte ich und seufze. »In erster Linie geht es um Gerechtigkeit, aber in ihm hätten wir auch einen wichtigen Verbündeten.«

»Ich dachte, du willst nicht auf die Seite der Verräter wechseln?«, schaltet sich Darius ein.

»Wir stehen auf der Seite der Verräter, seit sich Quirin damals für mich eingesetzt hat«, erklärt Marian. »Es war nur eine Frage der Zeit. Der Sklavenhandel in Nadiraan besteht zu lange, der Frieden ist fragil, wie wir jetzt sehen. Ob mit Quirin im Zentrum oder nicht, es wird Krieg geben. Und ich für meinen Teil stelle mich auf die Seite eines Königs, dem ich in die tiefsten Abgründe der Dunkelheit folgen würde.«

Seine Worte erfüllen mich mit Stolz. Ebenso wie das kollektive Nicken meiner Leute.

»Ihr wisst, dass ich nie danach gefragt habe. Ich bin glücklich mit meinem Leben, mit dem, was ich habe. Wir alle haben jahrelang Seite an Seite gekämpft, einige von euch kenne ich seit meinen ersten Stunden in der Armee. Und auch wenn ich kein Freund des Schicksals bin, kann ich dessen Ruf nicht mehr überhören. Wenn ich keine Position beziehe, mich nicht für das einsetze, an das wir alle glauben, werden sie jemand anderen finden. Fakt ist, dass sie Vitus loswerden wollen – ob mit mir oder ohne mich.«

»Und so haben wir wenigstens die Möglichkeit, endlich die Veränderung zu bringen, nach der wir uns alle sehnen«, beendet Marian. »Wir hatten keine Wahl zu dem Beginn dieser Sache, aber wir können entscheiden, wie sie ausgeht.«

»Tu uns nur einen Gefallen, Junge«, erhebt Darius wieder die Stimme, und sein Unterton gefällt mir gar nicht. »Die Krone hat schon viele gute Männer verdorben, die Macht hat sie vergessen lassen, wer sie sind. Edelmut und Güte sind dem Drang nach Harmonie gewichen. Aber …«

Für einige Momente ist es vollkommen still. Jeder hängt gebannt an den Lippen des ältesten Mitgliedes meiner Einheit.

»… ein weiser und guter König weiß, dass Harmonie und Frieden nicht Hand in Hand gehen. Um das Richtige zu tun, muss der richtige Herrscher wissen, wann es an der Zeit ist, den Frieden zum Wohl aller zu brechen.«

»Und das ist genau das, was wir tun werden, alter Freund.« Langsam lasse ich meinen Blick durch die Runde schweifen, betrachte jede einzelne Person für einige Momente. »Ich bitte euch nicht nur als General, sondern auch als Freund: Sollte ich jemals gegen unsere Vorstellungen verstoßen, müsst ihr es sein, die Gerechtigkeit walten lassen. Kein namenloser Schatten wie bei Vitus, keine Herzöge, die sich hinter meinem Rücken nach Alternativen umsehen. Ich will meinem Gegner in die Augen blicken und wissen, was mir vorgeworfen wird.«

»Glaub mir, Junge, das werden wir. Wir sind dem Königreich treu, dienen dem Volk und seinem Herrscher, solange er denselben Werten treu ist.«

Jedem anderen würde diese unterschwellige Drohung vielleicht Angst machen, mir jedoch entlockt sie ein Lächeln. Denn nichts anderes habe ich von meiner Einheit erwartet.

»Mein Blut für das Königreich, das Blut unserer Feinde für den Frieden und meine Ehre für das Volk«, wiederhole ich die Worte meines feierlichen Schwurs, der sogleich im Chor echot. »Nun denn, lasst uns einen König aus der Sklaverei befreien.«

Dina

»Tolerance will reach such a level that intelligent people will be banned from thinking so as not to offend the imbeciles.«
– Fyodor Dostoevsky

Es ist bereits sieben Uhr morgens, und ich habe mir einen ausführlichen Plan gemacht. Der erste Schritt war meine Krankmeldung für den Rest der Woche. In all den Jahren habe ich noch nicht einen Tag gefehlt – es würde mich nicht wundern, wenn ich dafür nach meiner Abmahnung direkt die Kündigung bekomme. Aber selbst ohne Alternative weiß ich, dass ich dort nicht mehr bleiben möchte. Ich habe einiges gespart und werde drei Monate halbwegs über die Runden kommen können. Sollte es nicht möglich sein, permanent nach Nadiraan zu reisen, oder ich mich doch dagegen entscheiden.

Je mehr Zeit ich in dieser Welt verbringe, desto mehr erinnere ich mich daran, wer ich eigentlich bin. Dass mein Wert nicht daran gemessen ist, was ich für andere tun kann, sondern daran, wofür ich einstehe. Und jeder einzelne Tag, den ich weiter in dieser Hölle verbringe, mich von meinen Kolleginnen vorführen lasse, treibt mich tiefer in den Abgrund. Ich habe mehr verdient als mitleidige Blicke, bloß weil ich andere Interessen habe. Es gibt einen Ort für mich, und jedes Mal, wenn ich darüber nachdenke, schreit mein Herz ganz laut ›Nadiraan‹.

Nicht dass mir die *Macht* zu Kopf steigt, aber dort habe ich die Möglichkeit, Königin an der Seite eines Mannes zu sein, von dem sich die meisten in meiner Welt eine Scheibe abschneiden können. Lieber stelle ich mich auf die Seite eines *Verräters* und kämpfe für etwas, habe ein Ziel und bin endlich die, die ich immer sein wollte, als mich hier jeden Tag selbst zu verraten, um nicht aufzufallen.

Von einer tiefen Entschlossenheit beflügelt, packe ich meine Sachen und gehe zum Ausgang meiner Wohnung. Und ich werde nicht nach Hause zurückkehren, ehe ich Antworten habe.

Nach knapp zwei Stunden Fahrt bin ich endlich an meinem Ziel: dem Leech-Lake-Reservat. Meine Nachforschungen führten mich immer wieder zurück zu den Ureinwohnern, und auch mein Bauchgefühl sagt mir ganz deutlich, dass ich richtig bin.

Seit meinem ersten Aufenthalt in Nadiraan vertraue ich ihm endlich wieder. Auch wenn es merkwürdig klingen mag, aber ich habe meine innere Stimme vermisst, meinen Kompass, der mich von so mancher Dummheit abgehalten hat. Irgendwann habe ich nicht mehr darauf gehört, weil es mein Unwohlsein, gerade auf der Arbeit, nur verstärkt hat. Doch jetzt auf diesem Weg zu sein, gibt mir einen Frieden, einen Einklang, den ich nur zu gern willkommen heiße.

Fast die Hälfte der Nacht habe ich Karten studiert, bin virtuelle Wege im Reservat entlanggelaufen, und ein Ort ist mir dabei immer wieder ins Auge gesprungen: *Bear Island.*

Eigentlich relativ unscheinbar und unbedeutend im Gegensatz zu den anderen Orten, wenn es nicht Quirins Familienwappen wäre. Der Bär.

Schon bei unserem ersten Treffen ist mir das Emblem auf seiner Rüstung aufgefallen, und es könnte passender nicht sein. Das Totemtier des Bären steht für Stärke und Vertrauen, für Führung und Resilienz. Er ist die Quelle des Mutes, um schwierige Zeiten zu bewältigen. Viele Schamanen glauben, dass wenn einem ein Bär begegnet, es Zeit ist, für seine Überzeugungen und die Wahrheit einzustehen, Veränderungen zu bringen. Er ist der Wegweiser.

Genau das ist Quirin für Nadiraan. Warum dann nicht auch jetzt? Genau hier und für mich. Vielleicht weist er mir so den Weg, den ich gehen muss.

Innerlich schnaube ich. Seit wann denke ich so esoterisch? Und vor allem warum? Vielleicht, weil ich noch nie einer Person begegnet bin, die mich so inspiriert. Er hat nichts von mir verlangt, und trotzdem bin ich kurz davor, alles, was ich kenne, hinter mir zu lassen. Mich seinem Ziel anzuschließen.

Weil es das Richtige ist.

Wie oft habe ich mir gewünscht, dass jemand für mich einsteht, mir Hoffnung gibt, das Gefühl, richtig zu sein und wertvoll? Eigentlich brauche ich es jetzt auch noch, und wenn ich die Personen unterstützen kann, die genau dafür kämpfen, werde ich alles daran setzen, es zu tun.

Mein Auto stelle ich in der Nähe des Pikedale Resorts ab und hoffe darauf, jemanden zu finden, der mir helfen wird, auf die Insel zu kommen. Das sollte hoffentlich nicht allzu schwer sein, denn wie ich gelesen habe, ist sie ein beliebtes Touristenziel.

In der Nähe des Restaurants erkenne ich bereits einige Boote, ansonsten ist es noch recht ruhig. Kein Wunder, es ist noch früh am Morgen.

Ein lautes Kinderlachen lenkt meine Aufmerksamkeit auf ein altes Fischerboot ganz am Rand, auf das gerade ein Junge steigt.

»Entschuldigung!«, rufe ich aus voller Seele und renne los, in der Hoffnung, noch rechtzeitig bei ihnen anzukommen, bevor sie ablegen. Vollkommen außer Puste komme ich vor dem Boot zum Stehen, stemme meine Hände auf meine Oberschenkel und atme erst einmal tief durch. »Könnten Sie … mich … zur Insel … fahren?«

»Was willst du dort?«, fragt mich der Mann und mustert mich eindringlich. Anscheinend kommen so früh nicht häufig Leute vorbei, die auf die kleine, unscheinbare Insel wollen.

»Etwas suchen.« Ich möchte ihn nicht anlügen, aber auch nichts sagen, was ihn veranlassen könnte, mich auf direktem Weg in die nächste Psychiatrie einweisen zu lassen.

»Sieh mich an.«

Obwohl er die Worte freundlich ausgesprochen hat, spüre ich den unterschwelligen Befehl. Nicht unangenehm, eher so, als würde er direkt zu meinem Inneren sprechen. Also folge ich seiner Aufforderung und blicke ihm in die Augen.

Anders als bei Marian und Quirin ist es mir unangenehm, dass er mich mustert. Als müsste ich etwas vor ihm verbergen.

»Hm …«

»Hm?«, hake ich nach und wende sofort den Blick ab.

»Komm an Bord.«

Sofort hechte ich auf das Boot, begrüße den kleinen Jungen, der nicht älter als sechs sein wird, und stelle mich seinem Vater vor.

»Ich bringe dich nach Bear Island, doch dort wirst du mit meiner Schwester sprechen. Ich bin Jake.«

»Was soll ich bei deiner Schwester?«, frage ich irritiert.

Jake antwortet mir nicht und startet wortlos das Boot. Passend zu seinem Alter stößt es Unmengen an Rauch aus. Der Motor klappert so laut, dass ich mir für einen Moment nicht sicher bin, ob wir überhaupt damit hinüberfahren sollten.

»Was soll ich bei deiner Schwester?«, wiederhole ich meine Frage.

Jake schmunzelt. »Das wirst du sehen, aber keine Sorge, es droht keine Gefahr.«

Eine knappe halbe Stunde später halten wir an einem Steg an. Ein Holzhaus ragt zwischen dichten Bäumen hervor. Dicke Streben zieren die Fassade, eine einladende Veranda mit bequem aussehenden Stühlen rundet das Bild ab.

Ein absolutes Traumhaus für Leute, die einfach ihre Ruhe haben möchten, sich von der Welt abkapseln und ein Leben im Einklang mit der Natur führen wollen. Wenn ich genauer darüber nachdenke, wäre das etwas für mich. Ein Zimmer nur mit Büchern, alle zwei Wochen unter Menschen, um das Nötigste einzukaufen, und der einzige morgendliche Gesprächspartner ist ein Eichhörnchen namens Bertie.

Jake bemerkt mein Grinsen und schüttelt den Kopf. »Auf Jennas Haus reagiert jeder gleich. Aber glaub mir, hier draußen ist es viel schneller einsam als erholsam.«

Jake tritt zu der Haustür und klopft an. Sein Sohn hat die ganze Zeit über kein Wort mit mir gesprochen. Kurz darauf öffnet eine junge Frau die Tür und macht ein paar Handbewegungen zu dem Jungen.

Oh.

Darauf hätte ich auch kommen können. Kaum ein Kind ist so still, wie er es ist.

»Mach dir keine Gedanken darum, Brad ist schüchtern. Und gerade bei Fremden mag er es nicht, wenn ich sein Verhalten erkläre. Die wenigsten reagieren cool darauf, sondern eher mitleidig, deshalb lasse ich es mittlerweile ganz. Dina, das ist Jenna, meine Schwester«, stellt Jake uns vor.

»Ah, ich sehe schon«, antwortet Jenna und reicht mir ihre Hand. »Seit diesem Mondzyklus?«

»Wie bitte?«

»Das Wandeln. Hat es in diesem Zyklus begonnen?«

»Zwei Tage vor Neumond«, antworte ich perplex und folge Jenna danach in ihr Haus. Normalerweise schaue ich mich gern in Häusern um, betrachte die Inneneinrichtung, doch das alles hat gerade absolut keine Relevanz für mich. »Woher–«

»Lass mich raten. Ein Bär?«

»Ein Soldat, dessen Rüstung ein Bär ziert.«

Vollkommen verwirrt nehme ich in einem Sessel Platz und bekomme von Jake ein Glas mit Wasser gereicht, während sich Brad in eine Ecke verzieht und malt. Um meine Nerven zu beruhigen und etwas zu tun zu haben, nehme ich einen Schluck.

»Du bist nicht die Erste, die um den Mondwechsel nach Bear Island kommt. Die meisten erblicken einen Bären, sind schon esoterisch oder abergläubig unterwegs und verknüpfen dann die indigene Tradition und Bear Island.«

Ertappt lächele ich.

»Aber es ist nichts weiter als ein Traum. Eine Wunschvorstellung.«

»Nein!«, entfährt es mir deutlicher als beabsichtigt.

Sicher, ich habe mich selbst gefragt, ob und was an Nadiraan real ist. Doch es ganz abzutun, ist nicht richtig.

»Ich glaube nicht an Hokuspokus oder halte mich für jemanden auf einer goldenen Mission, aber das, was ich gesehen habe, ist echt – und ich bin hier, um Antworten zu finden.«

Jake und Jenna tauschen einen Blick, wie es nur Geschwister können.

»Warum erzählst du uns nicht alles?«

Nachdem ich meine Geschichte erzählt habe – natürlich nur das Wichtigste –, lehnen sich Jenna und Jake ratlos zurück.

»Gut, das haben wir noch nie gehört«, gesteht Jenna. »Es gibt viele Leute, die aus ihrem Alltag entfliehen wollen und sich die tollkühnsten Geschichten ausdenken, nur um bedeutungsvoller zu sein. Aber du meinst es ernst, nicht wahr?«

»Jedes Wort. Mir ist bewusst, wie das klingt, doch es ist wahr. Ich war dort und habe mit den Bewohnern dieser Welt gesprochen, wie ich jetzt mit euch spreche.«

»Gut.« Jenna seufzt. »Alte Geschichten berichten, dass der See im Zentrum von Bear Island ein Tor zu einer anderen Welt darstellt. Im übertragenen Sinne natürlich. Schamanische Überlieferungen besagen, dass dort die Welten der Hoffnung und der Realität so nah beieinander liegen, dass die Grenze zwischen Leben und Traum verschwimmt. Vielleicht schaust du dort vorbei.«

»Besser als nichts«, erwidere ich und trinke aus. »Wie weit ist es von hier aus?«

»Knapp zwei Stunden zu Fuß, würde ich sagen.«

Warum muss immer alles so weit auseinanderliegen?

»Wie lange willst du dort bleiben?«

»So lange, wie es dauert. Ich habe ein Zelt, bin nicht zimperlich und habe Nahrung für bestimmt fünf Tage dabei.« Mit diesen Worten stehe ich auf, richte meinen Rucksack und will mich auf den Weg machen.

»Du kannst jederzeit zurückkommen.« Jenna erhebt sich ebenfalls und gibt mir eine Karte. »Mein Haus ist eingezeichnet.«

»Danke.«

Brad bemerkt meinen Aufbruch, und ich winke ihm mit einem Lächeln zu. Anschließend verabschiede ich mich von Jenna und Jake.

Ich bin mir nicht sicher, ob sie mich für völlig irre halten, aber es ist mir auch egal. Sie haben mir eine Richtung gewiesen, und wie ich schon sagte: Ich werde erst gehen, wenn ich Antworten habe.

Quirin

Seit Stunden verfolgen wir den Sklaventransport von mindestens einhundert Personen; mit entsprechendem Wachpersonal. Wenn ich bislang noch Zweifel gehegt habe, ob mein Cousin wirklich daran beteiligt ist, haben sich diese nun in Luft aufgelöst. Stolz tragen Fahnenträger das Wappen des Königs und zeigen somit hochoffiziell, in wessen Auftrag sie handeln. Doch anstatt Antworten zu geben, wirft es nur noch mehr Fragen auf.

Wenn Vitus Nadiraans Einflussgebiet vergrößert, die Sklaverei unterstützt und damit im Prinzip auch die Herzöge, welchen Grund haben sie, ihn stürzen und mich auf den Thron setzen zu wollen? Einen General, dessen rechte Hand und bester Freund auch ein Sklave war. Jemand, der nie für die Krone vorgesehen war.

Es festigt nur mein Gefühl, dass es nicht um Vitus als König geht, sondern um die Vernichtung des gesamten Systems – der Monarchie. Und das auf den Rücken derer, die nichts für die Entscheidungen *ihrer Herren* können.

Es war sicherlich ein unnötiges Risiko, mich vor König Ricard zu zeigen und ihm zu verraten, was ich vorhabe, doch ich habe bisher immer nach dem Motto gelebt, ehrlich zu sein. Jetzt lebe ich in einer Welt voller Geheimnisse. Jeder lügt, verdreht die Tatsachen und kocht sein eigenes Süppchen. Vielleicht war es auch einfach nur ein Zeichen meines Unterbewusstseins, es anders zu machen. Mich mit allem zu wehren und meiner Linie treu zu bleiben. Ich hoffe nur, dass ich dafür nicht werde büßen müssen – und alle anderen auch nicht.

Marian und Amina sind an meiner Seite, der Rest folgt uns mit den Steuern aus einiger Entfernung. Vitus' Männer müssen sich sehr sicher fühlen, denn sie gehen ohne Scheu über weite Felder, die keinerlei Schutz vor Überfällen bieten. Entweder sind sie extrem dumm oder …

»Du hast auch ein mieses Gefühl, stimmt's?« Amina nimmt wie immer kein Blatt vor den Mund.

»Meinst du, es ist eine Falle?«, hakt Marian nach.

»Das ist es sicherlich. Ich meine, seht euch um. Niemand ist so dumm, einen Transport so öffentlich zur Schau zu stellen, dann auch noch mit dem königlichen Wappen. Es schreit gerade zu ›Greif mich an‹.«

Für einige weitere Momente ist es vollkommen still zwischen uns. Da kommt mir eine Idee.

»Mir gefällt dieses Schmunzeln nicht«, brummt Marian. »Du hast selten gefährliche Ideen, aber wenn ich diesen Gesichtsausdruck sehe, wird mir anders.«

»Sie sind Soldaten des Königs, genauso wie wir«, erkläre ich melodisch.

»Sicher, wir sind die Soldaten des Königs, die mit dem neuen König, der von den Herzögen gewählt wurde, Hochverrat begehen«, antwortet Amina.

»Eben. Egal, wie es ausgeht, wir stehen auf der Seite der Gewinner. Offiziell sind wir Vitus treu und wenn alles schiefgeht, den Herzögen.«

Schon früh in der Armee sagte man mir, dass ich ein herausragender Stratege sei. Dennoch erschreckt es selbst mich, so leicht von Hochverrat und Seitenwechseln zu sprechen.

»Wir haben wenig bis keine Informationen über das, was hier geschieht«, ergänze ich.

»Also sollen wir diese Einheit ausspionieren, um sie dann nachts zu töten und die Sklaven zu befreien?« Marian klingt überhaupt nicht angetan. »Du weißt, ich bin immer der Erste, der deine Pläne unterstützt, aber das ist hinterlistig und überhaupt nicht unser Stil.«

»Wir wissen nicht, ob es Vitus' Männer sind. Oder vielleicht sogar Söldner, die beauftragt wurden, wie Soldaten des Königs zu wirken. Vielleicht ist es eine Masche der Herzöge, Marian. Wir. Wissen. Rein. Gar. Nichts. Was wir aber wissen, ist, dass wenn wir kopfüber tiefer in das alles hineinspringen, wir uns das Genick brechen werden. Und ich bin nicht bereit, deines, Aminas oder das Leben von irgendwem sonst zu opfern, weil wir an der falschen Stelle Gutmütigkeit walten ließen.«

»Quirin hat recht«, bestätigt Amina. »Es wird Krieg geben. Eigentlich sind wir bereits mitten drin. Es ist egal, für wen wir uns oder sie sich halten. Wir haben ein Ziel, eine Mission, und ich bin auch nicht bereit, für einen Herzoghintern mein Leben zu lassen – oder für einen König, der vergessen hat, wofür er steht.«

Ich blicke zwischen Amina und Marian hin und her, die sich ein Blickduell liefern, das sich gewaschen hat. Normalerweise ist Marian immer einer der Ersten, der sich für diese Art von Einsatz meldet, in der ersten Reihe kämpft und gegen das Unrecht vorgeht. Diese Zurückhaltung kenne ich nicht von ihm.

»Was ist wirklich los, Marian?«, frage ich daher.

»Wieso ein König?«

Plötzlich wird mir alles klar.

»Du willst nicht alles aufs Spiel setzen für jemanden, der in seinem eigenen Land vermutlich Sklaven gehalten hat und nun plötzlich auf der anderen Seite steht.«

Marian nickt. »Ich weiß, es ist ungerecht. Mensch ist Mensch, und kein Leben ist weniger wert als das andere. Aber ich habe geschworen, Sklaven die Freiheit zu schenken – und nicht ihren Meistern.«

»Ich verstehe, was du meinst. Aber es geht um mehr als das. Es geht um ganz Nadiraan.«

»Ich weiß, dennoch gefällt es mir nicht.«

Seine Einwände zur Kenntnis genommen, baue ich mich zu voller Größe auf und gehe erhobenen Hauptes auf den Transport zu. Auch ohne mich umzublicken, weiß ich genau, dass Marian und Amina hinter mir sind.

»Seid gegrüßt, Soldaten des Königs!«, sage ich, und der gesamte Transport kommt zum Stehen. Sofort werden Waffen auf mich gerichtet, und ich nähere mich mit erhobenen Händen.

»General Quirin!«, ertönt eine Stimme, die mir seltsam bekannt vorkommt, und ich bleibe abrupt stehen.

»Matteo«, wispert Marian hinter mir genauso erstaunt, wie ich mich fühle, ehe er ein lautes »Admiral« zur Begrüßung ausstößt.

Matteo war unser Lehrmeister. Er hat uns alles beigebracht, was wir wissen. Fast die gesamte Armee Nadiraans hat er ausgebildet. Er ist nicht nur eine Legende, sondern auch ein Mann, den ich absolut respektiere. Jeder, der ein schlechtes Wort über ihn verliert, sinkt, was meinen Respekt angeht, ins Bodenlose.

»Was tust du hier?«, frage ich und gebe mir gar nicht erst die Mühe, meinen Schock zu verstecken.

Matteo befiehlt, weiterzugehen, und der Transport setzt sich in Bewegung.

»Neue Soldaten ranschaffen«, brummt er, und ich bin froh, in seiner Miene denselben Missmut zu sehen, den ich auch teile. »Die Hauptstadt versinkt im Chaos. Eigentlich sollten die Vorbereitungen für die Krönung auf Hochtouren laufen, aber König Vitus ist täglich damit beschäftigt, Aufstände zu zerschlagen. Die Herzöge lehnen sich gegen ihn auf, und es gehen bereits Gerüchte um, dass nach seinem Leben getrachtet wird. Angeblich wurde ein weiterer Erbe gefunden, der ihn ersetzen soll.« Matteo spuckt auf den Boden – eine Geste, die ich zuhauf bei ihm gesehen habe. Meistens während des Trainings mit den neuen Rekruten. »Welcher ehrenlose Hund würde sich gegen seinen König stellen?«

Der Kloß in meinem Hals wird immer schwerer.

»Warum begleitet ihr Sklaven?«, fragt Marian, der Matteo mindestens genauso schätzt wie ich.

»Weil niemand mehr kämpfen will. Es geht den Menschen zu gut. Sie haben ihren Wohlstand, sehen die Gefahr eines Aufruhrs nicht. Vitus hat nur eine Möglichkeit: Sklaven. Söldner sind zu teuer geworden.«

»Und du unterstützt das?«

»Muss ich, wenn ich überleben will. Jeder Soldat, der seinen Schwur nicht wiederholt und sich hinter die Krone stellt, wird wegen Hochverrats gerichtet. Sobald ihr wieder in der Stadt seid, müsst ihr eure Loyalität ebenfalls neu bekennen. Vitus ist paranoid geworden. Irgendwo verständlich, aber auch schade, mitanzusehen, was aus dem hoffnungsvollen Jungen geworden ist.«

Kurz blicke ich zu Marian. Das sind gar keine guten Neuigkeiten und wirft nur noch mehr Fragen auf. Aber es beantwortet auch eine. Die Gerüchte über einen neuen Erben gab es lange, bevor mit mir gesprochen wurde. Vielleicht wurde so erst jemand auf die Idee und richtige Fährte gebracht. Wir sind kurz nach dem Tod meines Großvaters aufgebrochen, waren Monate nicht in Nadis, dennoch – mir vorzustellen, dass sich mein Zuhause so gewandelt haben soll, das Reich und der König, dem ich diene … Das entspricht eher einer Gruselgeschichte als einer Erzählung der Wahrheit.

»Aber jetzt kommt. Wir haben denselben Weg.«

Wenn du wüsstest, alter Freund, wenn du wüsstest.

Am späten Nachmittag machen wir eine kurze Rast. Seit wir uns dem Transport angeschlossen haben, spüre ich konstant Ricards Blick auf mir. Natürlich hat er mich entdeckt und geht nun vom Schlimmsten aus. Dass ich nur ein weiterer Mann bin, der sein Wort nicht hält und ihn bei der nächstbesten Gelegenheit fallen lässt.

Und genauso soll es wirken, damit wir unsere Deckung behalten.

Den Rest meiner Einheit erblicke ich am Horizont, weiß, dass es noch ein paar Momente dauern wird, bis sie völlig zu uns aufschließen kann.

»Du weißt nicht, ob du ehrlich sein sollst, oder?«, wispert Marian und beißt in ein Stück Brot.

»Mhm.«

»Stellt sich eher die Frage, ob wir bereit sind, uns gegen unseren Lehrmeister zu stellen, wenn er *die falsche Seite* wählt.«

»Er ist Vitus treu. Und eigentlich dachte ich, dass nichts falsch daran ist. Als Nächstes geht die Sonne im Westen auf, steht im Norden und geht im Osten unter.«

Für einen kurzen Moment herrscht Stille, und Matteo setzt sich zu uns.

»Ich bin der Erbe«, sage ich gerade so laut, dass er mich hören kann, aber wir nicht überhört werden. »Die Herzöge kamen auf mich zu und wollen mich auf dem Thron sehen – aber ich denke, dass sie mich nur benutzen. Wir haben dem Transport aufgelauert, um die Sklaven zu befreien, wie wir es schon unzählige Male getan haben.«

Amina seufzt und legt ihren Kopf in die Hände.

Ich habe Matteo mein ganzes Leben lang vertraut und hoffe einfach, dass ich das noch immer kann.

»Also bist du der ehrenlose–«

»Ich bin ich«, fahre ich dazwischen. »Du leitest einen Transport mit einem König unter euch, der seines Reiches beraubt wurde, dienst einem König, der anscheinend keinerlei Unterstützung mehr hat, und wirfst mir vor, ehrlos zu sein, während ich versuche, einen Krieg zu verhindern?«

Matteo blickt zur Seite, mahlt mit den Kiefern, als müsste er mit sich debattieren, wie er mich am besten tötet. Komischerweise hat mich dasselbe blinde Ehrgefühl auch einst geleitet. Bis ich aus meinem Traum aufwachen musste.

»Und was schlägst du vor? Vitus hintergehen? Deinen König – schlimmer noch, dein eigen Fleisch und Blut?«

»Nein. Aber du musst mir doch recht geben, dass das«, ich deute auf die Sklaven, die alle eng beieinander sitzen, »nicht die Lösung sein kann.«

Matteo schnaubt, was ich als Bestätigung verstehe. »Also willst du, dass wir alle desertieren, weil du es *besser* machst?«

»Wie lange kennst du Quirin, Matteo?«, schaltet sich Marian ein. »Meinst du, ihm ist es leichtgefallen, sich gegen Vitus zu bekennen, auch nur in seinen Gedanken? Sein Ehrgefühl kann ganz Nadiraan für fünf Winter durchfüttern. Das solltest du wohl am besten wissen.«

Sowohl Matteo als auch Amina kichern bei Marians Worten.

»Wir stehen auf der Seite des Volkes, dem wir unsere Loyalität geschworen haben. Daran hat sich nichts geändert. Wir beschützen das Reich, notfalls auch vor sich selbst. Waren das nicht einst deine Worte? Für mich sieht es so aus, als bräuchte es Schutz vor sich selbst.«

»Wenn sich die Armee gegen Vitus stellt, hat er verloren«, erklärt Matteo.

»Das hat er schon. Alle Herzöge haben ein Schriftstück unterzeichnet, das mich zum neuen König erklärt. Die Armee wird mir folgen, nicht Vitus.«

»Bei den Göttern«, flucht Matteo.

»Ich will weder, dass Vitus stirbt, noch ein anderweitiges Blutvergießen. Eigentlich will ich die Krone auch gar nicht, aber wenn es unser aller Frieden dienlich ist …«

»Du warst schon immer zu korrekt, Quirin.«

»Heißt das, du bist auf unserer Seite?«, fragt Amina.

»Die Männer, die mir folgen, wurden von Vitus' rechter Hand ausgewählt. Sie haben weder den Eid geschworen noch sind sie mir oder dem Volk treu.«

Matteo muss es gar nicht aussprechen, ich verstehe auch so, was er meint. Wollen wir die Sklaven befreien, werden wir Vitus' Männer töten müssen.

Blut für Freiheit.

Wenn wir das tun, wird es kein Zurück mehr geben. Töten wir Soldaten des Königs, werde ich mich auch bei Vitus persönlich nicht mehr herausreden können. Keine Erklärung der Welt wird meine Taten rechtfertigen. Wenn es vorher nur theoretischer Hochverrat war, werden wir mit so einer Tat unser aller Schicksal besiegeln.

»Heute Nacht«, beschließe ich und starre Matteo in die Augen.

»Heute Nacht«, wiederholt er, und wir wissen beide, dass wir in wenigen Stunden alles verraten werden, für das wir stehen.

Dina

»I was ashamed of myself when I realized life was a costume party;
and I attended with my real face.«
– Franz Kafka

Es ist schon später Nachmittag, als ich endlich den See erreiche. Die Sonne strahlt auf ihn herab, als hätte sie keine andere Aufgabe. Es ist ein ruhiger Ort, aber auf eine angenehme Weise, die mir zum ersten Mal seit Langem in meiner Welt Frieden schenkt.

Tief atme ich ein, und es ist, als würde mir neues Leben eingehaucht werden, als könnte ich zum ersten Mal seit Wochen – ach was, Jahren – wirklich atmen. Ein Lächeln breitet sich auf meinem Gesicht aus, mein Glücksgefühl wird von dem fröhlichen Zwitschern der Vögel begleitet.

Wie oft heißt es ›Der Weg ist das Ziel‹? Zum ersten Mal glaube ich die Worte wirklich, denn wenn ich mir die grünen und goldenen Töne des umliegenden Waldes oder das tiefe Blau des Sees so ansehe, wird mir einmal mehr bewusst, wie wenig Zeit ich mir für die wahrlich schönen Dinge im Leben nehme. Einfach mal zu sein, statt immer an das Nächste zu denken. Oder einfach mal für mich zu sein.

Seit ich denken kann, habe ich mich immer damit beschäftigt, nicht aufzufallen oder wenn, nur positiv. So oft habe ich mich gedreht und gewendet, dass ich vergessen habe, wer ich bin – und damit auch, was mich ausmacht und mir gefällt. Ein ruhiger Spaziergang im Wald wie dieser jetzt. Keine Verantwortung, keine Zwänge und kein Druck, einfach nur atmen. Und das tue ich. Ein und aus, immer wieder und mit geschlossenen Augen. Langsam, aber sicher spüre ich, wie sich mein Körper entspannt, sich der Ruhe der Natur anpasst. Mein Herz, das ich immer in meiner Brust schlagen spüre, meine Atemzüge, die ich so oft bewusst nehmen muss, werden wieder leicht. Zu existieren, kostet keine Kraft mehr – so, wie es sein sollte.

Meinen Rucksack stelle ich auf dem Boden ab und greife nach meiner Flasche. Ich trinke einen Schluck des mittlerweile lauwarmen Wassers und lasse mich anschließend auf dem modrigen Boden nieder.

Auch wenn es für eine junge Frau nie eine gute Idee ist, allein im Wald zu zelten, habe ich hier keine Angst. Die Insel ist nicht für jeden zu erreichen, und das sollte mir ausreichend Sicherheit geben.

An Ort und Stelle lehne ich mich zurück, schließe die Augen, um nicht direkt in die grelle Sonne zu blicken, und lasse meine Gedanken schweifen. Unweigerlich denke ich an Quirin und Marian, an das Gespräch am Abend vorher und an alles, was mich in Nadiraan erwarten wird, wenn ich zurückkehre.

Wenn …

Je öfter ich darüber nachdenke, desto bewusster wird mir, dass ich eigentlich längst weiß, wo mein Platz ist. Dass ich meinem Herzen folgen will. An einen Ort, an dem ich sein kann, wie ich bin.

»Was wirst du tun? Vitus hat eine Familie, Quirin.«

»Ich habe jemanden kennengelernt.«

Ist das Quirin? Wieso höre ich sie? Ich bin doch noch im Wald.

»Sie unterstützt mich.«

»Also wird sie deine Frau werden?«

»Ja.«

»Liebst du sie? Entschuldige die Frage, aber wir kennen uns schon so lange und nie hätte ich gedacht, dass du eine Frau und Familie willst.«

»Sie ist sich der Wichtigkeit der Aufgabe bewusst und unterstützt mich. Das ist alles, was zählt.«

Seine Worte sollten mir einen Stich versetzen, stattdessen schleicht sich ein Lächeln auf meine Lippen. Liebe … was ist das schon? Wir sind bereit, Seite an Seite zu kämpfen. Für unser Ziel. Quirin hat recht. Das ist alles, was zählt.

Plötzlich spüre ich einen Sog, der mich immer tiefer in den Boden zieht. Meine Lider sind so schwer, dass ich sie nicht mehr öffnen könnte, selbst wenn ich wollte. Meine Atmung geht immer langsamer, als würde mir jemand die Luft abschnüren. Aber ich habe keine Angst, ich heiße es willkommen.

Kurz blicke ich mich um, sehe jedoch nur Quirin, der allein vor einem Baum steht. Das Schmunzeln verkneife ich mir gar nicht erst. Es ist offensichtlich, was er tut.

»Der ehrenwerte General ist ganz allein?« Meine Stimme durchschneidet die Stille, dicht gefolgt von Quirins Fluchen.

Mit seinen Händen vor der Hose dreht er sich um und starrt mich böse nieder. »Musste das sein?«

»Vielleicht?« Um ihn nicht noch mehr in Verlegenheit zu bringen, drehe ich mich um und schaue umher. »Wo sind wir?«

»Unterwegs. Wir haben eine Einheit des Königs aufgespürt.« Schritte ertönen, dann erkenne ich ihn neben mir. »Aber sie ist nicht auf unserer Seite.«

»In Ordnung.«

Ich wende mich ihm zu, passend zu einem Windzug, der seinen Geruch zu mir heranträgt. Wie immer in seiner Nähe, fühle ich mich binnen Sekunden sicher. Es ist nicht so, dass ich allein nicht im Leben zurechtkomme, dennoch genieße ich es, mich in seiner Gegenwart fallen lassen zu können. Zu wissen, dass er immer da ist, mich beschützt, ohne dass ich ihn darum bitten muss. Er ist wie ein Leuchtturm nach Wochen in stürmischer See. Die Sicherheit, die er meilenweit ausstrahlt, und das gewisse Gefühl der Hoffnung. Auch wenn ich ihn erst seit Kurzem kenne, bin ich süchtig danach.

Meinem Instinkt folgend, trete ich einen Schritt näher und schmiege mich an ihn. Lege meine Arme um seinen breiten Oberkörper und atme noch etwas von seinem Geruch ein. »Es tut gut, wieder hier zu sein.«

»Heißt das, du hast mich vermisst?«, fragt er mit belegter Stimme, gleichzeitig schwingt in ihr dieser gewisse Hauch von Erhabenheit mit, der bei ihm jedoch nie übertrieben wirkt.

»Auch, ja.«

Anscheinend von meinen Worten überrascht, drückt er mich etwas von sich weg und mustert mich, sucht nach offensichtlichen Spuren, die mein Verhalten erklären. Er und sein ewiger Beschützerinstinkt. Zu gern würde ich mich darüber lustig machen, wenn es nicht so willkommen wäre.

»Willst du mir davon berichten?« Gedankenverloren spielt er mit einer meiner Strähnen, die lose über meine Schultern fallen.

Nach dem, was Marian mir erzählt hat, habe ich mir einen lockeren Zopf geflochten, bevor ich zur Insel aufgebrochen bin. Jedoch hat er die Reise nach Nadiraan nicht ganz so unbeschadet überstanden.

»Weißt du ...« Schwer seufzend blicke ich in seine Augen, und mir wird sogleich warm ums Herz bei der Sorge, die sich in ihnen spiegelt. »Kennst du das Gefühl, wenn die Welt einfach zu groß wird? Wenn du dich am liebsten verkriechen möchtest, es aber nicht kannst, weil du einfach weitermachen musst?«

»Nur zu gut.«

»Manchmal wünsche ich mir, nur für fünf Minuten, dass alles leicht und einfach ist. Dass ich mich fallen lassen kann und weiß, es geschieht nichts.«

Im nächsten Augenblick zieht mich Quirin an sich, bettet meinen Kopf auf seine Brust. Seine Arme legen sich stark um mich, geben mir das Gefühl, von festen Mauern umschlossen zu sein.

»Bei mir kannst du dich immer fallen lassen, Dina. Ich passe auf dich auf. Du bist sicher.«

Es scheint, als würde die Verbindung zu Quirin mit jedem Mal, das ich in Nadiraan ankomme, anders werden – intensiver. Sonst trage ich meine geistigen Mauern meterhoch, um möglichst jede Verletzung zu vermeiden, doch wenn ich in Quirins Nähe bin, zerfallen sie einfach zu Staub. Ich kenne es nicht von mir, kopfüber in Zärtlichkeiten zu springen und sie erwidert zu bekommen. Einfach nur, weil ich danach frage. Kein Kleinreden, kein Haken ... Er tut es für mich.

Eine wohlige Wärme breitet sich in meinem Körper aus. Mit meinen Fingern fahre ich das Bärenemblem auf seinem Brustschutz nach, das mir ein weiteres Lächeln entlockt. Zwar habe ich noch keine Antworten gefunden, aber ich bin wieder hier. Das reicht für den Moment. Ich bin hier. In einer Welt, in der nichts für mich Sinn ergeben sollte, doch in der sich alles richtig und echt anfühlt. So viel echter, als es mein Leben zu Hause je getan hat.

Eine leise Stimme flüstert mir zu, dass Quirin Ehrlichkeit verdient hat. So viel liegt mir auf der Seele, das ich seit Jahren nicht ausspreche. Vielleicht ist genau jetzt der richtige Moment.

Also richte ich meinen Blick auf ihn und verliere mich kurz in seinen Augen, die mir den letzten Schubs geben, meine Furcht zu überwinden.

»Ich konnte nie schwach sein, die Wahrheit ist jedoch: Ich möchte schwach sein dürfen. Möchte mich fallen lassen können. Allerdings kann ich das in meiner Welt nicht mehr, und das verwirrt mich. Mein Verhalten in Nadiraan und zu Hause verwirrt mich. Ich werde nur noch von meinen Emotionen geleitet, spüre, dass ich mich hier wohlfühle. Bei dir. Dabei kennen wir uns kaum. Es ist einfach nur noch laut in meinem Kopf, und ich bekomme keine Ruhe, es sei denn, ich bin wie jetzt in deiner Nähe, in deinen Armen. Aber …«

Quirin mustert mich verwundert, bleibt jedoch still, streicht lediglich eine Strähne hinter mein Ohr, das vom Wind in mein Gesicht geweht wurde.

»Bei dir kann ich so sein, wie ich bin. Kompromisslos – und ich genieße es. Du verurteilst mich nicht. Wenn ich bei dir bin, habe ich keine Angst. Ich bin stark, obwohl ich mich von meiner schwächsten Seite zeige. Etwas, das ich in meinem Leben nie konnte. In meiner Welt. Dort herrscht die Mentalität: Je öffentlicher es dir schlecht geht, desto besser. Dennoch hört niemand wirklich zu. Du kannst auf dem höchsten Gebäude stehen und schreien, drohen, zu springen, und die Menschen lächeln dir ins Gesicht, sprechen dir sogar Mut für diese Entscheidung zu. Aber es hilft niemand. Und glaub mir, ich habe oft geschrien, bis ich bemerkt habe, dass niemand zuhört. Nicht wirklich. Niemanden interessiert, wie es dir geht, nur, wie du dich präsentierst. Wie dein Eindruck in der Gesellschaft ist, ob du nach den Regeln eines Lebens spielst, die nie die deinen sein werden.«

Kurz hole ich Luft, weil ich mich so in Rage rede, aber es muss einfach raus. Alles, was sich die letzten Jahre angestaut hat.

»Du sollst stark sein, dennoch wirst du nie für die Stärke gefeiert – sie wird erwartet. Wenn du allerdings schwach bist, wirst du belächelt oder bekommst fünf Minuten Mitleid. Aber ich brauche kein Mitleid. Ich will die Freiheit haben, ich selbst zu sein, stark und schwach. Einfach ich. Ich bin müde, Quirin. Müde, stark zu sein, weil ich nicht schwach sein darf. Müde, keinen Platz in einer Welt zu haben und sie nicht mehr zu verstehen. Ich will dazugehören, ein Teil von etwas sein, aber als ich selbst und keine verquere Version von mir, damit andere zufrieden sind, während meine innere Leere nur noch größer ist. Ich will frei sein, und bei dir kann ich das. Und es macht mir eine Scheißangst. Denn was ist, wenn ich morgen nicht mehr hier aufwache, ich alles verliere und in diese Trostlosigkeit zurückkehre? Egal, wie düster diese Welt ist, wie brutal, ich will es nicht verlieren. Nein, ich *kann* es nicht verlieren.«

Für endlose Momente ist es still zwischen uns. Ich spüre seinen Herzschlag unter meiner Hand. Mein Herz schlägt nicht minder wild. Noch nie in meinem Leben habe ich mich so offenbart, zugegeben, was in meinem Inneren vor sich geht. Und es fühlt sich so gut an, denn in den Augen des Mannes vor mir erkenne ich keine Ablehnung, sondern Verständnis.

»Ich will auch frei sein«, flüstert er. »In einer Welt leben, in der jeder sein kann, wer er ist. Kompromisslos. Einer Welt, in der man sich sicher fühlen kann. Sich entfalten und die Person lieben kann, für die das Herz schlägt.«

Seine Ausdrucksweise verwundert mich, jedoch vergesse ich seine Worte zügig wieder, als ich seinen Atem an meinen Lippen spüre. Sanft legt er seine Stirn an meine, und ich schließe instinktiv die Augen.

Egal, wie tief der Abgrund scheint, in den ich mich manövriere, Quirin ist bei mir. Zum ersten Mal in meinem Leben ist jemand an meiner Seite, der dort sein will. Mich versteht, weil er es will – nein, weil er genauso fühlt.

»Lass uns gemeinsam frei sein«, wispert er, und ich sehe ihn erneut an.

Tief blicken wir uns in die Augen, und die Zeit scheint stehen zu bleiben. Wie sehr wünsche ich mir, dass er die letzte Distanz zwischen uns verringert, mich endlich küsst. Dem nachgibt, was wir beide offensichtlich wollen. Der Anziehung, die stärker zwischen uns pulsiert als alles, was ich je gespürt habe.

Die Angst davor, dass er mich doch im letzten Moment ablehnen könnte, hält mich zurück, den Schritt selbst zu gehen, und ich bin froh, auf meinen Bauch gehört zu haben. Denn anstatt meine Lippen mit seinen zu berühren, legt er sie an meine Stirn und küsst sie.

Tränen steigen in meine Augen. Es ist so intim, und ich liebe es, dennoch ist es nicht annähernd das, was ich mir wünsche. Was ich brauche. Wonach ich mich sehne.

»Hier bist du! Oh, Dina ist auch wieder da«, flötet Marian fröhlich, und mein Herz bricht nur noch mehr.

»Ja, ich habe sie soeben gefunden«, erklärt Quirin viel zu gefasst, und ich wende mich abrupt von ihm ab.

Sieht er nicht, dass ich mehr wollte, oder will er nicht mehr?

Da dämmert es mir.

Sich entfalten und die Person lieben kann, für die das Herz schlägt, das waren eben seine Worte.

Er liebt jemanden.

Jemanden, den er nicht lieben darf.

Und diese Person bin nicht ich.

Quirin

Dina und ich haben kein Wort mehr miteinander gesprochen, seit uns Marian im Wald gesehen hat. Ich will sie nicht abweisen, wirklich nicht, aber ich kann nicht zulassen, dass Gefühle unsere Mission gefähr-den. Mein Blick geht zu Marian.

Egal, welche.

Nicht nur in Dinas Kopf herrscht Chaos, sondern auch in meinem. Ihre Worte … Sie will sich fallen lassen.

Bei mir.

Sie kann nicht ahnen, was mir diese Worte bedeuten. Dennoch sind sie auch gefährlich. Dina ist so schon in Gefahr, aber sollte bekannt werden, dass sie mir wichtig ist … Das kann ich nicht zulassen. Wir können Freunde sein, jedoch niemals mehr. Selbst wenn es ihr das Herz bricht.

Meines vielleicht auch.

Natürlich habe ich sie direkt mit Matteo bekannt gemacht, der mir nur zur Verlobung gratuliert hat. König Ricard wirft mir noch immer finstere Blicke zu. Eigentlich wollte ich nicht, dass Dina hier ist, wenn der Angriff bevorsteht. Es wäre ein Leichtes, sie als Druckmittel gegen mich einzusetzen, und jeder kluge Stratege wird genau das tun. Dennoch verbietet mir mein Ehrgefühl, schlecht mit Dina umzugehen, sie von mir wegzustoßen, vorzutäuschen, dass sie mir nichts bedeutet. Das hat sie nicht verdient.

Abends sitzen wir mit meiner Einheit am Feuer - Dina zwischen den Zwillingen und ich zwischen Darius und Marian. Ich musste nicht einmal etwas sagen. Sobald sie Dina gesehen haben, wussten sie sofort um unsere Aufgabe: Wir müssen sie möglichst aus allem heraushalten.

Und dennoch sehe ich, wie Amaya Dina einen Dolch gibt, den sie direkt an ihrem Hosenbund verstaut. Jedes Mal wenn sie nach Nadiraan gereist ist, trug sie merkwürdige Kleidung. Heute ist sie zum ersten Mal annähernd *normal* gekleidet. Sie trägt eine weite Hose, einen Mantel, der sie vor der Witterung schützt, und festes Schuhwerk, auf das ich glatt neidisch werden könnte, so gut scheint die Qualität.

Ein Zirpen hallt durch das Lager, und ich weiß sofort, von wem es kommt.

Die Söldner meines Cousins liegen bereits verteilt auf ihren Matten, andere gönnen sich etwas Schnaps, der in der Armee nie geduldet sein würde. Sehr zum Leidwesen von Matteo, der einmal mehr erkennen muss, über wen er nun die Befehlsgewalt hat. Mit seinem ursprünglichen Status hat das nichts mehr zu tun. Wir alle müssen uns an eine neue Weltordnung gewöhnen.

Die Sklaven befinden sich in einem Pulk in der Mitte. Alle sind mit Eisenketten aneinandergebunden, die sicherlich so schwer sind wie kleine Kinder.

»Es ist Zeit«, raune ich und werfe Amina und Amaya einen Blick zu, den sie mit einem Nicken erwidern.

»Wofür?«, fragt Dina leise, aber beunruhigt.

Seit wann kann ich ihre Stimmung anhand ihrer Tonlage bestimmen?

»Für uns zu gehen«, sagt Amina und zieht sie in den Stand.

»Nein.« Dina versucht, sich loszureißen, und blickt mir in die Augen.

»Geh mit. Das wird unschön.« Ohne einen weiteren Kommentar drehe ich mich um und ziehe meine Dolche aus meinen Stiefeln.

»Quirin«, insistiert Dina, aber ich wende mich ihr nicht mehr zu.

Mit einem Nicken weise ich stumm an, was wir Stunden zuvor besprochen haben. Auf jeden von uns kommen zwei Söldner, durch Aminas und Amayas Ausfall auf manche sogar drei. Das heißt, wir müssen schnell sein.

Ich habe schon oft getötet, meistens im Kampf, aber nie habe ich hinterrücks Menschen erstochen, die sich in meiner Gegenwart sicher fühlen. Einen offenen Kampf zu riskieren, wäre jedoch dumm und würde nur meine Einheit gefährden. Bei diesen Männern handelt es sich nicht um Soldaten, *meinesgleichen,* sondern um Söldner, die ihre Ehre für Münzen eingetauscht haben. Sie werden die ersten Opfer dieses Krieges sein.

Ich knie mich zwischen zwei Männer, die selig schnarchen, und hebe meine Dolche. Überall im Lager verteilt erkenne ich meine Leute, die dieselben Positionen innehaben. Nur knapp fünf Männer sitzen am Feuer und feiern. Sie sind zu betrunken, um mitzubekommen, was hier vor sich geht.

Ich schürze meine Lippen, stoße einen Pfiff aus und versenke meine Dolche in den Schädeln der Männer. Von überall hallen knackende Geräusche, Gurgeln und weitere Jubelrufe der Männer am Feuer. Ich vergewissere mich, dass alle erfolgreich waren, ehe ich mich aufrichte und das Lagerfeuer anvisiere.

Ein Kribbeln zieht durch meinen Körper, meine Sicht wird immer enger, fixierter auf mein Ziel direkt vor mir. In diesen Momenten ist mir alles egal. Ich denke an nichts außer meine Aufgabe. Das Schicksal der Söldner war besiegelt, als sie den Auftrag meines Cousins angenommen haben. Und wenn ich ehrlich bin, gibt es mir eine Genugtuung, zu wissen, dass sie unter anderem durch meine Hand sterben werden. Sie tragen die Kleidung der Armee, der sie nicht würdig sind, ein königliches Wappen, das entehrt ist, und bringen Sklaven in die Hauptstadt, was sie in meinen Augen nicht besser macht als den Dreck, in dem sie sitzen.

Ein Söldner blickt hoch und mir direkt in die Augen. Im selben Atemzug schwinge ich mein Schwert, lasse es auf ihn hinunterschnellen, direkt in seinen Schädel. Seine Augen werden groß, während meine Klinge immer tiefer in seinen Kopf dringt, als wäre er nicht mehr als ein überreifer Kürbis.

So sehr mich auch alle für meine Stärke und Ehrenhaftigkeit bewundern, ist das nicht weniger mein Naturell. Lange Zeit habe ich mich dagegen gewehrt, ein Instrument der Rache zu sein, meiner dunkelsten Seite Raum zu geben, aber in diesen Momenten kann ich meinen Blutdurst völlig ausleben. In diesen Augenblicken bin ich wirklich ich.

Und frei.

Innerhalb weniger Momente ist alles erledigt. Blutende Körper liegen zu unseren Füßen, und eine Totenstille legt sich über das Lager.

Meine Klinge ziehe ich aus dem Schädel des Söldners und trete seinen schlaffen Körper von mir weg.

»Quirin!«, ruft Amaya aufgebracht.

Nur einen Moment später erblicke ich sie. Ohne ihre Schwester – *und ohne Dina.*

»Was ist passiert?«, brülle ich und spüre, wie jede meiner Fasern von Panik durchflutet wird.

»Ein Angriff! Sie haben uns aufgelauert, die Ablenkung genutzt und sich an den Steuern zu schaffen gemacht. Amina haben sie niedergeschlagen und Dina mitgenommen!«

Schneller als ich je in meinem Leben gelaufen bin, renne ich zu ihr, spüre Marian und Darius in meinem Rücken.

Wenn sie herausfinden, was Dina … wer sie … was wir … Daran darf ich gar nicht denken! Aber wer weiß davon und hat Interesse an ihr?

Die Herzöge …

Wollen sie sich Dina als Druckmittel sichern, damit ich nicht die Seiten wechsele?

Elende Bastarde.

»Darius, Marian, kümmert euch um das Chaos.«

Marian setzt direkt zum Protest an. Solche Dinge regeln wir seit jeher gemeinsam, aber nicht heute. Mit einem warnenden Blick lasse ich ihn verstummen. Das muss ich allein tun.

»Verstanden«, brummt er, denn er weiß so gut wie ich, dass ich mich nicht umstimmen lassen werde.

Bei Amaya angekommen, führt sie mich schnellen Schrittes zu dem Wagen, der aufgebrochen ist. Direkt daneben liegt eine bewusstlose Amina. Kurz beuge ich mich hinunter und überprüfe, ob es ihr gut geht. Sie atmet regelmäßig.

»Wo?«

»Dort.«

Amaya zeigt auf den Beginn eines kleinen Waldes, der jedoch deutlich riesiger ist, als er aussieht. Sie bleibt zurück; nichts anderes würde ich von ihr erwarten. Ihre Schwester hat oberste Priorität.

Am Eingang des Waldes angekommen, verlangsame ich meine Schritte, versuche, eine Spur zu finden. Kurz schiele ich nach oben. Nox ist bereits da. Wie immer spürt er, wenn etwas geschieht. Die meiste Zeit lauert er in den Schatten, ist in der Nähe, aber nicht bei mir. Er ist ein freier Vogel, wenn ich ihn brauche, ist er allerdings immer da. So auch jetzt.

Nox kräht und setzt zum Kundschaften an. Schleifspuren sind eindeutig vor mir zu erkennen, und ich nehme die Verfolgung auf. Egal, wer sich in diesem Wald verbirgt, er hat sich mit den Falschen angelegt.

Ich stoße ein Geräusch aus, das mitteilt, dass ich etwas gefunden habe. Nox antwortet sofort mit einem Krächzen.

Zeit zu jagen.

Dina

»Dedicate yourself to what gives your life true meaning and purpose; make a positive difference in someone's life.«
– Roy T. Bennett

Schon als ich in die Augen des Mannes geblickt habe, der Amina niedergeschlagen hat, wusste ich, was passieren wird. Es war derselbe Kerl wie bei der Sklavenauktion.

»Du bist nur eine dreckige, kleine Sklavin, die sich hoch geschlafen hat, aber egal. So oder so hat er einen Narren an dir gefressen, und du wirst uns nützlich sein.«

Mein Schädel brummt noch immer. Blut fließt in langsamen Bahnen über meine Schläfe, und ich bin gezwungen, hinter ihm her zu torkeln. Anders kann man es wirklich nicht nennen.

Ihn einfach zu attackieren, ist zwecklos – das habe ich beim letzten Mal gemerkt. Vorerst muss ich ruhig bleiben, auf den richtigen Moment warten und dann zuschlagen. Bloß nicht unüberlegt handeln und ihn erst einmal in Sicherheit wiegen.

Den Dolch, den mir Amaya gegeben hat, spüre ich deutlich an meinem Gürtel. Er gibt mir die nötige Sicherheit.

»Wohin bringst du mich?«

Meine verzerrte Stimme muss ich nicht einmal spielen – verflucht, ich habe ordentlich etwas abbekommen. Amaya wollte mich schützen, doch ich habe mich dazwischen gestellt. Ihre Schwester braucht sie; sie sollte sich nicht zwischen Familie und einer Fremden entscheiden müssen – egal, was Quirin ihr befohlen hat. Ich komme klar … irgendwie. Das tue ich immer. Sollte funktionieren, was auch immer Quirin geplant hat, wird er sicherlich kommen – und das wesentlich besser vorbereitet, als es Amaya hätte sein können. Also unauffällig verhalten, mitspielen und abwarten.

»Ich bringe dich zurück nach Tifus, wo die Herzöge entscheiden werden, was mit dir passiert und wie du nützlich sein kannst.«

»Die Herzöge …«, wispere ich.

Ich presse die Augen aufeinander, versuche krampfhaft, einen Sinn in seinen Worten zu erkennen, aber es gelingt mir nicht. Meine Gedanken verschwimmen genauso wie meine Sicht.

Zwei oder drei weitere Männer sind hinter uns. Ich höre ihre Schritte, habe aber keine Ahnung, wer sie sind. Oder wie sie aussehen.

»Wir machen erst in Tifus Rast. Beeilt euch.«

Schreie durchschneiden die stille Nacht, und der Hüne wirbelt mich herum. Es ist stockfinster, denn soeben wird der Mond von dunklen Wolken verborgen.

Zwei Männer stehen direkt vor uns, als wollen sie uns gegen die Neuankömmlinge abschirmen, die ich nicht erkennen kann. Ein lautes Krähen hallt durch den Wald, und ich weiß sofort, zu wem es gehört.

Nox.

Dann ist Quirin auch nicht weit.

»Lasst sie gehen«, brummt jemand.

Ich weiß, dass es Quirins Stimme ist, dennoch klingt sie so fremd, dass es mir Angst macht. Alle meine Emotionen drehen sich um die eigene Achse, wirbeln herum und hinterlassen nichts als Verwüstung. Verschwunden ist die Sicherheit, die wohlige Wärme, und wird ersetzt durch eine Furcht, die ich noch nie verspürt habe. Wie kann das sein?

Hinter mir steht Quirin. Er ist gekommen, um mich zu retten, zu beschützen. Doch nichts davon ist in seiner Tonlage zu erkennen. Wenn ich ihn nur sehen könnte, würde sich dieses Gefühl vielleicht legen, das mich langsam, aber sicher innerlich auffrisst. Bei der Auktion war er auch außer sich, wütend, aber das war nichts im Vergleich zu jetzt. Ich könnte schwören, dass es eine Person mit Quirins Stimme ist, aber nicht er selbst, doch das ist unmöglich.

Oder?

Die Männer vor mir lachen.

»Du willst doch nur deine Schlampe zurück«, brüllt der eine. »Entschuldige, *deine Verlobte*, die du dir bei der Auktion gegönnt hast.«

Nox kräht erneut, und selbst dieses Geräusch lässt eine Gänsehaut auf meinem Körper zurück. Meine Adern gefrieren zu Eis.

»Letzte Warnung.«

»Du bist allein, wir zu dritt.«

Im nächsten Moment werde ich herumgewirbelt und sehe, wie einer der Männer in sich zusammenfällt. Er winselt, wimmert und kriecht über den Boden, als würde etwas Fremdes von ihm Besitz ergreifen.

Mein Blick fällt auf Quirin, der wiederum den Mann am Boden mustert. Instinktiv will ich zurückweichen, doch dann wäre ich nur noch näher bei dem Kerl, der mir garantiert nichts Gutes wünscht.

»Falsche Antwort.« Quirins Stimme ist nur noch ein Flüstern, dennoch scheint es, als hätte sie mehrere Lagen, die mich vollkommen einnehmen, mich bewegungslos machen, ehe ich an meinen Haaren zurückgezogen werde.

Trotz des Schmerzes halte ich meinen Blick weiterhin auf Quirin gerichtet und schreie laut seinen Namen. Langsam, als würde die Aufmerksamkeit des gesamten Universums auf ihm liegen, bewegt er sich auf den zweiten Mann zu, zieht sein Schwert aus seiner Scheide und schwingt es. Das schummerige Mondlicht wird in der Klinge reflektiert und beleuchtet für einen kurzen Moment Nox, der sich auf den Mann stürzt.

Ein weiterer Schrei hallt durch die Nacht, und eine Sekunde später blitzt die Klinge aus dem Rücken des zweiten Mannes hervor.

Erst jetzt merke ich, dass ich die Luft angehalten habe und sie stoßweise herauslasse. Der Schmerz an meiner Kopfhaut nimmt zu, und meine Füße verlieren ihren Stand, als ich immer heftiger zurückgezogen werde. Krampfhaft versuche ich zu folgen, allerdings ist es verflucht schwer, denn der modrige Boden gibt ständig nach.

Eine Sekunde später fällt der Mann leblos zu Boden. Quirins Augen bohren sich in meine Seele, als würde alles andere außer uns keine Rolle spielen, dabei wissen wir, dass das nicht stimmt.

Mein Blick fällt auf den kriechenden Mann, der seinen Kopf immer und immer wieder gegen einen Baumstamm schlägt und kurze Zeit später leblos zusammensackt. Anscheinend muss sich Quirin vom Tod des Feindes überzeugen, denn er spießt ihn fast gleichzeitig mit seinem Schwert auf.

Er tötet.

Für mich.

Nein, *wegen* mir.

Entschlossen tritt er über die Leiche, passend zu Nox' Melodie des Todes.

Stets habe ich in Quirin Stärke gesehen, ein Licht, das den Weg in der tiefsten Dunkelheit weist, aber niemals dachte ich, dass er selbst zur Dunkelheit fähig ist. Was ist nur mit ihm geschehen?

Ein blutrünstiges Lächeln schleicht sich auf seine Lippen. Sein Nicken ist wie ein Urteil, das er soeben gefällt hat – bereit, es zu vollstrecken. Unausgesprochene Worte, deren Sprache nur wir verstehen. Ein Schicksal, das in diesem Moment besiegelt ist. Und es ist nicht das unsere.

Abrupt hält der Hüne inne. Quirin kommt ebenfalls vor uns zum Stehen. Die Angst in mir ist lähmender Leere gewichen. Quirin ist in Blut gebadet, und in seinen Augen erkenne ich nur noch einen dunklen See der Verwüstung. Allein das Wissen, dass er mich retten will, schenkt mir die Ruhe, die ich brauche.

»Lass sie los«, brummt Quirin in einer Tonlage, die ihre Wirkung nicht verfehlt – weder bei mir noch bei dem Hünen. Sofort stellt sich jedes noch so kleine Härchen an meinen Armen auf, und ein kalter Schauer fährt über meinen Nacken.

»Nein«, antwortet der Hüne. Er hält eine Klinge an meine Kehle und zieht meinen Kopf noch weiter zurück. Fest versuche ich, Quirins Blick zu halten, was zunehmend schwieriger wird.

Quirin spielt mit einem kleinen Messer in seinen Händen, als würde er abwägen, es jede Sekunde zu werfen.

Aber das würde er nicht tun. Oder?

Langsam fahre ich mit meiner Hand hinunter zu meinem Gürtel, fixiere Quirin mit meinem Blick. Er versteht sofort, worauf ich hinauswill.

»Wir werden gehen«, zischt der Hüne. »Du kannst mich nicht aufhalten. Sie ist nicht dein Eigentum und wird den Herzögen–«

Seine Worte gehen in einen lauten Schrei über. Er löst seinen festen Griff für einen kurzen Moment, und ich nutze es sofort, indem ich die Klinge an meinem Hosenbund umfasse und meinen Arm nach oben reiße. Ich versuche irgendetwas zu treffen, und finde einen harten Widerstand, danach wird es weich.

Der Hüne ist nicht mehr direkt hinter mir. Mir wird schwarz vor Augen, und ich sacke zu Boden.

Ein Zischen hallt durch die Luft, anschließend höre ich etwas dumpf hinter mir aufkommen, wage jedoch nicht, mich umzudrehen. Für endlose Momente versuche ich, einen Sinn in allem zu finden. Wo ist der Himmel, wo der Boden und wo befinde ich mich?

»Alles in Ordnung?« Quirin.

Im nächsten Moment hebt er mein Kinn und mustert meine blutende Kopfverletzung, doch ich kann nicht anders, als in seine dunklen Augen zu starren. Sie sind nicht warm, sein Blick nicht wohltuend und beschützend wie sonst, sondern eiskalt. Dieser Mann sieht aus wie Quirin, aber ist nicht der, den ich kennengelernt habe.

»Er ist tot«, reißt er mich aus meiner Starre. »Du hast ihn im Auge erwischt, Dina.«

Trotz massivem Schwindel richte ich mich auf und fixiere Quirin. Instinktiv weiche ich vor ihm zurück.

Sein Gesichtsausdruck ist hart, mir vollkommen fremd. In der kurzen Zeit, die wir uns kennen, habe ich mich in seiner Nähe noch nie so gefühlt. So verloren, so schutzlos. Mein Herz schlägt schnell in meiner Brust, meinen Atem vermag ich kaum zu kontrollieren.

»Was ist mit dir geschehen? Du bist anders.«

Ehe ich seine Antwort hören kann, wird mir schwarz vor Augen.

Ein seichtes Ruckeln weckt mich, gepaart mit einem Geruch, den ich nicht zuordnen kann. Als ich meine Augen öffne, erkenne ich ein markantes Gesicht, dunkle Augen, die nach vorn gerichtet sind, und starke Arme, die mich halten.

»Lass mich runter«, verlange ich halbherzig, noch immer nicht imstande, einen klaren Gedanken zu fassen.

Eigentlich will ich nichts lieber, als weiter von ihm getragen zu werden, zu wissen, dass mir nichts passiert. Aber genau dessen bin ich mir jetzt nicht mehr sicher.

»Du bist noch zu schwach. Ich hab' dich, ruh dich aus.«

»Nein.«

Der Schwindel und das Pochen in meinem Kopf werden immer stärker, und ich weiß tief in meinem Inneren, dass ich sein Angebot annehmen will, dennoch kann ich es nicht. Also drücke ich gegen seine Brust, um meine Worte zu verdeutlichen, und einen Moment später setzt er mich auf dem Boden ab. Meine Kleidung ist mittlerweile auch von Blut durchtränkt – wie seine. Eine Kälte durchzieht meinen Körper, besonders an den Stellen, die gerade noch mit Quirin in Kontakt waren. Ich brauche ein paar Momente, um mich zu sammeln, mich zu vergewissern, wo oben und unten ist.

»Ich komme allein klar«, fauche ich und blicke mich suchend um. Alles in mir schreit, zu fliehen.

»In Ordnung.«

Noch immer hat seine Tonlage etwas an sich, das mir eine Gänsehaut beschert. Doch das Gefühl hat sich geändert. Gerade eben noch dachte ich, wir würden dieselbe Sprache sprechen, einander verstehen, und jetzt weiß ich nicht, ob es jemals so war.

»Du klangst so verwundert, als ich mich gewehrt habe. Dachtest du, ich würde mich nicht selbst verteidigen?«

Wenn ich ehrlich bin, weiß ich nicht, warum ich genau das anspreche. Vielleicht, um ihm nicht das Gefühl zu geben, schwach zu sein, auch wenn ich genau das in seinen Armen eigentlich sein will. Mir ist, als würde sich die

Gravitation umkehren. Alles, was Sinn ergeben hat, ergibt nun keinen mehr.

»Das dachte ich nicht.« Anscheinend ist das die einzige Antwort, die ich bekomme, denn er geht weiter in eine Richtung, die wir gerade schon anvisiert haben.

»Und was dachtest du dann?«, bohre ich nach.

Quirin seufzt, bleibt stehen und dreht sich zu mir um. »Dass der Kerl mindestens doppelt so groß war wie du und er es geschafft hat, zwei meiner besten Soldatinnen mit seinen Leuten niederzuschlagen und dich zu entführen. Amina und Amaya trainieren mit uns seit fast sechs Jahren. Sie sind alles, aber auf keinen Fall ungefährlich. Egal, für wie gut du dich hältst, allein hättest du keine Chance gegen ihn gehabt. Was nicht bedeutet, dass ich es dir nicht zutraue, für dich einzustehen. Aber dies war kein Gegner für dich.«

»Also musstest du alle abschlachten?«, zische ich.

Wieso reagiere ich so auf ihn? Es ist nicht das erste Mal, dass er mir hilft, aber … etwas ist falsch. So gewaltig falsch. Jetzt fühle ich mich in seiner Gegenwart wie bei dem schlaksigen Kerl in meiner Zelle bei der Sklavenauktion. Ich will den alten Quirin zurück, ich will mich in seine Arme flüchten, wissen, dass er mich schützt … Stattdessen habe ich nur noch mehr Angst vor ihm.

Er tritt näher und mustert mich mit demselben Blick wie an unserem ersten Abend. Abwartend, beobachtend, als wäre ich der Feind und nicht … *seine Verlobte.* Es fühlt sich an, als würden wir zig Schritte zurückgehen, statt uns anzunähern.

»Wäre es dir lieber gewesen, wenn ich Marian vorgeschickt oder dich den Herzögen übergeben hätte?« Seine Stimme ist so von Wut durchzogen, dass sie mehr einem Grollen gleicht.

Seine Frage überrascht mich, und ich ziehe die Augenbrauen kraus. Ich brauche ein paar Momente, um mir klar zu werden, was er implizieren will.

»Bist du eifersüchtig? Ist es das, was passiert ist? Wem musstest du gerade etwas beweisen?«

Quirin wirft die Arme in die Luft, geht ein paar Schritte hin und her wie ein eingesperrtes Tier. »Mir, dir, der ganzen verfluchten Welt?«

Er kommt einen Schritt auf mich zu, baut sich vor mir auf, und wieder einmal wird mir deutlich, wie viel größer er ist. Dass er mich vermutlich mit einem Handgriff töten könnte, wenn er wollte. Die Gefahr, die von ihm ausgehen kann, versteckt er normalerweise so gut, dass man sie glatt vergessen könnte, aber nicht jetzt. In diesem Augenblick ist sie allgegenwärtig.

Er legt eine Hand an meine Wange und starrt mir so tief in die Augen, als würde er sich in meine Seele brennen wollen. Ich will den Blick abwenden, doch er lässt mich nicht. Stattdessen nimmt er noch eine zweite Hand hinzu und zwingt mich, ihn anzusehen. Mein Herz schlägt mir bis zum Hals, ich kann meine Atmung kaum kontrollieren.

»Du hast dich auf meine Seite gestellt, einer Verlobung zugestimmt, nur damit du am selben Abend die Hand meines besten Freundes unter dem Tisch hältst. Demselben Tisch, an dem unser Schicksal besiegelt wurde. Jetzt wurdest du meinetwegen entführt. Ich habe kein Interesse daran, dich zu unterdrücken oder dir die Stimme zu nehmen, aber das gilt nicht für den Rest der Welt. Du hast dich für mich und unser gemeinsames Ziel entschieden, und jeder, der das infrage stellt oder dich auch nur schräg ansieht, wird einen qualvollen Tod sterben – so wie die drei Kerle gerade. Du gehörst jetzt zu mir, an meine Seite, und das hier ist, was ich bin, wenn man mich zu weit treibt, Dina. War das deutlich genug?«

Ich kann nicht anders, als zu schlucken und anschließend zu nicken. In seinem Gesicht erkenne ich Blutstropfen, aber zu wissen, dass sie auch meinetwegen dort sind, gibt mir ein unbeschreibliches Gefühl.

Auch wenn ich nicht so fühlen sollte, wollte ich genau dies immer. Jemanden, der für mich sprichwörtlich die Welt in Flammen aufgehen lässt, jede Person dem Erdboden gleichmacht, die mir wehtun will. Unbändige Loyalität und Zuneigung. Alles, was mir in meinen Beziehungen vorher gefehlt hat, sehe ich nun in greifbarer Nähe. Keine Gleichgültigkeit, sondern das komplette Gegenteil.

Es ist egal, dass ich mich in diesem Moment fürchte. Es scheint auch für ihn eine extreme Situation zu sein, aber er sagt doch ganz deutlich, dass er mich will.

Irgendwie.

Dass er mich immer wieder so beschützen würde. Und das ist alles, was ich wissen muss.

Wir werden heiraten, dennoch muss es keine Lüge sein. Nicht in *diesem* Sinne. Nicht, wenn wir es wahr werden lassen. Der Mann vor mir hat für mich gemordet, würde es wieder tun, ohne mit der Wimper zu zucken.

Weil ich sein bin.

Und auch nicht.

Es ist einfach nur verwirrend.

Was zum Teufel ist das zwischen uns?

In diesem Moment gibt es nur eine Möglichkeit, es herauszufinden. Langsam beuge ich mich vor und blicke ihm die ganze Zeit in die Augen. Kurz vor seinen Lippen halte ich inne.

»Willst du mich?«

Quirin schließt die Augen, und ich spüre seinen inneren Kampf, wie er sich dagegen wehrt und ihn trotzdem zu verlieren droht.

»Ein Wort, und wir müssen nicht lügen, wenn wir in die Hauptstadt gehen. Ein Wort, und es wird wahr, was wir geplant haben. Vollkommen.«

Ich spüre seinen Atem an meinen Lippen, die sanft seine berühren. Seine Hände, die langsam meinen Körper entlangfahren, dann meine Hüfte umfassen. Noch nie habe ich mich so gefühlt. Stets habe ich mich genau danach gesehnt. Nach jemandem, der immer für mich da ist, zum blutrünstigen Monster wird, um mich zu schützen. Verflucht, ich will nicht, dass wir eine Lüge leben. Ich will alles – die Zärtlichkeiten, das Beschützen und endlich die Leidenschaft ausleben, die wir beide so deutlich spüren. Er kann mir nicht sagen, dass er sie nicht fühlt. Sein Kopf mag es behaupten, aber sein Körper spricht eine gänzlich andere Sprache.

»Du wirst lernen müssen, zu lügen«, wispert er gegen meine Lippen und wendet sich ab.

Mit leerem Blick schaue ich ihm hinterher. Anstatt Chaos zu hinterlassen, schenkt er mir mit seinem Abgang Klarheit.

Frustriert lasse ich meinen Kopf sinken. Das war der letzte Versuch, mich ihm anzunähern, dem merkwürdigen Gefühl zwischen uns nachzugeben. Denn mein Selbstwert bedeutet mir mehr, als einem Mann hinterherzurennen, der mich offensichtlich nicht will. Auch wenn – oder besonders wenn – ich mir sicher bin, dass er mein Seelenverwandter ist.

Quirin

Als ich den Wald verlasse, setzt sich Nox auf meine Schulter und ich kraule ihn unter seinem Schnabel. Natürlich weiß meine Einheit von meiner Verbindung zu meinem Raben, meiner *anderen* Seite, doch sie ist auch einer der Gründe, warum ich Dina nie wirklich an mich heranlassen werde. Bislang konnte ich meinen *Blutdurst* immer gut kontrollieren und an den richtigen Stellen herauslassen, so wie gerade, aber ich will nicht darüber nachdenken, was passiert, wenn ich es einmal nicht mehr kann. Es hat schon einen Grund, warum ich immer ruhig und besonnen vorgehe – weil jeder, der mich kennt, weiß, was passiert, wenn ich die Fassung verliere.

Dagegen war das gerade gar nichts.

In einiger Entfernung sehe ich ein Feuer, in dem garantiert die Leichen verbrannt werden. Die Männer im Wald können als Tierfutter dienen, die Wölfe der Gegend sind immer hungrig.

Wie Dina am eigenen Leib erfahren musste.

Doch meine Aufmerksamkeit wird von König Ricard angezogen. Wie von selbst strecke ich meine Hand aus und biete sie Dina an. Ich erwarte, dass sie direkt neben mir ist, was sich als korrekt erweist.

»Der Mann da vorn ist ein Exilkönig. Wir brauchen ihn als Verbündeten«, erkläre ich ihr, als sie meine Hand annimmt.

»Hast du vor, mich wirklich zur Königin zu machen?«, fragt sie aus dem Nichts. Ihre Tonlage hat sich vollkommen verändert. Weg sind die Emotionen, zurückbleibt kühle Rationalität. Genau, was wir jetzt brauchen. »Wir wissen nicht einmal, ob ich langfristig bleiben kann.«

Nichts ist mehr davon zu hören, wie wir gerade noch miteinander gesprochen haben. Sofort gehen wir wieder zu den wichtigen Themen über. Und ich bin froh, dass sie es auch so sieht. Wir sind nur Figuren in einem Spiel, das es zu gewinnen gilt.

»Das werden wir morgen Abend erfahren. In der Nähe ist die verlorene Stadt, die Heimat der Schamanen. Sie wissen über alles Bescheid. Dort werden wir Antworten erhalten. Ich wäre froh, wenn du solange–«

»Verstanden. Ich spiele mit.« Sie hakt sich bei mir unter und schenkt mir ein Lächeln, das nicht ihre Augen erreicht und trotz der offensichtlichen Wärme so kalt ist, dass es mir für einen Moment den Atem raubt. »Geliebter.«

Gemeinsam gehen wir auf König Ricard zu, und ich mache die beiden einander bekannt.

»Ziemlich riskant, Euer Weib mitzunehmen, wie man gerade gesehen hat.«

»Sie ist gut in der Lage, sich selbst zu verteidigen«, erwidere ich und spüre, wie sich Dina fester in meinen Arm krallt. »Aber ihre Stärke liegt nicht darin, körperlich überlegen zu sein.«

Dina versteift sich vollkommen neben mir, als könne sie nicht glauben, was ich sage.

»Und worin dann?«, fragt König Ricard interessiert und doch ein klein wenig abfällig.

Ich wende mich meiner Verlobten zu und überlasse es ihr, zu antworten.

»Meine Stärke liegt in den Schriften. Ich habe einige Sprachen studiert und denke, dass mein diplomatisches Geschick ebenfalls nicht zu verachten ist. Nur leider hatte ich bisher kaum das Glück, mit Menschen zu kommunizieren, die auf einem ähnlichen Niveau liegen wie dem meinen.«

Autsch.

Als Soldat sind mir Beleidigungen nicht fremd, aber sie so verpackt zu hören, unkenntlich für den, der sich nicht konzentriert, ist eine wahre Meisterleistung.

Es überrascht mich jedes Mal, wie sich Dina gibt, wenn *wichtige* Personen in der Nähe sind. Man könnte meinen, sie wäre dazu geboren, Königin zu werden. Ihre Wortwahl ist immer von einer Überzeugung geprägt, die ich mir manchmal für mich wünschen würde.

Ein kleines Lächeln schleicht sich auf König Ricards Lippen. »Wie bei meiner Frau und mir. Sie klärt die Dinge lieber mit Worten, während ich, sagen wir, es anders löse.«

Ein leises Kichern rutscht über meine Lippen.

»In Tifus spracht Ihr davon, dass Ihr Unterstützung braucht. Ich nehme an, sie ist der Preis für unsere Rettung heute.«

Plötzlich ist es ganz still.

»Nein.« Auch wenn ich nicht jedes Augenpaar auf mir sehe, fühle ich die Blicke jeder einzelnen Person um mich herum. »Ich stehe zu meinem Wort. Euch die Freiheit wiederzugeben, war richtig. Ich freue mich über Eure Unterstützung, König Ricard, aber ich werde nicht danach verlangen. Ihr seid ein stolzer Mann, wie auch ich einer bin, und ich wurde nicht zum Bettler erzogen.«

Ein herzhaftes Lachen verlässt die Lippen des Exilkönigs. »Wir sind uns ähnlicher als gedacht. Ich werde nicht für alle hier sprechen«, sagt er so laut, dass jeder seinen Worten folgen kann, »aber ich für meinen Teil stehe an Eurer Seite, Quirin. Und jeder, der mir folgen will, ist willkommen. Es ist andersherum keine Schande und wird nicht schlecht ausgelegt, sollte jemand den Heimweg antreten wollen.« Kurz blickt er sich um, jedoch bewegt sich niemand auch nur ein Stück. »Loyalität gibt es in jedem Volk.« Er reicht mir seine Hand, in die ich einschlage.

»Jetzt sollten wir aufbrechen und ein Lager für die weitere Nacht finden.«

Mit dem Wald im Rücken sind wir gnadenlos ausgeliefert, sollte uns jemand angreifen. Wir sind nicht allzu weit von der Stelle entfernt, an der ich Dina zum ersten Mal sah. Vielleicht noch drei Stunden Fußweg, aber dort gibt es einen See in der Nähe und wir sind teils vor der Witterung geschützt. Gerade bei der Masse an Personen ist es wichtig, vor weiteren Überraschungen gewappnet zu sein.

»Dann los«, beschließt König Ricard, und Dina und ich weisen den Weg.

Nach vier Stunden, als der Mond schon hell am Himmel steht, haben wir unser Lager aufgebaut. Unter den Sklaven befinden sich einige Kinder. Jungen. Den jüngsten würde ich auf ungefähr sieben schätzen. Auch wenn wir alle Hunger haben, haben wir ihnen zuerst gegeben und meine Einheit hat geschlossen auf eine Ration verzichtet. Eine oder mehrere Mahlzeiten – gerade nach den üppigen Speisen in Tifus – auszulassen, wird niemandem von uns schaden.

Marian, Darius, Ricard, Dina und ich sitzen an einem Feuer. Amina und Amaya haben sich mit dem Rest der Einheit zurückgezogen, versorgen die Kranken oder spielen mit den Kindern. Gerade für jene, die ihre Familien eine lange Zeit nicht gesehen haben, ist das eine Wohltat.

»Eine Frage habe ich, wenn Ihr erlaubt«, ergreift Ricard das Wort, und ich kann mir denken, worauf er hinauswill.

Er hat mich beim Morden beobachtet und sicherlich gesehen, was nicht zu verstecken war.

»Meine Mutter«, antworte ich, ohne dass er die Frage formulieren muss.

Dina wirft mir einen Blick von der Seite zu, den ich nicht deuten kann.

»Einer der Gründe, warum ich dem Thron entsagt habe, ist ihre Herkunft. Zwar war die Allianz zwischen meinen Eltern politisch motiviert, aber schon zum Zeitpunkt meiner Geburt zu riskant.«

Im selben Moment landet Nox auf meiner Schulter und kräht als Bestätigung meiner Worte.

»Wieso der Bär auf Eurer Rüstung, wenn Euer Tier ein Rabe ist?«

»Kann mich mal jemand aufklären?«, fährt Dina dazwischen, doch ich ignoriere ihre Frage.

Das ist etwas, das man in einem privateren Rahmen klären sollte. Da sie mich jedoch nicht so einfach aus der Angelegenheit entlässt, sage ich nur »Später« und wende mich wieder Ricard zu.

»Er ist das Wappentier meines Vaters. König Bjarne hatte drei Kinder. Meinen Onkel, den Erstgeborenen, meine Tante und meinen Vater. Die Familie meines Onkels trägt seit jeher das Wappen eines Falken, der eine Krone trägt. Meine Tante hat das ihres Mannes angenommen, und meinem Vater wurde bei seiner Hochzeit der Bär zuteil. Wie er wurde auch ich Teil der Armee.«

Für Marian und Darius sind das keine Neuigkeiten.

»Er ist beim Versuch, meine Mutter zu retten, getötet worden«, hänge ich an.

»Davon habe ich gehört«, erwidert Ricard, »daher sagte mir Euer Name auch etwas. Jedoch erst, nachdem Ihr längst in den Schatten verschwunden wart. Das Schamanenvolk hat einen hohen Stellenwert bei uns, aber in Nadiraan nicht, wie mir scheint. Ein weiterer gravierender Unterschied zwischen unseren Völkern.«

»Deine Mutter war Schamanin?«, haucht Dina, und ich weiß genau, was sie denken muss.

»Und Euer Rabe ist …«

»Mein *Ototeman*, richtig. Eine Ehre, die nur wenigen zuteilwird.«

Plötzlich versteift sich Dina neben mir, ehe sie aufsteht und uns wortlos verlässt.

»Entschuldigt mich.« Ich erhebe mich ebenfalls und gehe ihr nach.

Die anderen wissen, was es bedeutet, aber Dina scheint, als hätte sie es völlig missverstanden.

Ein paar Meter weiter läuft sie aufgeregt auf und ab. Als sie mich erblickt, weiten sich ihre Augen, ehe sie sich zu Schlitzen verziehen und sie mich wütend anvisiert.

»Du!«

Sie stupst mir mit dem Finger gegen die Brust. Ich weiß nicht, ob sie viel Kraft hineingelegt hat, denn ich spüre es kaum.

»*Ototeman*«, murmelt sie. »Ein Seelentier – nein, eine Blutsbruderschaft. Du stehst in einer direkten Verbindung zu einem Raben? Deine Mutter war Schamanin, und wir gehen nicht nur zu irgendeinem Schamanenvolk, sondern zu deiner Familie, korrekt? Du wusstest von Anfang an, dass ich die Wahrheit sage, und wolltest es nicht wahrhaben!«

Anscheinend versteht sie doch alles genauso, wie es gemeint war.

»Wieso hast du nichts gesagt? Wieso haben wir Stunden in der Bibliothek verbracht und nach Antworten gesucht, wenn du sie längst kanntest oder zumindest eine Vermutung hattest?«

»Das diskutiere ich nicht.«

»*Mit mir,* willst du doch sagen.«

»Leg mir keine Worte in den Mund, Dina.«

Wütend stemmt sie die Hände in die Hüfte und baut sich vor mir auf, aber ändern wird sie meine Meinung nicht. »Wenn deine Mutter eine Schamanin war, liegt es nahe, dass du Teile dessen geerbt hast.«

»Denkst du, das weiß ich nicht?«

»Totems und Schamanen gibt es auch in meiner Welt. Das ist die Verbindung. In *meiner* Welt bin ich gerade nicht zu Hause, sondern auf einer Insel. Der ›Bären-Insel‹, Quirin. Auf dem Gebiet eines Stammes von Ureinwohnern, die unter anderem Totems verehren. Die Verbindung zu Tieren und Träumen. Kommt dir etwas bekannt vor?«

Ich entscheide mich, nicht zu antworten. Anscheinend hat sie die richtigen Schlüsse schon von allein gezogen – und ich habe einmal mehr unterschätzt, wie schlau sie ist.

»Wieso ziehst du dich jetzt zurück? Was ist eben im Wald geschehen? Ich habe mich auf deine Seite gestellt. Mehrfach. Schieb mich jetzt nicht weg. Ich habe mehr verdient als das hier.«

»Meine Mutter war Schamanin und hat deshalb den Tod gefunden. Mein Vater wurde ermordet, weil er sich auf ihre Seite gestellt hat. Solange ich die Informationen kontrolliere, mich beherrsche, kontrolliere ich alles.«

»Und du willst nicht denselben Fehler machen und dich auf die Seite einer *Hexe* stellen. Das ist es doch, was du sagen willst. Ich komme aus einer fremden Welt und muss ständig gerettet werden. Die Menschen werden denken, dass ich eine Hexe bin!«

Fest packe ich sie an den Schultern und ziehe sie zu mir, sodass sie gezwungen ist, mir in die Augen zu schauen. »Ich will nicht, dass *du* den Fehler machst, dein Leben riskierst und dich auf die Seite eines Hexers stellst.«

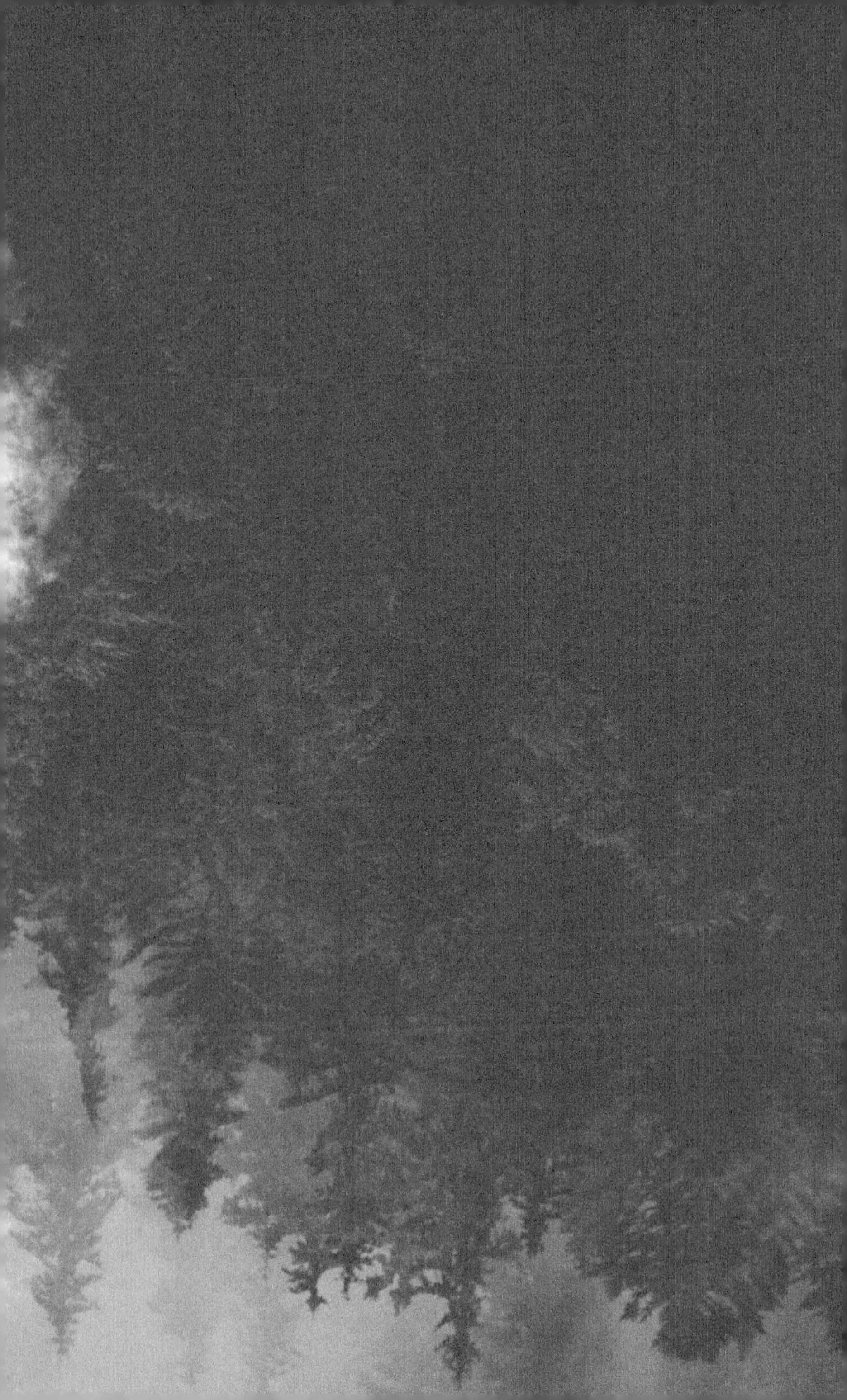

Dina

»Love should be easy –
as simple as breathing,
as steadfast as his pulse,
as lovely as slipping into a beautiful dream.«
– Kaitlyn Davis

Ich kann nicht anders, als Quirin fassungslos anzustarren. Seine Gesichtszüge sind hart, und seine Augen werden sekündlich dunkler.

Rabenschwarz wie die von Nox, schießt es mir durch den Kopf.

»Aber ich stehe doch längst auf deiner Seite«, wispere ich.

»Und da liegt das Problem«, erwidert er und schließt die Lider. »Es ist alles so schnell passiert. Ich dachte nicht, dass wir an dieser Stelle stehen würden, dass es wirklich so weit kommt, dass wir in die Hauptstadt reisen und gegen meinen Cousin arbeiten. Dass sich alles als wahr herausstellt. Und dann war es zu spät.« Er lässt mich abrupt los und kehrt mir den Rücken zu.

»Es zeigt mir nur eine Sache«, murmele ich, umfasse seinen Arm, hake mich bei ihm ein und blicke mit ihm in den Wald. »Das hier ist Schicksal. Es sollte passieren, wir sollten uns finden. Wehr dich nicht dagegen.«

»Schicksal ist nur eine Umschreibung dafür, die Verantwortung für sein Leben abzugeben«, brummt er.

»Oder der Punkt, die Verantwortung Tausender Leben nicht allein tragen zu müssen. Du musst da nicht allein durch, Quirin. Ich bin hier. Du warst und bist für mich da. Tu mir den Gefallen und lass mich dasselbe für dich tun.«

Überrascht sieht er mich an.

»Ich meinte alles ernst. Ich stehe hinter dir und unserem Ziel. Egal, was gerade passiert ist – mit dir –, mein Herz schreit nach Nadiraan. Erklär es mir, bezieh mich ein, lass mich helfen. So dunkel diese Welt im Gegensatz zu meiner auch sein mag, das ist der Ort, an den ich gehöre. Ich für meinen Teil glaube an das Schicksal und dass es mir wohlgesonnen ist. Ich habe immer darauf vertraut, dass sich mir mein Weg zeigt. Und das hat er.« Ich lege meine Hände an seine Hüfte und blicke ihm tief in die Augen. »Ich bin bereit, dir alles von mir zu geben. Mich auf dieses Schicksal vollkommen einzulassen und darauf zu vertrauen. Denn anders als du habe ich keine Angst davor. Ich heiße es willkommen.«

Kurz entgleisen ihm seine Gesichtszüge, jedoch bleibt er wie angewurzelt stehen, weicht keinen Millimeter zurück. Also rede ich weiter.

»Weil ich weiß, dass es richtig ist. Noch nie hat mein Bauch so darauf beharrt, sich auf etwas einzulassen, wie auf das alles hier – und auf dich. Aber …«

»Aber?«, murmelt er.

»Du hast mich einmal weggestoßen. Mich fallen lassen, mir gezeigt, dass du mich nicht willst. Ich bin weder eine Bettlerin für deine Aufmerksamkeit noch werde ich ewig warten. Denn wenn ich eine Sache – wenn auch erst kürzlich – in meinem Leben gelernt habe, ist es, mich selbst zu schätzen. Keine Person im Universum ist es wert, mich selbst zu verleugnen und meinen Wert. Egal, wie du dich entscheidest, ich bleibe an deiner Seite, unserem Ziel treu. Entweder als deine Verlobte auf dem Papier oder als deine

Geliebte, die dir in die Tiefen der Hölle folgen würde. Komischerweise habe ich all das von einer Person gelernt, die mich jetzt wegstößt.«

»Warum bietest du dich an?«

Natürlich übergeht er den letzten Teil.

»Weil ich mir geschworen habe, nur einmal zu heiraten und das vorzugsweise, ohne eine Lüge zu leben. Dir das genau jetzt zu sagen, kostet mich alles – zu riskieren, dass du mich wieder wegstößt, mich alleinlässt. Aber ich hatte mein Leben lang Angst davor, andere zu enttäuschen, deshalb im Stich gelassen zu werden, doch am Ende habe ich nur eine Person enttäuscht. Mich selbst. Niemals wieder werde ich das zulassen. Nicht von mir und von niemandem sonst.«

Für endlose Momente starrt er mich einfach nur an. Zerrissenheit huscht über seine Gesichtszüge, und ich sehe seinen Kampf.

Eine weitere Sache, die ich gelernt habe, ist: Liebe sollte nicht schwer sein. Kein Kampf. Und vor allem nicht dann, wenn sie sich noch nicht einmal entwickeln konnte.

Er muss es gar nicht aussprechen. Sein Schweigen ist lauter, als jedes gesprochene Wort es je sein könnte.

Ich löse meine Hände von seiner Hüfte und nicke ihm zu. »General.«

Und ich wache auf.

Ich muss blinzeln und reibe mir automatisch über die Arme.

Verflucht, wenn es in Nadiraan Nacht ist, ist es das auch in meiner Welt.

»Ganz ruhig, Kind.«

Anstatt auf die Stimme zu hören, schrecke ich auf. Neben mir sitzt eine ältere Dame, die ein Feuer entzündet hat.

»Es ist ziemlich ungewöhnlich, eine Wandlerin einfach so vorzufinden.«

»Du weißt etwas darüber?«

Ein kleines Lächeln schleicht sich auf ihre Lippen. »Natürlich. Dieser Ort ist seit jeher dafür bekannt, Wandler anzulocken. Dennoch ist es selten, dass es auch gelingt.«

»Warum?«, frage ich und bemerke erst in diesem Moment, wie kalt mir ist.

Die Dame reicht mir eine Decke, und ich rutsche näher an das Feuer.

»Weil es beide Seiten wollen müssen, Kind. Die Seelenwanderung funktioniert nur, wenn beide Beteiligten der Verbindung zustimmen und sie aufrechterhalten.«

Sie muss sehen, wie sehr mich ihre Worte schockieren, denn ein Kichern verlässt ihre Lippen.

»Also weißt du nicht, mit wem du die Verbindung teilst? Hast du die Person noch nicht getroffen?«

»Doch. Aber ich dachte nicht, dass er … Moment, du sagtest doch eben, die andere Person muss es wollen. Wie passt das jetzt zusammen?«

Quirin will mich nicht, jedenfalls nicht auf diese Weise, dessen bin ich mir jetzt vollkommen sicher. Irgendetwas stimmt nicht an ihrer Erzählung. Quirin macht mir nichts vor, das weiß ich. Er ist vieles, aber kein Lügner. *Kein Verräter.* Er will mich und diese Verbindung nicht, das hat er eben deutlich gezeigt.

»Manche wandeln und finden ihr Gegenstück nie. Andere finden es, werden abgewiesen und das Wandeln endet – und wiederum andere finden ihr Gegenstück und bleiben.«

Bleiben … Ich könnte wirklich …

»Wie ich sehe, hast du dich mit dem Gedanken bereits auseinandergesetzt, was für eine stabile Verbindung spricht.« Die Frau legt etwas Holz in das Feuer und starrt gedankenverloren in die Flammen.

»Aber ich weiß nicht, ob er … Es ist alles so kompliziert. Wer bist du überhaupt?«

»Mein Name ist Andaya. Ich lebe seit Jahren auf der Insel. Habe gern meine Ruhe.«

»Wie hast du mich gefunden?«, will ich wissen.

»Jenna.«

Ein lautloses Lachen verlässt meinen Mund. Da dachte ich, sie hätte mich mit irgendeinem Ritual gefunden oder wurde von meiner Energie angezogen, aber nein, sie hat einfach ganz altmodisch Informationen bekommen.

»Warum erzählst du mir nicht alles und wir schauen, was wir für dich tun können?«

Wieder schleicht sich ein Lächeln auf Andayas Lippen, nachdem ich meine Erzählung beendet habe. »Wie mir scheint, hast du dich längst entschieden.«

Mein Bauch sagt Ja, mein Herz ebenso, aber es von einer mir völlig fremden Person zu hören, der ich auf einer halbwegs einsamen Insel mein Herz ausgeschüttet habe, ist etwas ganz anderes.

»Bisher war ich immer in der Position, zu gehen. Ich habe verlassen, jetzt jedoch …«

»Hast du Angst, dass du am Ende alles verlierst und allein sein wirst, solltest du dein Leben hinter dir lassen, auch wenn – oder gerade wenn – dir dein Herz den Weg weist.«

Tränen sammeln sich in meinen Augen. Wieder eine Wahrheit, die ausgesprochen viel härter klingt, als sie es sollte.

»Ja.« Ich schniefe und wische mir mit der Hand über die Augen. Besonders nach Quirins Reaktion gerade ist die Wahrscheinlichkeit sehr hoch, dass genau das passieren wird.

»Nicht jede Form der Loyalität ist schlecht, weißt du?« Andaya schaut wieder in das Feuer und scheint in eine andere Welt abzutauchen, wenn auch nur für einen kurzen Moment. »Wir haben nicht viele Chancen im Leben, Kind. Dennoch bin ich mir sicher, dass wir jede beim Schopf packen sollten, die sich uns bietet. Ich für meinen Teil lebe lieber und werde enttäuscht, als mein Leben in Reue zu verbringen. Denn …«

»Dann habe ich wenigstens gelebt«, beende ich. »Das hat meine Oma immer zu mir gesagt. ›Nichts wiegt so schwer wie das Gewicht der Reue, der Ballast ungelebter Träume. Er ist es, der dich zu Boden drückt, nicht weitermachen lässt. Stärke wird denen gegeben, die kämpfen, etwas riskieren … leben.‹«

»Eine weise Frau, wie mir scheint.« Andaya erhebt sich und klopft sich den Dreck von der Hose. »Um vollkommen Teil einer anderen Welt zu werden, musst du auf den nächsten Vollmond warten. Dein Gegenstück muss es ebenfalls wollen und deine Seele annehmen. Nur dann kann es gelingen.« Damit entfernt sie sich.

»Danke!«, rufe ich ihr nach.

Sie bleibt stehen. »Gern. Und, Kind? Geh zurück zu Jenna. In der Kälte auszuharren, hilft niemandem.«

»Aber–«

»Sie weiß Bescheid, und meines Wissens gibt es Eintopf.«

Ein Lächeln schleicht sich auf meine Lippen. Wie kommt es, dass mir völlig Fremde herzlicher und wärmer gegenübertreten als die Menschen, die mich seit Jahren begleiten?

Ich stehe ebenfalls auf und beschließe etwas in diesem Moment.

Keine Fragen mehr. Nur noch Antworten.

Kämpfen, nicht fliehen.

Ich werde springen und nicht fallen, sondern fliegen.

Quirin

Ehe ich die Chance hatte, auf Dinas Anschuldigungen oder Vorschlag zu antworten, war sie verschwunden.

Vielleicht ist es besser so. Denn ich könnte nicht ertragen, dass sich die Geschichte wiederholt.

»Quirin, es ist wichtig, dass du etwas verstehst.« Mein Vater kniet sich vor mich.

Seit ein paar Monaten sind wir gemeinsam in der Armee. Er wollte mich nah bei sich behalten und hat mich daher als seinen Knappen ausgewählt. Und unsere erste Mission ist es, meine Mutter zu retten.

Schon seit ich denken kann, wurde sie spöttisch beäugt. Dabei ist sie eine ganz normale Frau. Ihre Kultur ist anders, ihre Rituale und Traditionen, ihr Aussehen, aber das macht sie noch lange nicht zu einer schlechten Person.

»Menschen haben Angst vor Dingen, die sie nicht kennen. Sie hassen deine Mutter nicht und dich auch nicht, aber sie verstehen nicht, dass anders auch gut sein kann. Deine Mutter ist meine Seelenverwandte, die Person, nach der mein Herz durch alle Welten, alle Zeiten rufen würde. In jedem Leben werde ich sie finden. Raum und Zeit spielen keine Rolle. Wenn Seelen einander rufen, werden sie sich finden. Immer.«

Ich nicke. Was soll ich auch sonst tun? Ich bin gerade einmal zwölf Jahre alt. Meine Eltern berichteten mir so oft von ihrer Verbindung, dem Gefühl, das sie teilen, wenn sie einander nah sind – oder auch getrennt. Sie fühlen, was der andere fühlt, verstehen sich ohne Worte, und irgendwann möchte ich das auch erleben. Die eine Person finden, die mich so liebt, wie ich bin. Bei der kein Platz für Hass ist, nur für Liebe.

»Wieso tun sie ihr dann weh? Wieso musstest du deinem Erbe entsagen?«

Mein Vater blickt mich mitleidig an, als Rufe immer lauter werden. Er greift nach seinem Schwert und stellt die Spitze auf den Boden.

»Das Leben ist endlich. Die Krone, Macht, nichts davon hat Bestand. Aber das, was deine Mutter und ich teilen, ist für die Ewigkeit. Ja, es wurde anfangs von uns verlangt, doch ich habe nichts in meinem Leben lieber getan, als mich zu dir und deiner Mutter zu bekennen. Egal, wie hoch der Preis war und noch sein mag. Ihr beide seid alles für mich, vergiss das nie.«

Mit einem Lächeln auf den Lippen erhebt er sich, und ich ziehe ebenfalls mein Schwert. Mein Vater legt mir seine Hände auf die Schultern und blickt mir tief in die Augen. Wieso fühlt es sich nach einem Abschied an?

»Ich bin so stolz auf dich, mein Sohn. Deine Mutter und ich lieben dich.«

Ehe ich reagieren kann, sehe ich einen Schatten neben mir, spüre einen Schlag an meinem Hinterkopf und alles wird schwarz.

Mit einem dumpfen Kopfschmerz werde ich wach und richte mich auf. Mein Schwert liegt neben mir. Sofort greife ich danach, brauche einen Moment, um mich zu orientieren.

»Mutter … Vater«, murmele ich und rappele mich auf.

Schreie ertönen von etwas weiter weg, und ich renne los.

Ein großer Pulk an Menschen hat sich gebildet. Die Hütten des Dorfes brennen lichterloh, und ich habe Mühe, mich dazwischen zu drängen. Irgendetwas zieht mich hierhin, auch wenn es kein gutes Gefühl ist.

Als ich mich an den Leuten vorbeischleiche, erblicke ich meinen Vater – kniend vor meiner Mutter, mit einem Schwert im Nacken.

»Vater!«, brülle ich, will losstürmen, doch werde im selben Moment festgehalten.

»Er würde nicht wollen, dass du auch stirbst«, ertönt eine bekannte Stimme.

»Aber, Darius, wir müssen etwas tun.«

Sein Griff um meine Brust wird fester, dennoch kann ich meinen Blick nicht abwenden. Mein Vater flüstert meiner Mutter etwas zu, ehe das Schwert auf ihn herunterschnellt und seinen Kopf von seinen Schultern trennt. Mit einem dumpfen Geräusch kommt er auf dem Boden auf, rollt bis zu den Füßen meiner Mutter und bleibt mit offenen Augen auf sie gerichtet liegen. Ein Schrei will meine Lippen verlassen, doch dank Darius' Hand hört man nicht mehr als ein Murmeln.

»Euer Mann ist tot«, zischt der Mörder meines Vaters. »Somit seid Ihr frei für eine neue Allianz. Die Herzöge und die Schamanen müssen endlich zusammenarbeiten. Wir beide brauchen diese Zusammenarbeit gegen den Thron, das wisst Ihr.«

Auf dem Gesicht meiner Mutter breitet sich ein Lächeln aus. Schon immer war es warm und liebevoll, ich habe so viele schöne Erinnerungen daran. An sie. *Bevor ich in die Armee berufen wurde.*

Als hätte sie meine Gedanken gehört, wendet sie mir ihren Blick zu. Traurigkeit erfüllt ihre Züge.

»Meine Seele ist mit meinem Gemahl vernichtet worden. Meine Freiheit, Loyalität und Liebe sind kein Preis, den es zu gewinnen gilt. Aber merkt Euch eines: Dies ist der Tag, an dem Ihr Euer Schicksal besiegelt habt. Wie alles im Leben wird es sich wiederholen. Ihr habt Euch einen mächtigen Feind gemacht, der einmal an meiner Stelle stehen und Euch vernichten wird.«

Meine Mutter zückt einen Dolch und rammt ihn sich ins Herz. Dann zieht sie ihn zurück und streckt ihre Arme weit aus. Ein Schrei verlässt ihre Lippen, von dem sie mir schon so oft berichtet hat. Sie ruft nach ihren Ahnen, bittet um einen friedlichen Übergang, auf dass sie im nächsten Leben wieder auf meinen Vater trifft.

Sanft nehme ich Darius' Hand von meinen Lippen, senke den Blick, wie sie es mir immer gezeigt hat, und flüstere: »Du bist frei, dein Geist ist frei. Ich bin frei, mein Geist ist frei. Auf dass wir uns wiedersehen.«

Als ich den Blick wieder hebe, ist ihr Schrei verstummt und sie liegt reglos neben meinem Vater.

Herzöge haben sich gegen meine Eltern gestellt, wollten meine Mutter nutzen, um den Thron zu schwächen. Aber das wird ihnen nie gelingen, dafür werde ich sorgen. Der Thron ist mein Erbe, die Sicherheit meines Volkes, das, wofür meine Eltern ihr Leben ließen. Ich werde dafür sorgen, dass ihr Opfer geehrt wird. Allein. *Ich werde nicht zulassen, dass jemand, den ich liebe,* mein Seelenverwandter, *in diesem Krieg und für mich sein Leben lässt. Das ist mein Kampf.* Nur meiner.

Nox' Krähen weckt mich aus meiner Starre und holt mich ins Hier und Jetzt zurück. Fünfzehn Jahre ist dieser Tag nun her, doch der Schmerz ist immer noch derselbe. Und ich bin mir sicher, dass er nie vergehen wird.

»Wo ist Eure Frau?«, fragt König Ricard, als ich zurück zum Lager gehe.

»Ihr sagt, Eure Schamanen sind angesehen?«, stelle ich eine Gegenfrage.

»Sehr«, erwidert er sofort, wenn auch etwas verwundert. »Sie gelten als die reinsten Geschöpfe, und ihr Blut zu teilen, ist eine Ehre.«

»Meine Frau ist eine Wandlerin«, sage ich und setze mich erneut hin. »Sie wandelt in ihren Träumen nach Nadiraan und hat sich auf meine Seite gestellt, um Gerechtigkeit walten zu lassen.«

Absolutes Entsetzen breitet sich auf Ricards Zügen aus.

Zum ersten Mal wandert mein Blick zu einem Mann in seinem Schatten. Er hat ein ungewöhnliches Blitzen in den Augen. Das habe ich schon oft gesehen, diese Missgunst und Abwehr meiner Position gegenüber. Aber er ist egal.

»Eine Wandlerin und ein Schamanenprinz«, haucht Ricard und lenkt meine Aufmerksamkeit wieder auf sich.

Sofort will ich abwinken, doch Getuschel dringt an meine Ohren.

»Wenn ihr gemeinsam keine Gerechtigkeit bringen könnt, wird es niemand. Es gibt Geschichten–«

»Nein«, widerspreche ich und schüttele den Kopf. »Dina und ich sind ganz normale Menschen. Bitte, ich habe schon einmal gesehen, wohin Prophezeiungen führen können.«

In den Tod, flüstert mir meine innere Stimme zu.

»Ich habe kein Interesse daran, mich dem Schicksal zu ergeben, denn es meint es nicht gut mit mir. Hat es nie und wird es nie.«

»Trotzdem«, erwidert Ricard mit einem Lächeln. »Ich glaube an Zeichen – und nach allem, was uns widerfahren ist, haben wir, denke ich, etwas Glück verdient.«

»Kannst du auch nicht schlafen?«, flüstert mir Marian ins Ohr.

Zur Antwort brumme ich nur.

»Dachte ich mir.« Neben mir raschelt es, und kurz darauf spüre ich seine Hand an meiner Schulter. »Du konntest es kontrollieren.«

»Darum geht es nicht.« Müde fahre ich mir über die Augen.

Dabei hat er recht. Es ist mir noch nie so schnell gelungen, wieder zu mir selbst zu finden, und trotz der Situation habe ich mich im Griff gehabt.

»Worum dann?«, hakt er nach.

Wie kann ich ihm sagen, was mich beschäftigt, wenn er Teil des Problems ist? Dina hat auch Interesse an ihm, das habe ich gesehen, und Marian hat noch nie eine Einladung ausgeschlagen.

Dennoch habe ich sie gerade abgelehnt. Sie hat mir angeboten, keine Lüge zu leben. Wie gern hätte ich Ja gesagt – wenn ich dabei nicht meinen Schwur mir und meinen Eltern gegenüber verraten würde.

Wie alles im Leben wird es sich wiederholen, das waren die Worte meiner Mutter.

Es wird sich wiederholen. Jemand, den ich liebe, wird in diesem Kampf sein Leben lassen. Genau aus diesem Grund habe ich mir geschworen, nie eine Familie zu haben, nie eine Beziehung einzugehen. Wenn ich niemanden habe, kann ich auch niemanden verlieren.

Dann war Dina da …

Und Marian …

»Mir gefällt deine Verbindung zu Dina nicht«, durchbreche ich die Stille. So, jetzt ist es raus. »Was ist zwischen euch?«

Ich kann es zwar nicht sehen, dennoch spüre ich, wie sich Marian neben mir versteift. Seit ich sie im Schlafzimmer in Tifus *erwischt* habe, geht er Dina aus dem Weg, aber ich sehe die Blicke, die er ihr zuwirft. Und sie ihm. Ich bin mir sicher, dass sie es selbst nicht bemerken, doch sie suchen immer wieder den Blickkontakt des anderen. Auch wenn sie sich körperlich nicht annähern. Etwas ist da, dessen bin ich mir sicher.

»Da ist nichts«, wispert Marian nach ein paar Momenten. »Und wird auch–«

»Genau darum geht es ja.«

Da ich mir sicher bin, eh nicht mehr in den Schlaf finden zu können, lege ich meinen Mantel beiseite, der als provisorische Decke dient, und entferne mich von dem Lager.

Wieso fällt es mir seit ein paar Tagen so schwer, meine Gedanken zu sortieren? Ich habe das Gefühl, dass ich nicht mehr klar denken kann, nur noch reagiere. Auf Dina, auf die Herzöge, auf die Sklaven, die wir befreit haben. Und zu allem Überfluss finde ich mich an einem Punkt wieder, an dem ich nie sein wollte. Seit jenem Tag, als meine Eltern ermordet wurden, habe ich mir geschworen, ein Leben in den Schatten zu führen. Zu dienen, wo meine Hilfe benötigt wird. Aber auch das ist vorbei. Wann ist alles so kompliziert geworden?

»Was meinst du?«

Natürlich ist mir Marian gefolgt. Was auch sonst?

Ich streiche mir die Haare aus dem Gesicht und wende mich ihm zu. »Dina hat mir angeboten, keine Lüge zu leben.«

»Aber ihr lebt keine Lüge. Sie steht auf unserer Seite. Wie sie bei den Herzögen–«

Ich unterbreche ihn mit einem vielsagenden Blick, woraufhin er nur ein langgezogenes »Oh« ausstößt.

»Glückwunsch?«, hängt er mit einem Kichern an.

»Du weißt so gut wie ich, dass es nicht zur Debatte steht.«

»Wieso hast du dann ein Problem mit …«

Genau in diesem Moment kommt mir ein Gedanke. Dieses Problem könnte die Lösung sein. Für uns alle.

Ich werde Dina nie wirklich *haben* können, Marian ebenso wenig. Aber Dina wird nur unglücklich, wenn ich ihr etwas verwehre, das sie sich so offensichtlich wünscht. Nähe, Zärtlichkeit, *Intimität.* Jede andere Person wäre ein Risiko, aber nicht er. Nicht, wenn ich es weiß und gutheiße.

Ich antworte Marian erneut mit einem Blick, denn ich kann die Worte nicht über die Lippen bringen, und er weicht sofort zurück.

»Schlag dir das sofort aus dem Kopf, Quirin.«

»Ich habe ein Problem damit, wenn sie dir nah ist.«

»Na also!«

»Ohne meine Erlaubnis.«

»Du bist wahnsinnig geworden. Hast du deinen Verstand kurzzeitig an Nox abgegeben oder was passiert hier gerade?«

»Ich werde Dina nie der Mann sein, den eine Frau verdient hat.«

Die Worte brennen wie Säure in meinem Mund. Es ist nicht so, dass ich nicht könnte oder wollte. Nur ist das Risiko viel zu hoch. Das Volk meiner Mutter ist nicht nur für seine Heilkünste – Hexerei für viele – bekannt, sondern auch für seine Verbindung zu Tieren. Nox ist wie mein Blutsbruder, mein Tier, das mich sein Leben lang begleiten wird. Was den meisten über die Schamanen nicht bekannt ist, ist unsere *Gabe.*

Für mich war sie immer mehr Fluch als Segen. Das, was Dina im Wald gesehen hat, war nichts im Vergleich zu dem, was wirklich in mir schlummert.

Als einer der wenigen Schamanen bin ich zu einem dunklen Empath herangewachsen. Meine Mutter war das Gegenteil. Sie war das Licht, wo ich die Dunkelheit bin. Doch nach ihrem Tod habe ich nie wieder meinen Weg aus den Schatten gefunden.

Wo die meisten *Hexen und Hexer,* wie sie gemeinhin genannt werden, mit ihren Gaben helfen können, gilt meine einzig und allein der Zerstörung. Ich spüre Emotionen, kann sie nutzen und manipulieren. Gibt es eine hohe negative Stimmung wie in einer Schlacht, verfalle ich ihr manchmal für Tage oder Wochen.

Aber ich muss meine Kräfte nutzen. Ich habe oft bei meiner Mutter gesehen, wie sie die Kontrolle verlor, wenn sie nicht regelmäßig ihre Magie angewandt hat. Es war wie ein Fass, das eines Tages bei einem Regenschauer überlief. Nur dass es kein Ende fand. Mein Vater konnte sie gut bändigen, wenn sie es versäumt hatte, hatte stets Zugang zu ihrer Seele, aber auch er hat Male davongetragen.

Meine Mutter war mächtig. Ihr Volk spricht mir dieselbe Macht zu, nur kann ich nicht heilen wie sie. Meine Macht ist bösartig, zerstörerisch – eine Bedrohung. Solange ich in der Armee diene, bin ich keine Gefahr, kann es an den richtigen Stellen herauslassen, aber in Situationen, in denen Menschen, die mir nahstehen, in Gefahr sind … Es ist schon einmal eskaliert.

»Quirin …«, beginnt Marian. »Du bist nicht deine Eltern, geschweige denn nur Schatten.«

»Ich bin *der* Schatten.«

»Laut den alten, verschrumpelten Schamanengestalten vielleicht, aber die sehen so aus, als wären sie seit Jahren tot, also hör nicht auf sie.«

Das entlockt mir ein Kichern.

»Seit wir uns kennen, erzählst du vom Seelenband, von deinen Eltern. Ich weiß, dass du dich danach sehnst. Ich stehe dir bei allem zur Seite, das weißt du, aber meinst du nicht, dass es ein Zeichen sein könnte? Dass Dina dein Gegenstück ist? Du sagtest immer, das dein Vater die Mächte deiner Mutter *im Griff* hatte. Vielleicht war das gerade das Zeichen, dass es mit Dina ähnlich ist.«

»Ich kann mich nicht darauf einlassen, Marian, denn ich würde es nicht ertragen, die Person zu verlieren, die …«

»Aber verlierst du sie dann nicht jetzt schon?«

»So ist es erträglicher, als dabei zu versagen, sie zu beschützen«, murmele ich.

Sie kennt nichts von unserer Welt, ist ihr völlig fremd. Warum sollten wir ein Seelenband teilen? Wieso jetzt? Ich weiß ja nicht einmal, ob sie wirklich bleiben kann.

Dann ist da noch eine leise Stimme, die mir zuflüstert, dass ich diese Person bereits gefunden habe. Vor so vielen Jahren. Wie könnte ich Marian sagen, dass es sich wie ein Betrug anfühlen würde, mit Dina eine *echte* Ehe zu führen? Vor seinen Augen, wenn er doch die Person ist, die ich seit Jahren will und dennoch niemals haben kann.

Wenn ich Dina nicht geben kann, was sie braucht, dann vielleicht den beiden. Marian sehnt sich genauso nach jemandem, und mein Anspruch auf Dina ist absolut egoistisch und fehl am Platz, das weiß ich selbst. Wir haben uns ein gemeinsames Ziel gesetzt, aber nie Treue geschworen. Also muss ich sie auch nicht davon entbinden.

»Ich gebe euch meinen Segen«, erkläre ich und ignoriere Marians Einwände vollkommen. »Macht es nur heimlich, ja?«

Marian blickt mich völlig entsetzt an, als ich ihm eine Hand auf die Schulter lege. Meine Gedanken und Emotionen fegen wie ein nicht zu bändigender Wirbelsturm durch mich hindurch. Es ist die richtige Entscheidung, nur scheint mein Körper das anders zu sehen, denn jedes meiner Worte brennt wie Säure in meinem Mund.

»Mein Schicksal ist besiegelt, eures nicht. Ihr wärt gut füreinander«, brabbele ich weiter, um mich von meinem inneren Chaos abzulenken.

Ich will meine Hand zurücknehmen, da spüre ich seine Finger an meinem Handgelenk.

»Wir wären gut füreinander, wenn die Welt nicht so wäre, wie sie ist.«

Im Wald ist es absolut still. Die Einheit, bis auf die Wache, schläft, und wir sind weit genug weg.

Seine Berührung schickt ein Prickeln über meine Haut, das sich über meine Wirbelsäule ausbreitet. Wie immer in seiner Nähe, vervielfacht er meine Unruhe, den Wirbelsturm, der in meinem Inneren tobt. Und sosehr ich Dinas Ruhe auch genieße, schätze ich gleichermaßen das absolute Chaos, das Marian mit sich bringt. Es lässt mich alles vergessen, wenn er so entschlossen ist wie in diesem Moment. Dann kann ich mich fallen lassen, mich dem Durcheinander hingeben und die Welt vergessen. Es gibt genug Momente, in denen ich bei ihm stark sein muss, aber nicht in diesen. Nicht auf dem Schlachtfeld. Er fördert diese Seite an mir, lässt sie sich vollkommen entfalten. Dann ist er für mich da – und verflucht, ich liebe es.

Ich nehme einen langen Atemzug der frischen Nachtluft, gebe dem Willen meines Körpers nach und verfalle dem Chaos. Besitzergreifend packe ich in Marians Nacken und ziehe seinen Kopf direkt vor meinen.

»Wir *sind* gut füreinander«, murmele ich und tue etwas, das ich nie für möglich gehalten habe. *Ich küsse ihn.*

Ohne zu zögern, erwidert er den Kuss voller Leidenschaft, die er schon so oft mit anderen geteilt hat, dennoch fühle ich, dass es bei uns anders ist. Intimer.

Er greift meine Hüfte, zieht mich näher zu sich, während ich auch die zweite Hand in seinem Nacken vergrabe.

Es sollte merkwürdig sein, meinen besten Freund zu küssen, aber es ist, als würde sich endlich alles fügen. So kommen, wie es von Beginn an sein sollte. Er und ich.

Ehe er reagieren kann, taumeln wir ein paar Schritte zurück. Mein Rücken prallt gegen einen Baum, aber wir unterbrechen unsere Liebkosung nicht einmal. Es tut so gut, ihm nah zu sein, ihn zu spüren, selbst durch die Kleidung hindurch.

Marian krallt sich an meiner Hüfte fest, drückt mich weiter an den Baum, übernimmt vollkommen die Kontrolle. Wohlige Seufzer verlassen seine Lippen, die mir ein Lächeln auf meine zwingen.

Wieso fühlt es sich so gut an, so richtig?

Wir versinken vollkommen in unserer neu gewonnenen Nähe …

Bis eine Stimme ertönt.

Sofort löst sich Marian von mir und legt seine Stirn an meine. Ich kann gar nicht genug davon bekommen, wie sein Atem auf meinen trifft, dass ich der Grund bin, warum er so außer Puste ist.

Dennoch muss es eine einmalige Sache bleiben, denn ich werde ihn nie haben können, genauso wenig wie Dina.

»Ich will nicht drei Herzen brechen. Weder kann ich dich haben noch Dina gerecht werden. Tu mir den Gefallen und sei das, was ich nicht sein kann. Ihr habt es beide verdient.«

Nach einem weiteren Kuss, der sicherlich der letzte bleiben wird – bleiben muss –, drücke ich ihn sanft von mir und gehe zurück. Ein kleiner Junge und ein weiterer Mann aus Verantis pinkeln an einen Baum, bemerken mich aber glücklicherweise nicht.

Bei meinem Schlafplatz angekommen, lege ich mich erneut hin.

Dina und Marian sind gut füreinander, das werden sie auch noch sehen. Das müssen sie einfach. Um unser aller willen.

Dina

»Doing the right thing for someone else occasionally means doing something that feels wrong to you.«
– Jodi Picoult

Für einige lange Momente überlege ich, ob ich wirklich zurück zu Jenna gehen oder hier einfach mein Zelt aufschlagen sollte. Es ist lange her, dass ich überhaupt einmal Zeit zum Atmen hatte, wirklich im Jetzt gelebt habe, und ehrlicherweise möchte ich diesen Umstand gerade nicht ändern.

Auf der anderen Seite wäre es unhöflich, Jenna warten zu lassen. Wenn sie wirklich schon Bescheid weiß, wäre es nur respektlos, nicht aufzutauchen. Vielleicht ist sie sogar extra meinetwegen wach geblieben.

Also trete ich den Rückweg zu ihrem Haus an.

Der Weg zurück dauert um einiges länger als der Hinweg. Kein Wunder, es ist mittlerweile stockduster. Nicht nur das – ich bin bis auf die Knochen durchgefroren. Meine Ohren sind eiskalt, und ich überlege für einen Moment, ob ich meinen Zopf lösen soll, doch entscheide mich dagegen.

Nach Marians Erklärung empfand ich es als nette Geste, aber auch die ist Quirin vollkommen entgangen. Ich habe keine Ahnung, warum er mich immerzu von sich wegschieben will. Ja, bei unserem ersten Treffen habe ich mich ihm quasi an den Hals geworfen, aber da dachte ich auch noch, dass er nur eine heiße Ausgeburt meiner Fantasie ist. Wer könnte es mir verübeln? Doch jetzt …

Ich stehe zu meinem Wort und unserem Ziel, dennoch mag ich den Gedanken überhaupt nicht, eine Lüge zu leben. Wenn alles aufgeht, wie wir uns das denken, werden wir den Bund der Ehe eingehen. Für das Wohl Nadiraans. Ist dies das Opfer, von dem so viele Personen mit Macht sprechen? Ein keusches Leben, zwar mit Respekt seines Gegenübers, aber ohne Liebe? Und das, obwohl etwas zwischen uns ist und er sich zurückhält? Warum tut er mir das an - *uns?* Niemand verlangt von uns, dass wir glücklich bis an unser Lebensende sind, aber eine Chance haben wir doch wohl verdient.

Ich kann nicht verhindern, dass mir Tränen über die Wangen kullern. Bisher war ich immer am anderen Ende, und ich muss sagen, dieses neue Gefühl fühlt sich einfach scheiße an. Auch wenn ich weiß, dass es jemanden gibt, der mich so lieben kann und wird, wie ich bin, ist die Enttäuschung riesig, dass gerade Quirin mich ablehnt. Gedanken, die ich nie in meinem Kopf haben wollte, breiten sich aus.

Was fehlt mir, dass er mich nicht lieben kann?

Bin ich nicht attraktiv genug?

Mag er mich gar nicht und ich bin nur die passende Option? Die logische?

Ich weiß einfach nicht, woran ich bei ihm bin. Wir kennen uns kaum, und doch macht es mich fertig. Niemand spricht von einem Happy End, jedoch wollte ich es wenigstens versuchen, uns eine Chance geben. Er hat seine Macken, und kein Mensch ist perfekt … Dennoch, so offensichtlich nicht gut genug zu sein, ist ein ekelhaftes Gefühl.

Auch lässt mich der Gedanke nicht los, dass es eine andere Person geben könnte. Seine Worte … Aber selbst wenn … Er kann diese Person nicht haben, und was bringt es, einer unerfüllten Liebe nachzutrauern? Wenn ich überhaupt recht mit meiner These habe, denn selbst dessen bin ich mir nicht sicher. Ich weiß einfach gar nichts mehr. Dann sind da noch Andayas Worte. Ich glaube ihr, wenn sie sagt, dass Quirins und meine Verbindung stabil ist, denn ich spüre es. Doch wie passt das wieder zusammen?

Seufzend gehe ich weiter.

Seit über einem Jahr bin ich allein, und wenn ich ehrlich bin, sehne ich mich nach Nähe. Einfach mal umarmt zu werden, für ein paar Minuten die Welt zu vergessen. Beschützt und behütet in den Armen der Person, die ich liebe. Mir war gar nicht bewusst, wie sehr mein Herz danach schreit, bis Quirin mich spüren ließ, dass ich die Aufmerksamkeit, nach der ich mich sehne, bei ihm nicht finden werde. Dennoch nimmt er mich in den Arm, sagt mir, dass er mich beschützt, dass ich mich bei ihm fallen lassen kann, aber nur solange es ihm nicht zu intim wird. Das alles ist so verwirrend. Wenn er wenigstens eine Linie ziehen würde …

Doch nicht nur Enttäuschung brodelt in mir, sondern auch Wut. Wut über seine Engstirnigkeit und darüber, wie viel Macht er über meine Gefühle hat, so etwas in mir auszulösen. Er ist niemand – das sollte er zumindest sein. Und jetzt stehe ich in einem Wald, mitten im Nirgendwo, und heule mir die Augen wegen diesem Kerl aus.

So weit kommt's noch!

Energisch wische ich mir die Tränen von den Wangen, richte meinen Rucksack, schüttele meinen Kopf, um meine Gedanken von ihm zu befreien, und gehe erhobenen Hauptes auf Jennas Haus zu.

Bei ihrer Haustür angekommen, klopfe ich einmal. Es brennt kein Licht – etwas, das mich doch verwundert. Ein paar Minuten vergehen, ehe mir Jenna öffnet.

»Dina?«, fragt sie und gähnt. Sie trägt einen Bademantel über ihrem Pyjama.

»Entschuldige, habe ich dich geweckt?«

»Natürlich, wir haben«, sie schaut auf ihre Uhr am Handgelenk, »zwei Uhr morgens.«

»Aber … Andaya …«, stammele ich.

Jenna hört mir gar nicht richtig zu und lässt mich rein. »Das Sofa ist vorbereitet. Ich habe schon mit deiner Rückkehr gerechnet, aber ehrlicherweise nicht um diese Uhrzeit. In der Küche ist noch etwas vom Mittag übrig. Es gibt–«

»Eintopf«, beende ich ihren Satz.

Für einen Moment blickt mich Jenna verwundert an, nutzt die Gelegenheit der Stille jedoch, um den Rückweg zu ihrem Schlafzimmer anzutreten.

Also wusste Jenna doch nicht Bescheid. Warum hat Andaya das dann behauptet?

Da ich den halben Abend verschlafen habe, zieht es mich direkt in die Küche. Müde werde ich für die nächsten Stunden garantiert nicht sein. Auf dem Herd steht wie versprochen der Eintopf. Ich bediene mich mit einer guten Portion und setze mich an den kleinen Tisch.

Irgendwann kommt immer der Punkt, an dem man sich fragt: Warum?

Warum lebe ich das Leben, das ich lebe?

Warum bin ich, wie ich bin?

Welche Entscheidungen haben mich hierhergeführt?

Für mich ist genau jetzt dieser Moment.

Sehr geehrte Frau Atkins,

wir bedauern, Ihnen mitzuteilen, dass wir Ihnen aus betrieblichen Gründen mit sofortiger Wirkung kündigen. Eine schriftliche Kündigung befindet sich auf dem Postweg.

Mit freundlichen Grüßen

Benjamin Watson
Bürgermeister

Hier sitze ich mit der dritten Tasse Kaffee und starre ein weiteres Mal diese Zeilen an. Erst vorgestern wurde ich abgemahnt und jetzt gekündigt. Und warum das Ganze?

Weil ich für mich eingestanden bin. Für mein Recht als Mensch. Weil ich mich behauptet habe gegen die Personen, die mich seit Jahren mobben. Aber anscheinend bin ich das falsche Pferd und habe verloren. Denn alle anderen haben nicht auf mich gesetzt.

Ein Stück weit erfüllt mich Leere, Enttäuschung – wie könnte es auch nicht? Ich habe meinen Job geliebt, dachte, angekommen zu sein, nur um jetzt festzustellen, wie ersetzbar ich bin. Austauschbar. Anscheinend ist dies das neue Motto in meinem Leben.

Und genau aus diesem Grund beschließe ich etwas für mich: Mein Leben hier ist vorbei. Ich habe eine Aufgabe in Nadiraan. Dort kann ich etwas bewirken, jede Erfahrung mitnehmen, die sich mir bisher geboten hat. Kann zu der Person werden, die ich mir gewünscht hätte, in meinem Leben zu haben. Eine Person, zu der man aufblicken kann. Ein Vorbild.

Wenn der Preis dafür ist, eine Ehe mit einem Mann einzugehen, der mich körperlich nie glücklich machen kann, geschweige denn lieben, dann soll es so sein. Ich wäre nicht die erste Königin, die ihre Aufgabe tugendhaft erfüllt und sich ihre Liebe anderweitig holt. Und jetzt weiß ich auch, warum.

Es wird Zeit, die alte Dina zurückzulassen und Platz für die Person zu machen, die ich sein muss.

Für die Veränderung, für meine Werte und für mich. Ich bin es mir selbst wert, und niemand wird mich aufhalten, mir zu nehmen, was ich will. Nicht jetzt und niemals mehr.

»Guten Morgen«, begrüßt mich Jenna.

Ich grummele nur in meine Tasse. Meinen Laptop habe ich vor mir aufgebaut, bin aber auch nach Stunden der Recherche keinen Deut weiter. Wenn ich bei Neumond nicht wandeln konnte, muss bei Vollmond der beste Zeitpunkt sein, also auch ein permanenter. Wie Andaya sagte.

Trotz allem bin ich mir sicher, dass Quirin mein Gegenstück ist. Meine Seele ruft nach ihm, fühlt sich vollständig in seiner Nähe. Nicht dass ich ihn brauchen würde wie die Luft zum Atmen, nein, es ist eher wie eine Ruhe, eine Ausgeglichenheit. Als würde ich nach Hause kommen.

Bei keiner Person in meinem Leben habe ich je diese Gefühle verspürt. Selbst wenn wir es nicht in eine romantische Ebene ändern wollen, denke ich, dass es reichen wird, um die Verbindung nach Nadiraan dauerhaft zu halten. Er würde nicht riskieren, unsere Mission zu gefährden, und ich auch nicht.

Quirin ist der Schlüssel zu dem Leben, das ich führen will. Er wird ein Teil dessen sein, ja, aber alles andere wird mir überlassen sein.

»Was schaust du da?«

Müde reibe ich mir über die Augen. »Ich habe gestern eine Frau im Wald getroffen, Andaya. Sie sagte mir auch, dass es Eintopf gibt.«

»Eine Frau?«, hakt Jenna nach und setzt sich zu mir. »Hier lebt niemand, und ich kenne keinen mit diesem Namen.«

Überrascht schaue ich sie an.

»Erst recht habe ich mit niemandem darüber gesprochen, was ich koche. Daran könnte ich mich erinnern.«

Perplex lehne ich mich auf meinem Stuhl zurück. Das würde ja heißen …

»Ich muss zurück!«

Ohne ein weiteres Wort zu sagen oder auf Jenna einzugehen, ziehe ich meine Schuhe an, stopfe meinen Laptop in den Rucksack und eile zur Tür. Andaya ist der Schlüssel. Sie muss ebenfalls eine Wandlerin sein. Vielleicht waren wir auch gar nicht hier, sondern in einer Zwischeninstanz.

Oder sie ist eine Schamanin von Quirins Volk, die mir Antworten geben kann. Eine Verbindung nach Nadiraan.

Zügig bedanke ich mich bei Jenna, die mein Verhalten gar nicht einschätzen kann, und stürme hinaus.

Quirin

Wieso wollt Ihr gegen Euren Cousin in den Kampf ziehen, Quirin? Nicht dass ich etwas dagegen hätte, aber Ihr seid Familie, wolltet mir kaum glauben und jetzt seid Ihr plötzlich der neue Anwärter auf den Thron?«, flüstert mir Ricard zu, als wir bei den ersten Sonnenstrahlen weiterziehen.

»Die Herzöge würden mit mir oder ohne mich in den Krieg ziehen. Vitus' Schicksal ist besiegelt«, antworte ich ehrlich. Ich war noch nie ein Mann, der lügt, um besser dazustehen, sich Loyalitäten zu sichern oder einfach vorsichtig zu sein. Das ist nicht mein Stil.

»Also habt Ihr gar nicht vor, Euren Cousin zu stürzen.« Anders als ich es erwartet habe, liegt keine Überraschung in Ricards Worten, sondern etwas anderes. Bewunderung?

»Im Notfall werde ich beenden, was ich geschworen habe. Als Soldat liegt meine Loyalität beim Volk Nadiraans. Ich habe versprochen, zu dienen, und diesen Schwur werde ich nie brechen. Sollte es zum Äußersten kommen und ich gezwungen sein, die Krone anzunehmen, werde ich auch das tun. Aber ich reise nicht in die Hauptstadt, um den

Thron an mich zu reißen, nein. Erst recht habe ich kein Interesse an Krieg oder einem Blutbad, lediglich an einer Lösung für dieses Volk.«

»Alles andere hätte mich auch gewundert«, sagt mein alter Lehrmeister. »Passt nicht zu dir, die Macht einfach an dich zu reißen. Aber vielleicht bist du genau deshalb besser geeignet als Vitus. Ihr beide wart gute Jungen, aber als Männer seid ihr grundverschieden.«

Ich brumme nur zur Antwort.

Die Wahrheit ist: Ich kenne meinen Cousin nicht mehr. Wir sind eng aufgewachsen - wie Brüder -, doch das, was mir Ricard und Matteo erzählen, stimmt nicht mit meinem Bild von ihm überein.

Nach dem Tod meiner Eltern wurde er für den Thron geschult, ich habe mich in der Armee versteckt. Während er in Palästen gewohnt und gut gespeist hat, habe ich öfter neben Pferdemist gelegen, als mir lieb war. Und das hat uns natürlich zu zwei vollkommen verschiedenen Personen gemacht. Er kennt nur die Sonnenseite des Lebens, auch wenn er nie das Glück hatte, seine Eltern kennenzulernen. Vitus weiß nicht, was es heißt, nichts zu haben, zu hungern, weil man die eigene Ration an jemand anderen gibt. Mitgefühl für diejenigen zu haben, die nicht so viel besitzen wie man selbst. Er hat einfach keinen Griff an das *wahre* Leben. Lange Zeit habe ich ihn beneidet, jetzt ändert sich meine Meinung.

Ich hingegen weiß nicht, wie man politisch agiert. Verstehe das Konzept nicht, jemandem in den Hintern zu kriechen, weil man etwas will. Nun, das ist nicht ganz richtig. Ich verstehe es, ich würde es nur nie tun, um einen Vorteil zu generieren. Das widerstrebt mir.

Wir sollten alle dasselbe Ziel haben: ein zufriedenes und glückliches Volk. Ausreichend Nahrung, Gerechtigkeit und die Möglichkeit, etwas aus seinem Leben zu machen. Das sollte nicht zu viel verlangt sein. Darin sollte unsere Loyalität liegen. Nicht in Personen, sondern dem Ziel an sich. Dann gäbe es auch keinen Verrat mehr, denn der Verrat an der Sache schadet einem selbst am meisten. Doch viel zu oft setzen wir unser Vertrauen in Menschen. Erwarten, dass sie uns blind folgen – oder wir ihnen.

Aber warum sollten wir? Menschen ändern sich, entwickeln sich weiter, und das ist gut so. Ich muss nicht mit jedem einer Meinung sein und kann trotzdem dasselbe Ziel verfolgen.

Doch wenn Vitus, wie mir scheint, nur noch seine eigene Macht vergrößern will und die Autorität anderer Königreiche nicht mehr akzeptiert, wie könnte ich ihm da loyal sein, wenn er sich gegen alles stellt, wofür ich stehe? Die Armee, unsere Ehre, unsere Traditionen …

»Das gilt es, herauszufinden«, spreche ich meine Gedanken laut aus. »Es gab eine Zeit, da hätte ich meine Hand für Vitus ins Feuer gelegt, aber das kann ich nicht mehr und würde es für keine Person tun. Diese Naivität habe ich vor einer sehr langen Zeit abgelegt. Ich habe mich bis zum Schluss geweigert, zu glauben, dass sich Vitus so verändert hat, aber die Beweise sprechen eine eindeutige Sprache, die auch ich nicht leugnen kann – erst recht nicht aufgrund von Sentimentalitäten.«

Wie von selbst blicke ich zu Marian. Seit gestern Abend haben wir kein Wort mehr miteinander gewechselt, und ich weiß ehrlich gesagt nicht, was ich davon halten soll. Es fühlte sich so gut an, so richtig, ihm nah zu sein, doch jetzt, Stunden später, bin ich mir sicher, einen riesigen Fehler begangen zu haben. Andersherum hätte ich es mein Leben lang bereut, wenn ich diese Chance nicht ergriffen hätte, wenigstens einmal das auszuleben, was wir beide fühlen.

Ich erkenne die Felsformation, von der mir meine Mutter so oft berichtet hat. Mit viel Fantasie hat sie mir damals erklärt, dass sie aussähe wie ein Bär. Auch jetzt noch erkenne ich ihn darin – oder will ihn erkennen.

In unserer Kultur ist es üblich, ein Familienwappen anzunehmen, wenn man heiratet. Man kann sowohl das Wappen einer der Familien übernehmen und erweitern als auch sich ein neues wählen. Meine Eltern lernten sich an genau diesem Felsen kennen. Ein Konvoi aus Nadis traf auf die Schamanen, und die Ehe meiner Eltern wurde beschlossen. Sie war arrangiert, und doch ist aus ihr Liebe gewachsen. Eine Verbundenheit, die auch noch Jahre nach ihrem Tod alles in den Schatten stellt, was ich kenne.

Unweigerlich schleichen sich Dinas Worte zurück in mein Gedächtnis.

In meiner Welt bin ich gerade nicht zu Hause, sondern auf einer Insel. Der ›Bären-Insel‹, Quirin.

Ich kann nicht anders, als kurz die Augen zu schließen, die warme Luft in meine Lunge strömen zu lassen und meinen Geist zu lösen. In der Natur habe ich mich schon immer mehr zu Hause gefühlt als in den vollen Städten. Ich weiß, ich sollte es als Zeichen sehen, dass Dina auch Kontakt mit dem Symbol des Bären hat, aber wie könnte ich? Alles deutet darauf hin, dass sie mein Gegenstück ist, dennoch kann ich es nicht zulassen. Gleichzeitig kann ich sie nicht verleugnen, nicht ablehnen … In mir herrscht einfach nur noch Unruhe.

Ich spüre, wie sich etwas in der Umgebung verändert.

Wir werden beobachtet.

»Niemand rührt sich!«, rufe ich aus, ehe ich die Arme hebe. »Ich möchte zur Ältesten. Von uns geht keine Gefahr aus!«

»Quirin?«

Ein Rascheln ertönt. Also haben sie die Bögen heruntergenommen, gut.

Nox' Krähen ertönt, und ich sehe, wie er durch die Lüfte fliegt, die Gegend umkreist. Oftmals interessiert er sich nicht für mich, ist zwar immer in der Nähe, aber nimmt nur alle paar Tage mal Kontakt zu mir auf.

Was soll ich sagen?

Wir sind beide Einzelgänger.

Ich war seit Jahren nicht mehr hier, habe diesen Weg immer bewusst vermieden. Es gibt einfach Dinge aus der Vergangenheit, die man am liebsten dort lässt - und die Familie meiner Mutter gehört eindeutig dazu.

»Als Enkel der Ältesten dürfen wir dir den Zutritt nicht verwehren. Du bist Teil unseres Volkes, aber der Rest hat hier keinen Platz«, ertönt die Stimme eines, schätze ich, jungen Mannes.

Damit habe ich gerechnet. Spätestens wenn Dina aus dem Nichts auftauchen sollte, wird es problematisch - oder das genaue Gegenteil wird passieren und sie herzlich willkommen geheißen.

»Matteo, Darius, ihr leitet den Konvoi weiter und sucht euch in der Nähe einen Platz zum Rasten. Marian und Ricard kommen mit mir. Ich überlasse euch das Kommando.«

Zwar ist Matteo mir übergeordnet, aber meine Einheit würde niemals Befehle von jemand anderem akzeptieren, nicht einmal vom König selbst, es sei denn, dieser stimmt mit unseren Werten überein und hat meine ausdrückliche Erlaubnis. Die Armee war seit jeher autonom, hat immer im Sinne des Volkes gehandelt, nur leider sind wir die Einzigen, die noch verblieben sind und sich an diesen ursprünglichen Schwur halten.

»Wir halten die Stellung«, bestätigt Matteo und gibt sogleich den Befehl, weiterzureisen.

Sie werden nicht lange suchen müssen. Hier gibt es genügend Plätze, um eine Rast zu machen. Diese Route passiert sonst niemand, denn anders als es vielleicht den Anschein macht, sind die Schamanen keine friedlichen Personen, die sich lieber töten lassen als zu töten. Sie haben gefürchtete

Kämpfer, mitunter die besten Bogenschützen Nadiraans. Und ihre Loyalität gilt einzig und allein ihresgleichen.

Wahrscheinlich liegt es uns im Blut.

»Ich werde mit diesen beiden Männern weiterreisen!«, erkläre ich laut und ohne Spielraum für Gegenwehr. »Marian, mein engster Vertrauter und zukünftiger erster Offizier des Landes.«

Ich spüre seinen entsetzten Blick auf mir. Dieser Posten ist der höchste, direkt hinter dem König und der Königin. Der erste Offizier ist der oberste Berater, Befehlshaber der Armeen und niemandem außer dem König Rechenschaft schuldig.

Wem sollte ich dieses Amt sonst anbieten? Eine andere Wahl steht nicht zur Debatte. Die Schamanen dürfen ruhig wissen, was wir planen und dass sich der eventuell künftige König nun in ihre Stadt begeben wird.

»Und Ricard, König von Verantis«, schließe ich die Vorstellung ab. »Wir sind hier, um ein neues Bündnis zu formen.«

»Du redest nicht gern über deine Pläne, bevor du sie durchführst, oder?«, flüstert Ricard.

»Ach, sind wir jetzt schon beim Du?«, erwidere ich und schmunzele.

»Wenn du mich schon vor vollendete Tatsachen stellst und zu einer Audienz bei eurer Ältesten einlädst, denke ich, dass wir uns auch den Stock im Hintern sparen und die Förmlichkeiten lassen können, oder?«

»Meine Rede.«

Mit einem Grinsen trete ich vor, gehe geradewegs auf den Felsen zu und werde von Bewaffneten in Empfang genommen.

Soldaten der Schamanen sind stets verhüllt, nicht einmal ihre Augen sind zu sehen. Mit dem Schwur, ihr Volk zu schützen, erklären sie sich bereit, von nun an unsichtbar zu sein und zum ›Schatten‹ zu werden. Sie haben keine Familien, gehen keine Liebesbeziehungen ein und werden niemals für ein Amt infrage kommen. Ihr Leben besteht daraus, zu dienen. Ich bin mir sicher, dass wäre ich in diesem Volk groß geworden, ich zu ihnen gehören würde.

»Gebt mir eure Waffen«, ertönt dieselbe Stimme, und endlich kann ich zuordnen, zu welchem der Schatten sie gehört.

Ich tue wie mir geheißen, und Marian folgt meinem Beispiel. Das Schamanenvolk besteht aus mindestens fünfzigtausend Menschen. Egal, wie bewaffnet wir die Schwelle der verlorenen Stadt übertreten, wir hätten keine Chance. Also warum unnötig provozieren?

Wortlos reicht der Schatten die Waffen weiter und dreht sich um. Er weist uns den Weg durch die Felsformation, die besser beschützt ist als jedes Gebäude in Nadis.

Es wäre sinnlos, nach dem Namen der Person zu fragen, denn Fremde erhalten nicht das Recht, Schamanen bei ihren Namen zu nennen. Ich als Halb-Schamane bin eine Ausnahme – eine Ausgrenzung, die sofort auffällt. Den Respekt, einen Schamanen beim Namen nennen zu dürfen, muss man sich erst verdienen, und den wenigsten gelingt es, jemals diesen Punkt zu erreichen. Auch wenn ich als Nachfahre der Ältesten einen anderen Stand haben sollte, spielt es keine Rolle. Denn Blut ist für die Herrscherrolle nicht wichtig. Ich war nie ganz ein Teil des Volkes Nadiraans und nie ganz ein Schamane, sondern ein Bindeglied zweier Völker, nach dem nie jemand gefragt hat.

Alles, worauf das Volk Nadiraans so viel gibt – und weshalb ich heute auch hier stehe –, ist in den Augen der Schamanen unwichtig. Einzig und allein die Taten zählen. Hier muss man nicht seiner Familie Ehre machen, sondern sich selbst. Sich nützlich für die Gemeinschaft machen und sich so den Respekt erarbeiten. Bloß weil man in eine

Familie hineingeboren wurde, deren Mitglieder den Respekt aller haben, heißt es nicht, dass man besser behandelt wird.

In meinem Fall mag mir meine Abstammung die Tür geöffnet haben, aber sie schützt mich nicht vor dem, was ab jetzt passieren könnte.

Nach einigen Minuten erreichen wir das Zentrum der Schamanenstadt. Viele Zelte sind um eine riesige Feuerstelle herum aufgebaut. Natürlich könnten sie auch Häuser bauen, aber das würde ihrem Glauben widersprechen, mit der Natur eins zu sein. Sie wollen ihr so nah wie möglich sein und sie nicht zerstören, um komfortabler zu leben.

Ich muss sagen: In vielerlei Hinsicht teile ich ihre Einstellungen, jedoch musste ich früh lernen, dass diese Art des Lebens nur in einem sehr begrenzten Raum stattfinden kann.

Schon von Weitem erkenne ich sie, am größten Zelt hinter der Feuerstelle. Meine Großmutter. Sie ist alt geworden. Kein Wunder, wir haben uns seit knapp sechs Jahren nicht gesehen.

Nie habe ich wirklich in diese Welt gepasst. Stattdessen habe ich größten Teil meines Lebens meine Herkunft verflucht. Ich sollte die Vereinigung zweier Welten sein, doch letztendlich hat mein Blut nur dazu geführt, dass ich mich nirgendwo heimisch fühle. Nie ankomme, nie sesshaft werde. Schon als Kind war ich ruhelos – ein rastloser Geist, wie meine Mutter immerzu sagte.

»Quirin, mein Junge.« Trotz ihres Alters ist die Stimme meiner Großmutter immer noch kräftig und erfüllt in Sekundenschnelle die gesamte Umgebung. Fast schon scheint es, als würde sie in mehreren Lagen sprechen. »Lass dich ansehen.«

Unter den verurteilenden Blicken der anwesenden Personen komme ich der Bitte meiner Großmutter nach und trete vor. Sie sitzt auf einem bequem aussehenden Stuhl, der mit Fellen überzogen ist. Ihre grauen Haare liegen geordnet über ihren Schultern, und ihr Blick ist genauso warm, wie ich ihn in Erinnerung habe.

»Großmutter«, grüße ich sie, beuge mich vor und küsse sie auf die rechte Wange. Auch wenn sie beinahe eine Fremde für mich ist, kann ich nicht auf diese Höflichkeit verzichten.

Als ich mich wieder aufrichten will, schnellen ihre Arme nach vorn und ihre Hände umfassen mein Gesicht. Ihre Augen rollen nach hinten, bis nur noch das Weiß zu erkennen ist.

Ich weiß genau, worauf ich mich hier eingelassen habe, und schließe die Lider, lasse zu, dass sie in meinen Geist eintaucht.

Nach endlosen Momenten öffnet sie ihre Augen und lächelt mich an. So spare ich mir wenigstens das Reden. Sie hat alles gesehen, was sie sehen musste.

»Offenbar habe ich viel verpasst. Setzt euch, es gibt einiges zu bereden.«

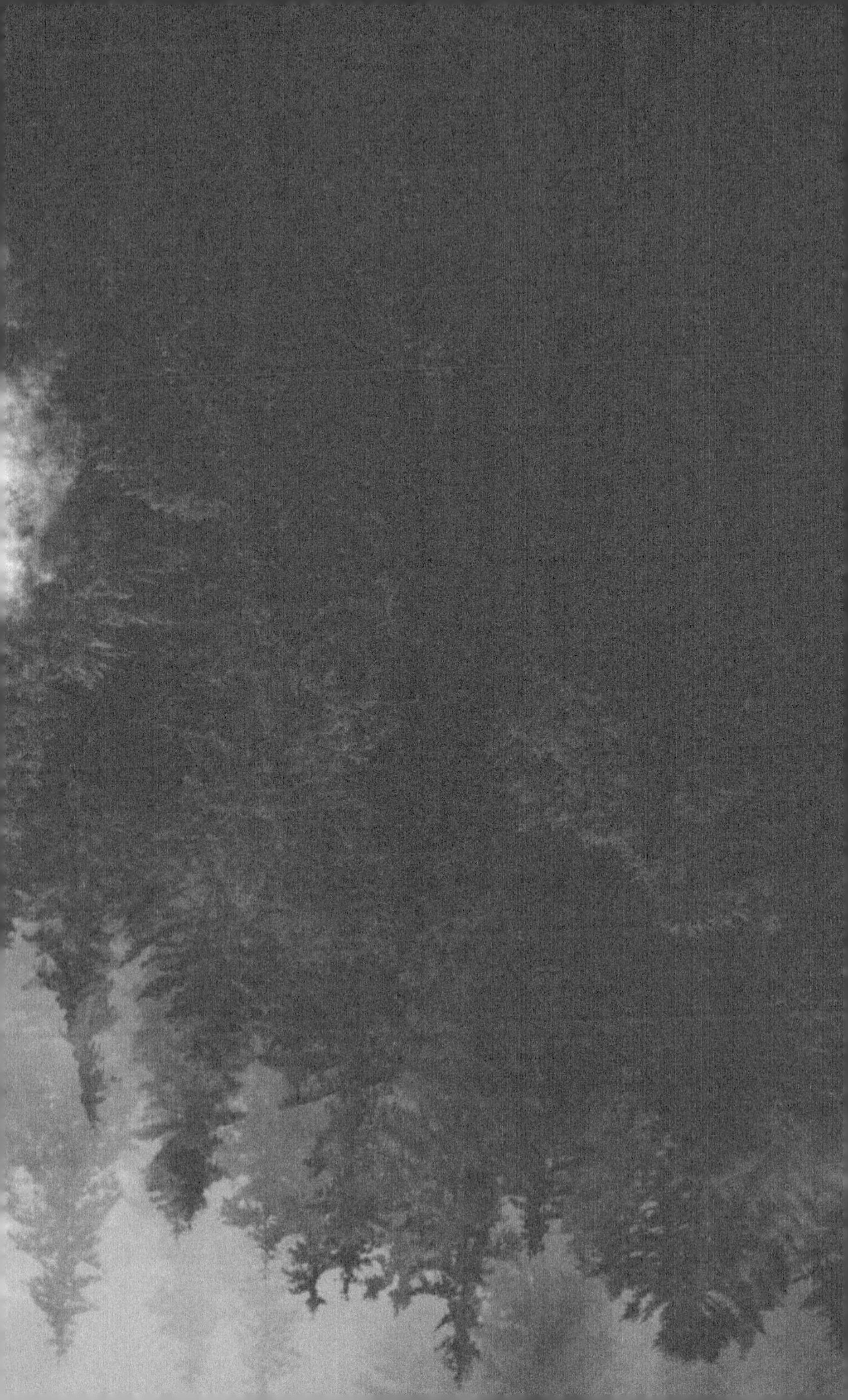

Dina

»I think the saddest people always try their hardest to make people happy because they know what it's like to feel absolutely worthless and they dont't want anyone else to feel like that.«
– Robin Williams

Noch nie in meinem Leben hatte ich das Gefühl, permanent zur falschen Zeit am falschen Ort zu sein. Während sich in Nadiraan alles richtig anfühlt, ist hier das Gegenteil der Fall. Wieso bin ich zu Jenna gegangen? Warum habe ich auf die alte Dame gehört, wenn ich doch genauso gut hätte am See bleiben können? Dort habe ich die Verbindung nach Nadiraan gespürt, war mir meiner sicher, habe meine Entscheidung gefestigt – und doch habe ich mich von einer völlig Fremden umstimmen lassen.

Und von Quirins Ablehnung.

Tief in meinem Inneren weiß ich, was gut ist, spüre es. Wieso nur lasse ich dann immer wieder zu, dass andere Personen mir etwas anderes einreden? Ich wusste, dass es nicht richtig ist, zumindest habe ich es geahnt, gespürt, wie auch immer.

Das *muss* aufhören.

Ich will nach Nadiraan, will mit Quirin und seiner Einheit kämpfen, will mich einsetzen und nicht weiterhin hier versauern und mich von anderen Leuten verunsichern lassen.

Ob in dieser Welt oder in Nadiraans. Es wird Zeit, meinen Gedanken und Worten Taten folgen zu lassen und endlich meine eigene Herrin zu werden.

Kompromisslos.

Wütend stampfe ich durch den Wald und presche durch das Dickicht, das sicherlich nicht nur aus Naturschutzgründen so belassen wurde. Wenn ich es nicht besser wüsste, würde ich sagen, ich laufe hierdurch wie ein trotziges Kleinkind und schlage Äste aus meinem Weg. Wehe, ich bin gleich nicht müde, wenn ich am See ankomme, und kann direkt nach Nadiraan. Aber wenn ich mich weiterhin so aufrege, wird wahrscheinlich genau das der Fall sein. Also verringere ich mein Tempo, atme tief durch und nehme mir ein paar Momente, um runterzukommen, als der Duft es Wassers bereits in meine Nase dringt.

Jenna muss mich für absolut wahnsinnig halten. Ich tauche auf, gehe, stehe mitten in der Nacht vor ihrer Tür, nur um morgens direkt wieder zu verschwinden. Oder haben wir mittlerweile Mittag? Ich habe gar kein Zeitgefühl mehr und bin mit den zwei Leben, die ich führe, vollkommen überfordert. Fühle mich hin- und hergerissen, losgelöst von mir selbst und allem, was ich kenne. Wie kann ich denn überhaupt noch wissen, was real ist?

Seit über einer Woche habe ich nicht mehr ruhig und erholsam geschlafen. Mein Körper *ruht* vielleicht in den Momenten, in denen ich wandele, aber ich spüre die Erschöpfung in jeder Faser. Das leichte Ziehen meiner Muskeln, das Brennen an den Wunden, die viel zu langsam heilen, und die Zeit, die in doppelter Geschwindigkeit zu vergehen scheint.

Nach einer gefühlten Ewigkeit komme ich endlich wieder bei dem See an, lasse mich trotzig am Ufer an der Feuerstelle nieder, deren Flammen längst erloschen sind, und starre auf das Wasser. Als sich meine Atmung wieder normalisiert hat, lehne ich mich zurück und schließe meine Augen.

»Ich will zurück nach Nadiraan, zu Quirin und Marian«, flüstere ich und traue mich gar nicht, darüber nachzudenken, warum sich Marians Name immer öfter im selben Atemzug mit Quirins in meine Gedanken schleicht.

Mittlerweile kann ich anscheinend auf Knopfdruck schlafen, denn es dauert keine fünf Minuten, bis mich der bekannte Sog in die fremde und mir doch so bekannte Welt entführt. Die Sonne steht bereits zur Abenddämmerung am Himmel und hüllt die Felsformation vor mir in einen rötlichen Schimmer.

»Ein Bär«, wispere ich.

Wieso nur sehe ich dieses Tier immer wieder? Er ist doch real, oder? Nein, das kann ich mir nicht einbilden.

»Dina …«, ertönt die tiefe Stimme eines Mannes hinter mir.

Ich fahre herum und trete sogleich mehrere Schritte zurück. Bestimmt einhundert Leute haben sich hier versammelt.

»Entschuldige, ich habe in den letzten Tagen so viele Menschen kennengelernt, da muss ich deinen Namen vergessen haben.« Hitze steigt in meine Wangen, und ich hoffe inständig, dass der Mann gute Absichten hat. Dabei kommt mir sein Gesicht bekannt vor. Ich habe ihn schon einmal gesehen. »Du gehörst zu Quirins Einheit.«

Er nickt. »Darius. Ich habe das Kommando, solange Quirin–«

»Was ist mit ihm?«, unterbreche ich ihn und vermute das Schlimmste.

Vielleicht haben ihnen doch weitere Personen aufgelauert und er ist zurückgeblieben, damit die Sklaven fliehen konnten. Zuzutrauen wäre es ihm. Edelmut und Leichtsinn geben sich bei ihm sekündlich die Hand.

»Er ist zu den Schamanen gegangen. Wir dürfen nicht folgen. Ich habe Boten ausgesandt, um nach einem Platz zum Rasten zu kundschaften.«

Erst jetzt fällt mir auf, dass ich die Luft angehalten habe. Langsam lasse ich sie wieder entweichen. Mein erster Gedanke ist, Quirin zu suchen. Aber das hier ist eine Möglichkeit, die Personen um ihn herum besser kennenzulernen und mich nützlich zu machen. Quirin hat dem Seelenband anscheinend noch nicht entsagt, sonst wäre ich nicht hier. Und ich muss unbedingt mehr über Nadiraan erfahren. Wenn er mich zu seiner Frau machen will, muss ich mehr über das Volk in Erfahrung bringen. Nicht nur für eine Minderheit einstehen, sondern auch bei seinen Vertrauten beginnen.

»Kann ich etwas tun?«, frage ich daher.

»Tun?«

»Helfen. Zelte aufbauen, kochen, Äste für ein Feuer sammeln. Irgendetwas, womit ich mich nützlich machen kann?«

Darius schaut mich überrascht an, ehe sich ein kleines Lächeln auf seinem Gesicht ausbreitet. »Wieso hast du es nicht eilig, Quirin zu folgen?«

»Wir haben dasselbe Ziel, was du sicherlich weißt. Er kennt das Volk Nadiraans besser, als ich es vermutlich je kennenlernen werde. Ich bin ihm bei den Schamanen keine Hilfe, aber hier kann ich mich nützlich machen. *Meinen* Teil beitragen, egal, wie klein er auch sein mag. Also bitte: Lass mich helfen. Weder bin ich mir für harte Arbeit zu schade noch für etwaige leichte. Ihr habt mich bisher nicht wirklich kennenlernen können, und das möchte ich ändern.«

»Komm«, erwidert er mit ausgestreckten Armen, und ich folge ihm.

Er erklärt mir die Grundzüge des Konvois, und vereinzelt erkenne ich Mitglieder von Quirins Einheit, auch wenn mir ihre Namen nicht einfallen wollen. In der Mitte befinden sich die Kinder, die sich teils verängstigt aneinanderklammern.

»Nur Jungen?«, frage ich im Flüsterton, und Darius nickt.

»Sie brauchen eine Armee und Nachschub.«

Mehr muss er nicht sagen. Frauen werden *noch* nicht gebraucht. Die gab es bei der Auktion genug. Also wurden anscheinend diese Jungen und jungen Männer ihren Familien entrissen und verkauft, um für ein Land in den Krieg zu ziehen, das sie nicht einmal kennen. Für ein Volk, das nicht das ihre ist.

Ohne auch nur einen weiteren Gedanken daran zu verschwenden, trete ich vor. Die älteren Jungen kümmern sich um die jüngeren, das ist offensichtlich.

»Geht es euch gut?«

Besorgt betrachte ich die Runde. Alle sind hager, die Finger schmal und lang. Quirin wird ihnen sicherlich Nahrung angeboten haben, aber das wird bei Weitem nicht ausreichen, um dieses Defizit auszugleichen. Dafür braucht es Wochen.

»So gut es uns gehen kann, Mylady«, antwortet einer der Älteren. Er ist vielleicht fünfzehn und umklammert einen kleineren Jungen, der sich hinter ihm verstecken will.

»Hey«, grüße ich den Jungen, der vielleicht sieben Jahre alt ist, und hocke mich hin. »Ich bin Dina. Einfach nur Dina.«

Stechend grüne Augen strahlen mich an, auch wenn sie von einem Schleier der Trübsal überzogen sind. »Bringst du uns nach Hause?«

»Nein, George, du weißt doch, dass wir noch bleiben«, tadelt ihn der Ältere.

»Stimmt«, erwidert George.

»Aber ich bin mir sicher, dass wir einen Weg für euch finden werden«, spreche ich ihnen Mut zu.

Auch wenn ich noch keine Ahnung habe, wie dieser aussehen soll, bin ich fest davon überzeugt. Es geht um mehr als einen Thron, das wird mir gerade erneut schmerzlich bewusst.

»Ich vermisse Mama«, hängt George an, und ich sehe Tränen in seinen Augen. Es muss fürchterlich in einer neuen Umgebung sein, entrissen von der Familie und dann auch noch auf der Flucht.

»Das glaube ich dir. Aber du wirst sie wiedersehen«, versichere ich ihm mit einem Lächeln, doch der ältere Junge schüttelt traurig den Kopf

»Sie haben alle außer die Männer getötet. Haben uns nachts überfallen, die Hauptstadt, Verantia, in Brand gesteckt.« Auch ihn lassen die Erzählungen nicht kalt, und ich sehe, dass immer mehr der umstehenden Kinder zuhören.

Ich richte mich erneut auf, überbrücke die Distanz und schließe beide in meine Arme. »Ihr seid jetzt frei. Und ich schwöre euch: Wir werden uns dafür einsetzen, dass ihr nach Hause zurückkehren könnt.«

»Wir haben kein Zuhause mehr.«

»Dann werdet ihr die Freiheit haben, euch dort ein neues aufzubauen, wo ihr es euch wünscht.« Sanft lege ich eine Hand an die Wange des Älteren und wuschele dem Jüngeren durch die Haare. Als ich bemerke, dass die komplette Aufmerksamkeit auf uns liegt, wende ich mich den anderen zu. »Ich bin auch neu in dieser Welt, kenne weder Gebräuche noch Sitten oder Gesetze, aber einer Sache bin ich mir absolut sicher.« Meinen Blick lasse ich schweifen, bis dieser an Darius hängen bleibt. »Quirin. Er wird nicht ruhen, bis Gerechtigkeit herrscht. Und ich auch nicht.«

»Alle sagen, dass er in den Krieg ziehen wird, gegen seine eigene Familie.«

»Notfalls ja. Da, wo ich herkomme, ist Krieg keine Lösung, und ich hoffe auch, dass wir es hier umgehen können, aber falls nicht, werden wir kämpfen.«

»Für uns?«, fragt George.

»Für die Freiheit, unser aller Schicksal selbst in die Hand zu nehmen.«

Kaum habe ich zu Ende gesprochen, treffen die Kundschafter ein und setzen Darius in Kenntnis, der sogleich den Befehl zur Weiterreise gibt. Mein Blick fällt auf die Bärenformation und einen schmalen Weg, der zwischen die Felsen führt. Wir müssen *jetzt* eine Lösung finden, wie ich permanent hierbleiben kann. Ich werde hier gebraucht, nicht schlafend an einem See und auch nicht Stöcke sammelnd.

»Wir sehen uns bald wieder«, erkläre ich den Jungen und entferne mich von der Gruppe. Bei Darius angekommen, frage ich nur knapp: »Neuigkeiten?«

Er bestätigt, dass sie einen geeigneten Platz gefunden haben.

»Gut. Ich werde zu Quirin gehen. Wir müssen herausfinden, wieso ich immer aus dem Nichts auftauche und wie ich dauerhaft bleiben kann. Und das am besten sofort.«

»Du willst nicht zurück in deine Welt?«, fragt er entsetzt nach und erklärt dann: »Quirin sagte uns, dass du eine Wandlerin bist.«

»Nein. Dort wartet nichts auf mich. Meine Aufgabe liegt hier, und wenn ich dafür alles aufgeben muss, was ich kenne, werde ich das mit einem Lächeln tun. Ich bin bereit.«

»Viel Glück«, erwidert er und zieht mich in eine kurze Umarmung, die ich nicht erwartet habe, aber genieße.

Die Menschen hier sind herzlich und offen – ganz anders als, ich es gewohnt bin.

Ich gehe vor, trete zwischen die Felsen und erwarte, sogleich von einem Pfeilhagel begrüßt zu werden, aber dieser bleibt aus. Stattdessen kommt eine einzelne Person auf mich zu. Sie ist vermummt, doch wirkt mir nicht feindlich gesinnt.

»Ich möchte zu Quirin«, sage ich.

»Wer seid Ihr?«

»Seine Frau.«

Quirin

Nachdem ich ihr die wichtigsten Informationen über Nadiraan, unsere Pläne und das weitere Vorgehen übermittelt hatte, hat mich Großmutter gebeten, mich mit ihr zurückzuziehen.

»Wir haben uns so viele Jahre nicht gesehen, und doch siehst du immer noch so aus, als würdest du die Last der Welt auf deinen Schultern tragen.«

»Tue ich doch«, erwidere ich trotzig und drehe den Kopf weg.

Auch wenn ich nicht oft hier war, erinnert mich alles an meine Mutter, an den Teil in mir, der mit ihr gestorben ist. Der niemals zu mir zurückkehren wird.

»Nein.« Ein leises Kichern verlässt die Lippen meiner Großmutter. »Schon als Neugeborenes war dein Blick wach. Du hast stets beobachtet, alles ganz genau wahrgenommen. Deine Augen hatten eine Tiefe, wie man sie in deinem Alter nie vermutet hätte. Nur gelacht hast du selten.«

»Ich lache.«

Großmutter blickt mich herausfordernd an, als ich wieder zu ihr schiele.

»Wenn etwas witzig ist«, füge ich hinzu.

»Dann hat anscheinend niemand um dich herum Humor.«

Das entlockt mir ein Kichern.

»Erzähl mir von ihr.«

»Wem?«

Ich weiß, meine Frage ist dämlich, schließlich hat sie diesbezüglich alles in meinen Gedanken gesehen - oder besser gesagt gespürt. Doch darüber zu sprechen, ist etwas ganz anderes.

Wir sitzen mitten in ihrem Zelt auf bequemen Fellen. Jeder würde diesen Ort als gemütlich, gar häuslich beschreiben, aber ich bin nicht jeder.

»Dina, deiner Zukünftigen.«

»Was willst du wissen?«

»Quirin.« Großmutter seufzt. »Wenn ich dich anblicke, sehe ich so viel Wut, Trauer und Pflichtbewusstsein, dass fast kein Platz für deine Persönlichkeit da ist. Ich weiß, du hast es dir zur Aufgabe gemacht, andere zu beschützen–«

»Du weißt gar nichts! Wir haben uns ewig nicht gesehen. Du kennst mich nicht, also belehre mich nicht!«, unterbreche ich sie und springe auf.

»Auf dein Glück zu verzichten, macht sie nicht wieder lebendig.« Die Worte meiner Großmutter schneiden durch die entstandene Stille, übertönen mein laut klopfendes Herz um Längen. »Sie würden sich wünschen, dass du glücklich bist. Was bringt es dir, wenn du dich für alle anderen aufopferst und dich völlig vergisst?«

Ich will die Gefühle nicht zulassen, die sich ihren Weg nach oben bahnen. Genau deshalb bin ich so ungern hier. Ich brauche diesen Spiegel nicht, *will* ihn nicht.

»Du weißt, was wir für eine Gefahr darstellen können; die Schatten. Ich bin nicht wie du oder Mutter …«

»Die Schatten sind ein Teil von uns, wie das Licht ein Teil von dir ist. Nur hast du verlernt, es zu sehen.« Großmutter erhebt sich ebenfalls und kommt auf mich zu. »Die Schatten sind nicht böse. Sie verleihen dir Macht.«

»Eine Macht, die nur Tod bringt.«

»Vertrau mir.«

Ohne eine weitere Vorwarnung greift sie erneut an meine Schläfen, und meine Sicht verändert sich.

»Wir haben eine Gabe, die nur die wenigsten verstehen werden. Wir sehen und spüren Dinge schon weit, bevor sie passieren. Es kann eine Bürde sein oder ein Geschenk«, erklärt Großmutter.

Alles ist dunkel, ich kann nicht einmal ihre Gestalt erkennen.

»Öffne deine Seele, lass dich darauf ein.«

Reflexartig folge ich ihrer Aufforderung. Und dann sehe ich es. Hunderte, wenn nicht sogar Tausende Seelen, die um uns herumschwirren. Seit jeher ist es den Schamanen vergönnt, Seelen zu begleiten, die ihren Weg zu ihrer Mitte nicht finden. Sich von sich selbst gelöst haben und weder in diesem noch im nächsten Leben Frieden finden können. Meine Mutter war ein Medium der heilenden Energie.

Anders als ich.

Wie könnte ich je eine so zerstörerische Macht annehmen? Ich will schützen, heilen, ja. Nur war mir diese Kraft nie vergönnt. Meine hat einen Preis, das weiß ich selbst am besten.

»Quirin, das ist dein Erbe. Das Blut der Ahnen fließt in deinen Adern.«

»Ich habe dieses Erbe nie gewollt.«

»Und genau deshalb hat es dich gewählt. Der Unwürdige verzehrt sich nach Macht, der Würdige weiß sie zu fürchten.«

»Was hat das mit Dina zu tun?«

Ein kleines Lächeln breitet sich auf dem Gesicht meiner Großmutter aus. »Die Antworten auf all deine Fragen sind hier. Doch suchen musst du sie selbst.«

»Erpressung, hm?«

»Lass einer alten Frau ihre Tricks.«

Kopfschüttelnd blicke ich mich um, und die Umgebung ändert sich erneut.

Als ich die Augen öffne und einen Schritt von Großmutter zurücktrete, höre ich ein Räuspern.

Ich wende mich der Ursache des Geräuschs zu. »Dina.«

Verängstigt steht sie im Eingang des Zeltes und starrt meine Großmutter mit weit aufgerissenen Augen an. »Andaya.«

»Ihr kennt euch?«, frage ich verwirrt.

»Kennen wäre übertrieben. Sie hat mich nur stundenlang durch den Wald irren lassen, eine Bekannte aus dem Tiefschlaf gerissen – und wofür?«

»Zeit, Kind. Sag, wie war der Eintopf?«

Dinas Schnauben reicht mir als Erklärung, doch Großmutter nicht, die sie nur mit einem ihrer berühmt-berüchtigten Blicke bedenkt.

»Lecker«, grummelt Dina und tritt näher. Erst jetzt sehe ich, wer auf ihrer Schulter sitzt.

»Nox?«, hauche ich verwundert.

Passend dazu kräht mein Rabe und lässt sich von Dina unter seinem Schnabel streicheln, wie es sonst nur ich darf.

Manchmal.

»Er hat mich draußen gefunden und sich mir angeschlossen. Ich fand das Verhalten für einen Raben sehr merkwürdig, bis ich mich daran erinnert habe, dass es für einen bestimmten ganz normal ist.«

Meine Großmutter bietet Dina einen Platz an. Sie setzt sich und hat einen Moment später ein Getränk in der Hand.

»Ich nehme an, du hast dich entschieden?«, fragt Großmutter und nimmt ebenfalls Platz.

Jetzt ist nichts mehr von ihrem durchdringenden Wesen übrig. Es existiert nur noch die besorgte, alte Frau. Es war schon immer beachtlich, wie sie zwischen den Persönlichkeiten hin- und herschwenken kann.

»Das habe ich.« Dinas Blick landet auf mir, und ich geselle mich zu den beiden. »Ich will permanent in Nadiraan leben. Ja, ich hatte noch kleine Zweifel, aber die existieren nicht mehr.«

»Wieso?«, hake ich nach.

Ich tue nichts anderes, als sie von mir zu stoßen, habe sie angelogen und mehr als einmal ihre Annäherungsversuche abgeblockt. Bei allen guten Geistern, warum ist sie trotzdem hier und entscheidet sich für mich?

»Weil ich einen Sinn, meine Bestimmung gefunden habe. Mein Herz sehnt sich nach Nadiraan. Wenn ich wach bin, will ich hier sein. Mein Leben fühlte sich schon lange nicht mehr an, als würde es mir gehören, doch hier tut es das, und ich will, dass dieses Gefühl nie aufhört. Also Ja zu allem. Zu der Gefahr, unserer Ehe, meiner Position an deiner Seite. Auch nur als Freunde. Und ich denke, das sind wir, oder?«

Ich nicke stumm. Zu mehr bin ich nicht imstande.

Großmutter erhebt sich. »Bei Vollmond werdet ihr getraut. Hier. Nach unserer Tradition.«

»In zehn Tagen schon?«

Ich komme einfach nicht mehr mit.

Großmutter ignoriert mich völlig und wendet sich an Dina. »Kind, musst du noch etwas in deiner Welt regeln?«

Dina schüttelt den Kopf. »Nein, es wird auch niemandem auffallen, wenn ich nicht mehr da bin. Gibt es denn eine Möglichkeit, wie ich jetzt schon bleiben kann?«

»Meine Magie ist alt. Bis zur Trauung kann ich dich an diesen Ort binden. Du wirst diese Welt nicht mehr verlassen, es sei denn, du willst dich noch einmal verabschieden. Das ist möglich. Spätestens am Abend der Zeremonie ist es dann jedoch nicht mehr zu revidieren.«

»Ich bin bereit. Danke für deine Hilfe«, antwortet Dina entschlossen.

Damit verschwindet Großmutter und hinterlässt eine Stille, die lauter ist als das Trampeln der vollständigen Armee Nadiraans.

»Es tut mir leid«, sage ich. »Es war nie mein Ziel, dir wehzutun oder das Opfer kleinzureden, das du bringst. Ich verstehe nur beim besten Willen nicht, warum du das alles tust. Vor allem mit mir.«

Dina nimmt einen Schluck von ihrem Getränk und scheint sehr lange zu überlegen, ehe sie mir antwortet. »Weißt du, es gab bereits Männer in meinem Leben, die mich heiraten wollten. Mich an ihrer Seite gesehen haben als die Mutter ihrer Kinder.«

Eigentlich sollte das etwas Schönes sein, aber bei Dina klingt es wie der Anfang einer Gruselgeschichte.

»Jedes einzelne Mal sagte mein Bauch Nein. Stets hatte ich das Gefühl, dass es falsch ist. Das Leben, das sie sich vorgestellt haben, hatte mich im Zentrum und doch nicht wirklich. Ich wollte die Welt sehen, Dinge bewegen, Urlaube an den schönsten Orten machen. Einen Sinn in *meinem* Leben finden und nicht in einem anderen, von dem ich zwar ein Teil bin, aber nur eine Nebenfigur. Ergibt das Sinn für dich?«

Verhalten nicke ich und senke den Blick. »Nur zu gut.«

Denn genau das fühle ich, wenn ich darüber nachdenke, meinem Cousin die Krone zu stehlen. Mein Leben wird in den Dienst aller gehen, aber nicht mehr *meins* sein. Ja, auch in der Armee diene ich und ich liebe es, aber ich bin immer noch frei. Ich kann unter den Sternen schlafen, wenn es mir beliebt. Bin von Personen umgeben, die dasselbe Ziel haben.

»Mit dir ist es anders.«

Abrupt drehe ich meinen Kopf zu ihr und sehe, dass ein Lächeln ihre Lippen umspielt.

»Ja, ich habe mich bei unserer ersten Begegnung nicht gerade mit Ruhm bekleckert«, sagt sie und kichert, »aber du bist der erste Mann, dem ich je begegnet bin, der nichts von mir wollte. Der sich für mich eingesetzt hat, ohne etwas dafür zu verlangen. Einfach weil du so bist, wie du bist, und dafür will ich dir danken.«

»Hm?«

»Du hast mir die Augen geöffnet, mir gezeigt, dass es mehr gibt, als hinter einem verstaubten Schreibtisch zu sitzen und irgendwann das Leben zu führen, das jeder erwartet. Jeder außer mir. Hier kann ich zum ersten Mal ich sein. Vollständig. Von daher: Danke für diese Möglichkeit. Auch wenn wir nur Freunde bleiben, freue ich mich jetzt schon, meine weitere Reise mit dir zu bestreiten. Anfangs dachte ich, ich würde mich für dich auch auf eine intime Weise entscheiden, denn das ging für mich immer Hand in Hand mit einer Ehe. Als ich wieder in meiner Welt ankam, war ich wütend, verletzt, weil du mich einmal mehr abgelehnt hast, doch jetzt sehe ich es klarer. Ich entscheide mich für das, was du mir bietest, und du hast von Anfang an deutlich gemacht, was das sein wird. Alles darüber hinaus war meine Wunschvorstellung und nicht gerecht. Ich habe das zeitweise zu sehr verwischt, und es tut mir leid.«

Noch nie hat jemand etwas so Schönes zu mir gesagt. Und doch bricht es mir das Herz – irgendwie. Dabei nimmt sie nur alles an, worum ich sie gebeten habe.

Dina erhebt sich und schaut auf mich herunter. »Du bist ein Beschützer, hast dein Leben lang auf alle um dich herum aufgepasst. Lass mich auf dich aufpassen, ja? Für dich da sein. Denn du hast auch verdient, du selbst sein zu dürfen. *Vollkommen.* Und ich denke, als Freunde haben wir dafür eine sehr gute Basis.«

Ahnt sie etwas?

Weiß sie etwas?

Das kann nicht sein, aber ich bin zu schockiert, um zu antworten. Also nicke ich nur und beobachte Dina, wie sie das Zelt verlässt.

Nox setzt sich auf meine Schulter, der sich zuvor an den Körnern auf dem Tisch in der Ecke bedient hat.

»Du magst sie anscheinend«, murmele ich.

Er kräht zustimmend.

»Ich auch. Und vielleicht sogar jeden Tag ein wenig mehr.«

Hoffentlich wird mir das nicht zum Verhängnis.

Dina

»When you are attracted to people, it's because of the details.
Their kindness.
Their eyes.
The fact that they can get you to laugh
when you need it the most.«
– Jodi Picoult

Ich nehme mir absichtlich etwas Zeit, um die Stadt genau zu betrachten. Die Schamanen gehören zu Quirin und ich dadurch bald zu ihnen. Wenn auch nicht im Blut. Trotzdem sind sie irgendwie Familie.

Ihre *Stadt*, wenn man sie so nennen darf, ist von einer so liebevollen Atmosphäre geprägt, dass es mir ein Lächeln auf die Lippen zwingt. Kinder rennen umher, spielen, während alte und junge Menschen wild gemischt Zeit miteinander verbringen.

In meiner Welt ist das eine Seltenheit geworden. Fast niemand interessiert sich mehr für das Gegenüber. Es wird selbst in Familien nur noch nebeneinanderher gelebt. Interesse ist oberflächlich und selten ernst gemeint, hier jedoch kann ich die Aufrichtigkeit förmlich spüren. Als würde sie in der Luft pulsieren und jeden umhüllen, der sich hier aufhält. Es riecht herrlich nach Tees und Gewürzen, Eintöpfen, gemischt mit dem ganz eigenen Geruch der Natur. Ich bin mir sicher, dass selbst wenn ich Jahre hier verbringen würde, ich mich daran nicht satt riechen könnte.

»Es ist ein unwirklicher Ort, oder?«, ertönt Quirins Stimme hinter mir.

Kurz darauf landet Nox auf meiner Schulter und pickt an meinem Ohr herum.

»Nox, hör auf, mich zu kitzeln!«, schimpfe ich und kichere, was ihn nur noch mehr anstachelt.

Wer hätte gedacht, dass Raben so gesellig sind, vor allem Menschen gegenüber?

»Ich liebe es hier«, antworte ich Quirin.

Als Nox endlich aufhört, meine Ohren zu malträtieren, wende ich mich Quirin zu und sehe tatsächlich den Ansatz eines Lächelns auf seinem Gesicht. Stets blickt er ernst drein, als würde er jetzt schon die Last des gesamten Königreichs auf seinen Schultern tragen. Meist sieht er um Jahre älter aus, als er wahrscheinlich ist; erdrückt von Verantwortung und Pflichtbewusstsein. Ihn so losgelöst zu sehen – zumindest für seine Verhältnisse –, freut mich einfach nur.

»Bist du hier auch eine Art Prinz?«, frage ich ihn.

Ich habe keinerlei Ahnung davon, wie Nadiraan und seine Politik funktionieren, und das sollte ich schleunigst ändern.

»Nein, die Schamanen funktionieren anders. Meine Großmutter ist die Älteste, nach dem Tod wird neu gewählt. Die Person, die am geeignetsten ist. Bestechung interessiert hier niemanden, sondern nur die Zufriedenheit aller. Von daher gibt es kein Erbe an sich. Auf Lebzeiten meiner Großmutter habe ich jedoch einen besonderen Status.«

»Nicht dass du darauf wert legen würdest«, hänge ich mit einem Grinsen an.

»Nicht wirklich. Es ist einfach nur erfrischend, mal nicht im Dienst oder von Höflingen umgeben zu sein. Auch wenn dieser Ort seine ganz eigenen Probleme mit sich bringt.«

Quirin geht einen Schritt vor und bedeutet mir, ihm zu folgen. Schon nach wenigen Metern werden wir freundlich von jeder Person gegrüßt, und ich stelle mich allen vor. Zu Hause ist es so oft aufgesetzt, jedoch nicht hier. Das Interesse an mir ist echt. Sei es die Frage nach meinem Namen oder danach, wie es mir geht. Absolute Aufrichtigkeit, wohin man sieht.

»Bist du häufig hier?«

Ein Schatten huscht über Quirins Gesicht, und er schüttelt den Kopf. »Nach dem Tod meiner Eltern war ich nur einmal hier.«

»Zu viele Erinnerungen?«

Als Antwort erhalte ich ein Brummen.

Kindergeschrei reißt uns aus der Melancholie, und ich blicke umher. Fünf Jungen stürzen sich in diesem Moment auf Marian, kitzeln ihn überall und werden von König Ricard angefeuert.

Zügig gehen Quirin und ich auf die Gruppe zu und beobachten das Schauspiel.

»Hilfe!«, schreit Marian, was schnell in ein Lachen übergeht. Er ist so überdreht, dass er gar nicht anders kann, als auf die Neckereien zu reagieren. »Das sind wilde Biester, die es auf mich abgesehen haben!« Er könnte sich ohne Mühe selbst befreien, so viel steht fest, aber er lässt den Kindern die Freude.

»Du kommst klar«, erklärt König Ricard - und so, wie es aussieht, überlegt er, mitzumachen.

»Wieso trägst du deine Haare jetzt eigentlich geflochten?«, fragt Quirin aus dem Nichts, und als ich mich ihm zuwende, sehe ich, dass er mich eindringlich betrachtet.

»Marian sagte, es sei Tradition für versprochene Personen, die Haare nicht mehr offen zu zeigen.«

Peinlich berührt streicht sich Quirin durch seine dunklen Haare. Sie sind nicht lang, aber lang genug, dass sie ihm zeitweise in die Stirn fallen.

»Daran hätte ich auch denken können«, murmelt er.

Er streicht sich die Strähnen wieder zurück, doch eine will sich seinem Willen nicht beugen. Also trete ich vor, zähme die wilde Strähne und bringe sie zurück in Position.

»Nicht schlimm, ich mag sie offen.«

Quirins Fassade bröckelt für einen Moment. Ich kann nicht deuten, was in ihm vorgeht, aber in diesem Augenblick sehe ich deutlich, dass er nichts vor mir verbirgt.

Ehe ich auf seine Reaktion eingehen kann, werde ich von hinten gepackt und in die Luft gehoben.

»Kann nicht sein, dass ich der Einzige bin, der leiden muss«, grölt Marian.

Kaum setzt er mich auf dem Boden ab, beginnt er, mich zu kitzeln, was sofort darin ausartet, dass ich wild um mich schlage und trete.

»Hör auf, ich bin kitzelig!«

»Das ist der Plan. Auf sie!«

Und schon hängen bestimmt drei Kinder vor mir und Marian hinter mir.

»Gnade!«, brülle ich und kichere wie Marian vor ein paar Minuten. Tränen kullern meine Wangen hinunter. »Gibt es denn keinen edlen Ritter, der sich meiner erbarmt?«

Mein Blick fällt auf Quirin, der die Augenbrauen fragend hochzieht. Nox schwebt über mir, kräht wild, doch es klingt eher wie ein Anfeuern der Kinder als ein Ausschimpfen.

»Will nicht mal mein zukünftiger Gemahl meine Ehre retten? Welch Schande!« Bewusst trage ich dick auf, aber die Situation bietet sich so herrlich dafür an.

Quirin murmelt irgendetwas, packt zwei Kinder am Kragen und hebt sie hoch. »Also ›Schande‹ kann ich nicht auf mir sitzen lassen!« Mit Leichtigkeit stellt er die beiden Kinder einen Meter weiter weg. Als er sich wieder umdreht, zieht mich Marian hoch und hinter sich.

»Du wirst sie nicht bekommen!«, spottet er hochnäsig, als wären wir in einem billigen Theaterstück, doch den umherstehenden Personen scheint es zu gefallen. Immer mehr gesellen sich zu uns und verfolgen das Spektakel.

»So helft mir doch und kämpfet um meine Ehre!«, klage ich.

Dass Quirin nicht die Augen verdreht, ist alles. Er ist unbewaffnet, wie Marian auch – wahrscheinlich benötigen sie hier keine Waffen. Daher nimmt er sich einen Stock vom Boden und fuchtelt damit herum, als wäre es ein Schwert.

Auch Marian bewaffnet sich, und beide prügeln mit den Stöckern aufeinander ein wie Kinder. Sie werden angefeuert, ehe Marian zu einem ungerechten Mittel greift.

»Soldaten, Angriff!« Er deutet auf die umherstehenden Kinder und danach auf Quirin.

Sofort stürzt sich die Meute auf ihn, und er lässt sich zu Fall bringen.

»So, Kinder, genug jetzt! Zeit fürs Bett«, verkündet eine Mutter, und sofort lassen die Kinder von Quirin ab.

Marian wendet sich mir mit einem provokanten Grinsen zu. »Und, was bekommt der Gewinner?«

»Hm …« Nachdenklich tippe ich an mein Kinn. Dann trete ich einen Schritt vor und gebe ihm einen Kuss auf die Wange. »Meine Dankbarkeit«, flüstere ich ihm ins Ohr, und es klingt wesentlich stärker nach einem Flirtversuch, als mir lieb ist. Seine stoppelige Wange fühlt sich rau unter meinen Lippen an und doch so gut, dass es mir ein Kribbeln über den Körper jagt.

Ihn scheint es auch nicht kaltzulassen, denn für einen Moment bin ich mir sicher, dass er nicht mehr atmet. Bilder von unserem *Moment* in Tifus kommen zurück in mein Gedächtnis.

Unser Fast-Kuss. Unsere Nähe. Unsere Verbundenheit.

Die Sache mit Quirin habe ich geklärt, und ich bin froh darüber, aber Marian … Ich kann nicht leugnen, dass er ebenfalls etwas in mir auslöst – etwas gänzlich anderes als Quirin, jedoch nicht weniger willkommen. Anscheinend habe ich diese Tatsache die letzten Tage gut verdrängt, doch nun prallt sie auf mich ein wie ein Wirbelsturm.

Über seine Schulter hinweg erkenne ich Quirin, der die Situation genau mustert. Doch anstatt Ablehnung sehe ich etwas anderes in seinem Blick: Zufriedenheit. Findet er es etwa in Ordnung, dass ich Marian nahekomme? Aber war er nicht eifersüchtig? Er sollte eifersüchtig sein, oder nicht?

Der Gedanke reißt mich aus meiner Starre, und ich trete von Marian zurück.

»Komm, Dina, ich zeig' dir, wo du schläfst«, sagt Andaya, und ich folge ihr.

Hauptsache, raus aus dieser Situation.

Sehr zu meinem Erstaunen habe ich ein eigenes Zelt bekommen. Mindestens dreimal habe ich nachgefragt, ob irgendjemand sein Zuhause für mich räumen musste, doch jedes Mal hat Andaya verneint. Sonst hätte ich es nie angenommen.

Es ist klein, aber fein. Darin befindet sich ein Schlafplatz, der mich an eine Luftmatratze erinnert, nur aus Stroh. Darauf befinden sich Decken und Kissen und machen das Ganze sehr einladend. Kleidung liegt ebenfalls für mich bereit. Ewig kann ich in meinen eigenen Sachen nicht herumlaufen, und je schneller ich aussehe wie eine von ihnen, desto weniger falle ich auf. Und genau das ist mein Ziel: Ich will mich eingliedern, ein Teil dieser Gemeinschaft werden und alles lernen, was ich in den wenigen Tagen kann, die mir bleiben.

Zügig verschließe ich das Zelt, was hier so viel bedeutet wie: Ich lasse den Vorhang herunter und ziehe mich um.

Komischerweise habe ich ein Kleid erwartet, stattdessen finde ich eine weite schwarze Hose, ein Oberteil, ähnlich wie ein Top, und eine Jacke, die ich darüber anziehe. Der dunkle Stoff sah auf den ersten Blick wenig gemütlich oder wärmend aus, aber das genaue Gegenteil ist der Fall. Er fühlt sich an wie eine zweite Haut, und meine Bewegungsfreiheit ist mitnichten eingeschränkt. Selbst meine besten Leggings kommen nicht annähernd an den Komfort heran.

Ich sehe ein letztes Mal an mir hinab, dann beschließe ich, dass es Zeit ist, zum Abendessen aufzubrechen.

Den ganzen Abend sitze ich zwischen Marian und Quirin, wobei sich Marian größtenteils mit Ricard unterhält und Quirin mit seiner Großmutter. Mich stört es kein bisschen. Ich lasse lieber die Eindrücke auf mich wirken, mustere meine Umgebung und beobachte Verhaltensweisen der Menschen. Wenn ich sonst in solchen Situationen war, kam immer ein Punkt, an dem ich mich unwohl gefühlt habe, erschöpft, aber diesmal bleibt es aus. Ich genieße das Essen, die Getränke, die Musik – einfach alles, was sich mir bietet.

»Entschuldige, dass ich mich so wenig um dich kümmere«, flüstert mir Quirin zu, und ich schenke ihm ein Lächeln.

»Ich weiß nicht, wann ich das letzte Mal einen Abend so genossen habe wie heute. Mach dir um mich keine Sorgen. Mir geht es gut, und es fehlt mir an gar nichts.«

Er erwidert mein Lächeln, wenn auch nur zaghaft. »Solche Abende erwarten uns in der Hauptstadt zuhauf. Und nicht jeder davon wird so angenehm.«

Freundschaftlich lege ich meine Hand auf seine und drücke sie. »Dann werden wir auch das gemeinsam lösen. Keiner von uns ist mehr allein, Quirin. Alles, was ab jetzt kommt, meistern wir gemeinsam. Wir sind Freunde, ein Team.«

Er überrascht mich völlig, als er seine Hand dreht und seine Finger mit meinen verschränkt, sie zu seinen Lippen führt und zärtlich küsst. Wie kann ein Mann nur so ein Widerspruch sein? Ich habe mich ihm quasi an den Hals geworfen, und er hat mich mit demselben Enthusiasmus abgeblockt. Doch kaum sind wir *nur* noch Freunde, kommt das jetzt?

Bloß nichts hineininterpretieren, Dina, befehle ich mir selbst.

Wahrscheinlich ist er mir nur so zugewandt, weil er weiß, dass keine *Gefahr* mehr von mir ausgeht. Das muss es sein.

»Also den Schein wahren kannst du sehr gut.« Den spitzen Kommentar kann ich mir dennoch nicht verkneifen. Warum sollte ich?

»Du auch.«

In diesem Moment wird mir wieder bewusst, warum ich mich Quirin so angebiedert habe. In seinem durchdringenden Blick erkenne ich eine Tiefgründigkeit, die ich nur zu gern erforschen würde. Und seine sensible Seite … Einerseits ist er so zärtlich, zugewandt und liebevoll, andererseits der knallharte General, der, ohne zu zögern, drei Männer getötet hat, die mir zu nah kamen. Er ist wie eine Achterbahn, mit der ich immer und immer wieder fahren will.

Nein, Dina! Freundschaft. Mach nicht wieder denselben Fehler. Ich sollte auf meine innere Stimme hören.

Ohne meine Hand loszulassen, wendet sich Quirin wieder seiner Großmutter zu. Es sollte mich nicht so enttäuschen, schließlich wird unsere Verbindung nicht unterbrochen, dennoch tut es das. Wieso zieht er mich – wahrscheinlich unbewusst – immer wieder in seinen Bann, nur um mich dann auf dem Boden der Tatsachen aufkommen zu lassen?

Anscheinend fahre ich mit dieser Achterbahn ohne Sicherheitsgurt. Den muss ich dringend finden.

Quirin

Nie hätte ich gedacht, dass es so einfach sein würde. Seit Dina erkannt hat, dass eine Freundschaft zwischen uns sinniger ist als *andere* Vertrautheiten, ist alles deutlich entspannter. Sollte ich wirklich den Thron besteigen, brauche ich einen Partner, jemanden, auf den ich mich verlassen kann. Liebe verkompliziert alles. Und es ist schön, dass sie das endlich auch so sieht.

Es hat sie nicht einmal gestört, dass ich mich den halben Abend nicht mit ihr beschäftigt habe. Sie ist nicht eine von den Frauen, die permanent auf Händen getragen werden wollen, wie ich es von manchen Frauen der Männer aus der Armee kenne. Wenn sie zu Hause sind, haben sie einen diensthabenden Offizier gegen den nächsten eingetauscht. Keine gute Idee, finde ich. Dina ist da einfacher, entspannter. Es ist auch schön, zu wissen, dass ich sie nicht gehen lassen muss, fragend, wo und wann sie wieder auftauchen wird. In dieser Hinsicht hat Magie ihre Vorteile.

Großmutter hat sich bereits zurückgezogen, und auch der Rest der Gesellschaft, die sich heute zu Ehren meiner Rückkehr eingefunden hat, löst sich so langsam auf.

»Ich denke, ich werde mich ebenfalls zurückziehen«, flüstert Dina und erhebt sich.

Sofort bin ich auf den Beinen und biete ihr meinen Arm an, den sie verwundert mustert. »Ich bringe dich zu deinem Zelt.«

»Danke«, murmelt sie. »Aber ich denke nicht, dass mir hier etwas passieren wird.«

»Darum geht es nicht.« Mit langsamen Schritten entfernen wir uns und treten in die nur vom Mondlicht erfüllte Nacht. »Ich wollte mich noch mal bedanken. Für alles, was du tust. Ich würde es nie verlangen und bin einfach nur froh, dich an meiner Seite zu wissen und dass wir nun alle Unstimmigkeiten aus dem Weg geräumt haben. Es ist wirklich befreiend.«

Auch wenn es dunkel ist, sehe ich, dass sie errötet. Bei ihrem Zelt angekommen, beuge ich mich vor und hauche einen Kuss auf ihre Wange.

»Schlaf gut.«

»Wo ist der Grummelbär hin, den ich kennengelernt habe?«, fragt Dina.

»Keine Sorge, der kommt früh genug wieder. Das hier ist ein Ort, an dem auch ich einfach mal zur Ruhe kommen kann, ohne mir Gedanken zu machen. Lange Zeit habe ich die Heimat meiner Mutter verurteilt, doch jetzt gerade fühle ich nichts davon und genieße es einfach. Und ich bin froh, dass wir alles klären konnten. Die kühle Wirkung nach außen werde ich noch oft genug zeigen müssen, und du wirst dich fragen, ob ich nur diese Seite habe. Lass mich dir hier zeigen, dass ich mehr bin als nur mein Pflichtbewusstsein. Wir werden unser Leben miteinander verbringen, und du sollst mich wirklich kennenlernen, ehe uns die Pflicht einholt.«

Dina tritt einen Schritt vor und umarmt mich. »Dann versprich mir, mich von Zeit zu Zeit in den Arm zu nehmen. Ich brauche das ab und zu. Das Gefühl der Sicherheit.«

Fest umschließe ich sie und drücke sie an mich. »Keine Sorge, solange du in meiner Nähe bist, wirst du immer sicher sein.«

Jetzt mehr denn je, da die Gefahr gebannt ist.

Dina kuschelt sich enger an mich, und ich warte, bis sie die Umarmung löst und in ihr Zelt geht.

»Gute Nacht, Quirin.«

»Nacht, Dina.«

Marian und ich teilen uns ein Zelt, Ricard hat aufgrund seiner Position ein eigenes erhalten. Kaum betrete ich mein neues Reich, fühle ich Marians Blick auf mir.

»Du und Dina scheinen gut zurechtzukommen.«

»Ja«, erwidere ich und entkleide mich.

Seit wir in der verlorenen Stadt angekommen sind, ist es trotz unserer Intimität nicht mehr merkwürdig zwischen uns, eher das Gegenteil. Es ist wie immer. Keine Probleme.

»Wir sind Freunde«, ergänze ich.

»Sieht sie das auch so?«

»Sie hat es so gesagt.«

Mit diesen Worten lege ich mich auf meine Strohmatte und mache es mir gemütlich. Nox hat mir bereits berichtet, dass die Einheit ebenfalls einen guten Rastplatz gefunden hat und es allen gut geht. Sonst hätte ich den Abend sicherlich nicht so entspannt verbracht.

»Gut, dann kann ich also davon absehen–«

»Nein, dabei bleibt es weiterhin. Dina und ich sind Partner, auf einer Wellenlänge. Keiner von uns hat Interesse daran, das jetzt zu zerstören. Doch auch bei ihr wird irgendwann–«

»Du bist wahnsinnig, Quirin. Absolut wahnsinnig.«

»Mag sein, aber ich wäre nicht der erste König, der seiner Gemahlin erlaubt, sich anderweitig auszuleben.«

»Aber der erste König, der dabei keusch bleibt«, zischt Marian. »Ich verstehe dich nicht. Nicht in diesem Punkt.«

»Musst du auch nicht. Ich verstehe es, und Dina tut das ebenfalls.«

»Sie weiß es?«

»Nein, ich hatte nicht vor, dich bei ihr anzupreisen.«

»Und wie soll ich dann … Wenn ich es überhaupt wollte …« Marian seufzt, und ich sehe deutlich vor mir, wie er sein Gesicht in den Händen vergräbt, auch wenn es finster ist.

»Bisher hattest du nie ein Problem damit.«

»*Bisher* hat es sich auch nie um deine Zukünftige gehandelt.«

»Sieh es so, bald ist sie nicht mehr zukünftig.«

»Ganz toll. Wirklich.«

Ein Rascheln ertönt, als sich Marian umdreht. Damit ist die Unterhaltung wohl beendet. Zumindest für heute, denn so, wie ich ihn kenne, war das längst nicht alles.

Als ich am nächsten Morgen erwache, ist es noch früh. Ich beschließe, den ruhigsten Moment des Tages zu genießen. Die Morgensonne lässt alles in schönen Rottönen erstrahlen, der Tau liegt noch auf dem Gras. In diesen Augenblicken ist die Welt für mich perfekt. Unbeobachtet, ohne Probleme oder Konsequenzen, um die ich mich kümmern muss. Einfach mal sein. Ich liebe meine Position und würde sie für nichts auf der Welt eintauschen wollen, doch die Momente, die ich nur mit mir selbst habe, sind mir heilig. Sie lassen mich zur Ruhe kommen, erlauben mir, mich selbst zu zentrieren und mit einem klaren Kopf in den Tag zu starten. Es braucht nur ein paar Minuten, aber die sind unverzichtbar.

Ehe ich mich versehe, stehe ich der großen Bärenfelsformation gegenüber. Im Reich meiner Großmutter werden keine Waffen geduldet, also trage ich auch keine bei mir. Daher zögere ich einen Moment, meiner Einheit einen Besuch abzustatten. Schließlich sind wir immer noch mit *gestohlenen* Sklaven unterwegs und tragen Steuern des Königs bei uns. Die Wahrscheinlichkeit eines Angriffs ist sehr hoch.

Schwerterklirren reißt mich aus meiner Überlegung, und ich sprinte los, zwischen den Felsen hindurch.

»Nox, was ist da los?«

Unsere Verbindung ist besonders in solchen Momenten sehr hilfreich. Es ist unüblich für Schamanen, diese Art der Verbindung mit seinem *Ototeman* zu teilen, daher weiß es auch niemand – niemand außer Großmutter wahrscheinlich. Sie weiß alles. Warum sie sich allerdings zu Marian und mir bedeckt hält … Sie wird es sicherlich gesehen haben. Oder sie hat mal wieder einen Plan. Würde mich nicht wundern.

Zügig löse ich mich von den Gedanken, als auch mein Rabe nicht antwortet, und eile zu der Stelle auf der anderen Seite der Felsformation, wo ich das Schwerterklirren vernommen habe. Abrupt halte ich inne und beobachte das Schauspiel vor mir.

Nox sitzt auf einem Felsen und kräht vor sich hin, als würde er eine Person anfeuern. Das an sich wäre nichts Neues, aber *wen* er anfeuert, schon.

»Dina?«, murmele ich – wohl zu leise, als dass mich jemand hören könnte.

Amina und Amaya haben jeweils ein Schwert in der Hand, ebenso Dina, und zeigen ihr den Umgang damit. Sie stellt sich genauso an, wie man es erwarten würde. Mit beiden Händen hält sie es, und sie hat Mühe, es oben zu halten. Obwohl es relativ klein ist, wiegt der Stahl einiges. Hinzukommt, dass Dina keinerlei Erfahrung mit Waffen hat, ganz im Gegensatz zu den Zwillingen.

Amina schlägt Dina das Schwert aus der Hand, das kurz vor meinen Füßen aufkommt und im Boden stecken bleibt. Als mich Dina erkennt, springt sie fast schon einen Schritt zurück.

»Quirin …«

Wieso sagt sie meinen Namen so, als hätte ich sie bei etwas Verbotenem erwischt und würde sie nun bestrafen?

»Was macht ihr hier?« Es ist offensichtlich, dennoch will ich es aus Dinas Mund hören.

»General!« Amina stellt sich aufrecht hin. Anscheinend hat auch sie das Gefühl, etwas Falsches getan zu haben. »Wir–«

Mit einer Geste unterbinde ich sie und fixiere mich komplett auf Dina. »Ich will es aus ihrem Mund hören.«

»Die beiden helfen mir«, antwortet sie kleinlaut.

»Das sehe ich, aber wobei genau und warum?«

Da haben wir uns gestern erst über meine kühle Seite unterhalten, und kaum ein paar Stunden später gehe ich schon wieder vollends in der Rolle des Generals auf.

»Ich will mich verteidigen können. Der Treffer mit dem Dolch war Glück. Ich werde euch begleiten, aber so ungeübt, wie ich bin, bin ich nur eine Belastung – und das will ich niemandem zumuten.«

»Den Umgang mit dem Schwert zu lernen, dauert Jahre. Und du bist nicht kräftig genug dafür.«

Dina ist eine zierliche Person. Allein die nötige Muskelkraft aufzubauen, würde lange dauern. Und diese Zeit haben wir nicht.

»Das weiß ich auch«, jammert sie. »Amina und Amaya wollten mir nur helfen. Wenn du sauer bist, weil ich ihre Zeit vergeude, dann sei sauer auf mich.«

»Warum sollte ich sauer sein?«

»Bist du es denn nicht?«, fragen alle drei gleichzeitig, und ein Schnauben verlässt meine Lippen.

»Ist es mit Matteo und Darius abgesprochen?«, stelle ich eine Gegenfrage.

Die beiden Soldatinnen nicken.

»Also. Wo sollte das Problem liegen?«

Dina kommt auf mich zu, und es scheint, als wäre ihr die ganze Situation unangenehm. »Sie haben mir erklärt, dass es sich nicht für eine Frau schickt, mit Waffen zu hantieren, und ich weiß, wie wichtig es ist, dass wir keine Fehler machen. *Ich* vor allen Dingen. Denn ich kenne ja–«

»Dina«, unterbreche ich sie, und sie starrt mich mit großen Augen an. »Ich finde es gut, dass du lernen willst, dich zu verteidigen, und deine Gründe sind berechtigt. Bloß weil du lernen willst, dich zu verteidigen, heißt es ja nicht, dass du demnächst die Vorhut anführst und jedem Soldaten der Welt beweisen willst, dass du besser bist.«

»Nein.«

»Eben. Und was diese *Regelung* angeht. Gerade ihr beiden«, bewusst starre ich Amaya und Amina nieder, »solltet doch meine Haltung zu diesem Thema kennen. Also bevor ihr das nächste Mal Dina so einen Unfug erzählt und ihr Angst macht, dass ich sauer sein könnte, weil sie sich verteidigen will, sprecht mit mir.« Die beiden wollen sofort zu Widerworten ansetzen, doch ich lasse sie mit einer

Handbewegung verstummen und wende mich Dina zu. »Ich glaube, das Schwert ist nicht deine Waffe der Wahl.«

»Wieso? Meinst du etwa, ich schaffe das nicht?«

»Heb das Schwert auf«, befehle ich knapp, ohne auf ihren Einwand zu reagieren, und Dina leistet Folge. »Greif mich an.«

»Aber-«

»Tu es.«

Dina hebt das Schwert und versucht einen Angriff von oben.

Typischer Anfängerfehler. Für diese Art des Angriffs ist sie viel zu klein und ich zu groß.

Ehe sie das Schwert auf mich herunterschnellen - oder besser gesagt fallen lassen - kann, trete ich vor, umfasse ihre Hände, schiebe meinen Fuß zwischen ihre Beine und bringe sie zu Fall. Wie erwartet lässt sie die Klinge los, die ich mühelos greife und ihr danach an die Kehle halte.

»Deshalb ist das Schwert nicht deine Waffe der Wahl.«

Dina keucht aufgeregt. Um die Stelle, an der das Schwert ihren Hals berührt, breitet sich eine Gänsehaut aus. Instinktiv streckt sie den Kopf weiter nach hinten, offenbart mir ihren Hals völlig. Wie ein Tier, das sich dem Stärkeren ergibt.

Für einige Momente bin ich von ihrem Anblick gefangen. Ihre Atemzüge, die sacht und kontrolliert in ihren Bauch gehen, ihre Augen, die die meinen fixieren, der Druck der Klinge, den ich langsam erhöhe. Wieso nur reagiert sie so, und warum gefällt es mir? Ich kann nicht anders, als meinen Blick schweifen zu lassen - zu ihrer schwarzen Mähne, die sich trotz des geflochtenen Zopfes auf dem sandigen Boden ausbreitet, und weiter zu der hübschen Röte auf ihren Wangen …

Nox' Krähen reißt mich aus meiner Beobachtung, und ich nehme das Schwert von Dinas Hals. Sofort rappele ich mich auf, zwinge die Gedanken fort und ermahne mich zur Beherrschung. Anschließend biete ich Dina meine Hand an, die sie annimmt, ehe sie sich ebenfalls aufrichtet. Sie scheint die Situation auch nicht so kaltgelassen zu haben, wie wir es beide gern hätten.

»Ich werde Dina weiter unterrichten«, verkünde ich und weiß, dass genau in diesem Moment die Zwillinge den Rückzug antreten.

»Wirst du das?«, haucht Dina und stellt sich vor mich. »Und was wird deiner Meinung nach meine Waffe?«

»Der Bogen. Vertrau mir.«

Dina

»Hope is the thing with feathers
That perches in the soul
And sings the tune without the words
And never stops at all.«
– Emily Dickinson

Quirin hält das Schwert in einem festen Griff, während wir uns zur Einheit begeben. Kaum erreichen wir das Lager, sind alle Blicke auf uns gerichtet und ich erkenne den Jungen von gestern. Schüchtern winkt er mir zu, und ich tue es ihm gleich.

»Wer ist das?«

»Jemand, der Hoffnung braucht. Wie wir alle, denke ich.«

Ein zustimmendes Brummen verlässt Quirins Kehle, und wir finden uns nach ein paar Schritten im Zentrum wieder. Knapp begrüßt Quirin jeden, streicht Nox über den Kopf, der gerade mit einer großen Ration Körner gefüttert wird, und wendet sich danach mir zu. Das Schwert hat er gegen einen Bogen eingetauscht, und in der anderen Hand hält er einen Köcher.

Wortlos folge ich ihm ein paar Meter in Richtung Wald.

»Weißt du etwas über den Umgang mit dem Bogen oder generell mit Waffen?«

»Ich muss nur an der richtigen Seite der Spitze stehen.«

Quirin stößt einen langen Pfiff aus.

»Gut, wir fangen von ganz vorn an. Eine Waffe ist nichts

weiter als Worte in einer Sprache. Es ist Kommunikation.«

»Kommunikation?«, hake ich nach, denn der Vergleich kommt mir doch etwas suspekt vor.

»Ja.« Quirin dreht sich zu mir um und spannt den Bogen, jedoch ohne Pfeil. »Was sage ich dir jetzt?«

»Du hast mich etwas gefragt.«

»Mit der Waffe«, grummelt er.

»Der Bogen ist gespannt, aber ohne Pfeil. Du willst mir etwas zeigen, doch stellst in diesem Moment keine Bedrohung dar.«

Auf Quirins Lippen breitet sich ein kleines Lächeln aus. »Siehst du? Kommunikation.« Er lässt die Sehne langsam zurück und senkt den Bogen. »Mit einer Waffe kannst du viel aussagen, aber deine Waffe auch über dich.«

»Und warum ist dann das Schwert nicht das Richtige für mich?«

»Eine Waffe ist eine Verlängerung unserer Persönlichkeit, wenn du so willst. Ich liebe mein Schwert, und als General wird von mir erwartet, dass ich in seiner Führung gut bin.«

»Aber es ist nicht deine erste Wahl«, schlussfolgere ich, und Quirin nickt, ehe er zu dem Bogen schaut. In diesem Moment wird mir einiges klar. »Du hältst dich lieber im Hintergrund und musst nicht in der ersten Reihe stehen, wenn es nicht von dir verlangt wird. Du wartest ab und beobachtest, bist ruhig.«

»Wie du«, erwidert er, und ich möchte mir einbilden, dass in seinen Worten noch viel mehr mitschwingt als eine Erklärung zu Pfeil und Bogen.

Seit meiner Entscheidung ist er anders. Zugewandter, offener, und ich mag diese Seite an ihm. Aber wenn ich ihm das jetzt sage, ist jeder Fortschritt dahin.

Als ich mich dazu entschieden habe, permanent in Nadiraan zu bleiben, habe ich es so gemeint. Die freundschaftliche

Ebene. Meine Entschuldigung. Aber das war, bevor sich Quirin entschieden hat, die Regeln zu ändern. Mir *diese* Seite an ihm zu zeigen. Schon vorher fand ich ihn attraktiv - unnahbar -, dennoch attraktiv.

Doch jetzt?

Der Gutenachtkuss gestern.

Wie er mich gerade so leicht zu Fall gebracht hat.

Sein Blick auf mir, als er mir die Klinge an den Hals gehalten hat.

Ich wusste, dass ich keine Angst haben muss - das habe ich nie in seiner Nähe. *Gut,* fast *nie.*

Allein sein intensiver Blick hat mich dazu gebracht, alles um mich herum zu vergessen.

Dabei bin ich gar nicht romantisch veranlagt. Ich will einen Partner, keinen Diener. Niemanden, der mir zur Besänftigung die Füße massiert oder mir einen Spa-Gutschein schenkt, sondern jemanden, bei dem ich so sein kann, wie ich bin. Kompromisslos. Aber der mir auch eine Schulter zum Anlehnen sein kann, einen besten Freund. Und obwohl sich Quirin keine Mühe gibt, diese Person zu sein, wird er es immer mehr. Gleichzeitig will ich auf keinen Fall zerstören, was wir haben, bloß weil mein Herz nicht auf meinen Verstand hören will.

Quirin tritt noch einen Schritt näher und schaut mir tief in die Augen. »Wie ich.«

Für einen kurzen Moment bin ich mir fast sicher, dass er mich küssen will - oder der Wunsch in mir ist einfach zu groß, dass es passiert. Doch dann legt er mir den Bogen in die Hand, hebt sie an und geht auf Abstand.

»Um mit dem Bogen umgehen zu können, musst du in dir ruhen. Zittrige Hände haben keinen Platz, unruhige Gedanken ebenso wenig.«

Merkt er denn nicht, dass er der Grund für meine unruhigen Gedanken ist? Dass er mich mit seiner scheinbaren

Wankelmütigkeit in den Wahnsinn treibt? Er flirtet doch mit mir. So geht man nicht mit *Freunden* um – oder ich hatte immer die falschen.

Quirin tritt hinter mich und hebt meinen Arm an. Ich spüre seine muskulöse Brust an meinem Rücken und muss direkt an mein Erscheinen im Schlafzimmer in Tifus denken. Bilder kommen zurück in meinen Kopf, die ich am liebsten vertreiben würde, aber nur dazu führen, dass ich mich etwas an ihn lehne.

Meine letzte Beziehung ist gar nicht so lange her, dennoch sehnt sich mein Körper nach Nähe, Zärtlichkeiten, als wäre ich eine vertrocknete Pflanze mitten in der Wüste.

»Richte deinen Blick nach vorn.«

Seine Stimme allein sorgt für eiskalte Schauer, die unaufhörlich meinen Rücken rauf- und runterlaufen. Ist das noch die Dina, die sich bisher nie an einen Mann gebunden hat? Die für sich einstehen wollte? Stark ist? Wieso nur schafft er es, dass ich derart auf ihn reagiere? Das sollte nicht sein.

Mit Mühe und Not folge ich seiner Aufforderung. Von hinten spüre ich, wie er meine Füße mit seinen in Position bringt und danach meinen gesamten Stand korrigiert. Wie leicht es ihm fällt, meinen Körper zu dirigieren, ihn so zu bewegen, wie er es haben will.

Noch nie in meinem Leben hatte mein Verstand einen derartigen Kurzschluss. Meine Sinne sind vollkommen benebelt – von seiner Stimme, seinem Geruch, seiner Nähe. Jetzt bin ich mir sicher: Ich bilde mir rein gar nichts ein. Jedes Mal, wenn ich in Nadiraan bin, reagiere ich intensiver auf ihn. Es wird immer schlimmer statt besser. Wieso nur kann er sich so dermaßen kontrollieren? Oer macht es ihm wirklich nichts aus? Ist er tatsächlich so beherrscht?

Nach einigen Minuten spüre ich meine Muskeln, die sich aufgrund der ungewohnten Bewegung deutlich beschweren, und dennoch kann ich an nichts anderes denken als an Quirins starke Muskeln an meinem Rücken.

»Hier steckt ihr!«

Marian.

Erleichtert atme ich auf, als sich Quirin von mir wegdreht. Und zu meiner Schande muss ich gestehen: Ich vermisse seine Nähe jetzt schon.

Ich drehe mich um und sehe, wie er mit Marian redet. Er tut so, als wäre zwischen uns rein gar nichts passiert. Als wäre dieser Moment nur in meinem Kopf gewesen.

In mir explodiert etwas.

Es war nicht mehr als Freundschaft.

Er will nicht mehr als Freundschaft.

Freundschaft.

Anscheinend glaubt er, dass es in Ordnung ist, so mit Freunden umzugehen. Das war keine einfache Unterrichtsstunde. Er wollte mir nah sein. Oder?

Die Umarmung mit Quirin gestern war auch nur freundschaftlich. Seine Worte … Wem mache ich eigentlich etwas vor? Ich will ihn, er will mich, unsere Körper wissen es, unsere Herzen, aber er kann es nicht zulassen. Und ich kann mich nicht weiter quälen und von Schlupflöchern bestechen lassen. Ich brauche Abstand.

Sacht lege ich den Bogen ab und stürme davon.

Ich finde Quirin attraktiv. Ja, er ist manchmal ein kleiner Holzkopf, aber selbst das finde ich niedlich.

Meistens.

Er hat alles, was ich mir von einem Partner wünschen würde, und läuft vor mir Parade wie eine verbotene Frucht. Und jetzt kommt er mir näher, will mich trainieren, aber alles *freundschaftlich?* Dabei werden wir in ein paar Tagen heiraten.

Heiraten.

Abrupt halte ich inne.

»Ich werde einen Mann heiraten, der mich nie mehr als das berühren wird. Für den es vollkommen in Ordnung ist, mir nah zu sein, ohne mir *wirklich* nah zu sein«, murmele ich.

Sicher, ich wusste, worauf ich mich eingelassen habe, aber da ist er noch nicht *so* mit mir umgegangen. Das hätte ich ertragen können. Neutrale Distanz und Freundschaft. Aber doch keine Gutenachtküsse, Kuscheln beim Bogenschießen und Erklärungen, die in mein Ohr geflüstert werden, als wären sie alles andere als jugendfrei.

Ist das die Rache dafür, dass ich Männer abgewiesen habe? Dass ich jetzt einem gegenüberstehe, den ich nicht haben kann? Nie haben werde?

Ganz toll.

Aber ich kann nicht den ganzen Tag an ihn denken und mich über Dinge aufregen, die nicht passieren werden. Ich werde es mir noch etwas ansehen, und wenn es mir zu aufdringlich wird, werde ich ihn bitten, auf Abstand zu gehen. Es sind genauso meine Regeln wie seine. Und es war schließlich seine Entscheidung, mich abzuweisen.

Stolz auf mich, trete ich den Rückweg zum Lager an. Marian und Quirin sind noch nicht hier. Gut. Eine Szene könnte ich jetzt gar nicht gebrauchen.

Ich schaue mich um und sehe, wo ich helfen kann. Ein großer Topf steht über einem Feuer, und ein kleiner Pulk hat sich darum versammelt.

»Wie kann es denn sein, dass niemand weiß, wie man einen Eintopf macht?!«, beschwert sich Matteo. Soweit ich weiß, war er Quirins Lehrmeister.

»Marian kocht sonst immer.«

»Gibt's ein Problem?«, schalte ich mich ein.

»Ja, wir haben Hunger«, mault Amina.

»Ihr hättet ja mal kochen lernen können!«

Die Rufe werden immer lauter. Besonders in die Richtung von Amina und Amaya.

»Genau, damit wir mit Kochschürzen beworfen und noch mehr ausgelacht werden. Sicher.«

Kopfschüttelnd winde ich mich durch den Pulk, sehe auf die Zutaten und zwinge mich zur Ruhe. Anscheinend bin ich damit die Einzige.

»RUHE!«, brülle ich, als die Diskussionen einfach nicht enden wollen, und alle halten sofort den Mund. »Ist ja nicht auszuhalten. Wie alt seid ihr?« Ich greife mir den Sack Kartoffeln und drücke ihn Matteo in die Hand. »Schälen.«

Amina und Amaya erhalten Möhren mit demselben Befehl. Die weiteren Personen, deren Namen ich nicht kenne, erhalten ebenso Anweisungen. Als alle bedient sind, starren sie mir mit großen Augen entgegen.

»Was denn?«

»Wir sollen kochen?«, fragt Matteo ungläubig.

»Du hast doch Hunger, oder? Dann koch.«

»Aber wie?«

Das kann er nicht ernst meinen. Doch sein Blick spricht eine andere Sprache.

»Du willst mir sagen, dass du Armeen befehligen, Generäle wie Quirin ausbilden, aber keine Kartoffeln schälen kannst?!«

Er nickt.

»Dann lernst du es jetzt. Ich zeige dir das bei der ersten, und den Rest machst du allein.«

»Aber–«

»Wenn noch irgendjemand hier auf die Idee kommt, seine Inkompetenz oder seinen Status als Ausrede zu nehmen, gibt es heute gar nichts zu essen!«

Verstimmt kommen alle ihren Aufgaben nach. Auch wenn sie sich etwas ungeschickt anstellen, ist es längst nicht so schlimm, wie ich es erwartet habe.

Vielleicht ist hier ja doch noch etwas zu retten.

Quirin

Freundschaftlich, hm?«

Am liebsten würde ich Marian sein Grinsen aus dem Gesicht schlagen.

»Und es war ihre Idee? Sie kam von ganz allein darauf?«

»Ja.« Meine Stimme ist nicht mehr als ein Knurren.

»Du warst schon immer ein schlechter Lügner, mein Freund.« Marian geht zu der Stelle, wo Dina ihren Bogen hat liegen lassen, und hebt ihn auf. »Und jetzt bringst du ihr den Umgang mit *deiner* Waffe bei. Warum kannst du nicht einfach ein einziges Mal deinen Stolz und deinen Sturkopf beiseiteschieben, die Augen aufmachen und sehen, was vor dir liegt? Denn es ist gut, verflucht! Dina ist wie für dich geschaffen.«

»Sag einfach nichts. Ich bitte dich, halte nur einmal in deinem Leben deine Klappe.«

Marian drückt mir den Bogen in die Hand und kommt meiner Bitte natürlich nicht nach. »Ich weiß nicht, warum du dich jeden Tag bestrafst. Dich mit ihrer Nähe jetzt folterst. Dina ist gut für dich. Sie hat eingewilligt, dich zu heiraten, dir in einen Krieg zu folgen – und warum? Weil es das Richtige ist. Sie hat mindestens ein genauso großes Pflichtbewusstsein wie du, ist dir in den wichtigen Dingen ähnlich, doch du stößt sie weg.«

»Du wiederholst dich«, zische ich und trete den Rückweg zum Lager an.

»Es gibt verschiedene Arten von Liebe, weißt du? Und nicht jede ist schlecht. Ich würde für dich töten und für dich sterben; deine Mutter ist für deinen Vater gestorben. Aber wie wäre es, wenn wir mal anfangen, zu leben? Du kannst mit Dina alt und grau werden. Andere würden für dich sterben, sie will für dich leben.«

Entschlossen schüttele ich den Kopf. Wie kann er es wagen, darüber zu reden?

»Du bist nicht dein Vater, und Dina ist nicht deine Mutter. Ihr müsst nicht füreinander sterben und eure Kinder im Stich lassen!«, ruft er mir hinterher.

Jetzt reicht's!

Ich werfe den Bogen auf den Waldboden und eile auf Marian zu. Ohne darüber nachzudenken, hole ich aus und schlage ihm mit meiner Faust mitten ins Gesicht.

Doch der Bastard lacht nur.

»Ich weiß, dass du etwas für sie empfindest – und das ist nicht schlimm. Es ist gut. Hörst du? *Gut.* Lass es endlich zu und sieh, was vor dir liegt, und nicht, was du längst hinter dir lassen solltest.«

»Du solltest die Wange kühlen.« Ehe ich mich noch mehr vergesse, drehe ich mich um, hebe den Bogen auf und marschiere zurück zum Lager.

»Du weißt, dass ich recht habe. Das hast du gerade bewiesen. Und für die Erkenntnis hat sich das hier gelohnt!«, ruft mir Marian hinterher.

Er weiß gar nichts – und recht hat er auch nicht. *Pfft.*

Die Wahrheit ist: Dina macht mich schwach. Sie ruft eine Seite in mir hervor, die ich seit Jahren nicht gesehen habe. Und ja, irgendwie vermisse ich es. Ich vermisse es, mich nicht verstellen zu müssen. Zu überlegen, wer meine Schwäche als Nächstes ausnutzen wird. Sanftheit hat keinen Platz in meinem Leben. Das kann ich mir nicht erlauben. Erst recht darf ich niemanden in meinem Leben haben, der mir offensichtlich etwas bedeutet. Es macht uns alle schwächer.

Stünde ich nicht mit dem Rücken zur Wand, hätte ich nie eingewilligt, Dina zu heiraten. Mit ihr an meiner Seite werde ich angreifbar. Wenn die Leute auch noch herausfinden, dass ich sie wirklich *mag*, bringt sie das nur in noch größere Gefahr. Marian hat recht: Dina muss leben, und ich bringe nur den Tod. Für jeden, der mir etwas bedeutet.

Es gibt lediglich eine Lösung. Ich muss auf Abstand gehen. Alles, was in mir aufkeimt, tief vergraben. Diese Ehe muss ein Schein bleiben. Sie darf nie mehr sein als das. Nicht jetzt und auch nicht in Zukunft.

Aus dem Lager dringen Stimmen an meine Ohren; ein wildes Gewirr, das ich nicht deuten kann. Weder klingt es nach einer unmittelbaren Gefahr noch nach einer anderweitigen Katastrophe. Kaum komme ich hinter einer kleinen Felsformation hervor, sehe ich den Grund.

»Ihr kocht? *Gemeinsam?*«, entfährt es mir, und ich erstarre zur Salzsäule.

Nicht nur, dass niemand außer Marian - mich eingeschlossen - weiß, wie man kocht, auch dachte ich nie, dass sie freiwillig Gemüse schneiden würden. Selbst unter Androhung der Todesstrafe. Doch jetzt sitzen sie in einem Halbkreis um einen großen Topf und brabbeln.

Sie brabbeln …

Wie Waschweiber, die den neuesten Tratsch austauschen.

Irritiert trete ich näher, sehe nacheinander in die Runde, doch alle weichen meinem Blick aus. Alle bis auf Dina.

»Womit hast du ihnen gedroht?«

»Hunger«, erwidert sie mit einem erhabenen Lächeln.

»Das reicht?«

»Anscheinend.« Dina rührt in dem Topf herum und gibt anschließend Befehle, welches Gemüse als Nächstes seinen Platz darin finden soll.

Marians Anwesenheit spüre ich hinter mir, genauso sein Unbehagen über die Situation. In all den Jahren habe ich einen Sinn für seine Stimmungen erhalten.

»Ich glaube nicht, was ich hier sehe.«

»Glaub es ruhig«, erwidert Dina. »Es wurde mal Zeit, dass ihr Überlebensfähigkeiten lernt. Sonst verhungert ihr noch, bis wir in der Hauptstadt ankommen.«

Es ist ein merkwürdiges Bild, das sich mir bietet. Auch die Männer und Jungen, die mit Ricard unterwegs sind, hel-fen mit. Sie arbeiten alle zusammen, als ginge es darum, einen Feind zu vernichten, und nicht, Kartoffelsuppe zu kochen.

»Ich muss hier weg.«

Und schon ist Marian verschwunden.

»Dina, auf ein Wort«, unterbreche ich ihr Tun, und sie fährt tatsächlich zusammen. Ich nicke in eine Richtung, und sie gibt noch schnell Anweisungen, wie weiter verfahren werden soll, ehe sie mir folgt.

»Habe ich etwas falsch gemacht?«, fragt sie, sobald wir außer Hörweite sind. Dabei klingt ihre Frage eher wie ein Versuch, ein Gespräch zu beginnen, statt wie eine ernst gemeinte Annahme.

»Ja.«

Überrascht reißt sie die Augen auf. Es kostet mich einiges an Überwindung, diese Schwelle zu übertreten, aber es muss sein. Dina hat keine Ahnung – wie sollte sie auch? –, und das muss ich dringend ändern.

»Aber was? Du kannst mir nicht sagen, dass ihr dafür auch ein merkwürdiges Verbot habt«, hakt sie mit zittriger

Stimme nach, als ich ihr auch nach einigen Momenten keine Erklärung liefere.

Eindringlich sehe ich sie an und greife an ihre Schultern, um ihr den Ernst der Lage zu verdeutlichen. Oder vielleicht, um ihr und mir Sicherheit und Nähe zu geben. Wieso nur kann ich dem Drang nicht widerstehen, sie zu berühren, ihr nah zu sein? Weshalb kann ich keine Gelegenheit mehr auslassen? Das ist verrückt.

»Marian trägt viel *Ballast* mit sich«, erkläre ich und seufze, als ich mich wieder gefasst habe.

»Weil er verkauft wurde?«

Ich nicke. »Er wurde nicht nur verkauft, aber das ist etwas, das weit über das hinausgeht, was du wissen musst. Matteo, Darius und ich haben ihn in unsere Einheit geholt. Ihn seit jeher beschützt und nie eine Gegenleistung verlangt, weil es selbstverständlich war. Doch er …«

»Hat trotzdem das Gefühl, in deiner Schuld zu stehen.«

»Nicht nur in meiner. Er ist mein bester Freund, mein engster Berater und die wichtigste Person in meinem Leben. Nie würde ich irgendetwas von ihm verlangen, aber es gibt eine Sache, die er von Anfang an für sich beansprucht hat.«

»Das Kochen«, schlussfolgert Dina, und ihre Augen weiten sich. »So kümmert er sich um euch, gibt zurück, was er kann. Und ich marschiere einfach dazwischen und nehme es ihm weg.«

Wieder nicke ich. »Du konntest es nicht wissen. Die anderen wissen es auch nicht. Dennoch löst es bei ihm gerade wahrscheinlich eine ganze Welle an Dingen aus. Ich weiß, es klingt *dämlich*, aber–«

»Ich muss ihm nach.«

Einen Moment zögert Dina, scheint auf meine Erlaubnis zu warten, die ich ihr mit einem weiteren Nicken gebe. Sie löst sich aus meinem Griff und eilt in die Richtung, in die

Marian gegangen ist, während ich mich wieder der Einheit anschließe.

Es ist passiert und an sich keine Katastrophe, dennoch müssen die beiden das klären. Das ist nichts, was ich übernehmen kann. Oder sollte.

Vielleicht ist es auch eine Chance für die beiden. Dina braucht jemanden, der ihr das gibt, was ich ihr nicht geben will … *kann*. Und Marian … Er hat nur das Beste verdient.

Eine leise Stimme in mir wird immer lauter, dass ich Dina *weiterreiche*, doch so einfach ist es nicht. Mein Schwur wiegt schwerer als alles, was sie sich vorstellen kann. Selbst wenn ich wollte … Ich kann nicht. Und darunter sollte sie nicht leiden. Ihr macht Marians Vergangenheit nichts aus. Sie mag ihn, er mag sie. Also warum machen wir alle nicht das Beste aus unserer Situation?

Meine Bürde muss nicht ihre sein. Ich kann sie schützen, niemand würde es je erfahren. Und wir könnten alle glücklich sein … *irgendwie.*

Kurz vor den anderen angekommen, sammele ich mich. Sie dürfen keinen Verdacht schöpfen, dass irgendetwas außer der Reihe passiert.

»Gemüse schälen … Also, um die Küchen in der Hauptstadt muss ich mir keine Gedanken machen«, scherze ich und stelle mich neben die Zwillinge.

»Wo ist Dina?«, fragt Amaya.

»Wieder in der verlorenen Stadt. Noch Dinge wegen der Hochzeit klären.«

»Dass du mal heiratest, Junge«, sagt Matteo. »Ich weiß, das Thema hatten wir schon, dennoch überrascht es mich.«

»Mich auch. Aber es ist die richtige Entscheidung.«

»Wieso? Weil du Dina lieb hast?«, schaltet sich ein Junge ein und sieht mich hoffnungsvoll an. »Papa sagt, dass man heiratet, wenn man sich sehr lieb hat.«

»Das mag für das einfache Volk gelten«, sinniere ich, aber weiß, dass dem Jungen das als Erklärung nicht reicht. »Ich bin ein General, Anwärter auf den Thron Nadiraans. Bei uns ist es nicht so einfach, solche Dinge nur von Gefühlen abhängig zu machen.«

Fragend legt der Junge den Kopf schief. »Warum nicht? Wenn du jemanden magst, ist es doch viel einfacher. Zumindest sagt das Papa.«

Ein Kichern verlässt meine Lippen, und ich werde unweigerlich daran erinnert, dass ich einmal dieselbe Hoffnung in mir getragen habe. Dasselbe Funkeln, dieselbe Sicht auf die Welt. Bevor sich innerhalb eines Tages alles geändert hat.

Für immer.

»Dein Papa scheint ein weiser Mann zu sein. Und er mag recht haben, aber das gilt nicht für mich. Unsere Welt hat Probleme. Dass ihr hier seid, hätte nie passieren dürfen. Wir leben nicht mehr in Zeiten des Friedens, und ich habe vor einer langen Zeit beschlossen, dass mein Glück stets für das meines Volkes hintansteht. Dina ist eine gute Partnerin für mich, weil sie eine gute Königin sein wird. Sie ist gütig, nicht von Macht zerfressen, gebildet, ohne arrogant zu sein. Und ihr ist die Schwere unserer Aufgabe genauso bewusst wie mir.«

Der Junge wendet sich wieder einer Karotte zu. »Klingt für mich, als würdest du sie sehr mögen. Du willst es nur nicht zeigen.«

Betretenes Schweigen tritt ein.

»Das machen Männer manchmal so, sagt Mama.«

Anscheinend ist deine Mama auch sehr weise.

Ich blicke zu meiner Einheit, die auf einmal *sehr* beschäftigt tut, aber ich bin mir sicher, dass sie jedes Wort gehört hat.

Wieso nur will jeder, dass ich das Leben eines Märchenprinzen führe? Auf wundersame Weise meine Prinzessin finde und glücklich bis zum Ende meiner Tage mit ihr lebe?

Liebe und all den Quatsch eingeschlossen?

Das war nie der Plan.

Und das wird es auch nicht werden.

Dina

»It is better to be hated for what you are
than to be loved for what you are not.«
– Andre Gide

Es dauert einige Momente, bis ich Marian finde; versteckt hinter einem Felsen, kurz vor dem Eingang zur verlorenen Stadt.

»Darf ich?«, frage ich.

Er reagiert nicht, was ich als stummes Einverständnis werte, und ich setze mich zu ihm.

In Tifus hatten wir einen besonderen Moment miteinander, als er mir seine psychischen Wunden gezeigt hat – oder zumindest das, was von ihnen übrig ist. Die Zärtlichkeiten, die wir später ausgetauscht haben … Ich würde gern mehr Zeit mit ihm verbringen, doch andere Dinge kommen immer dazwischen.

Mein Herz sagt mir, dass ich mich schuldig fühlen sollte. Marian ist der beste Freund meines Verlobten. Ich sollte ihm nicht so nahekommen, mich in seiner Gegenwart nicht so wohlfühlen, wie ich es tue. Und dennoch kann ich mich nicht von ihm fernhalten.

Der Stich, den mir sein Anblick bereitet, ist beinahe unerträglich. Ich hasse es, ihn so zu sehen. Gerade weil wir so viel gemeinsam haben. Das Gefühl, beim jeweils anderen einfach nur sein zu können. Das anzunehmen, was gegeben wird. Wir sind uns ähnlich – zumindest was unsere tiefen Gefühle angeht. Auch ich weiß, wie es ist, ersetzt zu werden – wie in meinem Job in *meiner* Welt und von meiner Familie lange davor. Es tut so verflucht weh, nun für solche Gefühle bei einer anderen Person verantwortlich zu sein.

Das wollte ich nie.

Quirin ist oftmals so beherrscht, ein wahrer Fels in der Brandung, und Marian wirkt ähnlich, dabei ist er viel sensibler. Bei den beiden in Kombination kann man das schnell vergessen.

Marian ist stark durch seine Güte, seine Vergebung und die Hoffnung, die er ausstrahlt. Er muss so viel Schlechtes erlebt haben und dennoch versucht er, für andere da zu sein. Ist witzig, stets gut drauf, vergisst sich dabei manchmal völlig.

Kommt mir irgendwie bekannt vor.

»Ich wusste nicht, dass ich dir deine Position streitig mache, indem ich das Kochen an mich gerissen habe. Das tut mir leid.« Ich sehe ihm nicht ins Gesicht, sondern starre wie er zu dem weitläufigen Horizont.

»Fast immer wenn wir allein sind, entschuldigst du dich.« Seine Stimme ist belegt, dennoch scheint er bemüht, seine wahren Gefühle zu unterdrücken, dabei sollte er das bei mir nicht müssen.

Niemals.

»Nun ja. Wie es scheint, stoße ich dir mit meinem Verhalten immer wieder vor den Kopf. Auch wenn ich es nie beabsichtige. Das macht es nur schlimmer.«

»Du konntest es nicht wissen, Dina. Auf dich muss es idiotisch gewirkt haben. Eine versammelte Mannschaft von Männern und Frauen, die keine Ahnung hat, wie sie sich ernähren soll. Wirkt selbst auf mich merkwürdig, wenn ich so darüber nachdenke. Gerade weil es Soldaten sind. Ich bin nicht böse oder irgendetwas.«

Für einige Momente schweigen wir uns einfach an, ehe ich meinen Kopf zu Marian drehe. »Darf ich dich umarmen?«

Verwundert mustert er mich, und ein kleines Lächeln schleicht sich auf meine Lippen.

»Weißt du, schon als Kind war die Umarmung für mich ein Zeichen, dass ein Streit beendet und alles wieder gut ist.«

»Wir haben nicht gestritten, Dina. Und ich bin nicht sauer. Es war nur eine Frage der Zeit und, wie gesagt, auch ein idiotischer Grund. Ich brauche einfach ein paar Momente.«

Ich nicke und wende mich wieder dem Horizont zu.

»Aber gegen eine einfache freundschaftliche Umarmung hätte ich nichts einzuwenden.«

Und schon liege ich in seinen Armen, sodass er gezwungen ist, sich an einem Felsen hinter uns anzulehnen. Fast schon klammere ich mich an ihn, sauge das Gefühl von Nähe auf, das ich so sehr brauche. Vorher ist es mir nie so aufgefallen, aber bereits bei Quirin gestern war ich wie ausgehungert.

Schon immer war ich ein sehr körperlicher Mensch und brauchte Nähe. Abendliches Rückenkraulen, Kuscheln morgens im Bett, Umarmungen über den Tag verteilt, Händchenhalten. Ich liebe diese kleinen Zeichen der Zuneigung, und viel zu oft wurden sie missverstanden. Nicht dass ich etwas dagegen gehabt hätte. Sex ist auch eine Form der Nähe, die mir sehr gefällt, aber es ist doch etwas anderes als *Zuneigung*. Zumindest für mich. Ab und an will ich einfach gehalten werden. Ruhe in den Armen einer anderen Person finden. Mich sicher fühlen, ohne Konsequenzen, Handlungen oder sonst irgendetwas.

Ich kuschele mich tiefer an seinen Hals, atme seinen Geruch ein und entspanne mich sofort. Das Mal seiner

Vergangenheit, der breite Streifen der Eisenkette, liegt direkt vor mir und zeigt mir nur noch einmal mehr, dass er das Beste verdient hat. Wieso nur darf er nicht heiraten, sollte er es wollen? Er hat jemanden in seinem Leben verdient, der ihn so nimmt, wie er ist. Für ihn da ist.

Das hast du auch und wirst es nicht bekommen. Jedenfalls nicht so.

Marian streicht in sanften Zügen über meinen Rücken, legt seinen Kopf auf meinem ab. Langsam löst sich auch mein verkrampfter Klammergriff an seinem Hemd. Ich achte absichtlich darauf, seinem Rücken nicht zu nah zu kommen. Diese Lektion habe ich gelernt, und ich will seine Grenzen respektieren.

»Danke.«

»Wofür?«, nuschelt er in meine Haare.

»Dass du so bist, wie du bist. Ich fühle mich wohl in deiner Nähe, und das mag ich. Und ich bin froh, dass du nicht sauer auf mich bist. Denn irgendwie kann ich den Gedanken daran nicht ertragen.«

»Dina.« Er seufzt. »Es ist vollkommen in Ordnung, wenn du Nähe brauchst, und du musst nicht auf Zehenspitzen um mich herumtanzen. Ich bin erwachsen und kann damit umgehen, wenn etwas mal nicht so läuft, wie ich es mir wünsche. Das heißt noch lange nicht, dass sich wegen solch einer Kleinigkeit unsere Freundschaft ändert. Missverständnisse sind gut und müssen sein. Wichtig ist, dass man danach darüber redet und wieder zueinanderfinden kann.«

Ich klammere mich noch fester an ihn. Wie kann es sein, dass er genau weiß, was in meinem Kopf herumspukt? Was meine Ängste sind?

Langsam löse ich mich von ihm und schaue ihm in die Augen.

Vielleicht weil er genau dieselben Ängste hat wie ich.

»Und du bist und bleibst Quirins bester Freund, der wichtigste Mensch in seinem Leben und ein wertvoller Bestandteil der Armee. Niemand wird dir je deinen Platz streitig machen können.«

Ein kleines Lächeln breitet sich auf seinem Gesicht aus. »Danke.«

»Versprich mir eines, ja?«

»Wie könnte ich dir etwas abschlagen?«, scherzt er.

Obwohl wir uns so nah sind, fast Nasenspitze an Nasenspitze, fühlt es sich nicht falsch an, eher so, als ob es so sein muss. Den Gedanken daran, warum ich genau das bei zwei Männern denke, verdränge ich. Er bringt nichts als Kummer und Probleme.

»Jedes Mal, wenn wir Bestätigung brauchen, reden wir darüber. Geben sie uns. Niemand sonst muss davon erfahren, aber ich denke, wir brauchen es beide. Eine Umgebung, in der wir uns sicher fühlen und bekommen können, was wir brauchen, ohne Erklärungen oder Bedingungen.«

»Einverstanden«, antwortet er sofort, und ich kuschele mich wieder an ihn.

Dabei werde ich schon in ein paar Tagen einen anderen Mann heiraten. Einen, der sich zu sehr vor seinen eigenen Emotionen versteckt, als dass er meine Bedürfnisse je wirklich erfüllen könnte.

Kurz sehe ich zu Marian, und ein ungerechter Gedanke kommt mir.

Was wäre, wenn ihre Plätze vertauscht wären? Ich Marian statt Quirin heiraten könnte? Wäre ich dann glücklicher?

Quirin

Es ist gerade einmal einen Monat her, dass meine Eltern … Wir sind in Tifus angekommen. Fast jeden Abend gibt es üppige Mahlzeiten, Leute, die sich mir vorstellen, doch ihre Namen entfallen mir im selben Moment. Warum sollten sie mich interessieren?

Auch das Essen schmeckt fad.

Wie Darius sagte, wird von mir in der Hauptstadt verlangt werden, Vitus die Treue zu schwören. Sein Vater ist ebenfalls gestorben.

Nein!, *befehle ich mir selbst und haue mit meiner Faust auf den Tisch.*

Meine Eltern sind nicht gestorben. *Sie wurden brutal ermordet. Die Herzöge wollen die Macht an sich reißen und wollten dafür meine Mutter nutzen. Ein sogenanntes Bündnis.*

Nie habe ich mir Mühe gegeben, etwas von Politik zu verstehen. Mein Platz ist seit einem halben Jahr in der Armee, und ich fühle mich hier wohl. Wir sind wie eine Familie, achten aufeinander.

Und doch ist jetzt alles anders.

Sinnlos, farblos.

Mein Vater war loyal, wir waren das Wichtigste in seinem Leben.

Und jetzt ist er tot.

Ich will meine Eltern rächen, werde *es. Nur wie? Ich bin zwölf, kann gerade mal ein Kurzschwert halten, aber nicht wirklich damit umgehen.*

»Entschuldige mich, ich habe keinen Hunger«, sage ich an Darius gewandt.

»Du hast nichts gegessen, Quirin. Schon wieder.«

Das weiß ich selbst. Stets war ich eher kräftig gebaut, doch das ändert sich so langsam.

»Ich habe einfach keinen Hunger.« Damit stehe ich auf und verlasse den üppigen Saal.

Ich habe edle Räumlichkeiten erhalten, weil ich ein Prinz *bin. Was hat mir das je genutzt? Lieber würde ich im Wald unter den Sternen schlafen. Außerdem werde ich den Titel bald verlieren, wenn ich überleben will. Wieso muss mir dann jeder unter die Nase reiben, was ich bin?*

Gedankenverloren gehe ich nach draußen. Fackeln zieren den Vorplatz, und entgegen meiner Erwartung ist er voller Menschen.

Ein Schrei hallt durch Tifus, und ich erblicke einen Jungen. Er müsste ungefähr so alt sein wie ich. Ein bulliger Kerl stampft auf ihn zu und packt ihn am Kragen.

»Nein, lasst meine Schwester los!«

Ein kleines Mädchen wird von ihm weggezogen, schreit mit ausgestreckten Armen nach ihm.

»Nehmt mich, lasst sie gehen, verfluchte Mistkerle!«

Ich kann nicht anders und gehe in die Mitte des Platzes. »Was ist hier los?«

»Das ist nicht von Belang für Euch, Prinz Quirin. Ihr solltet Euch nicht mit Sklaven beschäftigen.«

Sklaven?

Mein Blick fällt auf den Jungen. Das sind Kinder.

Plötzlich wird mir eiskalt. Der Junge hat blutige Striemen an den Handgelenken und am Hals. Selbst seine Kleidung ist blutdurchtränkt.

»Lass ihn runter«, befehle ich, doch merke selbst, dass meine Stimme zittert.

»Nein, Bürschchen.«

»Und sie lasst ihr auch los!«

»Misch dich nicht in Dinge ein, die dich nichts angehen.«

Ohne zu zögern, ziehe ich mein Schwert. »Wie du schon sagtest: Ich bin Prinz Quirin, und ich befehle dir, die beiden gehen zu lassen.«

»Wenn du sie kaufst, bitte.«

Ein weiterer Schrei hallt durch Tifus, und das Mädchen verschwindet hinter einer Tür. Gleichzeitig wird der Junge niedergeschlagen und geht bewusstlos zu Boden. Der Kerl lässt ihn einfach liegen, als wäre er nicht mehr als Abfall.

Mein Schwert verstaue ich wieder und knie mich zu dem Jungen. Es muss irgendetwas geben, das ich tun kann.

Irgendetwas.

Langsam regt er sich und zuckt verängstigt zusammen.

»Ich bin es nur«, wispere ich und streiche über seinen Rücken, damit er sich beruhigt. Das hat Mama bei mir immer zum Einschlafen gemacht, als ich kleiner war.

Jedoch reagiert der Junge vollkommen anders. Er springt auf, stürzt sich auf mich und legt seine Hände um meine Kehle.

Sein Gesicht ist von Angst und Wut verzerrt, doch ich kann nur in seine stechend blauen Augen blicken. Wie flüssige Flammen tanzt ein Feuer in ihnen, das ich bei mir vermisse. Die Wut, die in ihm brodelt, wünsche ich mir, denn sie würde mir die Kraft geben, Rache zu nehmen.

Was würde ich für dieses Feuer geben, damit es mich genauso verzehrt wie ihn?

Was geschieht hier?

Endlich erkennt er mich und lockert seinen Griff, bleibt jedoch auf mir sitzen.

»Wer bist du?«, frage ich tonlos.

Rufe werden laut, und ich sehe, wie jemand näher kommt.

»Marian«, flüstert er und wird sogleich von mir heruntergerissen.

An der Seite sind Käfige aufgestellt, und er wird in einen hineingeworfen, als wiege er nicht mehr als eine Feder.

»Vergebt uns, Prinz Quirin, dass dieses Tier Euch angefallen hat.«

Tier? Aber er ist ein Junge – wie ich.

Was unterscheidet uns, dass er diese Behandlung verdient und ich eine andere?

Eine Sache wird mir in diesem Moment klar: Es gibt so viel mehr, was zu tun ist. Nicht nur mir ist Ungerechtigkeit widerfahren. Ich habe noch ein Leben, anders als diese Kinder. Und diese Ungerechtigkeit gilt es, zu beheben.

»Quirin?« Ein Rütteln. »Wach auf!«

Noch in der Starre meines Traumes gefangen, öffne ich die Lider und blicke in dieselben blauen Augen wie vor all den Jahren.

»Du hattest einen Albtraum.« Als Marian sieht, dass ich mich wieder beruhigt habe und im Hier und Jetzt angekommen bin, setzt er sich neben mich.

»Kein Albtraum. Eine Erinnerung.« Schlaftrunken fahre ich mit meinen Händen über mein Gesicht.

»Woran?«, fragt er atemlos. Anscheinend habe ich ihm auch einen Schreck eingejagt.

»Unser erstes Treffen.«

Sofort huscht ein Schatten über Marians Gesicht. »Davon habe ich sehr lange nicht mehr geträumt, und ich bin froh darüber.«

Er muss mir nicht sagen, warum. Nicht nur war er in dieser Zeit am Tiefpunkt seines Lebens, an diesem Abend hat er auch seine Schwester verloren. Eine Zeit lang war er dankbar dafür, dass sie die Auktion nicht miterleben musste, aber ihr Schicksal war nicht unbedingt wünschenswerter.

Marian versucht immer, stark zu sein, dabei weiß ich genau, welche Kämpfe in seinem Innersten toben. Nur warum träume ich genau jetzt von unserem ersten Treffen? Was will mir mein Herz sagen?

»Marian?«, wispere ich und richte mich auf.

»Manchmal trage ich noch immer diese Wut in mir«, beginnt er und ballt seine Hände zu Fäusten. »Diese unbändige Wut. Fünfzehn Jahre, Quirin. *Fünfzehn.* Und wir sind keinen Schritt weiter. Jetzt machen wir gemeinsame Sache mit diesen … Es ist richtig, aber …« Er springt auf und läuft in unserem Zelt auf und ab.

»Ich verstehe dich.«

»Ach ja? Tust du das? Du beginnst ein neues Leben, hast eine tolle Frau an deiner Seite – ach, stimmt, du willst sie nicht und gibst sie lieber mir weiter, damit ich nicht *so einsam* bin. Wie damals auch, hast du alles und wirfst es einfach weg. Und warum? Weil es nicht in deinen Plan passt.«

»Das hat nichts mit einem Plan zu tun, und das weißt du.«

Wütend fährt er zu mir herum. »Du solltest dringend die Vergangenheit ruhen lassen, bevor du deine Zukunft völlig zerstörst! Jeder sieht es, nur du nicht.«

Jetzt bin ich auch auf meinen Beinen, marschiere auf ihn zu und starre ihn nieder. »Ach ja? Dasselbe gilt für dich.«

»Das kannst du nicht vergleichen!«

»Nein, kann ich nicht. Es wäre nicht gerecht. Aber mach mich nicht zu deinem Feind. Wenn du etwas rauslassen musst, weißt du, dass ich immer für dich da bin, aber ich lasse mich nicht von dir kleinmachen, als wäre ich nur ein dummer Junge, der keine Ahnung vom Leben hat.«

»Im Gegensatz zu dir habe ich meine Gefühle unter Kontrolle und nicht andersherum.« Mit einem Schnauben wendet er sich ab.

Ich weiß, ich sollte es nicht tun, aber meine Hand reagiert autonom. Sanft lege ich sie auf seinen Rücken, zwischen seine Schulterblätter. Sofort dreht er sich um, schlägt meinen Arm weg und bringt mich ins Straucheln. Seine Hände sind an meiner Kehle – wie bei unserem ersten Abend.

»Wir beide können unsere Vergangenheit nicht ruhen lassen«, krächze ich. »Aber stoß mich nicht weg. Nicht mich.«

Marians Gesichtszüge werden sanfter, wie auch sein Griff.

»Ich kann Dina nicht lieben, selbst wenn ich wollte. Genauso wie du es nie ertragen wirst, dass dich jemand *dort* berührt.«

Erkenntnis huscht über Marians Gesicht. »Wir sind so verflucht kaputt.«

»Wir sind nicht kaputt«, korrigiere ich ihn. »Wir sind nur noch nicht wieder vollständig geheilt.«

»Sie wäre diese Woche einundzwanzig geworden«, flüstert Marian.

Ohne zu zögern, trete ich vor, greife seine Arme und ziehe ihn in meine. Fest schmiegt er sich an mich, und ich wünschte, ich könnte ihm den Schmerz nehmen. Ihn *heilen*, wie ich es eigentlich sollte, aber ich könnte seinen Schmerz nur vervielfachen.

»Sie wäre stolz auf dich. So stolz.«

Sein Schluchzen dringt an meine Ohren, und langsam, aber sicher wird meine Brust immer nasser. Ich kann mich nicht daran erinnern, wann er das letzte Mal so emotional war.

Und es zerreißt mein Innerstes.

Es dauert einige Minuten, bis sich Marian wieder beruhigt hat und zu mir aufblickt. »Und deine Eltern wären stolz auf dich.«

Der Tränenschleier in seinen Augen reißt mir den Boden unter den Füßen weg. Er blickt mich mit einer Offenheit an, die mich völlig erstarren lässt.

Immer schneller geht mein Atem in meinen Bauch. Ich will nicht, dass dieser Moment endet, und doch dürfen wir nicht weiter gehen. Wir dürfen es einfach–

Sanft legt Marian seine Lippen auf meine. »Lass uns für einen Moment so tun, als wären wir nicht kaputt und die Welt eine andere. Ich brauche das … ich brauche *dich.*«

Wie gern gebe ich diesem Wunsch nach.

Sofort versinken wir in einem Kuss, der so zärtlich ist, dass es mir einen Schauer über den Rücken jagt. Vorsichtig streicht Marian über meine Seiten und entlockt mir Töne, die ich nie für möglich gehalten habe.

Ein wenig in meiner Ehre gekränkt, wende ich mich Marians Hals zu. Mit sanften Küssen bahne ich mir meinen Weg an seiner Schlagader hinunter und kann mir mein Grinsen nicht verkneifen, als Marian zu wimmern beginnt. Immer wieder necke ich seine Haut, küsse sie und ziehe sie anschließend zwischen meine Zähne. Liebkose seine Male ganz besonders zärtlich.

Wie gern würde ich weiter gehen, seinen Körper vollständig erforschen, aber das wäre nicht gerecht. Das hier ist schon viel zu viel, und ich hätte es mir nie herausnehmen dürfen.

»Wir müssen aufhören«, murmele ich an seiner Halsbeuge.

»Das müssen wir.«

Ich löse mich von ihm und könnte glatt in dem tiefen Ozean seiner Augen versinken. Doch hiernach werde ich nicht allein einschlafen können. Das Leben, das ich mit Dina beginnen werde, hätte unseres sein können. Die Person, die mir meinen ersten Kuss gestohlen hat, sollte an meiner Seite sein.

Und dennoch kann ich Dina nicht aus meinem Kopf verbannen. Was Marian und ich teilen, teilen wir seit Jahren, und Dina wird unsere Art der Nähe nie ersetzen können, dennoch gibt sie mir etwas, das ich auch nicht missen will … *kann.* Sie ist an meiner Seite, lacht jeder Gefahr ins Gesicht, selbst wenn ich mich von meiner schlechtesten Seite zeige. Marian braucht meine Sicherheit und ich ihre. Sie geht nicht einfach, sie bleibt. Egal, wie hässlich ich mich ihr gegenüber verhalte. Ich bin sein Fels und sie ist meiner. Bei den Göttern, das ist alles so kompliziert … so falsch. Bin ich Dina nah, vermisse ich Marian, bin ich ihm nah, fühlt es sich wie ein Betrug an Dina an. Dem muss ich Einhalt gebieten. *Dringend.*

Ich greife Marians Hand und ziehe ihn zu meinem Bett. Ab morgen werde ich mich mehr um Dina kümmern. Selbst wenn ich unsere Ehe nie *so* mit ihr leben kann, hat sie meine beste Seite verdient, einen aufmerksamen Ehemann, der für sie da ist und nicht im Dunkel der Nacht seinen besten Freund liebkost.

»Quirin …«

»Ich werde in ein paar Tagen heiraten. Lass uns eine letzte Nacht so verbringen, als wäre dem nicht so. Nebeneinander schlafen, wie wir es so oft getan haben, du in meinen Armen. Wir wissen beide, dass es enden muss. Es ist zu gefährlich für uns alle.«

Zögerlich nickt Marian.

Wir legen uns hin, und er bettet seinen Kopf auf meine Brust. Instinktiv geht mein Blick zu meiner anderen Seite. Wie würde es sich anfühlen, beide in meinen Armen zu halten? Sie beide bei mir zu haben, nichts mehr verstecken zu müssen, sie beide an mich heranzulassen … *zu lieben?*

Ein dumpfer Kloß bildet sich in meinem Hals, und ich spüre, wie sich meine Augen mit Tränen füllen. Tränen, die ich nie vergießen werde, denn sosehr ich diese Zukunft gerade greifen möchte, sie wird nie eintreten.

Verflucht, warum jetzt? All die Jahre hatte ich meine Sehnsüchte im Griff. Dann kommt Dina daher und ändert alles, erweckt dieses Verlangen in mir, das ich so gut bändigen konnte. Eigentlich will ich doch auch nur so gehalten werden. Mich sicher fühlen können und lieben wie ein gewöhnlicher Mann. Doch nichts war bei mir je gewöhnlich. Und das wird es auch nie. Wenn ich schwach bin, sterben Menschen. Wenn ich sie liebe, werde ich sie verlieren. Dabei will ich es, so sehr, aber ich kann nicht. Noch nie war ich so zerrissen. Es wird sich wiederholen. Es gibt keine Hoffnung, erst recht nicht für mich.

Sie brauchen mich.

Und ich brauche sie.

Aber haben werde ich sie nie.

Also begnüge ich mich mit der Vorstellung, schließe die Augen und stelle mir ein Leben vor, das ich gerade so bildlich vor mir sehe, dass es wehtut. Wenn ich das nur jede Nacht haben könnte.

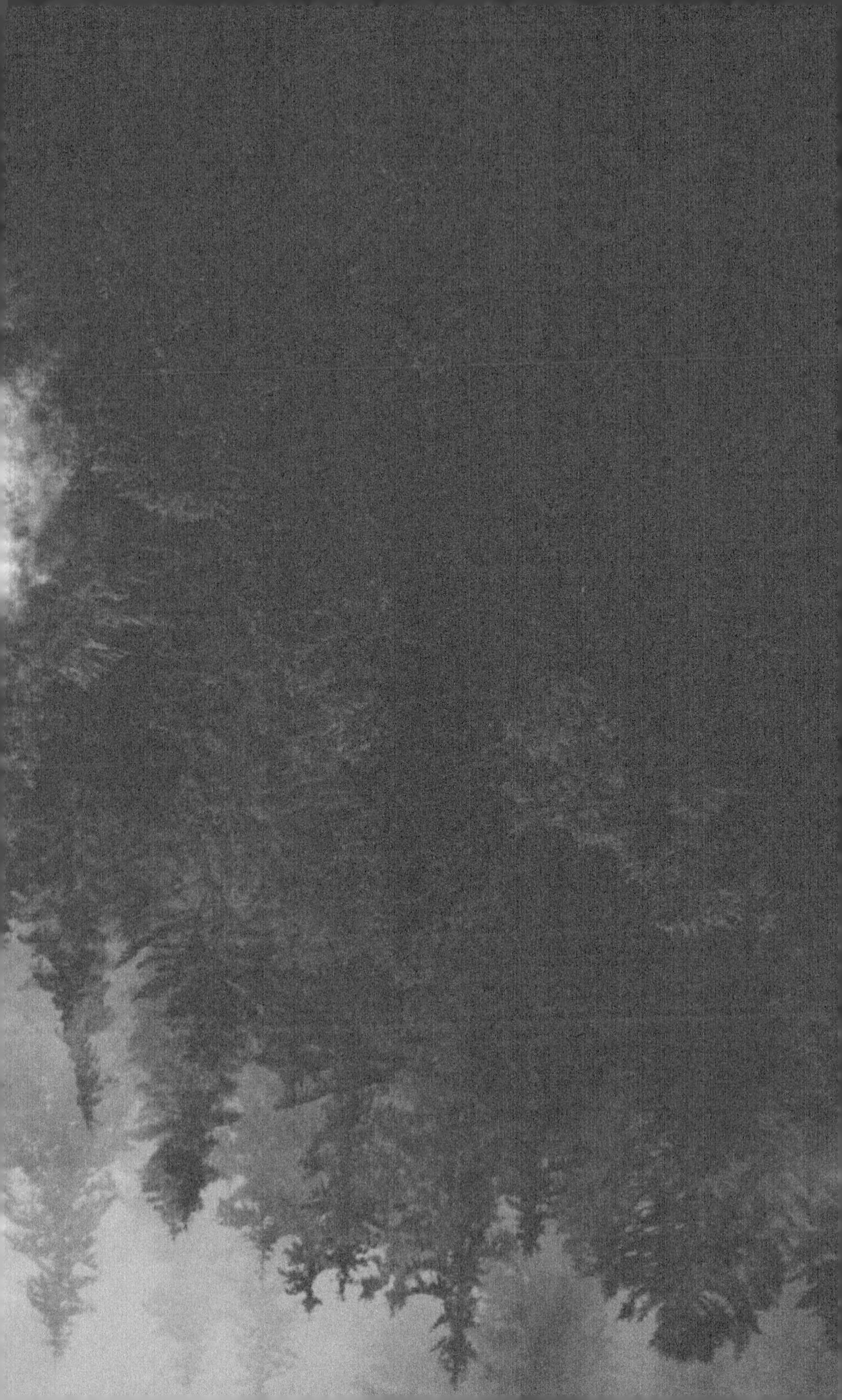

Diya

»It is not a lack of love, but a lack of friendship that makes unhappy marriages.«
– Friedrich Nietzsche

Quirin hat mir seinen Bogen überlassen, und seit fünf Tagen trainiere ich jeden Morgen. Nur heute ist es bereits kurz vor der Abenddämmerung, als ich den ersten Pfeil schieße. Den ganzen Tag war ich mit Hochzeitsvorbereitungen beschäftigt. Aber nun habe ich den Bogen endlich wieder in der Hand.

Sehr zu meiner Verwunderung muss ich gestehen, dass ich besser werde. Von den Schamanen habe ich eine Zielscheibe erhalten. Sie ist nicht vergleichbar mit denen, die ich aus meiner Welt kenne, aber sie erfüllt ihren Zweck. Mittlerweile treffe ich sie mit jedem Schuss. Zwar immer an einer anderen Stelle, aber ich treffe.

Es ist noch früh, als ich von meiner Trainingsstunde zurückkehre. Andaya hat mir einige Schriftrollen gegeben, in denen ich Informationen zu der Kultur der Schamanen finde. Doch heute ist mir nicht nach Lesen zumute. Also bringe ich meinen Bogen zurück und beschließe, einen Ausflug zu der Einheit zu machen.

Schon von Weitem sehe ich sie. Reges Treiben herrscht am Rastplatz, Kinderlachen ertönt. Es ist schön zu sehen, dass wenigstens die Kleinsten nun auch wieder lachen können.

»Dina!«, ruft George und stürmt auf mich zu.

Sofort greife ich unter seine Arme und wirbele ihn in die Luft. »Na, hast du mich vermisst?«

Er kichert wie wild, ehe ich ihn wieder absetze. »Ein bisschen.« Entschlossen nimmt er meine Hand und zieht mich zu den anderen.

Knapp nicke ich Darius zu. »Ihr habt alles, was ihr braucht?«

»Haben wir.«

Matteo setzt sich zu uns. »Und, nervös vor dem großen Tag oder geht es?«

Sosehr ich mich auch bemühe, kann ich meine Fassade nicht aufrechterhalten, also ringe ich mir ein Lächeln ab. »Es geht.«

»Hast du niemanden, der dich zu Hause vermissen wird?«

»Nicht wirklich«, antworte ich und seufze.

Noch immer ist es schwer für mich, dass sich andere für mich interessieren. *Aufrichtig*.

Ich höre Ricards Stimme hinter mir. Mit ihm habe ich noch nicht viel zu tun gehabt. Er hält sich mir gegenüber zurück, ist jedoch stets freundlich.

»Ich dachte, wir können uns mal einen Abend *frei* nehmen«, flötet er und zieht zwei Flaschen hervor.

Augenblicklich seufzt Matteo. »Kein Alkohol für die Armee des Königs.«

Nadiraan braucht eine Generalüberholung der Gesetze, mit denen es Quirin auch nicht allzu ernst zu nehmen scheint. Schließlich waren einige seiner Leute in Tifus betrunken. Ein Grund, meinen Verlobten etwas mehr zu mögen. Denn was ist das Leben ohne Spaß?

»Matteo, wir sind mitten im Nirgendwo, ich komme aus einer euch fremden Welt und eine Revolution steht bevor. Wenn es einen Grund zum Trinken gibt, haben wir ihn gefunden.« Ich lasse mir eine Flasche von Ricard geben und setze an. Fünf große Schlucke trinke ich von was auch immer, ehe ich sie zurückgebe.

»Ich mag dich«, verlautbart der Exilkönig und klopft mir auf die Schulter. »Wenn du mich unter den Tisch trinken kannst, habt ihr ein Bündnis mit mir sicher.«

Fragend hebe ich eine Augenbraue. »Dann sollte jemand einen Tisch bringen.«

Kollektives Lachen ertönt.

»Ich bin noch nie vor einer Aufgabe zurückgeschreckt und fange jetzt nicht damit an.«

»Hat jemand etwas von einem Trinkspiel gesagt?«, ruft ein Mann von Quirins Einheit – Ilya, glaube ich. Mit ihm hat er ein paar Planungen besprochen, aber auch ihn kenne ich nicht gut.

»Ich habe einen Vorsprung, also–«

Ricard setzt die Flasche an und trinkt auch fünf Schlucke. »Gleichstand.«

»Kennst du irgendwelche Trinkspiele?«, fragt Ilya.

»Wir kennen uns alle noch nicht gut, und es soll ja witzig sein. Also lasst uns ›Ich hab' noch nie‹ spielen. Es funktioniert wie folgt …«

Es hat sage und schreibe vier Anläufe gebraucht, bis es alle verstanden haben. Matteo, Darius, Ricard, Ilya und ich treten *gegeneinander* an, und die anderen sehen zu. Anscheinend wollen sie dieses Schauspiel nüchtern mitansehen.

»Gut, ich mache den Anfang«, beschließt Ricard, und das Funkeln in seinen Augen gefällt mir gar nicht. Der Hof in Verantis muss ziemlich spaßig gewesen sein, wenn ich mir seinen König so ansehe. »Ich hab' noch nie einen Verehrer oder eine Verehrerin abgewiesen.«

Sofort greife ich nach der Flasche und trinke.

»Quirin kann sich anscheinend glücklich schätzen, dass du ihn akzeptiert hast«, sagt Matteo anerkennend.

»Sag ihm das mal«, murmele ich schon angeheitert, was nur zu weiteren Lachern führt.

»Ich bin dran.« Mit Mühe und Not konzentriere ich mich. Was zur Hölle tun die in ihren Schnaps? »Ich hab' noch nie vorgetäuscht zu schlafen, um meine Ruhe zu haben.«

Alle Männer trinken nacheinander.

»Habe das einmal in einer Ratssitzung gemacht. Kam nicht gut an«, brummt Ricard.

So geht es für einige Runden. Vermeintlich harmlose Fragen enden in katastrophalen Ausschweifungen und Geschichten.

Matteo ist der Nächste. »Ich hab' noch nie …« Auch ihm scheint der Alkohol zu Kopf zu steigen, denn sein Blick ist nicht mehr ganz so fokussiert. »Ich glaube, ich gehe schlafen.«

Abrupt steht er auf und fällt sogleich Marian in die Arme, der ihn mit einem Lachen auffängt. Direkt hinter ihm steht Quirin, der die ganze Situation argwöhnisch mustert.

»Wir haben Spaß«, erkläre ich mit entschuldigendem Unterton.

»Ihr seid betrunken. Hier riecht es wie in einer Brauerei!«, beschwert sich mein Verlobter, doch mein Grinsen wird nur breiter, ehe mir auch schwindelig wird.

Kurz schließe ich die Augen und spüre zwei Hände auf meinen Schultern, die mich wieder gerade hinsetzen. Ich blicke nach oben und sehe Quirin, der mich genauestens beobachtet.

»War wohl eine Runde zu viel.« Ein Hickser verlässt meine Lippen. »Aber wir haben uns alle wunderbar kennengelernt, nicht wahr?«

Ein Schnarchen dringt an meine Ohren. Neben mir liegt Ricard mit aufgerissenem Mund.

Auch wenn es riskant ist, beuge ich mich vor und falle sogleich auf den Exilkönig, was ihn weckt. Triumphierend haue ich ihm auf die Brust.

»Ich hab' gewonnen.«

Etwas desorientiert lächelt er und öffnet ein Auge. »Glückwunsch. Was denn?«

Kopfschüttelnd erhebe ich mich und klopfe das Gras von meiner Hose, doch da schläft er schon wieder.

»Ihr hattet anscheinend wirklich Spaß«, sagt Quirin.

»Nicht nur das!« Mit in die Hüfte gestemmten Händen wende ich mich ihm zu. »Ich hab' uns ein Bündnis organisiert.«

»Mit wem?«

»Ihm!«, verkünde ich stolz und deute auf Ricard. »Ich hab' ihn unter den Tisch getrunken … Moment, hier ist kein Tisch, aber ich habe gewonnen.«

»Ganz toll. Ich glaube, die Gewinnerin sollte ins Bett.«

Im selben Moment taucht Marian neben mir auf. »Matteo schläft, Darius ebenso. Ich will nicht wissen, was ihr alles getrunken habt.«

Breit grinsend hake ich mich bei beiden unter. »Dann bringt mich mal zum Zelt.«

Die beiden tauschen einen Blick und kommunizieren wieder so, dass ich sie nicht verstehe.

»Lasst das!«, beschwere ich mich. »Ich verstehe nie, was ihr mit euren Zuckungen sagen wollt. Das ist nicht gerecht.«

»Komm, ich bringe dich ins Bett«, brummt Quirin absolut genervt.

»Nein«, beschließe ich und löse mich von Quirin. Mit beiden Händen klammere ich mich an Marians Arm. »Du hast schlechte Laune, sei woanders Miesepeter.«

»Wer ist Miesepeter?«

Zur Antwort strecke ich meine Zunge raus und ziehe Marian mit mir. »Er hat wenigstens gute Laune.«

Ich muss echt aufpassen, nicht umzukippen. Wie viel habe ich getrunken?

»Soll ich dich tragen?«, fragt Marian vorsichtig nach ein paar Schritten. »Ich bin mir sicher, dass die Felder noch nicht gepflügt werden sollen.«

»Ja, huckepack!« Entschlossen trete ich hinter ihn, doch erinnere mich im letzten Moment an das letzte Mal, als ich versucht habe, ihn an seinem Rücken zu berühren. »Oder doch nicht.«

Er lächelt dankbar – zumindest interpretiere ich es so –, und wir gehen weiter.

»Wieso magst du es nicht, dort angefasst zu werden?« Nüchtern würde ich mich niemals trauen, diese Frage zu stellen – ein Hoch auf den Alkohol.

»Weil es sehr grausame Erinnerungen zurückbringt. Lass uns nicht darüber reden.«

»Wenn doch …« Ich brauche einen Moment, um mich zu sammeln. »Auch wenn ich gerade sehr betrunken bin, kannst du mit mir über alles reden. Nie würde ich etwas verurteilen oder dich anders sehen.«

»Danke«, wispert er, und ich rempele in seine Seite.

»Alles dreht sich.«

Kurz dreht es sich noch mehr, dann schwebe ich. Nein, ich werde von starken Armen hochgehoben.

Gemurmel dringt an meine Ohren.

»Sie hat ein wenig viel getrunken«, erklärt Marian.

Anscheinend sind noch andere in der verlorenen Stadt wach.

»Daran könnte ich mich gewöhnen«, nuschele ich und kuschele mich an seine Brust.

Ich muss sagen, ich genieße diese Nähe. Nicht dass ich sie bei Quirin nicht genießen würde, aber es fühlt sich anders an. *Distanzierter.* Marian ist wesentlich offener – wenn man sich an seine Spielregeln hält.

»Da wären wir«, verkündet er und tritt in mein Zelt.

Keine Sekunde später rieche ich den Duft meiner Decken und spüre das doch sehr weiche Stroh unter meinem Körper.

Marian richtet sich wieder auf. Seine blonden Haare werden von dem hereinfallenden Mondlicht beleuchtet.

»So siehst du aus wie ein Engel.«

Fragend sieht er mich an. »Was ist ein Engel?«

»Himmlische Geschöpfe, die schützen. Viele Menschen in meiner Welt glauben an Schutzengel, die auf sie achtgeben, damit ihnen nichts geschieht. Sie sind wunderschöne und reine Geschöpfe.«

Marian schnaubt. »Ich bin vieles, aber keinesfalls ein *Engel*.« Er wendet sich ab, jedoch bin ich schneller und bekomme seine Hand zu fassen.

»Für mich schon.« Sekündlich wird mein Kopf klarer. »Du hast Amaya damals zu mir geschickt. In Tifus. Das war nicht Quirin, sondern du. Dadurch wusste ich, dass es Hoffnung gibt. Du hast mich gehört, meine Worte ernst genommen und dich gekümmert, obwohl du mich nicht kanntest.«

»Ich hätte nicht gedacht, dass du das weißt.«

»Glaub mir, ich sehe mehr, als ihr alle denkt.«

Verwirrt setzt sich Marian neben mich. »Du solltest schlafen.«

»Weil mein Zukünftiger morgen ein anderer sein wird? Weil er sich entscheiden wird, dass ich es doch wert bin, geliebt zu werden und nicht nur einem Zweck zu dienen?«

»Dina–«, versucht Marian, mich zu unterbrechen, allerdings rede ich einfach weiter.

»Ich weiß, worauf ich mich einlasse. Aber in so manchen Momenten, wie jetzt gerade, ist es einsam. Zu wissen, allein einzuschlafen und es für alle Zeiten zu müssen. So habe ich mir mein Leben nicht vorgestellt, und ich denke ich brauche ein wenig, um es zu verkraften. Gerade jetzt, da Quirin wieder einmal eine andere Seite von sich präsentiert. Er quält mich mit seiner Nähe, weißt du? Nie vollends genug zu sein, aber gut genug, für was auch immer er sich denkt. Unsere Aufgabe ist wichtig, und ich will niemanden zu etwas zwingen, doch in schwachen Momenten kommt es heraus. Es ist hart zu wissen, dass ich jemanden heiraten werde, der mich nicht lieben will. Wie kann ich weiterhin an allem festhalten? Er ist meine erste Wahl, Marian. Der erste Mann, zu dem ich Ja sage. Aber ich kann nicht länger seine zweite Wahl sein - nicht, wenn er meine erste ist. Entschuldige, ich sollte dir das nicht sagen.«

In Marians Augen sehe ich nichts als Verständnis und Mitgefühl. »Du kannst auch mit mir über alles reden, Dina.«

Ohne etwas zu erwidern, kuschele ich mich an seine Brust. »Nur einen Augenblick. Es geht gleich wieder.«

Ich hasse es, wie belegt meine Stimme klingt, wie sehr sich mein Körper nach Nähe verzehrt. Seit der ersten Bogenstunde mit Quirin ist er so distanziert zu mir, hat sich nach der Annäherung direkt wieder entfernt. Ich bin wie ein Fisch, der jeden Tag in einen Köder beißt, nur um am Ende des Tages zurück ins Wasser geworfen und am nächsten Tag wieder gefangen zu werden. Es reicht nicht für den Tod und auch nicht für ein freies Leben.

Quirin war so eingenommen von Gesprächen und Planungen - ganz wie er es gesagt hat. Und ich muss gestehen, dass ich jeden Tag mehr aushungere. Ich vermisse Nähe, brauche sie, und das Verlangen meines Körpers wird immer größer. Die ganze Zeit bin ich stark, versuche, eine gute Königin zu mimen, das Bild aufrechtzuerhalten, das Quirin und ich zeigen müssen. Dabei würde ich mich am liebsten in seinen Armen verstecken und das, obwohl er mir nur einen Gefallen tun würde, aber es selbst gar nicht will. Ich werde zur Bettlerin seiner Aufmerksamkeit, sehne mich nach etwas, das nur er mir nach der Eheschließung geben dürfte, und er verwehrt es mir. Die Person, die meine Erlösung sein sollte, ist zeitgleich mein Untergang. Und das macht es nur noch schlimmer.

»Rede mit Quirin darüber«, flüstert Marian in meine Haare. »Er hat keine Ahnung, wie es dir geht. Wir alle nicht. Egal, wie dickköpfig er ist, das wird er nicht wollen. Er will, dass es dir gut geht.«

»Das ist es ja.« Langsam richte ich mich auf und wische die Tränen aus meinen Augen. »Er würde es *für mich* tun, aber ich will, dass er es auch will. Doch das tut er nicht. Er *will* mich nicht. Das bedeutet, ich kann nie wissen, welche Berührung er ernst meint und welche er mir zum Gefallen tut. Es wäre eine Lüge, und das ist noch schwerer zu ertragen als gar nichts.«

Für endlose Momente schauen wir uns einfach nur an.

Marian schließt die Augen und atmet ein paarmal tief durch. »Quirin will dich, Dina. Du bedeutest ihm eine Menge, und das macht ihm Angst, deshalb ist er so.«

Die Worte scheinen ihm einiges abzuverlangen. Er sieht aus, als würde er bei jedem einzelnen Höllenqualen erleiden. Er blinzelt, scheint Mut fassen zu müssen, ehe er weiterspricht.

»Er denkt, dass sich seine Mutter getötet hat, weil sie nicht ohne seinen Vater leben konnte. Er ist der festen Überzeugung, dass die Liebe der beiden der Grund war. Sein Vater hat sich für seine Mutter eingesetzt, wurde ermordet, und seine Mutter hat sich direkt danach gerichtet. Und sie haben ihn beide alleingelassen. Er denkt, dass wenn er jemanden liebt, es nur den Tod bringt. Oder viel schlimmer noch, dass diese Art der Liebe Gift ist. Weil sie sich mehr geliebt haben als ihn. Sie sind füreinander in den Tod gegangen, aber konnten nicht für ihn weiterleben. Es ist keine Ablehnung, sondern Angst davor, dass er dein Untergang sein wird – entweder sprichwörtlich oder wahrhaftig. Das könnte er nicht verkraften. Ohne Liebe kein Verlust. In seiner verqueren Ansicht ergibt es Sinn. Deshalb ist er auch so zerrissen. Wenn er dir nah ist, ist es, weil er es will. *Dich* will. Wenn er sich von dir entfernt, dann weil sein Gewissen übernimmt. Ich will ihn nicht in Schutz nehmen und sein Verhalten schon gar nicht, aber alles, was er tut, tut er aus Sorge.«

Ungläubig sehe ich Marian an. Habe ich Quirin so unrecht getan? Ihn so falsch eingeschätzt? Kann ich Marian glauben? Tut Quirin all das nur, um mich ... *zu schützen?* Und sich selbst?

»Aber–«

»Für uns ist es Blödsinn, ja. Dennoch ist es die Strafe, die er sich auferlegt hat: niemals eine Familie oder eine Frau zu haben, um ihr und seinen Kindern nicht dasselbe anzutun.«

Das erklärt einiges. Und längst nicht alles. Er könnte mit mir reden. Wir könnten daran arbeiten. Er ist nicht für mein Schicksal oder meine Entscheidungen verantwortlich. Das muss er doch auch sehen.

»Meinst du, es wird sich je ändern?«

»Hm?«, hakt Marian immer noch in Gedanken nach.

»Wenn wir, sagen wir, dreißig Jahre verheiratet sind ... Wird irgendwann ein Punkt kommen, an dem er uns eine Chance geben könnte? Weil er sieht, dass nichts Schlimmes geschieht?«

Marians Gesichtszüge verfinstern sich.

Also nicht.

»Ich mag dich sehr, Dina«, beginnt Marian, und seine Tonlage gefällt mir gar nicht. »Und Quirin ist sich bewusst, dass du irgendwann *Nähe* brauchst. Er hat keine Ahnung, wie du jetzt schon empfindest, aber für den Fall, dass der

Tag kommt, hatte er einen Vorschlag. Ich wollte es dir nicht sagen, weil ich absolut dagegen bin, das musst du mir glauben. Es dir jetzt nach deinem Geständnis jedoch zu verheimlichen, fühlt sich falsch an. Du hast genug Halbwahrheiten gehört.«

»Das klingt nicht gut.«

Er geht nicht auf meine Worte ein, sondern spricht einfach weiter. »Seine Idee war, dass du diese Nähe bei mir findest.«

Geschockt weiche ich zurück. »Er reicht mich weiter? An dich? Wie Ware? Ein Spielzeug, das nicht den Anforderungen entspricht? Oder weil er nicht imstande ist, mir Nähe zu schenken, musst du es?«

»Ich habe es abgelehnt.« Sofort will ich aufspringen, doch Marian verhindert es. »Weil du etwas Besseres verdienst als ein Pflichtprogramm. Du kannst umkehren, zurück in deine Welt gehen. Ich will nicht, dass du denkst, dass jedes Gespräch, jede Nähe von mir eine Lüge ist, wie du es bei ihm vermutest. Weder in Tifus noch hier war es je gespielt. Ich mag dich, Dina, *sehr.* Und ich will nicht, dass du das jemals infrage stellst. Ich will nicht in deine Augen blicken und den Verrat sehen, den du hast, wenn du über Quirin redest. Denn das bin ich nicht. Das sind *wir* nicht.«

Diese beiden Männer sind verwirrend. Was stimmt nicht mit den Bewohnern Nadiraans?

»Und was, denkst du, sollte ich tun? Ihr alle scheint euch ja wunderbar hinter meinem Rücken zu unterhalten.«

»Quirin ist kein schlechter Mensch, dennoch kennst du ihn nicht vollkommen. Er hat Seiten an sich, die *gefährlich* sein können. Ich bin alles andere als ein Engel, und es wartet ein Krieg auf uns. Du bist bereit, eine Menge aufzugeben, aber gib nicht alles auf, was du bist. Das ist Quirin nicht wert – und ich auch nicht.«

»Ich brauche Zeit zum Nachdenken.«

»Verständlich.« Marian erhebt sich. »Wenn du etwas brauchst, bin ich für dich da. *Immer.* Weil ich es will. In Ordnung?«

Mit einem abwesenden Nicken lasse ich ihn wissen, dass ich ihn gehört habe, und Marian verlässt das Zelt.

Jedes Mal, wenn ich denke, dass ich mein Leben etwas mehr im Griff habe, kommt die nächste Katastrophe daher. Wie soll es nur weitergehen? Und was mache ich nun mit den neuen Informationen?

Quirin

Nach einer ziemlichen Standpauke von Marian gestern Nacht bin ich schon früh morgens im Wald und warte auf Dina. Ich weiß, dass sie jeden Morgen hier trainiert – und wie gut sie geworden ist. Seine Worte haben mir die Augen geöffnet. Sie verdient mehr als das, was ich ihr gebe – *deutlich* mehr. Ich lasse sie für meine Ängste büßen, und das hat sie nicht verdient.

»Morgen«, ertönt ihre irritierte Stimme hinter mir. »Was tust du hier?«

»Ich dachte, wir könnten zusammen trainieren. Und *Zeit verbringen.*«

»Marian schickt dich.« Kopfschüttelnd bereitet sie sich vor und geht in Position. »Keine Sorge, es ist nichts zwischen uns passiert – ach, nein, du willst ja, dass etwas passiert, damit ich dich mit meinem kindischen Gefühlskram in Ruhe lasse.«

Im selben Moment löst sie einen Pfeil, der direkt in die Mitte trifft. Ich sehe deutlich, dass sie sich freuen will, ihre Reaktion aber meinetwegen zurückhält. Dina geht auf die Scheibe zu und entfernt den Pfeil.

»Du hast eine gute Form bekommen.«

»Sehr gut«, zischt sie, »übergehen wir das Offensichtliche. Weißt du was? Geh einfach, Quirin.«

»Wir müssen das klären«, beharre ich.

»Bisher hast du das sehr gut ohne mich hinbekommen.« Erneut spannt sie den Bogen. Der Schuss sitzt - nicht so perfekt wie der letzte, dennoch beeindruckend. »Weißt du, ich habe mein Leben zurückgelassen, mich auf dich eingelassen, und du reichst mich an deinen besten Freund weiter, damit er … Was eigentlich genau? Mich hält, mich in den Arm nimmt, mich küsst?«

Langsam erhebe ich mich aus meiner sitzenden Position und spüre, wie Wut in mir aufsteigt.

»Oder doch mit mir schläft? Soll ich mich auch in ihn verlieben? Würde dir das passen? Im Wald warst du noch eifersüchtig, und jetzt bin ich dir egal. Ich komme nicht mehr mit. Jedes Mal, wenn ich denke, dass wir an einem Punkt des Verständnisses angekommen sind, änderst du die Spielregeln.«

»Du verstehst nichts, Dina.«

»Nein, da hast du recht. Wenn du mich so wenig leiden kannst, dass du meine Nähe nicht erträgst, sag es einfach.«

Entschlossen gehe ich ein paar Schritte vor. »Marian sagte mir, er habe dir die Wahrheit berichtet, also weißt du, dass das Blödsinn ist.«

»Weil Liebe tötet, stimmt. Also entscheidest du dich, mich jeden Tag ein wenig zu töten und aushungern zu lassen, obwohl du etwas tun könntest, aber zu stolz bist, es zuzulassen. Du gaukelst mir eine Freundschaft vor, die du doch nicht ernst meinst, und gibst mich weiter. Ich weiß, dass ich im Krieg sterben kann, doch ganz ehrlich: Das würde ich dem Ganzen gerade vorziehen, denn so würde es wenigstens durch die Hand des Feindes geschehen und nicht durch die meines zukünftigen Ehemanns.«

Das sitzt.

»Ich dachte, wir wären Freunde.« Ihre Stimme wird immer verzweifelter. »Mir war klar, dass du mir nie Intimität geben kannst, und es war in Ordnung, aber nicht, dass du deinen besten Freund vorschickst, um deine Lücke zu füllen, und mich damit wie Dreck behandelst.«

»Es sollte euch beiden helfen. Ihr solltet nicht meinetwegen leiden.«

Ich sehe sie sicherlich an wie ein getretener Welpe, denn genauso fühle ich mich. Das war doch nie das Ziel. Ja, mein Plan lässt, wenn ich es so höre, deutlich zu wünschen übrig, aber er ist aus Sorge entstanden.

»Weil Marian nicht heiraten darf, wegen diesem blöden Gesetz. Dann kann er gleich die Überbleibsel nehmen, nicht wahr?«, zischt sie.

»Dina«, sage ich eindringlich und umfasse ihre Schultern. »Du magst mir nicht glauben, und es ist in Ordnung. Aber ich wollte immer nur das Beste für euch beide. Nie war es mein Ziel, insbesondere dich damit zu verletzen. Es tut mir aufrichtig leid. Ich habe es nur gut gemeint, auch wenn es das nicht besser macht.«

Ihre blauen Augen mustern mich traurig. Ich könnte mir vorstellen, dass sie meine Entschuldigung nicht annimmt.

»Es war ein Schwur, den ich vor all den Jahren abgelegt habe: nie eine Frau zu nehmen und eine Familie zu gründen. Du bringst das Ganze sehr ins Wanken – du weißt nicht, wie sehr. Selbst wenn ich wollte … Was ist, wenn dir etwas geschieht? Ich kann es nicht riskieren.«

»Du bist nicht für mein Schicksal verantwortlich«, erwidert sie energisch. »Aber ich verlange von dir, dass du uns eine Chance gibst. Als Freunde. Dass du ehrlich zu mir bist, wie du es mir versprochen hast. Ich bin auch nicht perfekt und habe Angst. Das alles kann ich nur meistern, wenn wir auf einer Seite stehen. Wie du es selbst sagtest

Ich bitte dich nur, dich an deine eigenen Regeln zu halten, sie nicht nach deinem Belieben zu ändern und mich die Konsequenzen ausbaden zu lassen. Ich wünsche mir eine Partnerschaft, und davon sind wir kilometerweit entfernt.« Sie legt ihre Hände auf meine. Trotz des täglichen Trainings sind sie weich, zart wie ihre Berührungen.

»Keine Lügen mehr, keine Spielchen – das schwöre ich. Glaub mir, das Letzte, was ich wollte, war es, dich zu verletzen. Ich hatte keine Ahnung, was mein Verhalten auslöst. Wirklich nicht.«

Dina mustert mich eindringlich.

»Kannst du mir vergeben? Denn die Wahrheit ist: Ich brauche dich auch. Mehr, als du es ahnst.«

»Dieses letzte Mal, ja. Mach nicht den Fehler, meine Loyalität und Gutmütigkeit nochmals zu testen. Ich vergebe, aber vergesse nicht. Und wenn ich dich daran erinnern darf: Wir stehen nicht zum ersten Mal an diesem Punkt.«

»Das ist nur gerecht, und ich danke dir.« Ich nehme ihre rechte Hand und hauche einen Kuss auf ihren Handrücken.

»Wie ich schon in Tifus sagte, ich bin da. Und ich werde nicht gehen. Ich bin und bleibe an deiner Seite. Lass mich. Ich sehe deine Zerrissenheit, spüre sie. Das ist der einzige Grund, warum ich gewillt bin, dir zu vergeben. Ich sehe dir an, dass du dich wehrst, aber ich verstehe nicht, warum. Ja, Marian hat es mir erklärt, aber meinst du nicht, ich habe es verdient, um meiner Selbst willen behandelt zu werden? Ich kann nichts für deine Vergangenheit, ich bitte dich nur, unsere Zukunft nicht wegen etwas zu ruinieren, an dem ich keinen Anteil hatte. Das ist nicht gerecht, und das habe ich nicht verdient.«

Als Antwort nicke ich nur. Zu gern würde ich ihr noch mehr sagen, doch das würde niemandem von uns helfen. Ich will es keinesfalls verschlimmern. Sie reagiert genauso, wie ich es brauche, als könnte sie mich genau lesen.

Mit einem Nicken deute ich auf die Zielscheibe. »Sollen wir ein wenig zusammen üben?«

Bis zum Mittag haben wir gemeinsam trainiert. Dina ist immer besser geworden. Jetzt fehlen nur noch Übung, ein wenig mehr Ausdauer und Muskelkraft, doch das wird mit der Zeit kommen. Ich spüre den Keil deutlich, den ich zwischen uns getrieben habe, und es wird lange dauern, es wiedergutzumachen, wenn ich das überhaupt kann, aber dieser Morgen war ein guter Anfang.

»Du hast dich wirklich gut entwickelt.«

»Danke«, haucht sie verlegen.

Jede meiner Anmerkungen hat sie in Windeseile umgesetzt, und sie ist eine wirklich gute Schülerin. Sie hat einen Blick für das Wesentliche, ist konzentriert und zielstrebig – Eigenschaften, die ich nur bewundern kann.

»Quirin?«, ertönt Ilyas Stimme hinter mir. »Die Älteste bat um ein Treffen mit allen Entscheidungsträgern.«

»Wir kommen.« Dina nehme ich Bogen und Köcher ab und reiche ihr meinen Wasserschlauch. Ihren scheint sie stets zu vergessen.

»Was könnte sie wollen?«, hakt sie nach, als wir uns schon auf den Weg machen.

»Ich vermute, eine Planung dessen, was wir vorhaben, wenn wir die Hauptstadt erreichen. Neue Bündnisse nach der Hochzeit.«

Wie es scheint, rechnet jeder damit, dass ich den Thron wirklich besteigen werde. Niemand plant mehr mit Vitus beziehungsweise eher mit seinem Tod als mit seiner Regentschaft. Er sitzt Kilometer von uns entfernt und weiß gar nicht, dass sich sein Land und seine Familie gegen ihn stellen.

Diese Art von Verrat ist absolut grausam. Ehrlich in einem Krieg zu verlieren, ist das eine, jedoch von den eigenen Verbündeten und Untergebenen ersetzt zu werden, ist ein Schmerz, den ich mir nur schwer vorstellen kann. Sollte mir meine Einheit je den Rücken kehren … Ich wäre schon tot, bevor der erste Hieb der Waffe kommen könnte.

»Und was ist unser Plan?«

»Das weiß ich nicht. Ich will mich nicht mit dem Gedanken abfinden, meinen Cousin zu ersetzen, dort zu sitzen, wo er sitzt. Aber das zu sagen, kann uns wichtige Bündnisse kosten.«

»Quirin.« Dina seufzt und dreht mich zu sich. »Bloß weil du dich nicht mit etwas abfinden willst, heißt es nicht, dass es nicht geschehen wird. Dieser Krieg wird passieren, und auch wenn wir uns einen anderen Ausgang wünschen, müssen wir auf alles vorbereitet sein. Wir brauchen Bündnisse, sowohl innerhalb des Landes als auch außerhalb. Ricard haben wir schon auf unserer Seite.«

»Woher weißt du so viel über Politik?«

»Nun ja, in der Geschichte berichtet man öfter über die gescheiterten Völker als über die erfolgreichen. Erzähl mir auf dem Weg doch erst einmal alles, was du weißt.«

Vor dem Zelt meiner Großmutter angekommen, treffen wir auf Marian, Darius und Ilya. Ich erwarte schon, dass es merkwürdig zwischen Dina und Marian wird, aber das Gegenteil ist der Fall. Beide verhalten sich so, als wäre nie etwas geschehen. Und wieder einmal kann ich mich glücklich schätzen, die beiden an meiner Seite zu haben. Sie sind mein Fels in der Brandung, und ihre Vergebung habe ich die meiste Zeit gar nicht verdient.

Nacheinander betreten wir das Zelt.

Dina und ich setzen uns zur Rechten meiner Großmutter und Ricard nimmt zu ihrer Linken Platz.

»Nadiraan muss stabilisiert werden«, beginnt Großmutter. Wenn sie nicht muss, redet sie nie um den heißen Brei. »Verantis existiert nicht mehr, und wenn ich König Ricard richtig verstanden habe, ist es nicht das primäre Ziel seines Volkes, zurückzukehren, sondern das restliche Leben in Frieden zu verbringen. Vitus' Armee hat nur Asche hinterlassen. Die letzten Überlebenden des Volkes sind hier.«

Verantis war meines Wissens immer ein kleines, wohlhabendes Land. Wenn wirklich alles niedergebrannt ist, kann ich verstehen, dass sie nicht zurückwollen.

»Aber nur, wenn wir sicher in Nadiraan bleiben können. Die Vergehen an meinem Volk müssen gerächt werden. Mit Vitus' Kopf«, sagt Ricard.

Überrascht mustere ich ihn. Wann hat er den Tod meines Cousins beschlossen?

»Sieh mich nicht so an, Quirin. Du bist Soldat und weißt, wie wir Hochverrat handhaben. Er hat mein Volk hinterrücks angegriffen und abgeschlachtet wie Vieh.«

»Ich beschließe niemandes Tod. Es wird ein Verfahren geben, und die Gerichte werden entscheiden. Wie du schon sagst, Ricard: Ich bin Soldat, weder Richter noch Henker.«

Meine Hände balle ich zu Fäusten. Sieht so wirklich meine Zukunft aus? Über Leben entscheiden, als wären sie nichts? In Räumen, in denen sich die angeklagte Person nicht einmal äußern darf? Und wofür? Ruhe? Bündnisse? Meinen eigenen Hintern?

Dina legt ihre warme Hand auf meine und streicht zart darüber. »Ricard, du hast mir ein Bündnis garantiert. Es war nicht an Bedingungen gebunden.«

»Wir hatten ein Wetttrinken«, erwidert er und schnaubt. »Und ich habe gewonnen. Wenn du schon dabei nicht zu deinem Wort stehst, wie können wir uns sicher sein dass du es anderweitig wirst? Vertrauen beginnt mit den kleinen Dingen. Und erinnere dich bitte auch, wer euch erst die Freiheit schenkte. Niemand in dieser Runde kann Versprechungen über Ergebnisse machen, denn wir alle gehen in eine ungewisse Situation. Lasst uns bitte so miteinander reden und nicht, als wären wir Götter, die die Gewalt über das Schicksal haben.«

»Entschuldige, Dina, aber wenn wir uns darüber unterhalten, wie die Dinge bisher stehen, dürftest du hier gar nicht den Mund aufmachen«, verlautbart Ricard.

Was ist plötzlich in ihn gefahren?

Direkt bin ich auf den Beinen. »Bei allem Respekt, den ich einem König entgegenbringen kann: Jetzt vergisst du dich.« Ich spüre jeden einzelnen Blick auf mir. »Ich bin auf eurer Seite, das war ich von Beginn an, aber der Thron Nadiraans ist mein, wenn er neu besetzt wird, und ich lasse mir weder vorschreiben, was ich zu tun habe, noch meiner Frau den Mund verbieten. Wenn ihr ein Exil in Nadiraan haben wollt, obliegt es mir und meiner Entscheidung, euch dieses zu gewähren. Und glaub mir, Respektlosigkeiten Dina gegenüber schlagen sich nicht positiv nieder.« Meinen Blick lasse ich durch die Runde schweifen. »Dina wird meine Königin, und selbst wenn Frauen bisher keinen Platz am Tisch der Entscheidungen hatten, wird sich dies ändern. Sie ist eine der gebildetsten Personen, die ich kenne, und auf ihren Rat werde ich nicht verzichten. Sie ist an meiner Seite und wird ebenso eine Stimme haben. Und ihr tätet gut daran, das zu respektieren.

Marian wird mein erster Offizier, Oberbefehlshaber des Militärs und mein oberster Berater, wie er es seit Jahren ist.

Matteo wird, wenn er einwilligt, die Kaserne der Hauptstadt übernehmen und neue Soldaten ausbilden, wie er auch mich ausgebildet hat.

Darius und Ilya werden meine Gesandten.

Und alles andere wird sich fügen. Etwas darüber hinaus werde ich heute nicht beschließen, denn wir alle wissen nicht, wie dieser Krieg ausgehen wird. Also entweder ihr nehmt, was ich geben kann, oder ihr geht. Was die Schamanen angeht …« Ich blicke zu meiner Großmutter. »Wer dem alten Glauben huldigen will, wird dies unter meiner Regentschaft wieder dürfen.«

»Nichts mehr wollen wir«, erwidert sie mit einem stolzen Nicken, und ich setze mich wieder.

»Versteht mich nicht falsch, ich wollte diese Rolle nie haben und es macht mir keinen Spaß, aber wenn ich dazu gedrängt werde, werde ich nicht aufgeben, ein stabiles Königreich zu schaffen. Notfalls mit Blut. Also provoziert mich nicht. Ende der Diskussion.« Wut peitscht durch meine Adern, sucht nach einem leichten Opfer, an dem ich sie herauslassen kann.

Erneut nimmt Dina meine Hand, und zwischen uns beginnt es, zu pulsieren. Sie muss meinen Zorn spüren, gleichzeitig lässt sie ihn verpuffen, was meine Großmutter zu bemerken scheint, denn sie mustert uns mit regem Interesse.

»Wenn wir das dann geklärt haben?«, frage ich in die Runde und erhalte ein kollektives Nicken.

Als ich aufstehe, hält Dina noch immer meine Hand, erdet mich mit jeder Sekunde. Kaum sind wir aus dem Zelt, flüstert sie in mein Ohr: »Wald?«

Ich lasse mich nur zu einem Nicken hinreißen.

»Marian!«, ruft sie noch – wahrscheinlich, um ihm Bescheid zu geben –, aber da löse ich mich schon von ihr und gehe schnellen Schrittes los.

Wieso nur will mich jeder drängen, benutzen und manipulieren? Ich dachte, Ricard wäre ein Freund, und jetzt das. Aber ich bin ja auch nicht besser. Verflucht, ich will ein ehrliches Leben führen und nicht diese Scharade

Lügen, Informationen vorenthalten, Entscheidungen über Menschen treffen, die sich nicht einmal äußern können. Es verändert mich bereits – nicht zum Besseren. Ich will zu meinem alten Leben zurück, meinen Regeln, und weg von dem hier.

»Was brauchst du?«, fragt Dina hinter mir.

Mit einem tiefen Grollen drehe ich mich um. »Ich habe einfach genug! Genug von jedem, der mich beeinflussen will. Bloß weil ich Soldat bin, halten mich alle für schwach. Wer garantiert uns, dass wir sicher sind?«

»Du«, antwortet sie simpel. »Wir drei. Marian, du und ich können uns nicht mehr erlauben, Schwäche zu zeigen, außer vor uns selbst. Wir können nur uns vertrauen. Alle anderen sind potenzielle Feinde.« Dina hebt die Hand. »Ich weiß, dass es dir nicht gefällt, aber es ist so.«

»Es gefällt mir nicht, dass du recht hast. *Mal wieder.*«

»Was ist los mit dir? Etwas ist anders, ich spüre es.«

»Schamanen können Gefühle beeinflussen, meist gute, und damit heilen. Bei mir ist es anders«, antworte ich zerknirscht.

»Das ist es, was damals geschehen ist, richtig? Die Schmerzen der Männer und das, was danach geschah?«

Ich nicke, und sie kommt auf mich zu.

»Musst du es rauslassen, damit es besser wird?«

»Ja«, presse ich hervor. »Sonst staut es sich an, und die Folgen können katastrophal sein. Bisher konnte ich es immer gezielt jemanden spüren lassen, der es verdient hat. In Schlachten oder bei der Jagd.«

»Wird es mit mir funktionieren?«

»Was?«, hauche ich verwirrt.

»Solche Situationen werden öfter vorkommen, und du brauchst ein Ventil. Vielleicht kann ich es sein«, sagt sie mit fester Stimme. »Ich sehe nicht so aus, aber ich bin stark. Ich halte es aus.«

»Nein.« Augenblicklich wende ich mich ab, doch Dina hält meinen Arm fest.

»In guten wie in schweren Zeiten, Quirin. Keine Geheimnisse mehr. Das ist ein Teil von dir, und ich muss wissen, was er bedeutet. Damals hatte ich Angst, weil du plötzlich vollkommen anders warst. Ich konnte es nicht einschätzen. Wenn du es nicht für dich tun willst, tu es für mich. Denn ich will keine Angst haben, sondern es verstehen. Alles von dir.«

Vehement schüttele ich den Kopf, will das Angebot keinesfalls annehmen, aber mein Körper hat andere Pläne. Das Kribbeln wird stärker. Sofort reagiere ich auf Dina, ihre Ruhe, die sich nicht auf mich übertragen lassen will, ich jedoch herbeisehne. Langsam wende ich mich ihr wieder zu, lege meine Hände an ihre Wangen.

»Ich werde es aushalten«, wiederholt sie.

Mein Verstand wehrt sich, doch mein Körper reagiert, spürt die Ruhe auf und verwandelt sie in Chaos. Dinas Augen weiten sich, und ein lauter Schrei verlässt ihre Lippen.

Dina

»I sat with my anger long enough until she told me her real name was grief.«
– C.S. Lewis

Gefühle peitschen durch meine Fasern, die ich noch nie zuvor gespürt habe.

Wut.

Trauer.

Pures Chaos.

Ungerichtete, wilde Emotionen, die weder sich selbst noch mich kontrollieren können. Es ist Wahnsinn, und den-noch erkenne ich eine Person ganz deutlich in ihnen.

Quirin.

Ist es das, was er fühlt? Fühlt er sich so verwirrt, so verloren?

Dunkelheit umschließt mich. Ich will weinen, schreien, um mich schlagen, fliehen. Alles, nur nicht fühlen, was sich mir bietet. Und doch weiß ich: Ich kann nicht entkommen. Stattdessen versinke ich immer mehr in dieser Finsternis, die mir jede Hoffnung raubt. Einfach alles ist sinnlos, und es existiert nur noch Schmerz. Kein Wunder, dass er diese Emotionen loswerden muss. Ich platze ja beinahe nach wenigen Minuten und würde mich am liebsten in einem dunklen Raum verstecken.

Oder dafür sorgen, dass es aufhört.

Wie der Mann im Wald. Quirin hat ihn dazu getrieben, sich selbst zu töten. Weil er diese Empfindungen nicht mehr ertragen konnte.

Ich öffne meine Augen, die ich unbewusst geschlossen habe, und blicke in Quirins gequältes Gesicht. »Ich bin hier.«

»Es tut mir so leid. Ich kann nicht aufhören.« Seine Hände sind wie an meinen Wangen festgeklebt, und eine weitere Welle der Emotionen schwappt auf mich herüber, die mich aufschreien lässt.

Unbändiger Schmerz, der immer und immer schlimmer wird. Alles versinkt in einem Meer aus Hoffnungslosigkeit, und doch ist es anders als im Wald.

Ich habe keine Angst. Nur Mitgefühl für dieses Leid, das er anscheinend für normal hält.

Mit größter Anstrengung lege ich meine Hände auf seine, versuche, seinen Blick zu halten, und atme tief durch. »Atme mit mir. Ein und aus.«

In diesem Moment würde ich alles tun, damit es aufhört – Hauptsache, ich kann diesen Gefühlen entkommen. Aber ich kann Quirin nicht alleinlassen. Nicht so.

Es ist Zeit, dass ich für ihn da bin. Und das werde ich.

Ich wollte Marian nicht glauben, jetzt jedoch kann ich nicht anders. Das, was ich von Quirin gesehen habe, ist eine wohl trainierte Fassade, zum Schutz für sich selbst – und für alle anderen.

Er beschützt, weil er selbst Schutz sucht.

Er schenkt mir Ruhe, weil in ihm nur Chaos herrscht.

»Bleib bei mir und sieh mich an«, verlange ich. »Es ist alles gut.« Auch wenn es eine glatte Lüge ist, nutzt es nichts, wenn ich die Fassung verliere. Ich muss stark sein, für uns beide. »Du kannst es kontrollieren. Achte einfach auf mich.«

Quirin hält meinen Blick und beginnt, mit mir zu atmen.

Wenn in ihm Chaos herrscht, braucht er vielleicht meine Ruhe.

Ich konzentriere mich, so gut es geht, auf gute Gefühle, Emotionen der letzten Tage. Denke an jeden Moment, in dem ich glücklich war. Wie stolz ich war, als mein erster Pfeil sein Ziel fand. Als ich in Georges glückliche Augen gesehen habe. Einfach an alles, was ich in den letzten Tagen erlebt habe.

Verwirrung huscht über Quirins Züge. »Was tust du?«

»Deinem Chaos Ruhe schenken.«

Er schließt die Augen, und ein kleines Lächeln stiehlt sich auf seine Lippen.

Der tosende Sturm der Anarchie meiner Gedanken legt sich langsam. Aus der stürmischen See werden sanfte Wellen.

Mit wackeligen Knien trete ich einen Schritt auf Quirin zu, schließe ihn in meine Arme und lege seinen Kopf an meiner Schulter ab. Sein Herz schlägt wie wild in seiner Brust, beruhigt sich jedoch langsam.

»Ich bin bei dir«, wispere ich erneut und streiche über seinen Rücken.

Wie nach einem schweren Gewitter legt sich die Dunkelheit und macht Platz für die ersten Sonnenstrahlen, die stets am hellsten scheinen.

Als ich mir sicher bin, dass er wieder vollkommen ausgeglichen ist, riskiere ich einen Blick. Quirin sieht müde aus. Wie nach einer anstrengenden Schlacht.

Gedankenverloren streicht er mir eine Strähne hinter das Ohr, die sich aus meinem Zopf gelöst hat. »Du bist so stark, Dina. Woher nimmst du diese Stärke?«

»Woher nimmst du sie?«, antworte ich mit einem ebenso erschöpften Lächeln. »Man kann nur stark sein–«

»Wenn es etwas zu beschützen gibt«, beendet er meinen Satz.

Zum ersten Mal habe ich das Gefühl, ihn wirklich zu sehen. Alles von ihm. Die guten wie die schlechten Seiten. Absolute Offenheit, ohne Verstecken, ohne Geheimnisse. Und verflucht, es gefällt mir. Sollte er diese Gefühle, die er mit mir geteilt hat, immer fühlen, ist es nicht verwunderlich, dass er Angst hat. Zeit braucht. So unbeständig handelt.

Weil er nicht anders kann.

In ihm herrscht nichts als Chaos, und dennoch ist er stets für andere da. Stellt sich immer hintan. Furcht habe ich keine vor ihm, eher Respekt. Nicht viele würden es schaffen, sich so zusammenzureißen und für andere ein sicherer Hafen zu werden, wenn man selbst nur die tosende See kennt.

Diesmal beugt er sich vor und legt seine Stirn an meiner ab. Nase an Nase stehen wir mitten im Wald.

»Danke, dass du so bist, wie du bist«, murmelt er. »Dass du mich nicht fallen lässt, obwohl du jeden Grund hättest. Ich habe so viel in meinem Leben verloren, ich kann dich nicht auch noch verlieren. Du schenkst mir Sicherheit und Ruhe. Ich kenne es nicht, und es macht mir Angst. Gleichzeitig will ich mehr davon, brauche es, sehne mich danach, aber …«

»Niemand schreibt uns etwas vor, Quirin. Nur wir. Ich danke dir für deine Offenheit. Lass uns bitte immer über diese Dinge sprechen, ja?«

Wir lösen uns aus der Umarmung, und ich fühle mich um Tonnen leichter. Das ist der Mann, mit dem ich die Ehe eingehen kann. Die Dinge, die er tut, entspringen Sorge, dem dringenden Drang, zu beschützen. Es wird noch einige *Korrekturen* seines Verhaltens benötigen, dessen bin ich mir sicher, aber solange wir immer an einem Ort wie diesem angelangen, werden wir auch diese Hürden meistern.

»Ich will dich nicht weiterreichen«, sagt er plötzlich. »Das wollte ich nie. Nur wie kann ich einen Anspruch auf dich erheben, sagen, dass du mein bist, an meine Seite gehörst, wenn ich meinen Teil nicht erfülle?«

So, wie er immer von Nähe redet, muss sie in dieser Welt eine ganz andere Bedeutung haben als in unserer. Bei uns ist es normal, sich auszutoben, Sex ohne Gefühle zu haben. Wie es scheint, ist dieses Thema für Quirin noch gewaltiger als die Ehe an sich.

»Ich kann dir deine Angst nicht nehmen, mich zu verlieren. Wir wissen nicht, was morgen ist. Aber lass uns nicht in der Gegenwart bereuen, was in der Zukunft ungewiss ist.« Ich lehne mich vor und gebe Quirin einen zärtlichen Kuss auf die Wange. »Solange ich weiß, dass du mich nicht hasst, nicht abstoßend oder so etwas in der Art findest, ist alles gut. Wir sind wir und machen unsere eigenen Regeln. *Gemeinsam.*«

Er lächelt dankbar. »Mit keiner anderen Frau würde ich mir wünschen, diesen Weg zu gehen. Du bedeutest mir mehr, als ich es in Worte fassen kann, aber–«

»Zu niemand anderem als dir hätte ich Ja gesagt«, unterbreche ich ihn. Ich will nicht über seine Grenzen gehen, und ich glaube, dass er so langsam versteht, wo meine liegen. Sacht greife ich seine Hand. »Komm, bevor sich die anderen sorgen. Und du solltest dich vielleicht etwas ausruhen.«

Quirin folgt meinem Vorschlag. Fast schon erwarte ich, dass er meine Hand loslässt, aber das Gegenteil ist der Fall. Sanft streicht sein Daumen über meinen Handrücken. Er gibt mir das, was er kann. Alles andere wird in unserem Tempo kommen. Selbst vor den anderen lässt er mich nicht los.

Ilya schlägt vor, noch etwas Zeit mit der Einheit zu verbringen, doch ich bin zu müde und lehne dankend ab, was Quirin nutzt und mich zu meinem Zelt begleitet.

»Brauchst du noch etwas?«, fragt er mit ehrlicher Besorgnis in der Stimme.

»Nein, nichts außer eine gute Mütze Schlaf.«

»Du und deine merkwürdigen Ausdrücke. Irgendwie niedlich.«

Auf unser letztes Gespräch vor meinem Zelt Bezug nehmend, umarme ich ihn, und er erwidert es sofort. Gestern noch hätte ich ihn am liebsten zum Teufel gejagt, heute nicht mehr ganz so sehr. Was ein wenig Verständnis ausrichten kann. Mein Leben lang bin ich geflohen – und verflucht, es tut gut, zu bleiben und zu kämpfen.

Zum allerersten Mal fiebere ich der Hochzeit entgegen. Wir müssen beide aufhören, uns nach der Erwartung anderer zu behandeln, und anfangen, das anzunehmen, was wir uns geben können. Nur so können wir glücklich werden. *Wirklich* glücklich. Durch absolute Offenheit.

Wer schreibt uns vor, wie wir füreinander zu empfinden haben? Quirin ist mein Seelenverwandter, das weiß ich schon lange. Er anscheinend auch. Doch was wir daraus machen, liegt an uns. *Nur* an uns. Und ich bin bereit, alles dafür zu tun, um endlich glücklich zu werden.

Quirin

Die letzten Tage vergingen wie im Flug. Schon morgen ist der große Tag … meine Hochzeit.

Dina hat sich so gut in alles eingefunden, kommt mit jedem aus meiner Einheit zurecht und ist Marian eine gute Freundin geworden, was mich nur noch mehr freut. Auch wenn ich mittlerweile verstanden habe, dass mein Vorschlag eine dumme Idee war. Dina weiß, was sie bei mir erwarten kann und wird. Marian wird diese Lücke nicht füllen, und es war nicht gerecht von mir, Dina wie Ware bei ihm anzupreisen und ihn im selben Atemzug nach einer Dienstleistung zu fragen.

An meiner Frau.

Dina nimmt mich, wie ich bin, gibt mir Zeit und ist einfach für mich da. Das ist mehr, als ich je zu hoffen gewagt habe. Es ist schon alles gut so, wie es ist.

Heute Abend ist der wohl wichtigste Moment vor der eigentlichen Zeremonie. Nach alter Tradition verbringen wir die Nacht miteinander. Nicht intim, sondern um uns kennenzulernen. In Zeiten der arrangierten Ehen wurde dies als Kompromiss geschlossen. Denn eine Ehezeremonie ist nicht rückgängig zu machen. Paare sollten sich vorab kennenlernen. Es wurde zwar von ihnen erwartet, auch bei fehlender Sympathie den Bund einzugehen, aber so kannten sie sich wenigstens vorher. Denn das Jawort basiert auf Ehrlichkeit. Und so blieb die Tradition auch in den neuen Zeiten der Liebesheiraten erhalten.

Doch nicht nur das. Heute ist der Tag, an dem ich Dina offiziell und offensichtlich zu *meiner Frau* erkläre. Und sie mich zu ihrem Gemahl. Es ist eine intime Geste, die mich noch unruhiger werden lässt als die Eheschließung an sich. Denn dort werde ich meine Rolle spielen, werde der General und Thronanwärter sein, der tut, was nötig ist, um sein Volk zu schützen. Heute Abend jedoch bin ich nur Quirin, und das macht mir am meisten Angst. Dina kann mich lesen, weiß, was in mir vorgeht – meistens –, ohne dass ich auch nur etwas sagen muss. Auch wenn ich ihr kein recht gebe, wenn sie meine Gedanken errät.

»Du tust das Richtige für dich, Quirin«, ertönt Marians Stimme hinter mir. »Ihr seid gut füreinander. Wehr dich nicht mehr, lass es zu.«

Mit einem letzten Nicken verlasse ich das Zelt. Nur in ein Leinenhemd und eine Hose gekleidet; barfuß, wie es üblich ist. Der symbolische Beweis dafür, dass ich als einfacher Mann in diese Zeremonie gehe. Ohne Titel, ohne Reichtum, einfach nur ich als Person. Dina wird es genauso ergehen. Ohne Schmuck, auch nur in einem Leinenkleid und mit offenen Haaren.

Fackeln zieren die Stadt, und ich weiß genau, in welches Zelt ich gehen muss. Einsam und verlassen steht es direkt unter einer Bärenstatue.

Dina ist diesen Weg bereits gegangen, hat die Glückwünsche aller um uns herum angenommen, und nun ist es meine Zeit. Jeder ist auf den Beinen und spricht ein kurzes Gebet für Gesundheit, Liebe, Fruchtbarkeit und ein langes Leben.

Unwillkürlich muss ich an meine Eltern denken, die dies auch vor vielen Jahren erlebt haben. Es war der erste Abend, an dem sie sich wirklich kennengelernt haben, und nach Mutters Aussage der, an dem ich gezeugt wurde. Allein dieses Wissen erdrückt mich beinahe.

Niemals wollte ich an diesem Punkt sein, dennoch bin ich nun hier. Alles in mir hat sich stets gewehrt, es nicht zugelassen, dass ich gegen den Pakt verstoße, den ich mit mir vor all den Jahren geschlossen habe.

Aber dieser Quirin bin ich nicht mehr. Dina ist eine wundervolle Frau, und ich könnte mir keine bessere Partnerin an meiner Seite vorstellen. Zum ersten Mal in meinem Leben bin ich angekommen. Sie ist bei mir, wenn ich sie brauche, und lässt mich nicht im Stich. Sie folgt mir bis in den tiefsten Abgrund. Mit ihr an meiner Seite wird alles Zukünftige leichter werden. Sie schenkt mir Ruhe und Besonnenheit – zwei Dinge, die ich seit jeher ausstrahle, aber nie wirklich gespürt habe.

Dina gebührt ein Mann an ihrer Seite, der ihr die Welt zu Füßen legt. Und selbst wenn ich mit ihr nicht intim werde, wir ein Leben lang nur Freunde bleiben, hat sie meine beste Seite verdient. Und ich will es. Ich will diese Frau heiraten, ihr ein guter Mann sein und sie an meiner Seite wissen. Wie sie sagte: Zu unseren Regeln. Allein dieses Wissen beruhigt mich, und meine bösen Geister verstummen ein für alle Mal.

Tief atme ich durch, ignoriere die Außenstehenden und gehe erhobenen Hauptes auf das Zelt zu.

Davor angekommen, obliegt es meiner Großmutter, einen weiteren Segen zu sprechen. Mit Tränen in den Augen blickt sie in meine.

»Deine Eltern wären so stolz auf dich. So stolz auf den Mann, der du geworden bist. Du bist gütig wie dein Vater, mutig wie deine Mutter und das Bindeglied von zwei

Völkern, das diese Welt so dringend braucht. Sei gesegnet, mein Enkel.«

Ich schließe die Lider, beuge mich nach vorn, und Großmutter haucht mir einen Kuss auf die Stirn. Eine Geste, die nur den engsten Familienmitgliedern vorbehalten ist. Dennoch spüre ich keine Geborgenheit, sondern nur noch mehr Druck.

Die Blicke aller liegen auf mir. An diesem Abend wird die Zukunft meines Landes entschieden. Meine Zukunft und Dinas.

»Doch vergiss niemals, wer du bist«, wispert meine Großmutter, und ich schaue ihr in die Augen. »Du bist weder deine Mutter noch dein Vater, geschweige denn die Hoffnung unseres Landes. Du bist Quirin. Lass all den Ballast, der dich zu zerdrücken droht, bei mir. Dina ist eine gute Person, und sie verdient *dich.* Und du, mein Junge, verdienst das Beste der Welt.«

Fest schlucke ich den Kloß in meinem Hals hinunter. »Aber Nadiraan braucht den General und Dina meinen Schutz.« Mit diesen Worten wende ich mich ab und trete an den Eingang des Zeltes heran.

»Genau diese Worte sprach dein Vater auch vor all den Jahren, doch er hat sich geirrt.« Großmutter kichert. »Und wie er das hat. Ich glaube, das war das einzige Mal, dass es ihm überhaupt nichts ausgemacht hat, unrecht zu haben und die Liebe über sein Pflichtgefühl gewinnen zu lassen.«

Obwohl mir Großmutter etwas anderes sagen will, erreicht sie das Gegenteil. Alles, was sich soeben in mir beruhigt hat, mir Sicherheit schenkte, gerät in den Hintergrund. Eine Entschlossenheit entfacht in mir wie ein Leuchtfeuer.

Die Liebe zu meiner Mutter hat meinen Vater getötet und sie auch. Mich haben sie für diese Liebe im Stich gelassen, weil sie einander immer wichtiger waren, als ich es je sein konnte. Das ist nicht erstrebenswert und erst recht nicht gut. Wenn das eine Seelenverwandtschaft ist, kann ich dem nicht nach diesem Beispiel folgen. Ich muss und werde Dina und mich vor diesem Schicksal bewahren. Komme, was wolle. Das ist das Ziel, und ich werde es nicht aus den Augen verlieren. Wir können und werden Freunde sein, Partner, aber nie mehr als das. Egal, wie magisch diese Nacht für so viele Paare war, für uns sein könnte, ich muss an unserem Plan festhalten. Darf nicht nachgeben. Auch das habe ich Dina versprochen: Nie mehr die Regeln zu ändern.

Noch einmal atme ich tief durch und hebe den schweren Stoff des Zeltes an, der den Eingang verdeckt. Mein Blick fällt auf die Mitte, in der ein kleines Feuer vor sich hin knistert. Der obere Teil des Zeltes ist geöffnet und lässt einen Blick auf den Sternenhimmel frei.

Direkt hinter dem Feuer erblicke ich Dina, die sich an der kleinen Anrichte mit Essen bedient. Ihre rabenschwarze Mähne fällt in sanften Wellen bis zu der Mitte ihres Rückens herunter, hebt sich deutlich von dem hellen Ton des Leinenkleides ab. Obwohl es unförmig und wie ein Sack an ihr herunterhängt, fesselt mich ihr Anblick.

»Wie ich sehe, hast du das Essen gefunden.«

Erschrocken fährt sie zusammen und dreht sich um. Für einen Moment höre ich tatsächlich auf zu atmen. Ihr scheint es ähnlich zu gehen, denn ihre Augen weiten sich ein Stück.

Das Kleid geht bis zu ihren Knien, und auch die langen Ärmel zeigen nicht wirklich etwas von ihrem Körper, dennoch wirkt sie so verletzlich in diesem Moment. Ihre Haare rahmen ihr Gesicht ein, bringen ihre blauen Augen nur noch mehr zum Strahlen, und das Feuer schenkt ihrer Haut einen Glanz, der mir jedes Wort im Hals stecken bleiben lässt.

Wie kann jemand in einem Kartoffelsack nur so wunderschön aussehen?

Ja, ich wusste, was die Zeremonie beinhaltet, aber niemand hat mich darauf vorbereitet, was ich empfinden werde, wenn ich Dina so sehe. So, wie sie niemals jemand anderes sehen wird. Nur ich. Allein dieser Gedanke erfüllt mich mit unsagbarem Stolz.

»Quirin«, wispert sie.

Auch ich sehe anders aus, als sie es von mir kennt. Meine Haare sind länger, reichen mir schon leicht in die Stirn. So lang habe ich sie ewig nicht wachsen lassen, und mein Bart kitzelt an einigen Stellen. Oft habe ich ihn nur auf langen Missionen nicht stutzen können, aber da lag ich meistens in einem Graben und hatte keinen Rasierer zur Hand – dafür andere Probleme, um die ich mir Gedanken machen musste.

Ein Schauer erfasst Dina, und sie schüttelt sich.

»Ist dir kalt?«, frage ich sie.

Sie schüttelt den Kopf. Dennoch trete ich vor und greife nach einer Decke, die ich ihr um die Schultern lege. Jede meiner Bewegungen beobachtet sie mit Panik erfüllten Augen.

»Hast du Angst?« Anders kann ich ihr Verhalten nicht deuten. »Vor mir?«

»Ich weiß nicht, was von mir erwartet wird. Was du von mir erwartest. Bis vorhin war ich mir noch sicher, aber dann …« Nervös kaut sie auf ihrer Unterlippe und zieht sie zwischen die Zähne. »Ich dachte, wir hätten alles besprochen …«

Moment.

»Wirst du … Werden wir … miteinander … jetzt doch …«

»Nein«, unterbinde ich ihren Gedankengang, bevor sie noch weitere Szenarien in ihrem Kopf durchspielt.

Sanft, aber bestimmt umfasst Dina meine Schultern. »Die ganzen Menschen haben mir so viele Wünsche mitgegeben. So viele sprachen von Fruchtbarkeit, und ich kenne mich doch gar nicht in euren Traditionen aus, aber darauf hätte ich mich vorbereiten müssen!«

Ihre Nervosität ist überdeutlich, und ich erinnere mich an ihren Wunsch, schließe sie in meine Arme. »Niemand verlangt etwas von dir. Diese Wünsche sind Segnungssprüche, da sie niemand morgen vor der Eheschließung mit uns wird teilen können. Manche Paare entscheiden sich dazu, aber niemand wird unsere Regeln ändern. In Ordnung?«

Dina nickt an meiner Schulter. »Ich war einfach so nervös. Dachte … Nicht dass ich dich nicht attraktiv fände, aber …«

»Du musst dich nicht erklären, Dina. Alles ist gut und bleibt so.«

»In Ordnung.«

Es dauert noch einige weitere Momente, bis sich ihr Zittern legt und sie sich aus der Umarmung löst. »Du hast wirklich zugehört.« Als sie meinen verwirrten Blick sieht, erklärt sie: »Wegen der Umarmung.«

»Du brauchst das, und deine Wünsche sind mir wichtig. Ab morgen sind wir Mann und Frau. Deine Bedürfnisse sind ebenso wichtig wie meine, wenn nicht wichtiger. Ich wünsche mir, dass du dich stets sicher bei mir fühlen kannst, aufgehoben. Alles, was du von mir brauchst, ist dein.«

Das scheint sie endgültig zu beruhigen, denn sie wendet sich ab und gießt uns beiden einen Becher Wasser ein.

Ich setze mich an das Feuer, und Dina folgt mir. »Was heute passieren wird, ist, dass ich deine Haare flechte und du meine. Ein Symbol, für alle Welt sichtbar. Und der Rest liegt bei uns. Wir können die ganze Nacht reden, uns schlafen legen oder gar nicht miteinander beschäftigen.«

»Willst du anfangen?«, fragt sie mich. »Meine Haare zu flechten? Dann weiß ich, was ich zu tun habe. Und ich denke, dass ich noch ein paar Momente brauche, um mich wieder zu sammeln.«

Ich nicke. Dina stellt ihren Becher weg, dreht sich um und rutscht zu mir herüber. Zögerlich löse ich meine Beine aus meinem Schneidersitz und knie mich hinter sie.

Leicht beuge ich mich vor und schnuppere an ihren Haaren. Es ist ihr ganz eigener Geruch, gemischt mit einem Zusatz, der ihre Haare wie flüssige Seide aussehen lässt. Ehrfürchtig nehme ich eine Strähne in die Hand und wickele sie um meinen Finger. Eigentlich ist es eine banale Geste, aber für mich hat es eine ganz andere Bedeutung. Dina ist sprichwörtlich in mein Leben gefallen und hat sich kontinuierlich in mein Herz geschlichen.

Ich hatte immer einen Plan, den ich konsequent verfolgt habe, und dann kommt sie und ändert einfach alles. Seit Jahren bin ich getrieben von dem Drang, es nie so weit kommen zu lassen wie meine Eltern. Ich bestrafe mich selbst, Marian und Großmutter haben recht.

Marian …

All die Jahre konnte ich mich bei ihm beherrschen, doch kaum tritt Dina in mein Leben, ist jede Barriere aufgebrochen. Ich brauche ihn, sie aber genauso. Ich sehne mich nach seiner Verwüstung, dem tosenden Sturm, der in ihm tobt, genauso wie nach der Ruhe, den sanften Wellen, die mir Dina schenkt. Es zerreißt mich, Marian *in dieser Hinsicht* aufzugeben, doch ich weiß, dass es das Richtige ist. Zumindest sollte ich das. Aber auch hier widerspricht mein Herz.

Kurz schüttele ich mich, als ich bemerke, dass ich schon viel zu lange in meinen Gedanken versunken bin. Das ist Dinas und mein Abend. Nur unserer. Der Beginn unserer Zukunft. Ich sollte nicht an jemand anderes denken.

»Es gibt verschiedene Rituale und Arten, wie man es gestalten kann«, murmele ich gedankenverloren.

Ich bin nicht nur in meinen Gedanken versunken, sondern auch gebannt von der Vorstellung, dass wenn Dina das nächste Mal das Zelt verlässt, für jeden sichtbar meine Frau sein wird, die ihr Leben und Glück in meine Hände legt. Es ist eine sehr altmodische Sichtweise, aber gerade in so etwas bin ich sehr traditionell eingestellt.

»Ich vertraue dir.«

Diese drei Worte lösen eine Wärme in meinem Körper aus, die mich völlig überrascht. Dennoch bestätigt es nur, was wir beide seit Tifus wissen und ich stets zu verdrängen versuche.

Dina ist mein Gegenstück.

Meine Seelenverwandte.

Nur in ihrer Gegenwart finde ich die Ruhe, nach der ich mich seit so vielen Jahren sehne. Ich muss meine Zweifel verstummen lassen, endgültig. Ich will sie, und sie will mich. Wir sind nicht meine Eltern. Ich werde nicht zulassen, dass ihr etwas geschieht.

Tief atme ich durch und konzentriere mich auf das Wichtige. Von der Seite nehme ich eine Strähne und beginne, Dinas Haare zu flechten. Am Anfang noch etwas unbeholfen, doch mit jeder Bewegung werde ich sicherer.

Jedes Mal, wenn ich an ihrer Kopfhaut entlang streichele, seufzt Dina und lässt sich etwas mehr fallen. Wir wechseln kein Wort, und ich kann mich nicht daran erinnern, wann ich die Stille mit einer Person je so genossen habe. Wir müssen nicht miteinander reden, um miteinander zu kommunizieren. Das gelingt uns auch so.

An den Seiten habe ich je einen Zopf geflochten und von oben jeweils drei, die dann wieder ineinander verschlungen sind. Die unteren Haare lasse ich frei. Wenn sie sie stören, kann sie sie immer noch zusammenbinden.

Ich liebe es, dass ihre nicht geflochtenen Haare mit den Zöpfen ein wunderschönes Gesamtbild ergeben. Als sollte es schon immer so sein.

Schicksal.

Diese Frau hat auf wundersame Weise ihren Weg zu mir gefunden, Raum und Zeit getrotzt, um genau hier zu sein.

Bei mir.

Nichts lässt einen anderen Schluss zu. Sie ist *meine* Person! Der fehlende Teil meiner Seele.

In diesem Moment legt Dina den Kopf in den Nacken und schaut zu mir auf. Ihre Gesichtszüge sind so entspannt, und ihre Augen strahlen eine einnehmende Wärme aus, sodass ich völlig in ihnen versinke.

»Fertig«, flüstere ich.

Das Blau ihrer Augen leuchtet so stark, das es allein als Lichtquelle in diesem Zelt ausreichen könnte. Dessen bin ich mir sicher.

Mein Licht.

Ohne groß darüber nachzudenken, hauche ich ihr einen Kuss auf die Stirn. Jede Faser meines Körpers summt zufrieden, will mehr Nähe, einfach mehr von allem.

Dina löst sich von mir, dreht sich um, und für einen Moment weiß ich nicht, ob sie mich küssen will. Langsam legt sie ihre Hände an meine Schultern und drückt mich hinunter, bis ich mich hinsetze.

»Ich bin dran.« In ihrem Blick erkenne ich dieselben aufkeimenden Gefühle, die in mir toben.

Noch nie habe ich eine so wunderschöne Person wie Dina gesehen. Nicht nur äußerlich, sondern auch innerlich. Ihre Güte, ihre Intelligenz, ihre Stärke – all dies zieht mich immer mehr in ihren Bann. Es ist, als würde ich sie zum ersten Mal wirklich sehen. Nicht verschleiert durch meine Angst, sondern einfach sie.

Gebannt schaue ich auf ihre konzentrierten Gesichtszüge, während sie mich mustert. Neben uns steht ein Tisch mit einem Rasierer, Kämmen und anderem Zubehör, was man für Haare eben gebrauchen kann.

»Vertraust du mir?«

»Immer«, antworte ich, ohne zu zögern.

Noch nie sind mir diese Worte außerhalb meiner Einheit über die Lippen gekommen.

Mit ihren Händen kämmt Dina meine Haare nach hinten, greift nach der Rasierklinge und wendet sich den Seiten zu. Aus den Augenwinkeln sehe ich, dass immer mehr Haare fallen, und seufze innerlich auf. Ich liebe es einfach, meine Haare kurz zu tragen, und der letzte ordentliche Schnitt ist Monate her.

»Nicht dass ich deine jetzige Frisur nicht mag«, beginnt Dina. »Aber das bist nicht du.«

Wieder einmal bin ich überrascht darüber, wie gut sie mich kennt.

Dina legt den Rasierer weg, rutscht hinter mich, wie ich es bei ihr getan habe, und legt meinen Kopf leicht in den Nacken. Ihre Hände sind warm und sanft in ihren Bewegungen, und ich kann nicht anders, als meine Augen zu schließen. Mich völlig dem hinzugeben, was Dina mit mir macht.

Geschickt flicht Dina Strähne für Strähne. Keine Sekunde mache ich mir Gedanken darüber, wie ich aussehen könnte. Es ist mir nicht egal, aber nach heute gehören mein Körper und meine Seele ihr. Was auch immer wir daraus machen. Jede andere Person interessiert mich nicht. Ich für meinen Teil habe ab dem Zeitpunkt beschlossen, ihr im ursprünglichen Sinne treu zu sein, als wir von der Ehe gesprochen haben. Und ich hasse mich für die schwachen Momente, die ich mit Marian hatte. Aber sie gehören der Vergangenheit an. Zu unser aller Wohl.

Dinas Hand findet meine Stirn und drückt meinen Kopf sanft zurück, ehe ich ihn auf ihren Oberkörper bette. Ihr Herz klopft stark und langsam in ihrer Brust und lässt mich nur noch mehr abtauchen.

Wieder einmal setzt sie die Klinge an, diesmal jedoch für meinen Bart, und führt sie gekonnt über meine Haut. Es ziept nicht einmal.

Zum Schluss fährt sie mit einem nassen Tuch über die rasierten Stellen. »Fertig.«

Sachte öffne ich die Augen, blicke direkt in ihre. Wenn ich es nicht besser wüsste, würde ich sagen, dass die Zeit stehen bleibt.

Behutsam drehe ich mich etwas, sodass wir auf gleicher Höhe sind, und lege ich meine Hand an ihre Wange. »Ich glaube, ich muss die Regeln ein letztes Mal ändern.«

Dina schmiegt sich in meine Handfläche. »Dann ändere sie.« Zur Verdeutlichung ihrer Worte legt sie ihre Hände an meine Brust, wandert mit ihnen langsam zu meinem Nacken.

Für wenige weitere Sekunden schaue ich in ihre Augen, die mich an die Weiten der See erinnern, ehe ich ihr vorsichtig näher komme. Fast schon erwarte ich, dass mir mein Herz aus der Brust springt. Aber es schlägt ganz ruhig, als würde mich jedes ›Bumm‹ mehr ermutigen. Mich fast schon anfeuern, endlich die letzte Distanz zu überbrücken.

Kurz vor ihren Lippen angekommen, schließe ich die Augen und stupse ihre Nase mit meiner an. Ich spüre das Lächeln, das sich auf Dinas Mund ausbreitet, ehe ich sie küsse. Ihre Lippen sind so sanft auf meinen, schießen ein Prickeln durch meinen ganzen Körper, und ich weiß, dass ich verloren bin. Verloren und doch gefunden, zum ersten Mal in meinem Leben.

Ich lege meine Hände an ihre Hüfte, umschließe sie fest und ziehe sie in einer fließenden Bewegung auf meinen Schoß. Als sie sicher auf mir sitzt, lege ich eine Hand an ihren Kopf, spüre die Zöpfe, die sie so deutlich als *mein* erklären, und kann mir ein tiefes Stöhnen nicht verkneifen.

Bei den Göttern, was geschieht hier nur?

Dinas Knie drücken an meine Hüfte. Fast scheint es, als würde auch sie nicht mehr Luft als nötig zwischen uns lassen wollen. Sie erwidert den Kuss, der immer leidenschaftlicher wird. Sanft stupst ihre Zunge gegen meine Lippen, und ich gewähre ihr Einlass.

Sicher habe ich schon viele Geschichten gehört, Erzählungen von Paaren über genau diesen Abend. Über die vermeintliche Magie, die dahintersteht. Doch geglaubt habe ich es nie.

Bis jetzt.

Es ist, als würde meine Welt einen neuen Fokus bekommen. Nichts ist mehr wichtig, außer diese Frau zu spüren, sie mir nicht nur äußerlich zu Eigen zu machen.

Sondern vollständig.

Mein für alle Zeit.

Dina

»You only need one man to love you.
But him to love you free like a wildfire,
crazy like the moon, always like tomorrow, sudden like an inhale
and overcoming like the tides.
Only one man and all of this.«
– C. JoyBell C.

Ich bekomme keine Luft mehr. Doch noch nie in meinem Leben war es mir so egal. Ich ertrinke. Vor Lust, Liebe, Nähe. Quirin überfällt mich wie ein Sturm die See, beherrscht alles, was sich ihm bietet, und ich bin ihm hoffnungslos ausgeliefert. Aber ich will es gar nicht anders. Ich will, dass meine Gedanken nur durch ihn bestimmt werden, mein Körper nur auf seinen reagiert.

Das hier ist das, was ich immer wollte.

Alles verzehrende Leidenschaft, Lust, die sich bis in meine Zehenspitzen ausbreitet. Eine Gänsehaut, die mit keiner Wärme der Welt bezwungen werden kann. Zum ersten Mal in meinem Leben will ich nur noch fühlen, nicht mehr denken. Alles aufsaugen, was mir dieser Mann bieten kann.

Und eine Sache wird mir schlagartig klar.

Ich liebe Quirin.

Egal, wie sehr ich mich anstrenge, es zu verleugnen. Es wird die Wahrheit niemals ändern.

Der Mann, der mich beinahe besinnungslos küsst, ist der, den ich will. Jetzt und für immer. Wo andere Männer in meiner Vergangenheit nur grau für mich waren, leblos, bringt er die Farbe zurück, zeigt mir, was mir seit jeher gefehlt hat und ich niemals mehr bei einem anderen finden würde.

Er hat seine Fehler, er hat mich verletzt, aber jetzt sind wir hier. Wir haben einen Weg gefunden, *wir* zu werden. Die Vergangenheit ist nicht mehr wichtig, sondern nur noch das, was vor uns liegt.

Und ich will alles.

Meine Hände finden Quirins Leinenhemd und ziehen ungeduldig daran. Mit einem Grinsen löst er den Kuss und hebt die Arme, sodass ich es ihm ausziehen kann.

Schwer atmend betrachte ich seinen Oberkörper, die starken Arme, deren Muskeln bis zum Zerbersten gespannt sind. Das leichte Brusthaar, das sich kräuselt. Diese schiere Kraft, die er ausstrahlt. Seine Augen, die sich wie Dolche in meine Seele bohren.

Alles andere hat nie Sinn ergeben, doch das hier tut es.

Das hier ist richtig.

Wir sind richtig.

Wieder übernimmt mein Körper die Kontrolle, und ich küsse ihn. Vorsichtig schiebt Quirin seine Hände an meinen Oberschenkeln entlang. Jede Stelle, die er berührt, reagiert auf ihn. Lechzt nach mehr. Verlangt nach seiner ungeteilten Aufmerksamkeit.

Leicht hebe ich meine Hüfte, damit er das Kleid über meinen Po schieben kann, den er sogleich umfasst und mir damit ein kehliges Stöhnen entlockt. Ich will nicht, dass dieser Moment endet, und dennoch will ich ihn endlich spüren, ihm so nah sein, wie mein Körper danach verlangt. Und wie es kein Mann nach ihm mehr sein wird.

Er knetet meinen Hintern. Ich strecke mich unwillkürlich in seine großen Hände, was ihm ein Kichern entlockt. Diese Leidenschaft ist mir völlig fremd. Ja, ich kenne Erregung, aber nicht diese Art des allen verzehrenden Feuers, das einfach nicht kontrolliert werden will.

Quirin schiebt seine Hände weiter, mitsamt meinem Kleid, nach oben. Wieder einmal unterbrechen wir den Kuss, und ich lehne mich zurück. Das ist der Moment, in dem er mich zum ersten Mal nackt sehen wird. Ein kleiner, unsicherer Teil in mir meldet sich zu Wort. Was, wenn ich ihm nicht gefalle?

Diese Gedanken verstummen sofort, als er mir das Kleid vollständig auszieht, in die andere Ecke des Zeltes wirft und mich mustert. Er streicht über meine Arme, betrachtet meine Brüste, die so knapp vor seinem Gesicht sind, und murmelt immer wieder »Wunderschön«. Diese Bestätigung zu hören, umhüllt mich wie ein warmer Sommerregen.

»Du bist wunderschön«, sagt er nun lauter und schaut mir direkt in die Augen. »Und es ist mir eine Ehre, dass du mich ausgewählt hast, dein Gemahl zu werden.«

Tränen sammeln sich in meinen Augen. Noch heute Morgen hätte ich schwören können, dass wir niemals an diesem Punkt sein werden. Dass er mir niemals geben kann, was ich brauche. Noch nie habe ich es so sehr genossen, falschzuliegen. Er will mich doch, war sich nur zu unsicher darüber. Zu erdrückt von allem – der Verantwortung, dem bevorstehenden Krieg, den Erwartungen. Doch hier bei mir kann er ehrlich sein, mir zeigen, was er empfindet. Er muss es nicht sagen, ich weiß es auch so. Spüre es in jeder Berührung.

»Ich liebe dich auch.«

Hab' ich das laut gesagt?

Ich erhalte die Antwort auf meine Frage keine zwei Sekunden später, als sich Quirins Augen weiten.

»Was?«

Das Wort ist nur ein erschrockenes Keuchen, und ich hätte es sicherlich überhört, wenn ich ihm nicht so nah wäre. Irritiert blinzelt er und sieht dann zu Boden, als hätte ich ihm soeben einen Kübel Eiswasser über den Kopf gegossen.

Sofort habe ich das Bedürfnis, mich zu bedecken, aber mein Kleid liegt am anderen Ende des Zeltes. Also platziere ich meine Hände behelfsmäßig auf meinen Brüsten und rutsche von ihm herunter. Er springt augenblicklich auf und zieht sich sein Hemd über.

»Ich kann dich nicht lieben, Dina«, brummt er. Nein, er knurrt – aggressiv und wie ein eingesperrtes Tier. »Und du solltest mich auch nicht lieben. Wir dürfen nicht … Nein, das geht nicht. Es ist falsch … *Nein.*« Er läuft hin und her und nuschelt unaufhörlich Dinge, die ich nicht verstehe.

Hat er eine Panikattacke?

Selbst wenn: Zum wievielten Mal stößt er mich weg?

Ich kann jetzt nicht stark sein. Nicht, wenn er mir wieder wehtut.

»Wieso?«, wimmere ich und spüre die ersten Tränen in meinen Augenwinkeln. »Das gerade … das war doch schön. Du hast es genossen. Das war nicht einfach nur … das kannst du mir nicht sagen.«

Quirin dreht sich zu mir um und mustert mich mit einer Eiseskälte in den Augen, die mir das Blut in den Adern gefrieren lässt. »Liebe endet nur im Tod. Es tut mir leid, ich hätte es besser wissen müssen. Nein, ich *wusste* es besser. Wir hätten diese Grenze nie überschreiten dürfen. Ich kann dir nicht geben, was du verdienst, denn du verdienst das Beste und ich bin einfach zu kaputt. Vergib mir.« Entschlossen stampft er zum Eingang des Zeltes.

Ich kann nur dabei zusehen, wie er den schweren Stoff anhebt, verschwindet und mit einem dumpfen Knall das Zelt wieder verschließt.

Noch immer versuche ich, meine Blöße zu verdecken, meine Scham, doch jetzt, da ich allein bin, kann ich nicht an mich halten. Sofort sacke ich in mir zusammen, rolle mich auf dem Boden ein, der gerade noch der Ort meiner ungezügelten Leidenschaft war, und weine. Tränen rinnen mir über das Gesicht. Ein heller, spitzer Schrei verlässt meine Lippen.

Wie konnte er mir das antun?

Wie konnte er mich so verletzen, mich so belügen?

Ist er doch nicht besser als die anderen Männer in meinem Leben?

»Du bist so ein Feigling!«, brülle ich meine Verzweiflung heraus, bis meine Stimme bricht. »So ein gottverdammter Feigling.«

Quirin

Was habe ich nur getan?

Warum habe ich zugelassen, dass wir uns so nahekommen? Wieso habe ich alles ignoriert, jede noch so leise Stimme verstummen lassen, die mich so eindringlich warnen wollte?

Ich liebe dich, das waren ihre Worte.

Ich liebe dich … *auch*.

Auch …

Bei den Göttern.

Ich hätte nie zulassen dürfen, dass sie sich so in mein Herz schleicht. Mich so berührt, küsst.

Dabei war es so gut, fühlte sich so richtig an.

Aber wenn ich sie liebe und sie mich … Ich kann nicht ihr Tod sein. Das könnte ich mir nie verzeihen. Sie soll ein langes und glückliches Leben führen, nicht für meine Liebe sterben. Denn selbst wenn ich es mir schönrede, es will … ich kann sie nicht verlieren. Ich kann es einfach nicht. Besser, sie lebt und hasst mich, als durch meine Liebe zu sterben.

Ein heller Schrei voller Schmerz ertönt, und ich zucke zusammen. Es folgt eine Salve wüster Beschimpfungen, die an mich gerichtet sind. Das habe ich verdient.

Zum Glück ist das Zelt so weit draußen, dass niemand Dina hören wird. Obwohl sie es verdient hätte, getröstet zu werden. Kurz überlege ich, zurückzugehen, aber das geht nicht. Ich darf nicht noch schwächer werden.

Wie konnte ich mich nur so vergessen? Ihre Worte haben mich wachgerüttelt, mich aus diesem Traum aufwachen lassen, den ich nie hätte träumen dürfen.

Besser, ich breche ihr jetzt das Herz. Und meines ebenso. Warum tut jeder Zentimeter, den ich mich von ihr entferne, so verflucht weh?

Mein Körper, meine Seele – alles schreit danach, zu ihr zurückzukehren, sie in den Arm zu nehmen, mich wieder und wieder bei ihr zu entschuldigen, aber wir werden kein gutes Ende finden.

Ich habe jede Form des Schmerzes verdient – tausendfach. Nicht nur das. Wenn ich zurückgehe, werde ich uns in den Untergang treiben. Ich kann nicht noch jemanden verlieren. Ich kann es einfach nicht.

Meine Füße tragen mich etwas abseits in die Nacht hinein, bis ich mich niederlasse, auf den Rücken lege und zum Sternenhimmel starre.

»Ich wusste, dass es schmerzhaft ist, aber nie, wie sehr.«

Ein leidiges Krähen ertönt, und Nox erscheint neben mir. Er stupst mich mit seinem Schnabel an, scheint mich trösten zu wollen, doch ich habe diesen Schmerz verdient. Ich allein habe Dina das Herz gebrochen, sie berührt, sie etwas anderes glauben lassen, als wir tatsächlich sein können.

Und das alles nur weil ich schwach war.

So schwach, wie ich es nicht sein darf.

Liebe tötet. Das weiß ich, denn ich habe es selbst gesehen. Ich werde den Schmerz in den Augen meiner Mutter nie vergessen, als mein Vater getötet wurde. Wie sie sich ihr eigenes Leben nahm, um nicht allein zu sein. Wie könnte ich diesen Schmerz jemandem antun?

Und nun habe ich es dennoch getan.

Aber wenigstens wird Dina leben. Mich hassen, aber leben – und das ist alles, was zählt.

Ich war noch nie genug; nicht genug, nicht ausreichend für meine Mutter, um weiterzuleben. Mein Vater dachte nur an sie, sie dachte nur an ihn.

Niemand dachte je an mich.

Diese Liebe ist nicht gut. Hätte ich ihnen nicht mehr wert sein sollen? War ich es nicht wert, dass man um mich kämpft? Weiterlebt?

Stattdessen haben sie mich den Hunden zum Fraß vorgeworfen. In Nadis musste ich wie ein Bettler vor dem Thron knien. Ich war zwölf, verflucht! Ein Prinz, der ebenso ein Anrecht auf den Thron hatte, doch dessen Herkunft nicht mehr stimmte.

Als Sohn einer Hexe und eines Verräters haben sie mich beschimpft. Haben auf den Weg gespuckt, auf dem ich gelaufen bin. Und das nur, weil sie beschlossen haben, die Regeln zu ändern. *Mein Leben* zu ändern.

Jeder, den ich an mich binde, wird dasselbe Schicksal erleiden.

Wenn mich Dina hasst, wird es leichter für sie. Wenn sie dieselbe Verachtung für mich empfindet wie das Volk damals in Nadiraan. Wenn ich auch für sie nicht genug bin, versagt habe.

Für eine gefühlte Ewigkeit liege ich hier, versinke im Selbstmitleid und in noch tieferem Hass auf mich selbst. Ich habe keinen Grund, mich schlecht zu fühlen.

Da kommt mir ein Gedanke. Wird sie mich morgen überhaupt noch heiraten wollen? Oder wird sie aus meinem Leben und Nadiraan verschwinden, allem den Rücken kehren? Verstehen könnte ich sie. Sie hätte jedes Recht dazu. Und ich eigentlich keines, sie zum Bleiben zu bitten. Alles tat sie für mich. Sie wollte mich heiraten, um meinen Thronanspruch zu legitimieren. Ein alleinstehender Mann hat keine Chance gegen eine Familie. Die Linie muss - zumindest für die Öffentlichkeit - sicher sein. Das geht nur mit einer Frau.

Mit meinen Taten habe ich nicht nur Dina wehgetan, sondern unsere gesamte Mission gefährdet. Es steht zu viel auf dem Spiel, was mir nur noch mehr beweist, wie falsch es ist, wenn ich mich von meinen Gefühlen leiten lasse. Das ist alles nur passiert, weil ich mich nicht im Griff hatte.

Aber damit ist jetzt Schluss. Es geht um die Zukunft meines Volkes, und so ungerecht es auch ist, ich muss es mit Dina klären, bevor sie voreilig irgendwelche Entscheidungen trifft. Wir sind das zukünftige Königspaar. Es gibt Wichtigeres als unsere Gefühle. Daran werde ich sie erinnern.

Und mich auch.

Ich finde das Zelt verlassen vor. Nicht sonderlich verwunderlich. Wahrscheinlich ist Dina zurück zu ihrem gegangen. Also führt mich mein nächster Weg dorthin. Es dauert etwas, da es am anderen Ende der Stadt liegt. Zum Glück schlafen alle schon und bemerken mich nicht. Das würde nur für unnötige Gerüchte sorgen.

Aber ihre Unterkunft ist ebenfalls verlassen.

Hatte sie vielleicht dieselbe Idee und ist zu meinem Zelt gegangen? Will es genauso klären wie ich? Zuzutrauen wäre es ihr. Sie ist ebenso vernünftig wie ich.

Bei meinem Zelt angekommen, sehe ich nichts als gähnende Leere. Nicht einmal Marian ist hier. Wütend lasse ich den Stoff vor dem Eingang sinken. Marian vergnügt sich wahrscheinlich mit der Einheit, Alleinsein ist nicht seins. Eine Person weniger, der ich heute eine Erklärung schulde.

»Suchst du Marian?«, fragt mich Ricard, der gerade zu seinem Zelt läuft. Oder sollte ich besser sagen wankt?

Ich nicke knapp.

»Der saß vorhin mit mir bei der Einheit, außerhalb der Stadt, aber wollte dann seine Ruhe haben und ist hierher zurückgekehrt. Schade eigentlich, wir hatten so viel Spaß.« Kaum dass er zu Ende gesprochen hat, fällt er kopfüber in sein Zelt und beginnt lauthals zu schnarchen.

Den sorglosen Schlaf wünsche ich mir für heute auch.

Dina wird unmöglich zu den anderen gegangen sein, das hätte Ricard erwähnt. Also ist mein einziger Anhaltspunkt Marian. Wenn er nicht weiß, wo Dina ist, kann ich wenigstens mit meinem besten Freund reden und mir einen Plan machen, sollte Dina mir und Nadiraan den Rücken kehren.

Dann werde ich ihn mal suchen gehen.

Dina

»Crying does not indicate that you are weak.
Since birth, it has always been a sign that you are alive.«
– Charlotte Brontë

Ich weiß nicht, wie lange ich hier auf dem Boden kauere. Mich selbst und meine Dummheit bemitleide.

Habe ich denn wirklich alles falsch gedeutet? Die letzten Tage nach unserem klärenden Gespräch, unsere unzähligen Trainingseinheiten mit dem Bogen, die er immer dafür genutzt hat, mir näherzukommen. Jeden Abend derselbe Abschiedskuss auf meine Stirn, gefolgt von einer innigen Umarmung. Langsam, aber sicher hat er meinen Schutzwall eingerissen. Nein, er hat ihn in die ewigen Jagdgründe verbannt. Mein Verstand sagte mir, dass ich vorsichtig sein soll, gleichzeitig verlangte mein Herz, dass ich auf alles pfeife.

Das habe ich jetzt davon.

Ein gebrochenes Herz und morgen eine Hochzeit mit dem Mann, der dafür verantwortlich ist.

Für einen kurzen Moment überlege ich, alles in den Wind zu schießen. Aber das kann ich nicht. Es geht nicht nur um Quirin und mich, sondern um diese Welt und die Menschen darin. Um einen eventuellen Krieg – und ich kann noch immer etwas bewirken, das weiß ich. Nur leider werde ich es nicht mit meinem persönlichen Glück verbinden können. Ist es das, was die Menschen immer meinen, wenn sie sagen, dass alles im Leben einen Preis hat? Ich dachte, ich hätte ihn damit beglichen, meine Welt für immer zu verlassen, aber weit gefehlt.

Schon morgen werde ich am Altar stehen und einem Mann das Jawort geben, der mich niemals lieben wird. Vielleicht tut es ein kleiner Teil von ihm, dennoch wird er ihm nie nachgeben.

Plötzlich wird alles eng. Das Zelt, meine Kehle, einfach alles scheint mich zu erdrücken, und ich springe auf. Sofort gehe ich zu meinem Kleid und werfe es mir über. Ich spüre die Zöpfe, die sich in dem groben Stoff verheddern, und ein neuer Schwall Wut flammt in mir auf.

Für alle Welt kann er mich als seins markieren. Eine Lüge, die mir so offen ins Gesicht lacht, dass ich mir am liebsten die Haare abrasieren würde, aber nein.

Stets bin ich geflohen, wenn es unangenehm wurde. Habe den Personen den Rücken gekehrt, die mir wehgetan haben. Hatte ich Angst, bin ich gerannt.

Nicht.

Dieses.

Mal.

So, wie ich Quirin kenne, wird er die Hochzeit nicht absagen. Er wird es durchziehen, weil er mich braucht. Eine Sache, um die ich mir keine Gedanken machen muss.

In diesem Moment beschließe ich, es ihm gleichzutun. Ich wäre nicht die erste Königin, die eine Maske für die Welt aufsetzt. Ihre Erscheinung als Waffe nutzt.

Ich habe Quirin mehr als einmal mein Herz geöffnet, und er hat es zertrampelt und mich im Stich gelassen, als ich am zerbrechlichsten war. Er war es, der meine Situation ausgenutzt und mich verlassen hat. Trotzdem wird er am Ende das bekommen, was er will.

Und ich werde es auch.

Die Zeit des Weglaufens ist vorbei. Ab morgen werde ich die zukünftige Königin Nadiraans sein und mein Schicksal an einen Mann binden.

Doch heute bin ich noch frei. Heute bin ich Dina. Ein letztes Mal nur Dina.

MARIAN

Mein Weg führt mich zu den Quellen. Stets fand ich meine Energie in Gesellschaft. Je mehr Menschen um mich herum waren, desto besser ging es mir. Doch hier, in Quirins Heimat, ist es anders. Er mag sich gegen den Gedanken wehren, gegen alles, was in seiner Vergangenheit liegt, aber er ist einer von ihnen. So klar und deutlich, dass nur er es übersehen kann.

Wie Dina.

Ein weiterer Grund, warum ich mich verstecke. Sie gehören zusammen – auch das ist für jeden ersichtlich. Und das werden sie in diesem Moment ebenfalls feststellen. Ich bin nur ein Störenfried, kein Teil ihrer Beziehung, und muss auf Abstand gehen; egal, wie schwer es mir fällt.

Der Abend vor der Hochzeit ist ein magischer Augenblick, den ich nie erleben werde, aber dank Erzählungen weiß ich genau, was geschehen wird. Schon viele andere haben versucht, dem zu trotzen, und es ist ihnen nicht gelungen.

Ich kann mir noch so sehr einreden, dass Quirin mein Seelenverwandter ist, mich mit anderen ablenken, um ja keine Emotionen zuzulassen, doch wir beide wussten immer, warum ich das tat.

Meine Seele ist ein Abgrund, der niemals wahres Licht sehen wird. Kleine Freuden, ja, aber niemals wahres, reines Licht, wie es Dina und Quirin teilen.

Und mit ihrer Eheschließung werde ich allein sein. Ich habe mir schon fälschlicherweise etwas genommen, das mir nie zustand.

Die Nähe des Mannes, den ich seit dem Moment liebe, als ich zum ersten Mal gesehen habe, wer er wirklich ist.

»Meena«, wispere ich in den dunklen Raum.

Nicht einmal das Sonnenlicht fällt herein. Es scheint, als würde die Dunkelheit alles verschlingen, in sich aufnehmen und nie wieder ausspucken.

»Meenie, wo bist du, Schwesterchen?«

Ich habe gesehen, wie die Männer sie hierher verschleppt haben. Daher habe ich auf mein Brot verzichtet. Ich will es ihr geben, denn sie wird es mehr brauchen als ich. Wenn ich schon darin versage, sie zu beschützen, dann muss ich wenigstens dafür sorgen, dass sie isst.

Irgendwann werden wir einen Ausweg finden. Morgen sollen wir versteigert werden. Vielleicht kommen wir an einen Bauernhof. Ich könnte auf den Feldern arbeiten und sie bei den Tieren. Meena liebt Tiere.

Plötzlich taucht vor mir ein Fuß auf, und das Brot fällt mir aus der Hand. Ich trete einen Schritt näher und erkenne das Kleid, das meine Schwester heute trug.

»Meena?«, frage ich, aber es kommt keine Reaktion. Ich knie mich hin und berühre ihren Arm.

Wieso ist er so kalt? Meena ist immer warm. Selbst in der größten Kälte.

Ihr Gesicht ist von ihren Haaren verdeckt. Sacht streiche ich ihr die Strähnen aus dem Gesicht und blicke in leere Augen. Ein grauer Schleier überzieht sie. Sie hat diese Welt verlassen.

Mutter sagte immer, dass wir an einen besseren Ort kommen, wenn wir diese Welt verlassen. An einen, an dem wir frei sind.

»Bist du jetzt frei? Bist du glücklich?«

Ich gebe ihr einen Kuss auf die Schläfe, wie ich es jede Nacht tat. Ohne meinen Gutenachtkuss kann sie nicht schlafen. Das konnte sie nie.

»Ich hoffe, dass du glücklich bist. Und frei.«

Ich erwarte, dass ich weine. Das tut man doch, wenn die eigene Schwester stirbt, oder?

Wieso bin ich dann nicht imstande dazu?

Warum wollen keine Tränen fließen?

Bin ich schon so gebrochen, so kaputt, dass ich nicht einmal über den Tod meiner Schwester trauern kann?

Ich bin kein guter Bruder.

»Ah, er hat die kleine Schlampe gefunden.«

Sofort fahre ich zu dem Besitzer der Stimme herum.

»Sie hat nach dir geschrien, immer und immer wieder. Aber du warst nicht da. Dein Name war das Letzte, was sie in dieser Welt sprach.«

Wut schäumt in meinen Adern. Ich werde diesen Bastard ausweiden.

»Schau mich nicht so trotzig an. Ich mag keine trotzigen Spielzeuge.«

Doch er festigt mit seinen Worten nur meinen Willen.

Zwei weitere Kerle tauchen neben ihm auf.

»Ihr kamt ja leider nicht mehr zum Zug. Aber der Kleine geht sicher auch.«

Es ist nicht das erste Mal, dass ich diese Worte höre oder erdulden muss, wenn auf die Drohungen Taten folgen. Mein

Körper mag kaum Male davontragen, doch meine Seele vergisst nie.

»Ihr werdet mich nicht haben, und ich werde euch töten für das, was ihr meiner Schwester angetan habt.«

Mit einem Nicken deutet der mittlere Kerl an, was sie vorhaben, und die zwei weiteren kommen auf mich zu. Ich habe nur die Wand in meinem Rücken. Entkommen kann ich nicht, aber ich werde kämpfen. Bis zu meinem letzten Atemzug!

Vielleicht komme ich dann auch an einen besseren Ort.

Der eine Kerl springt vor, schnappt mich und bringt mich mit einer Bewegung zu Fall.

Ich brülle, trete um mich wie ein Wahnsinniger, wehre mich mit allem, was ich habe. Doch der andere Kerl packt mir zwischen die Schulterblätter und drückt mich zu Boden.

Sofort schaltet mein Verstand aus. Wenn sie mich da berühren … Wie so viele vor ihnen … Nein.

»Ich habe euch schon einmal gesagt, dass ihr ihn loslassen sollt«, ertönt eine mir bekannte Stimme.

»Hau ab, Prinzling. Es sei denn, du willst zusehen.«

Ich kann nur einen knappen Blick auf den Jungen erhaschen, der sich genähert hat.

Quirin.

Der bullige Kerl dreht sich wieder zu mir, löst seinen Gürtel und kommt näher, da höre ich ein gurgelndes Geräusch.

»Das war ein Befehl«, knurrt Quirin.

Sofort lassen die anderen beiden von mir ab, und ich krieche zurück zur Wand, betrachte die Szenerie vor mir mit Horror.

Quirins und mein Blick treffen sich, und zum ersten Mal in meinem Leben sehe ich es.

Jemanden, der mir in die Dunkelheit folgt.

Rache.

Für mich.

»Hilf mir«, wimmere ich.

Noch nie habe ich gebettelt, aber ich brauche ihn. Ich will mehr von dieser Entschlossenheit, mehr von der Sicherheit, die er ausstrahlt.

Trotz der Situation beruhigt sich mein Körper.

Bei ihm bin ich sicher. Er wird mich beschützen. Es ist so klar wie der nächste Sonnenaufgang.

Quirins Augen verdunkeln sich, werden beinahe so schwarz wie die Nacht, doch zum ersten Mal fürchte ich sie nicht.

Er kommt zu mir, in meine Welt, verlässt das Licht für mich. Wird zur Dunkelheit.

Sein Mund weitet sich in einem stummen Schrei, und die anderen beiden Männer gehen zu Boden. Sie schreien sich die Seele aus dem Leib, ehe sie vor die steinigen Wände laufen und ihre Köpfe immer und immer wieder auf die Wand prallen lassen.

Etwas nagt an mir, kratzt an den Tiefen meiner Seele, jedoch heiße ich es willkommen. Es ist Schmerz, es ist Trauer, es ist das Gefühl von Zuhause.

Ich krabbele an den Männern vorbei zu Quirin, der mittlerweile auch auf dem Boden kniet und hektisch atmet, als wäre er auf der Flucht.

»Es ist in Ordnung«, flüstere ich. »Das Chaos ist mein Zuhause, dir wird nichts geschehen.«

Quirin schließt die Augen, passend zum letzten Wimmern der Männer, und sackt gegen meine Brust.

»Du hast mich gerettet.«

»Ich habe getötet. Mit meinen Gedanken«, flüstert er abgekämpft. »Ich habe gespürt, was sie gespürt haben, war in ihrer Welt. Das hätte ich nicht tun dürfen.«

»Du hast getan, was nötig war, und ich werde dir ewig dafür danken. Vielleicht kann ich jetzt endlich frei sein.«

»Marian?«

Erschrocken fahre ich zusammen, drehe mich um und erkenne Dina. Sie steht am Ufer der Quellen. Aber sie sollte doch …

»Was ist geschehen?«

Kaum habe ich die Frage ausgesprochen, schluchzt sie auf und vergräbt ihr Gesicht in den Händen. Sofort springe ich aus dem Wasser und gehe zu ihr. Es ist mir vollkommen gleichgültig, dass ich nackt bin.

»Fuck!«, schimpft sie, wie ich es sonst nur bei verflucht alten Soldaten gehört habe. »Ich wollte doch stark sein.«

Fest schließe ich sie in meine Arme. Ihr ganzer Körper bebt an meinem, immer mehr Schluchzer verlassen ihre Kehle. Sie kann sich gar nicht mehr beruhigen.

»Was ist geschehen?«, frage ich erneut.

»Er …«

Tief atme ich durch. Was hat dieser Kerl angestellt? Hat er wirklich das Beste in seinem Leben verdorben?

»Quirin … Er … Ich habe ihm gesagt, dass ich ihn liebe, und er ist gegangen.«

Mir fehlen die Worte. Ich weiß, dass er Angst hat, davon zerfressen ist, aber das ist selbst für ihn ein neuer Rekord auf der Bastard-Skala.

Wenn der mir vor die Füße läuft …

Sanft streiche ich über Dinas Rücken, versuche, sie zu beruhigen, aber ihr gebrochenes Herz werde ich nicht heilen können. Und ich bin mir nicht sicher, ob Quirin es kann.

»Ich wusste es, und dennoch … Aber er war so anders. Ich dachte, wir hätten das hinter uns gelassen – und dann das.«

Immer noch bleibe ich stumm.

»Willst du ihn nicht verteidigen?«, fragt Dina und blickt hoch.

»Aus welchem Grund? Er benimmt sich wie ein absoluter Bastard, und genau das werde ich ihm sagen, wenn ich ihn sehe.«

Langsam wandert Dinas Blick an meinem Oberkörper entlang. »Du bist … O mein Gott, es tut mir leid.« Sofort weicht sie zurück und dreht sich um.

»Es gab gerade Wichtigeres.« Ich nutze die Möglichkeit, gehe zu meiner Kleidung und ziehe mir meine Hose an. »Du kannst dich wieder umdrehen.«

Zögerlich folgt Dina meiner Aufforderung und entspannt sich, als sie sieht, dass ich angezogen bin. »Wieso tut er das?«

»Das weißt du, Dina, auch wenn der Grund es nicht besser macht. Quirin und ich, wir sind beide gebrochen, kaputt. Wir werden immer Dinge tun, die wir nicht tun sollten. Weil wir nicht anders können. Es ist keine Entschuldigung, aber unser beider Leben bestand nur aus Katastrophen. Wir beide können es nicht ertragen, wenn etwas gut läuft.«

»Weshalb?«

Ein dunkles Kichern verlässt meine Kehle. »Weil wir dann die Kontrolle verlieren. Wenn es schlecht läuft, wissen wir, was uns erwartet, wie wir reagieren können. Wir kennen uns mit Tod, Leid und Schmerz besser aus als mit Glück und tun deswegen alles, um in einer Umgebung zu bleiben, die uns diese Sicherheit gibt.«

»Sicherheit im Unglück?«, hakt Dina nach.

Zum ersten Mal sehe ich ihre Zöpfe, die ihr Gesicht wunderschön umrahmen. Sie ist wirklich eine atemberaubende Frau. Dabei weiß sie gar nicht, wie umwerfend sie ist.

»Ihr macht euch lieber selbst unglücklich, als glücklich zu sein? Warum, um alles in der Welt?«

»Weil …«, stammele ich. Es ist das erste Mal, dass ich darüber offen spreche. Meinen inneren Monstern eine Stimme gebe. »Weil wir so nicht verletzt werden können. Quirin und ich sind uns sehr ähnlich, so auch hier. Wir haben ein Verständnis füreinander, wie du es vielleicht nie nachvollziehen können wirst. Ich würde ihm am liebsten den Hals umdrehen, dennoch kann ich ihn verstehen.«

Dina wird ganz blass, und ihre Augen weiten sich. »Du bist es.«

»Wer?«

»Du bist die andere Person. Du bist es, den Quirin wirklich liebt, aber nicht haben kann.«

Dina

»Storms have always felt like home to me.
Finally, the chaos outside mirrored the inside.«
– Salwa Tambe

Marians Blick gibt mir nichts. Er starrt mich einfach nur an. Hat er mich nicht gehört? Oder kann er nicht begreifen, dass ich hinter ihr Geheimnis gekommen bin?

»Habt ihr die ganze Zeit hinter meinem Rücken …« Ich schlucke den Kloß in meinem Hals hinunter und räuspere mich. »Habt ihr hinter meinem Rücken miteinander geschlafen? Lief da die ganze Zeit etwas? Habt ihr deshalb eingewilligt? Soll ich euch verstecken, damit ihr fröhlich weitermachen könnt, wenn Quirin die Krone trägt? Habt ihr mich nur benutzt? Ist das alles – auch zwischen uns – nur eine Lüge? Habt ihr mich nur verarscht?«

Marian schnaubt – eine abfällige Geste, die mich absolut rasend macht. »Nein. Wir haben nie miteinander … *geschlafen.*«

»Aber du leugnest nicht, dass du es bist? Die andere Person?«

»Nein.«

Am liebsten würde ich ihm vor die Füße kotzen. Und Quirin gleich mit. Warum haben sie es mir verheimlicht?

»Rede!«, verlange ich ruppig. »Sag mir alles.«

»Es ist nie etwas passiert, und das wird es nie. Wir haben uns nur geküsst, wenn du es wissen musst, aber auch das ist vorbei. Ich bin keine Bedrohung.«

Marian zieht sich auch sein Oberteil über, während ich wie angewurzelt noch immer an derselben Stelle stehe. Nichts ergibt mehr Sinn in meinem Kopf – und doch alles.

»Es geht mir nicht um die Bedrohung«, sage ich schließlich. »Wie kann ich einen Mann heiraten, der eine andere Person liebt? Euch das Glück nehmen, mich zwischen euch drängen? Wie konntest du zulassen, dass ich mich in ihn verliebe? Du hättest es mir sagen müssen.«

Wieder schnaubt Marian und wendet sich mir kopfschüttelnd zu. »Und warum? Damit du uns verachtest? Nicht du bist der Eindringling, sondern ich, Dina. Und ich werde mich zurückziehen.«

»Du kannst nicht davor fliehen, eine Person zu lieben. Und es ist nichts falsch daran.«

»*Alles* ist falsch daran!« So außer Fassung habe ich ihn das letzte Mal in Tifus gesehen.

»Es mag in eurer Welt als falsch gelten, aber ich sehe es nicht so. Hättet ihr mir von Anfang an gesagt–«

»Dann was?«, faucht er und kommt auf mich zu. »Hättest du Schmiere gestanden, während dein Mann von einem anderen verführt wird? Mach dich nicht lächerlich. Komm aus deinem Elfenbeinturm, Prinzessin.« Er bleibt direkt vor mir stehen, und ich sehe seinen Schmerz, die tiefe Verwundbarkeit, die er mir in diesem Moment offenbart.

»Marian«, wispere ich, und er legt mir einen Finger auf die Lippen.

»Es bringt nichts, Dina.«

Ich nehme seine Hand weg und sehe ihn eindringlich an. »Also habe ich mir unseren Moment in Tifus auch nur eingebildet? War das ebenfalls eine Lüge? Habe ich in meiner Welt wach gelegen und mich dafür bestraft, mich auch in deiner Nähe wohlzufühlen, dich zu vermissen, weil es falsch ist? Wolltest du die ganze Zeit nur ihn, und ich war egal? Ich bin wirklich naiv. Naiv und dumm, gleich bei zwei Männern auf gespielte Gefühle hereinzufallen und in mir die Schuldige zu suchen.«

Erkenntnis huscht über seine Züge. Wieder will er sich abwenden, aber ich halte seinen Arm fest und hindere ihn daran.

»Bitte. Ich weiß nicht mehr, was wahr ist und was nicht. Sag mir, wenn ich es falsch gesehen habe, aber lass mich nicht so stehen. Nicht du auch noch. Ich brauche die Wahrheit. Sie kann ich ertragen, das hier nicht.«

Marian lässt den Kopf sinken. »Du hast es nicht falsch gesehen.«

»Aber …«

Ich weiß gar nicht mehr, was ich denken soll. Ich fand sie beide attraktiv. Mit Quirin teilte ich seit Beginn eine besondere Verbindung, aber auch Marian konnte ich nie wirklich aus meinen Gedanken verbannen. Ich habe mir eingeredet, dass es falsch ist, dass ich meinen zukünftigen Mann betrüge, dass ich solche Gefühle nicht für seinen besten Freund hegen sollte. Während die beiden die ganze Zeit … Was bedeutet das für mich?

Wenn die beiden eine Verbindung teilen, Quirin auch mit mir und ich mit Marian … sind wir dann alle drei *seelenverwandt?* Besteht diese Möglichkeit?

»Als wir uns in Tifus so nah waren, hast du etwas mit mir gemacht und ich wollte mehr. Aber dann kam die Sache mit der Ehe. Quirin und ich … Es ist so kompliziert«, brabbelt Marian.

Ich hebe sein Kinn an und lenke seinen Blick auf mich. »Nicht, wenn wir einen Weg finden.«

Verwirrt sieht er mir in die Augen.

»Denn ich habe es auch gespürt, spüre es noch immer. Ich habe es nur genauso wenig zugelassen wie du oder Quirin.«

»Aber du liebst Quirin, das hast du selbst gesagt.«

»Das bedeutet nicht, dass ich dich nicht lieben kann.«

Diese Worte sollten keinen Sinn ergeben, aber vielleicht ist es das, was mir meine Seele von Anfang an sagen wollte. Ich habe mich zu beiden hingezogen gefühlt. Mich nach Quirins Stärke gesehnt und nach Marians sensibler Seite. Bei der Besprechung in Tifus habe ich ihrer beider Hände gehalten, habe mich nur vollends wohlgefühlt, als ich Kontakt zu ihnen beiden hatte.

Ich wollte sie beide.

Und ich habe es mir verboten.

Auch jetzt, wenn ich in Marians Augen blicke, kann ich mich nicht losreißen, könnte mich in dem tiefen Blau verlieren, in dem Schmerz. Ich will ihm helfen, diese Wunden zu heilen, ihm zeigen, dass nicht nur alles aus Schmerz besteht, sondern gut sein kann. Dass es Hoffnung gibt.

»Dina«, haucht er.

Wann hat er seine Stirn an meiner abgelegt?

Mein Verstand schreit, dass es falsch ist. Gerade eben habe ich meinen Verlobten geküsst, hätte mit ihm geschlafen, wenn er nicht gegangen wäre, und jetzt stehe ich vor seinem besten Freund. Ich warte darauf, dass es sich unangebracht anfühlt, aber das tut es nicht. Im Gegenteil.

Es gibt eine Möglichkeit, herauszufinden, wie wir wirklich zueinanderstehen. Ob es nur eine Schwärmerei ist, entstanden im Eifer des Gefechts, oder mehr.

»Küss mich«, wispere ich an seinen Lippen.

Mehr Aufforderung braucht es nicht.

Marians Hände schießen in meinen Nacken, und sein Mund erobert meinen, als hätten wir Jahrhunderte auf diesen

Moment gewartet. Sofort versinken wir in dieser Liebkosung, die so anders ist als die, die ich mit Quirin teilte. Wir waren sanft, emotional, leidenschaftlich. Doch mit Marian ist es stürmisch wie das Chaos, das er ausstrahlt. Aggressiv, fordernd und dominant, als wären wir in einem Kampf. Und ich lasse ihn nur zu gern gewinnen.

Stets dachte ich, Quirin sei der Dominante der beiden, aber es ist Marian. Er ist der Sensible, dessen Leidenschaft alles dominiert, und Quirin ist der Dominante, dessen Leidenschaft so sensibel ist.

Sie sind zwei Seiten derselben Medaille.

Marian greift an meinen Hintern, hebt mich in seine Arme, und ich umschlinge ihn mit meinen Beinen.

»Ist das … in Ordnung?«, hauche ich zwischen den Küssen.

»Mehr als das.«

Noch immer weiß ich nicht, was ihm widerfahren ist, jedoch bin ich mir sicher, dass er es mir sagen wird, wenn er dazu bereit ist. Und selbst wenn es nie der Fall sein sollte, ist das auch okay.

»Es sollte sich nicht so gut anfühlen«, murmelt er, als er meinen Hals entlang küsst.

»Es fühlt sich gut an, weil es richtig ist.«

Je mehr wir in unserer Leidenschaft versinken, desto klarer werden meine Gedanken. Quirin sollte mein Frieden sein, doch Marian … ist mein Krieg.

Mit langsamen Schritten trägt er uns zum Wasser, stellt mich an der Kante ab, ehe er sein Oberteil über den Kopf zieht. Habe ich mich vorher noch geziert, diesen Mann zu betrachten, habe ich nun gar keine Scham mehr.

»Du bist perfekt«, hauche ich und mustere jeden Zentimeter seiner nackten Haut.

»Ich bin alles andere als das. Ich bin unrein, entehrt auf so viele Arten, die du dir nicht einmal ausmalen kannst

Wenn ich *perfekt* bin, dann nur, weil du in meiner Nähe bist.«

Seine Worte geben mir ein Selbstvertrauen, das mir völlig fremd ist. Früher habe ich mich für meinen Körper geschämt, wollte immer, dass das Licht aus ist und ich unter einer Decke liege, aber in diesem Moment ist es anders. Wir wollen einander nah sein, unsere Verbindung vertiefen, und auch wenn wir uns attraktiv finden, liegt das nicht nur an unseren Körpern. Es ist ein unheimlich befreiendes Gefühl, endlich loslassen zu können, zu fallen und zu wissen, im nächsten Moment zu fliegen.

Gemeinsam.

Erneut versinken wir in einem innigen Kuss. Seine Hände erkunden meinen Körper, entlocken mir die erregtesten Laute, die je meine Lippen verlassen haben. Ich recke mich ihm entgegen, kann gar nicht genug von ihm bekommen.

»Ich liebe es, wie du dich hingibst, mir alles offenbarst.«

Bei seinen Worten fährt ein Schauer über meinen Körper. Von mir aus kann er immer so sprechen. Mir mit Worten und Berührungen den Verstand rauben.

Wir beide wissen, worauf es hinauslaufen wird, was wir beide wollen, wonach unsere Körper verlangen, und doch …

»Marian«, keuche ich und lege ihm meine Hände auf die Brust, was ihn innehalten lässt. »Ich möchte mit dir schlafen, dir jetzt, in diesem Moment, nah sein, aber mein Herz sagt Nein.«

Kurz wendet er den Blick ab und atmet tief durch. Ich denke, dass er sich genauso sammeln muss wie ich.

»Nicht weil ich keine Gefühle für dich habe oder es nicht will, sondern weil ich keine Lügen mehr will. Kein Verheimlichen und keine Geheimnisse. Ich werde morgen Quirin heiraten, und ich will in diese Ehe nicht mit einer solchen Bürde starten. Ich will dich spüren, aber nicht im Dunkel der Nacht, als wären wir Verbrecher, sondern am helllichten Tag mit reinem Gewissen. Denn du bist mir mehr wert als das. Du verdienst die Welt, und ich will dir nah sein, wenn ich dir genau das geben kann. Doch das kann ich jetzt nicht.«

»Ich verstehe dich«, presst er hervor. »Und du hast recht. Lass uns das nach der Hochzeit klären.«

»Nicht vorher?«, frage ich.

»Nein. So, wie ich Quirin kenne, ist er verwirrt, rastlos und noch zurückgezogener als sonst. Was er jetzt braucht, ist Sicherheit und einen klaren Plan. Den können wir ihm gerade nicht bieten.« Er gibt mir einen Kuss auf die Nase. »Danach können wir reden und uns alle Zeit der Welt nehmen. Sehen, wohin es führen kann. Was wir alle wollen. Diese ganze Situation ist unwirklich. Ich liebe Quirin schon seit vielen Jahren. Er gibt mir Sicherheit, Geborgenheit, und seit du in meinem Leben bist, habe ich wieder Hoffnung, fühle mich stark, gesehen. Nicht mehr wie der Sklave, der geschundene Junge. Wenn ich in deine Augen blicke, sehe ich den Mann, der ich sein will. Du schenkst mir all das, Dina. Und jetzt gerade, in diesem Augenblick, will ich nichts mehr, als mir ein Leben mit dir und Quirin vorzustellen. Momente wie diese mit euch beiden zu erleben und endlich frei zu sein.«

»Das klingt wundervoll. Lass uns morgen mit Quirin reden und diesen Traum wahr machen. Unsere Zukunft.«

»Einverstanden.« Sanft streicht er mir meine Haare über die Schulter. »Nie hätte ich gedacht, einmal an diesem Punkt zu sein.« Gedankenverloren spielt er mit einer Strähne. »Eine Frau vor mir zu haben, die mehr in mir sieht als Spaß und umgekehrt. Ich weiß nicht, was du mit mir machst.«

»Ihr mit mir«, erwidere ich mit einem Lächeln.

Vielleicht ist es das, was Quirin zurückhält. Vielleicht ist es das, was er spürt. Das würde bedeuten, dass ich recht habe. Ich genüge ihm nicht, denn ein Teil unseres Puzzles fehlt. Einer, nach dem wir uns beide sehnen, es aber nicht aussprechen wollen. Ich bin verletzt und habe ihm viel zu oft vergeben, sollte es nicht wieder tun.

Aber …

Was ist, wenn dies sein Schrei ist? Den, den jeder überhört? Weil er an einem tiefen Abgrund steht und nicht weiß, wie er um Hilfe bitten soll.

Es mag weit hergeholt sein, eine Wunschvorstellung, doch ich würde es mir nie verzeihen, wenn ich jetzt gehe. Ich habe ein Versprechen gegeben. An George, an mich selbst. Die Dina, die ich von nun an sein will, kämpft, liebt und ist gütig. Nicht weil ich erwarte, etwas zurückzubekommen, sondern weil ich so sein will. Diese Entscheidung hat nichts mit Quirin zu tun, sondern damit, was ich will, wer ich fortan sein will. Ich bin die, die bleibt. Die sich kümmert und nicht aufgibt. Ich werde kämpfen.

»Ich habe noch nie einen Menschen wie dich kennengelernt«, sage ich zu Marian. »Jemanden, der so viel Schmerz in sich trägt und mindestens genauso viel Güte. Und ich hasse es, zu sehen, wie wenig du von dir hältst. Egal, was dir widerfahren ist, du bist ein besserer Mann als alle, die ich kenne.«

»Auch Quirin?«, fragt er neckisch.

»Ihr seid verschieden. Quirin will das Richtige tun, will beschützen …« Ein Kichern verlässt meine Lippen. »Und jetzt weiß ich auch, warum. Er tut es für dich, einfach alles. Er will die Welt ändern, damit du in einer besseren leben kannst. Und du willst, dass niemand mehr leidet. Willst in kein Gesicht blicken und denselben Schmerz wie deinen sehen. Deshalb konntest du mir auch so schnell verzeihen.«

»Weil es nichts zu verzeihen gab.«

»Siehst du?«

Ein weiteres Mal legt er seine Hände an meine Wangen und küsst mich. Wohlig seufze ich in den Kuss. Ich fühle mich bei ihm so wohl und geborgen, dass es mich fast zerreißt.

»Ich glaube, dass ich mich in dich verliebe, Dina.«

»Und ich mich in dich.«

Es wäre falsch zu sagen, dass ich für ihn bereits jetzt dasselbe empfinde wie für Quirin, dafür haben wir uns zu lange gegen unsere Gefühle gesträubt. Dennoch sind sie echt und können der Beginn von etwas Großartigem sein.

Diesmal bin ich es, die ihn zu einem weiteren Kuss heranzieht.

»Du solltest ins Bett. Morgen ist deine Hochzeit.«

»Der Beginn eines neuen Lebens.«

»Für uns.«

»Für uns«, wiederhole ich. »Sag Quirin, dass ich ihn morgen heiraten werde. Aber lass ihn noch etwas schmollen, ja? Er darf ruhig in seinem Selbstmitleid suhlen, und ich habe ihm nicht verziehen.«

»Ich werde es ihm ausrichten.«

Wir können uns gar nicht voneinander lösen, wissen aber beide, dass wir es müssen.

»Ich kann gar nicht abwarten, dich vollständig zu spüren.«

»Ich auch nicht.«

Quirin

Mein Weg hat mich von meinem und Marians Zelt zu dem Zeremonienzelt und schließlich zu dem Eingang zur Stadt geführt, aber nirgendwo war eine Spur von den beiden. Ein verflucht ungutes Gefühl macht sich bei mir breit, als ich mich zu den Quellen begebe – dem letzten Ort, an dem ich noch nicht gesucht habe. Sie müssen dort sein, und irgendwie fürchte mich vor dem, was ich dort sehen könnte.

Habe ich Dina doch zu weit getrieben? Und damit in Marians Arme? Habe ich genau das erreicht, was ich wollte und doch irgendwie nicht?

Verflucht, ich weiß gar nichts mehr.

Vor ein paar Tagen noch konnte ich mir nichts Besseres vorstellen, als dass meine liebsten Menschen miteinander glücklich sind, bei sich finden, was ich nie geben kann. Jetzt kann ich den Gedanken kaum ertragen.

In jedem Bereich meines Lebens bin ich furchtlos, nur nicht in diesem. Ich verhalte mich wie ein hirnrissiger Idiot – und vielleicht bekomme ich genau dafür jetzt die Strafe.

Die Quellen sind in einer alten Bergkette versteckt. Als ich mich nähere, sehe ich, wie Dina hervortritt.

Allein.

Wieso beruhigt mich dieser Gedanke?

Zügig verstecke ich mich hinter einem Felsen. So kann ich ihr nicht gegenübertreten. Ich weiß ja nicht einmal, was ich sagen soll.

Dina geht an mir vorbei, und ich folge mit einigem Abstand. Erst als sie bei ihrem Zelt angekommen ist, atme ich durch.

Sie ist allein.

Sie hat keinen Schutz in Marians Armen gesucht.

Puh.

Deutlich beruhigter trete ich den Weg zu meiner Schlafstätte an. Zwar weiß ich noch immer nicht, wo sich Marian herumtreibt, doch anscheinend will er nicht gefunden werden und ich gönne ihm diese Zeit für sich.

Ein Rascheln unterbricht meine noch immer kreisenden Gedanken. Marian kommt ins Zelt und bedenkt mich mit einem strafenden Blick.

»Ihr geht es gut, wenn du es wissen willst – nicht unbedingt wegen dir, aber nun gut.« Er geht zu einer Ecke unseres Zeltes und nimmt sich ein Getränk.

Verwirrt sehe ich ihn an. »Du hast mit ihr gesprochen?«

Er nickt. »Bei den Quellen. Sie kam zu mir.«

Mir entgleisen meine Gesichtszüge. Also waren sie doch zusammen …

»Ich werde mir sparen, dich für dein Verhalten rundzumachen. Wenn du jetzt noch nicht weißt, was für einen riesigen Fehler du begangen hast, kann dir niemand mehr helfen«, fährt Marian ungerührt fort. »Dina wird dich heiraten, das hat sie mir versichert. Alles bleibt bei dem ursprünglichen Plan.«

Seine Worte sollen mich wohl beruhigen, doch sie erreichen das Gegenteil. Wieso nur werde ich das Gefühl nicht los, sie verloren zu haben – und meinen besten Freund gleich mit?

»Was sagst du mir nicht?« Selten zeige ich mich schwach, aber diese Situation setzt mir einfach nur noch zu.

»Wir haben uns geküsst.«

Mir wird schlecht.

»Ich wäre weiter gegangen, doch sie hat es unterbunden, weil sie nicht mit einer Lüge und einem Betrug in die Ehe starten möchte. Obwohl du es uns eigentlich *erlaubt* hast.« Marian wendet sich mir zu. »Du hast so ein Scheißglück und siehst es nicht einmal.« Damit legt er seine Kleidung ab und lässt sich auf seinem Bett nieder.

Sie haben sich geküsst.

Weil ich es erlaubt habe.

Weil sie das tun, was ich von Anfang an wollte.

Ein plötzlicher Drang überkommt mich, und ich spurte aus dem Zelt.

»Quirin«, ruft mir Marian nach, doch ich beschließe, ihn zu ignorieren.

Es gibt nur einen verfluchten Ort, an den ich jetzt gehöre.

Bei Dinas Zelt angekommen, mache ich mir keine Mühe, mich anzukündigen, sondern stürme direkt hinein. Dina steht mit dem Rücken zu mir. Sie ist wohl gerade dabei, sich bettfertig zu machen.

»Hab' ich was vergessen?«, fragt sie mit lieblicher Stimme.

Die Frage gilt garantiert nicht mir und entfacht meine Wut nur noch mehr.

Ich sehe, wie Dina ein Schauer überkommt.

»Quirin«, wispert sie.

Sie spürt mich.

»Du bist wütend.« Noch immer hat sie mir den Rücken zugewandt.

»Du hast ja keine Ahnung«, knurre ich.

Endlich dreht sie sich um, und ich kann nicht anders, als in ihre Augen zu starren. Sie sind geweitet, aber nicht nur aus Angst.

Ich trete einen Schritt vor, erwarte schon fast, dass sie zurückweicht, aber nein, nur ein weiterer Schauer erfasst ihren Körper. Also gehe ich noch einen, stelle mich direkt vor sie und greife nach einem der Zöpfe, die ich vor ein paar Stunden noch geflochten habe.

»Ich bin nicht wütend auf dich, sondern auf mich selbst. Ich habe dich in die Arme eines anderen getrieben, dabei bist du das Beste, das mir passieren konnte. Du gehörst zu mir und ich zu dir!«

Ich fasse ihr in den Nacken, ziehe sie an ihrer Hüfte zu mir und küsse sie. Dina erwidert den Kuss nicht weniger hungrig. Sie öffnet ihren Mund, als ihr ein Keuchen entweicht, und ich schiebe meine Zunge vor.

Wie konnte ich nur so feige sein und dem hier den Rücken kehren? Dina ist alles, was ich mir von einer Partnerin wünschen kann, und noch so viel mehr. Sie hat es verdient, dass ich ihr die Welt zu Füßen lege und sie nicht in Brand stecke.

Ich löse mich von ihr, weil wir beide vergessen haben, zu atmen. Tief sehe ich ihr in die Augen.

»Ich verliebe mich auch in dich«, murmele ich, und Dina weicht schockiert etwas zurück. »Nie wollte ich an diesem Punkt sein, aber ich kann mich nicht mehr dagegen wehren und dich und mich darunter leiden lassen. Jeder Zentimeter, den ich von dir weggegangen bin, hat mir Qualen bereitet. Ich wollte dich nie verletzen, ich war einfach nur feige. Denn die Wahrheit ist: Ich will dich, Dina. Als meine Partnerin, al meine Königin und als meine *Geliebte*.«

Dina stößt einen erleichterten Atemzug aus.

»Es tut mir leid, dass ich dir wieder wehgetan habe. Die Wahrheit ist, dass ich Angst habe. So unendliche Angst, dich zu verlieren, aber ich kann es auch nicht länger ertragen, dich anzulügen, von mir zu stoßen. Ich will dich, Dina, und ich hatte noch nie so große Furcht vor einem Gefühl wie jetzt.« Sanft gebe ich ihr einen Kuss auf die Nase. »Aber ich verspreche dir jetzt, ein für alle Mal, dich nicht mehr von mir zu stoßen.«

»Solange du am Ende immer deinen Weg zurückfindest, kannst du so lange brauchen, wie du willst. Denn ich gehe nirgendwohin. Ich bin und bleibe an deiner Seite.«

Und genau deshalb hat sie sich in mein Herz geschlichen. Aber stehen lassen kann ich es nicht.

»Warum vergibst du mir immer wieder aufs Neue?«, frage ich daher. Das letzte bisschen Unsicherheit muss endlich in meinem Hinterkopf verstummen. »Verdient habe ich es keinesfalls.«

Dina schenkt mir ein warmes Lächeln und streicht über meine Wange. »Weil ich weiß, wie es ist, Angst zu haben. Zu fliehen, ohne dass jemand folgt, obwohl man nichts sehnlicher braucht als jemanden, der einem hinterhereilt. Du und ich, wir sind eins. Wenn du Angst hast, will ich dein Mut sein, wenn du fliehst, will ich dein Ziel sein. Denn das bedeutet Liebe für mich.«

Sie liebt mich.

Aufrichtig.

Trotz meiner Fehler. Trotz der schier endlosen Enttäuschungen, mit denen ich sie überhäuft habe. Sie hat sich für mich entschieden, und ich hatte zu viel Angst, zu viel Misstrauen, um es ihr zu glauben. Stets habe ich der Vergangenheit nachgetrauert, im Geheimen nach jemandem gesucht, der mich lieben kann, sich für mich entscheidet, und ich habe diese Person in Dina gefunden.

Dass sie Marian geküsst hat, war sicherlich nur eine Überreaktion, zu der ich sie getrieben habe, aber von nun an will ich ihr der Mann sein, der ich sein muss. Sein *will.* Und wenn ich ehrlich zu mir selbst bin: Ich habe Marian auch geküsst. Wie könnte ich Dina für dieselbe Tat verurteilen?

Dennoch hat Dina mehr verdient als Worte. Wie sie sagte, ich habe oft genug die Spielregeln geändert. Jetzt müssen Taten folgen.

Zögerlich nehme ich ihre Hand und sinke auf ein Knie. »Du wirst die einzige Person sein, vor der ich von jetzt an knien werde. Du hast meine Loyalität, mein Schwert im Kampf und meine Treue. Bis zu meinem letzten Atemzug.«

Ich kann nicht verhindern, dass einmal mehr Bilder vor meinem geistigen Auge erscheinen. Vor jeder Schlacht sagte mein Vater genau diese Worte zu meiner Mutter, und zum ersten Mal verstehe ich sie, fühle ihre Bedeutung.

Leicht senke ich meinen Kopf, denn ich traue mich nicht, Dina in die Augen zu blicken und mich ihr so zu offenbaren. So weit bin ich noch nicht.

»Und meine Liebe«, wispere ich mit einem Kloß im Hals.

Mein Magen rebelliert, mein Körper befiehlt mir, zu fliehen, doch mein Herz wehrt sich mit Kräften. Und ich halte stand.

Ihre sanften Hände umfassen meine Wangen und richten meinen Blick nach oben. »Und alles, was ich dir geben kann, ist dein. Von jetzt und für immer.«

Dann küsst sie mich.

Sofort kommen mir Marians Worte ins Gedächtnis. Dina hat wirklich die Kraft, alte Wunden aufzureißen und sie zu heilen.

Ich spüre, wie die Last von meinen Schultern fällt, die Eiseskälte meiner Panik durch wohlige Wärme ersetzt wird, und zum aller ersten Mal in meinem Leben habe ich keine Angst. Stattdessen spüre ich Gewissheit über meinen Weg. Und habe unbändiges Vertrauen in die Person vor mir.

Egal, wohin ich gehe, Dina folgt mir. Weil sie für mich da sein will. Gehe ich in die Knie, sinkt sie ebenfalls zu Boden. Ich bin nicht mehr allein.

»Lassen wir die Vergangenheit hinter uns, ja?«, bittet Dina und löst unseren Kuss. »Das alles ist nicht mehr wichtig. Morgen beginnt unser gemeinsames Leben. Seite an Seite. Und nach unseren Regeln. Wir werden leben, wie wir es uns wünschen. Keine Kompromisse, keine Flucht mehr.«

Ich schaffe es nur zu nicken, doch das reicht Dina nicht.

»Ein Leben nach unseren Regeln«, wiederholt sie deutlich, als würde sie mir eine unterschwellige Botschaft mitteilen wollen.

Aber das ist jetzt nicht wichtig.

Deutlich befreiter trete ich nach einiger Zeit aus dem Zelt und schaue als Erstes zum Himmel. Wenn mich dieser Abend eines gelehrt hat, dann, dass ich die Vergangenheit ruhen lassen sollte.

Ich muss aufhören, jene zu verletzen, die mir am nächsten stehen, und mich gleich mit. Das Leben spielt nicht nach meiner Melodie, aber ich kann mich auch nicht gegen das Lied wehren. Mein Leben bestand daraus, zu dienen, irgendwann Rache zu nehmen, jene zu bestrafen, die meine Eltern auf dem Gewissen haben, die Sklaverei zu zerschlagen und auch diese Leute ihrer gerechten Strafe zuzuführen. In fast dreißig Jahren meines Lebens habe ich jedoch immer nur eine Person bestraft: mich selbst.

Schluss damit!

Das Schicksal hat mir Dina geschickt, mein Gegenstück. Sie ist zu mir gekommen, hat Raum und Zeit getrotzt, um bei mir zu sein. Genau das werde ich für den Rest meiner Tage ehren. Meine Gedanken und Gefühle waren stets von Wut geprägt, dem Drang, Wiedergutmachung zu leisten. Vielleicht sollte ich mal bei mir selbst anfangen.

»Wie ich sehe, hast du zu dir selbst gefunden, mein Junge«, ertönt die Stimme meiner Großmutter.

Unbewusst bin ich zu der Bärenstatue gegangen – dem Ort, an dem mein Schicksal besiegelt wurde. Und nun das ganz Nadiraans.

»Du klingst, als hättest du genau das erwartet«, grummele ich.

Eigentlich will ich ihr recht geben, aber ich kann es ihr nicht zu leicht machen. Das macht weder ihr noch mir Spaß.

»Quirin.« Großmutter seufzt. »Genieß doch einfach mal, dass es Personen in deinem Leben gibt, die perfekt für dich sind. Das Schicksal mag unergründlich sein, manchmal auf den ersten Blick ungerecht, doch es hat immer einen Plan. Deine Mutter wusste dies und hat darauf vertraut.«

»Es hat ihr den Tod gebracht.«

»Mein Junge.« Großmutter tritt näher und legt mir eine Hand auf den Arm. »Deine Frau kommt aus einer anderen Welt, und du hast Kräfte, wie jeder Abkömmling meiner Linie. Denkst du wirklich, dass deine Mutter einfach so ihr Leben beendet hat, ohne sich etwas dabei zu denken? Dass sie ihren einzigen Sohn leichtfertig in dieser Welt alleinließ? Wir alle haben eine Aufgabe, und du wirst deine bald erkennen.«

Ein Schnauben verlässt meine Lippen. »Tut mir leid, ich war zu sehr damit beschäftigt, zu überleben, um über die höheren Mächte philosophieren zu können. Egal, ob sie einen Grund hatte oder nicht, sie hat mich alleingelassen.

Sie hat mir in die Augen gesehen, als sie ihren Dolch nahm.« Mit gesenktem Kopf reiße ich mich los und gehe ich ein paar Schritte weiter. »Und sie hat ihn mehr geliebt als mich.«

»Quirin–«

»Nein, diesmal nicht, Großmutter. Mein Leben ist chaotisch genug. Ich brauche niemanden, der mir einredet, dass ich hier auch falschliege, nur damit ich mich *besser* fühlen kann. Jetzt gerade bin ich auf einem guten Weg, mich selbst zu finden. Verdirb es mir nicht durch deine Botschaften. Gute Nacht.«

»Schon bald wirst du alles verstehen, mein Junge. Halte an Dina fest, konzentriere dich auf das, was du fühlst. Was deine *wahren* Gefühle sind. Denn sie sind der Schlüssel. Merk es dir.«

Mit einer abweisenden Handbewegung gehe ich zurück zu meinem Zelt. Es wird wirklich Zeit für etwas Ruhe.

Dina

»Frozen in time, captured in memories, filled in passion,
she melted in love before his eyes.«
– Luffina Lourduraj

»Aufwachen!«, reißt mich Amaya aus dem Schlaf. Zum Glück haben sie und ihre Schwester sich nach dem Überfall auf uns schnell wieder erholt. Wenn ihnen meinetwegen etwas zugestoßen wäre … Ich weiß nicht, ob ich nicht an dieser Schuld zugrunde gegangen wäre.

»Wie spät ist es?«, grummele ich und ziehe mir die Decke über den Kopf.

»Spät genug zum Aufstehen.«

Da fällt mir eine Sache auf.

»Was tut ihr hier?«

Bisher durfte niemand aus der Einheit die Grenzen überschreiten und sich der Stadt nähern.

»Wegen der Hochzeit!«

Ich weiß nicht, wie ich Aminas Ton deuten soll. Er wirkt seltsam anzüglich. Beide nehmen kein Blatt vor den Mund, sind sicher nicht schüchtern, aber ich bin mir unsicher, was genau sie implizieren wollen.

Plötzlich hocken beide neben mir und ziehen mir die Decke hinunter.

»Und, bist du aufgeregt?«, fragt Amaya.

»Oder …«, sagt Amina und wackelt mit den Augenbrauen, »habt ihr gestern die Hochzeitsnacht vorgezogen?«

Für einen Moment fällt mir alles aus dem Gesicht. »Soll ich Quirin verraten, dass ihr euch nach seinen Qualitäten im Bett erkundigt?«

Das wiederum lässt die beiden verstummen und verflucht rot werden.

»Nein, nein, so war das nicht gemeint«, winkt Amina ab und schüttelt sich. »Bei den Göttern, nein. Wenn ich mir da etwas vorstellen würde, könnte ich ihm nie wieder ins Gesicht sehen, glaube ich. Ja, er ist ein Mann, aber er ist …«

»Was?«, bohre ich nach.

Normalerweise würde ich die beiden nicht so quälen, aber Mann, macht das Spaß.

»Er ist unser General«, antwortet Amaya. »Für mich ist nichts anderes relevant, genauso bei den anderen. Sie sind Menschen, aber keine *Männer,* zumindest nicht in dem Sinne …«

Hilfesuchend blickt sie zu ihrer Schwester, und ich beschließe, einzulenken. »Schon klar, für euch sind die Männer eurer Einheit wie Brüder, und jede andere Vorstellung wäre merkwürdig.«

Erleichtert atmen beide aus. »Danke. Du hast es verstanden.« Für ein paar Momente sammeln sich die beiden, ehe sie betont beschäftigt an meiner Decke nesteln.

»Was wollt ihr wirklich wissen?«, hake ich nach.

»Bist du nervös? Vor der Hochzeitsnacht?«

Kurz bin ich dazu geneigt, laut loszulachen, aber verkneife es mir. Den beiden ist die Frage ernst, und ich will sie nicht verspotten.

»Nein.«

»Aber … Wir wollen dir keine Angst machen, aber es soll wehtun.«

»Sex?«

Erschrocken fahren beide zusammen, als hätte ich ein verbotenes Wort gesagt.

»Ich bin keine Jungfrau.«

Mit offenen Mündern starren mich beide an. Für einen kurzen Moment überlege ich, ob ich das besser nicht hätte sagen sollen. Verflucht, darf mich Quirin nicht heiraten, wenn das herauskommt? Aber ich habe ihm doch Andeutungen gemacht, oder? Und selbst wenn es ein Skandal wäre, die Zwillinge würden mich nie verraten. Ich vertraue ihnen.

»Warst du bereits verheiratet?«

»Nein«, sage ich mit einem Lächeln. »In meiner Welt ist es offener als hier. Frauen können sich wie Männer auch ausleben. Wir müssen mit dem Partner in keiner Beziehung sein, um miteinander zu schlafen. One-Night-Stand nennt man das bei uns.«

Die beiden sehen mich an, als würde ich ihnen von Hexerei berichten, doch irgendwie schaffe ich es nicht, aufzuhören.

»Ich hatte bisher drei Beziehungen, und mit allen war ich intim. Sie wollten mich heiraten, aber ich habe abgelehnt. Als ich meine Jungfräulichkeit *verloren* habe, hat es ein wenig geziept, aber mehr nicht. Ich denke, es kommt darauf an, ob der Partner Rücksicht nimmt, sich Zeit lässt.«

Beide hängen gespannt an meinen Lippen. Marian wirkte nicht wie ein Kind von Traurigkeit, also sollte dieses Verhalten hier nicht fremd sein. Ich bin verwirrt.

»Wie ist es denn in Nadiraan?«, frage ich daher.

»Nun, es ist unüblich, nein, eigentlich ausgeschlossen, dass Männer und Frauen vor der Ehe *intim* sind. Vielleicht wird aber auch nicht darüber geredet. Die Schamanen handhaben es etwas anders und werden dafür mehr als belächelt. Generell wird darüber nicht viel gesprochen.«

Also ein absolutes Tabuthema, verstehe.

Nur langsam dringen die Worte wirklich zu mir durch. Heißt das, Quirin ist noch … O mein Gott. Das erklärt einiges. Warum er nicht auf meinen ersten Versuch reagiert hat und generell einen großen Bogen um das Thema macht. Vielleicht geht Intimität mit Liebe bei ihm Hand in Hand. Das muss es sein.

Andersherum … ist das der Grund, warum Marian nicht heiraten darf? Auch wenn ich mir nicht anmaßen möchte, jemandem an der Nasenspitze anzusehen, ob diese Person schon sexuell aktiv war, könnte ich es bei ihm schwören. Also darf er deshalb nicht heiraten? Was ein Blödsinn.

»Es kann schön sein«, besinne ich mich wieder auf das Thema und weiß nicht so ganz, wie ich weitermachen soll.

»Kann?«, fragt Amaya.

Bisher habe ich mich nie geziert, über solche Sachen zu sprechen, doch hier habe ich das Gefühl, dass ich die beiden aufkläre, was in Anbetracht dessen, dass wir gleich alt sind, sehr merkwürdig ist.

»Ich habe bisher nie eine Erfüllung in meinen Beziehungen gespürt, daher bin ich auch nicht verheiratet. Für Männer ist es leichter als für Frauen, *Erfüllung* zu finden. Zumindest bei den meisten. Ich sehne mich nach Leidenschaft, danach, mich fallen lassen zu können, und das konnte ich bisher nie. Es war immer mehr eine Pflichtübung.«

»Und meinst du, du wirst das bei Quirin finden?«, fragt Amina.

Ein kleines Lächeln schleicht sich auf meine Lippen, und die beiden stoßen einen Pfiff aus.

»Gut, auf dem Rückweg schlaft ihr woanders.«

Wir drei lachen laut, und es tut gut, so etwas wie Freundinnen in meinem Leben zu haben. Keine Nutznießer wie Georgiana oder Stacy. Einfach Freundinnen.

»Jetzt sollten wir dich aber fertig machen.«

Immer wenn ich über meine Hochzeit nachgedacht habe, habe ich mir ein kleines Märchen vorgestellt. Eine Gartenfeier zum Sonnenuntergang, viele Laternen, die in der Luft schweben – der Beginn von etwas ganz Großem.

Jetzt sitze ich in einem Zelt, bei Vollmond in einem fremden Land, in einem Kleid, das ich mir nicht selbst ausgesucht habe, und heirate einen Mann, der mir erst gestern gestanden hat, wie er wirklich fühlt.

Nachdem ich seinen besten Freund geküsst habe und wir uns irgendwie *für eine Beziehung miteinander entschieden haben.*

Gestern noch empfand ich das als eine wahnsinnig gute Idee – jetzt nicht mehr ganz so. Dabei ist es bei uns anders. Marian und Quirin lieben einander. Seit dem Moment, als ich es erfahren habe, ist es so offensichtlich. Es hätte mir schon vorher auffallen müssen.

In Quirin habe ich mich zum ersten Mal ein wenig verguckt, als er mit mir in der Bibliothek war. Mich so angenommen hat, wie ich bin. Mich nicht verurteilt, sondern die Zeit mit mir genossen hat. Noch nie habe ich mich bei einem Mann so gezeigt wie bei ihm und hatte keine Angst davor. Und so richtig hat es mich erwischt, als wir gestern gemeinsam im Zelt waren. Wie umsichtig er mit mir umgegangen ist, mich in den Arm genommen hat.

Weil er wusste, dass ich es brauche.

Und er hat es mir gegeben, ganz ohne Gegenleistung.

Marian hingegen … Seine Verletzlichkeit in Tifus, wie er mir seine Vergangenheit offenbart hat und mich in seine Seele blicken ließ. Er hält so wenig von sich, und doch ist er voller Güte und Hingabe. Wenn er das nur selbst sehen könnte … Er gibt mir Hoffnung, einen Fokus und ist trotz der Dunkelheit in seinem Leben charmant. Ach, und ich liebe seine *flirty* Seite.

Es sollte sich falsch anfühlen, denn in meiner Welt wäre es das, aber ich kann mich einfach nicht dazu durchringen, mich schlecht zu fühlen. Es ist richtig. *Für uns*. Auch wenn wir Quirin noch überzeugen müssen, denn der Sturkopf wird sich bestimmt querstellen.

»Dina?«, ertönt Marians Stimme.

»Kannst reinkommen.«

Auch hier ist es Tradition, zum *Altar* geführt zu werden, und mein Wunsch fiel auf die einzige Person, die Sinn ergibt.

Als Marians Blick meinen trifft, beißt er sich auf die Unterlippe. »Quirin ist ein verdammt glücklicher Bastard.«

Er mustert mich für einen Moment, aber ich fühle mich nicht unwohl, eher gesehen und begehrt – und Himmel, ich liebe dieses Gefühl.

»Also kann ich so *unseren* Mann heiraten?«, wispere ich, und es kommt mir keinesfalls merkwürdig vor, von ›unserem‹ zu reden.

Marian kommt einen Schritt näher und zwinkert mir zu. »Und wie du das kannst.«

Ich kichere. »Es ist echt fies, dass er noch nichts weiß.«

»Das ist seine gerechte Strafe. Stell dir mal vor, wir hätten es ihm gestern gesagt, dann hätten wir heute eine Beerdigung und keine Hochzeit«, scherzt er weiter.

Jetzt lache ich aus vollem Hals, und Marian stimmt ein. Es tut so gut. »Ja, von seinem Ehrgefühl.« Ich kuschele mich an seine Brust und genieße die Vibrationen darin.

Marian schließt die Arme um mich, und für einen Moment schweigen wir einfach. »Ich kann es kaum abwarten, sein Gesicht zu sehen.«

Spielerisch haue ich ihm auf den Arm. »Du bist böse.«

»Es war deine Idee«, verteidigt er sich.

Ich hebe meinen Blick. »Küss mich.«

Sofort kommt er meiner Bitte nach und legt seine Lippen auf meine Stirn. Es ist genau das, was ich gerade brauche, eine Zärtlichkeit, aber keine große intime Geste. Alles andere wäre hinter Quirins Rücken nicht gerecht.

»Jetzt sollten wir uns auf den Weg machen, sonst kommst du zu spät.« Er tritt einen Schritt zurück und bietet mir seinen Arm an.

»Wir«, korrigiere ich ihn und erhalte ein kleines Lächeln.

Kurz vor dem Ausgang des Zeltes halten wir inne und atmen durch. Marian öffnet das schwere Eingangstuch, und wir treten hinaus.

Mir klappt der Mund auf. Schon gestern war es wunderschön, aber jetzt? Alles ist in sanftes Fackel- und Mondlicht gehüllt – fast wie in meiner Wunschvorstellung.

Getraut werden Quirin und ich an der Bärenstatue, und der Weg dorthin ist prall gefüllt. Schamanen, Menschen aus dem befreiten Sklaventransport, Quirins Leute. Überall mehr oder minder bekannte Gesichter.

Tränen der Rührung kämpfen sich in meine Augen, die ich weg blinzele. Genau deshalb fühlt sich alles richtig an. Weil es genau das ist. Ich kann es nicht erwarten, dauerhaft hierzubleiben, mein Leben unter diesen Leuten zu verbringen und endlich meinen Platz gefunden zu haben. Am unwirklichsten Ort von allen.

Anders als gestern ist es still, als wir den Weg passieren. Keine Segnungswünsche, wie Quirin sagte.

Ich kralle mich förmlich in Marians Arm – nicht aus Angst, sondern weil ich vor lauter Emotionen wahrscheinlich explodieren würde, wenn ich seinen Halt nicht hätte.

»Krallst du immer so fest?«, wispert er mit seinem typischen Unterton, und ich bin ihm dankbar dafür, dass er die Stimmung lockern will.

»Wirst du bald herausfinden.«

Jetzt ist er leise. So berechenbar und doch so gut.

Wir gehen um eine kleine Kurve herum, und ich erhasche zum ersten Mal einen Blick auf meinen Zukünftigen.

Wie ich auch trägt er Schwarz. Die Farbe soll das Ende eines Lebensabschnittes verdeutlichen und gleichzeitig den Start eines neuen. War das Leinenkleid das Symbol der Bescheidenheit, ist das schwarze heute das Zeichen für den Neuanfang. Das Ende der Einsamkeit, wie Andaya heute Morgen sagte, als sie vorbeikam.

Und ich muss zugeben, Quirin sieht verflucht gut aus. Alles an ihm ist dunkel, selbst seine Augen, doch sein Blick könnte nicht wärmer sein. Die Kleidung sitzt wie angegossen, zeigt das deutliche Muskelspiel seiner Arme und einfach seine generelle Stärke.

Er mustert mich genauso wie ich ihn. Und anscheinend gefällt ihm mein Anblick. Er gibt sich die größte Mühe, Marian nicht anzustarren, doch mir fällt auf, wie er ihn auch zwischendrin mit Blicken bedenkt. Vielleicht sollte ich eifersüchtig sein, aber ich bin es nicht. Ich freue mich darauf, wenn die beiden ihre Gefühle offen zeigen können – in unserem geschützten Rahmen. Sie werden sich wahrscheinlich nie öffentlich zeigen und zu sich stehen können, doch wir werden einen Weg finden.

Bei Quirin angekommen, legt Marian meine Hand in seine. »Pass ja gut auf sie auf.«

»Das werde ich«, verspricht er, und ich glaube ihm jedes Wort.

Hinter Quirin erblicke ich Andaya, die uns trauen wird. Kurz schaue ich über meine Schulter, sehe in so viele Gesichter von Menschen, die ich lieb gewonnen habe, und weiß ganz genau:

Ich bin angekommen.

Quirin

Es ist ein unbeschreibliches Bild, wie Dina an Marians Arm zu mir herantritt. Meine zukünftige Frau und mein … *bester Freund.* Gestern noch hätte ich Eifersucht gespürt, gerade nach der Erkenntnis, was zwischen ihnen geschehen ist, aber Dinas Blick ist nur auf mich gerichtet.

Sie sieht nur mich.

Bisher habe ich das ausschließlich von Marian gekannt. Einer Person gegenüberzustehen, die nur Augen für mich hat. Bei ihm war es stets im Geheimen, aber Dina kann mich vollkommen offen betrachten. Denn gleich werden wir Mann und Frau sein.

Egal, wie sehr ich mich dagegen gewehrt habe, jetzt summt mein Körper in freudiger Erwartung auf die Zeremonie. Schon bald werden wir aus der Stadt meiner Familie abreisen und in eine ungewisse Zukunft starten, aber dieses eine Mal will ich mir erlauben, glücklich zu sein.

Nur dieses eine Mal.

Vor mir angekommen, nehme ich Dinas Hand und lächele Marian dankbar zu, was er mit seinem typischen schelmischen Grinsen und einem Zwinkern quittiert. Wieso nur werde ich das Gefühl nicht los, dass die beiden etwas ausgeheckt haben? Aber auch das ist heute gleichgültig. Denn jetzt gibt es lediglich Dina und mich.

Marian gibt mir noch eine ›Warnung‹ mit auf den Weg, doch er weiß so gut wie ich, dass ich immer auf Dina achten werde. Bis zu meinem letzten Atemzug.

Mit ihr zusammen wende ich mich meiner Großmutter zu, die schon meine Eltern getraut hat. Sie trägt feierliche Gewänder, und ihr silbernes Haar schimmert im gleißenden Mondlicht.

»Dina und Quirin, ihr steht im Angesicht der Natur, der alten Götter und des Schicksals – bereit, miteinander den Bund der Ehe einzugehen. Ein Versprechen, das nicht leichtfertig gegeben wird. Freude wollt ihr fortan teilen, ebenso wie Leid. Der Kummer des einen wird der Kummer des anderen sein. Aus zwei Leben, zwei Seelen, wird eins.« Großmutter legt uns die Hände auf die Stirn. Kurz kommt mir der Gedanke, ob Dina über die Traditionen Bescheid weiß und ahnt, was jetzt geschehen wird, doch da beginnt Großmutter bereits. »Seid ihr gewillt, den anderen mit seinen Fehlern und Tugenden zu akzeptieren?«

Ein drückendes Gefühl breitet sich auf meiner Stirn aus. Jetzt muss meine Seele antworten.

»Seid ihr bereit, allen anderen zu entsagen?«

Sofort rasen meine Gedanken zu Marian, zu jeder Berührung, die wir geteilt haben. Alles, was ich loslassen muss, was nie mehr werden kann, als es war. Mein Körper und meine Gedanken weigern sich, denn ich will ihn nicht verlieren.

»Sehr gut.«

Überrascht blicke ich Großmutter an, die mir nur aufmunternd zunickt. Sie muss es gesehen haben. Wie könnte sie nicht? Und–

Großmutter dreht unsere Köpfe einander zu und legt unsere Hände aufeinander. »Die Erde unserer heiligen Stadt soll euch daran erinnern, woher ihr kommt.«

Grobe Brocken kalter Erde prasseln auf unsere Hände nieder, ehe Großmutter einen Krug mit Wasser nimmt.

»Wasser unserer geheiligten Quellen soll die Reinheit eurer Seelen wahren.«

Anschließend nimmt sie Teile Dinas Leinenkleides von gestern und meines Hemds, legt sie um unsere Hände.

»Dieser Stoff soll euch an die Bescheidenheit eures Versprechens erinnern. Daran, dass nichts wichtiger ist als Aufrichtigkeit, Demut und Güte. In dieser Welt könnt ihr alles erreichen, aber vergesst nicht, wo euer Ursprung liegt, und eurer Weg wird von Weisheit geprägt sein.«

Großmutter gibt erst Dina einen Kuss auf die Stirn und dann mir.

»Seid gesegnet, meine Kinder.«

Plötzlich stellen sich meine Nackenhaare auf. Getuschel dringt an meine Ohren. Getrampel.

»Quirin«, flüstert Großmutter. »Liebe macht nicht schwach, mein Junge. Sie ist die Substanz unserer Stärke. Vergiss das nie.«

Ehe ich etwas erwidern kann, dringt Geschrei an meine Ohren.

»Zu den Waffen!«, brülle ich, denn ich weiß genau, was der Grund für diese Geräusche ist.

Eine Armee.

In der verlorenen Stadt?

Wie?

»Dina, hinter mich.«

Sofort leistet sie Folge, und ich blicke umher. Niemand von uns trägt Waffen bei sich, wie es bei den Schamanen üblich ist. Mein Blick geht zu meinen Leuten, die sofort ausschwärmen.

»Wir müssen die Menschen in Sicherheit bringen«, brumme ich.

Dina umfasst meinen Arm. »Geh. Ich kümmere mich darum, dass alle tiefer in die Stadt fliehen. Wir können nicht entkommen, aber euch Zeit verschaffen.«

Besorgt drehe ich mich zu ihr um. Ich weiß, dass es das Richtige ist, aber sie hat keine Erfahrung mit solchen Situationen und ich will sie bei mir haben, damit ich sie schützen kann.

»Wag es nicht, mein Leben über das der anderen zu stellen. Geh.«

Mir fällt kein Gegenargument ein, also ziehe ich sie kurz zu mir heran und küsse sie. »Pass auf dich auf.«

»Du auch.«

Aus den Augenwinkeln sehe ich, dass Dina Großmutters Hand greift, dann höre ich, wie sie nach den Personen ruft, die sich wenig bis gar nicht wehren können.

Hektisch geht mein Blick umher. »Bogenschützen auf die Felsen, Schwertkämpfer zu mir!«

Keinesfalls habe ich hier einen höheren Rang, aber sollten wir es wirklich mit einer ausgerüsteten Armee der Herzöge zu tun bekommen, sind wir verloren.

Marian kommt mit meinen Leuten auf mich zugeeilt und wirft mir meinen Bogen samt Köcher zu. Im Flug fange ich beides und bin in nicht mal drei Sekunden kampfbereit.

»Darius, Matteo und Ilya, geht Dina nach. Ihr genießt alle ein hohes Ansehen, und je nachdem, wer hier gleich um die Ecke kommt, brauchen wir euer Geschick, um die Sachlage zu unseren Gunsten zu erklären.«

Nach einer kurzen Bestätigung folgen sie meiner Anweisung.

»Konrad, Gerit, Olaf, verteilt euch zwischen den Zelten. Wir brauchen Flanken, falls sie mit einem Angriff von oben rechnen.«

Auch sie verschwinden sofort.

»Oswin, Otto, Dagur, Darian und Alwin, ihr versteckt euch in den Schatten. Greift auf meinen Befehl hin ein, aber sie sollen zunächst nicht wissen, wie viele wir sind. Marian, Amaya und Amina, ihr bleibt bei mir.«

Es dauert keine fünf Minuten, bis der Platz bei der Bärenstatue einigermaßen leer gefegt ist.

Gut.

Das Getrampel wird lauter. Egal, wer da kommt, er steht auf eine Zurschaustellung.

»Was meinst du, um wen es sich handelt?«, fragt Amina.

»Vor ein paar Tagen hätte ich gesagt, es sind die Herzöge, jetzt jedoch vermute ich jemand ganz anderes.«

Passend dazu landet Nox auf meiner Schulter und bestätigt meinen Verdacht.

»Es ist einer von Vitus' Lakaien.«

Dina

»Everything you love will probably be lost,
but in the end, love will return in another way.«
– Franz Kafka

Das Getrampel wird immer lauter, dröhnt von den Felsen wider wie Donner, der jeden Moment über uns hineinbrechen wird.

Wer sind sie, und wie konnten sie uns finden?

Ich bin die letzte unserer Gruppe, denn ich könnte es niemandem anvertrauen, alle in Sicherheit zu bringen. *Ich* muss mich vergewissern, dass es allen gut geht.

Andaya tritt vor mich und nimmt mein Gesicht in ihre Hände. »Hör mir ganz genau zu.«

»Wir müssen–«

»Hör zu, Dina.«

Augenblicklich versteife ich mich, als ich den Ernst in ihren Augen erblicke.

»Alles, was heute geschieht, war vorbestimmt. Es *muss* geschehen. Quirin braucht dich. Er wird es nicht verstehen und sich in der Dunkelheit verlieren. Auch das muss geschehen – bis zu einem gewissen Punkt. Lass ihn, begleite ihn, sei für ihn da, und wenn der Moment gekommen ist, hole ihn zurück zu den Lebenden.«

»Was … wie?«

»Du wirst es wissen. Wir kennen uns nicht lange, aber bitte vertrau mir. Vertrau auf meine Worte. Das Schicksal ist auf eurer Seite. Denk immer daran.« Andaya wendet sich von mir ab, geht zu einem Zelt und kommt mit einem Bogen zurück, den sie mir sogleich hinhält. »Es ist der Bogen meiner Tochter. Sie würde wollen, dass du ihn hast.«

Ehrfürchtig schaue ich auf das wunderschöne dunkle Holz, das mich direkt an Quirin erinnert. Schwarz wie die Nacht, mit leichten grauen Sprenkeln. Sanft fahre ich mit meinen Händen darüber. Das Material ist glatt poliert, fühlt sich eher an wie Elfenbein als Holz. Aber Moment …

Andaya lächelt. »Mein Schwiegersohn hat das Schwert geführt, meine Tochter einen Bogen.«

Sofort steigen mir Tränen in die Augen. Quirin hat mir den Umgang mit dem Bogen gezeigt. Nicht nur weil es seine Waffe ist, sondern auch ihre. Eine Verbindung, die sie auch weit über ihren Tod hinaus teilen.

Wieder einmal bin ich vollkommen überwältigt von Quirins Tiefgründigkeit. Er redet nicht viel über diese Dinge, aber alles hat einen Sinn, eine Symbolik. Auch wenn er seine Gefühle erst spät in Worte fassen konnte, hat er sie schon viel früher gespürt. Warum sonst hätte er mich im Bogenschießen unterwiesen?

Fest umschließe ich den Bogen und nehme danach den passenden Köcher entgegen.

Ehe ich großartig reagieren kann, küsst mich Andaya auf die Stirn. »Sei gesegnet, mein Kind. Mögen dir die Ahnen den Weg zeigen und dich im Dunkel der Nacht in die Richtung des Schicksals weisen.«

»Ich muss zu ihm«, sage ich zu Andaya.

»Wir.«

Damit dreht sie sich um, vergewissert sich noch einmal, dass alle anderen in Sicherheit sind, und tritt mit mir den Rückweg an.

Ich trage keine Rüstung, dennoch fühle ich mich stark, von einer Überzeugung durchströmt. Es ist, wie Andaya sagt. Ich muss vertrauen – und das werde ich.

»Wie hießen Quirins Eltern?«, frage ich.

»Wir reden nicht über die Toten, es stört ihre Ruhe«, erklärt Andaya. »Ihre Namen zu nennen, ist kein gutes Zeichen.«

Gut, irgendwann werde ich es erfahren.

Das Getrampel wird leiser, und von Weitem erkenne ich eine Linie an Personen. Sofort weiß ich, um wen es sich handelt.

Marian und Quirin stehen nebeneinander.

Meine Männer.

Bei ihnen angekommen, stelle ich mich wie selbstverständlich zwischen sie.

»Du kannst auch nie hören, oder?«, brummt Quirin, und ich platziere den Bogen vor mir. Überraschung huscht über seine Züge, ehe er seinen Mund zu einem kleinen Lächeln verzieht.

»Mein Platz ist an eurer Seite. Im Leben wie im Tod«, wispere ich, sodass mich nur die beiden hören können.

Trommeln lenken unsere Aufmerksamkeit auf den Trupp, der nun hinter einem der Felsen hervortritt.

»Vitus' Banner.«

Zu Marians Worten nicke ich. Worte sind überflüssig. Unnötig. Wenn es wirklich der König ist, wird er einen Grund haben, hier einzufallen. Quirin hatte recht, es ist eine Falle. Das war es von Anfang an. Und wir sind sehenden Auges hineingetappt.

»Zieht eure Waffen.«

Jeder folgt Quirins Befehl.

»Sollten wir uns nicht erst anhören, was–«, stammele ich.

»Die verlorene Stadt ist heilig«, unterbricht mich Quirin. »Das Einzige, das den Schamanen geblieben ist. Hier einzufallen, ist eine Kriegserklärung. Welches Gespräch auch immer wir hätten führen können, ist mit dieser Handlung hinfällig geworden.«

Sacht greife ich nach einem Pfeil, lege ihn an; meinen Bogen noch nach unten gerichtet, die Sehne nicht gespannt. Ich bin bereit, *irgendwie.*

An der Seite erkenne ich Andaya, die mit König Ricard das Spektakel beobachtet, ehe mein Blick wieder nach vorn fällt. »Ist das nicht …«

»Herzog von Dextran«, sagen Marian und Quirin wie aus einem Mund.

Warum ist er gekommen – und das unter Vitus' Banner?

Sein Trupp bleibt in einiger Entfernung stehen. Die Soldaten tragen perfekt polierte metallene Rüstungen. Wir sind dagegen überhaupt nicht gut ausgestattet. Uns gegen sie zu behaupten, wird mit reiner Waffengewalt unmöglich sein. Zwar hat die verlorene Stadt viele Einwohner, doch ihre Krieger sind nicht für diese Art des Kampfes ausgerüstet.

»Quirin, General Nadiraans, Ihr seid des Hochverrats schuldig. Ich bin hier, im Namen seiner Majestät König Vitus, um Gerechtigkeit walten zu lassen.«

Niemand spricht ein Wort. Es ist vollkommen still. Wieso haben sie die Seiten gewechselt?

»Ich werde mich nicht ergeben. Wenn Ihr im Namen unseres Königs erschienen seid, habt Ihr uns soeben den Krieg erklärt. Als General ist es meine Aufgabe, den Frieden aufrechtzuerhalten, und Ihr verstoßt gegen dieses Gesetz, indem Ihr die verlorene Stadt überfallen habt.«

Quirin hebt eine Hand und öffnet sie. Sofort tauchen Bogenschützen auf den Felsen auf, visieren die Soldaten an.

»Es ist zwecklos.«

Herzog Dextran nickt, und Schreie werden laut. Einzelne Bogenschützen fallen zu Boden wie ein menschlicher

Regenschauer. Ich bete zu allen Göttern, dass es niemand ist, den ich lieb gewonnen habe, aber das ist ein fieser Gedanke. Ein jeder hier verdient es, zu leben.

In dem spärlichen Mondlicht kann ich kaum etwas erkennen. Wir sind deutlich besser durch die Fackeln ausgeleuchtet. Der Herzog hat auf den passenden Moment gewartet. Den Moment, in dem wir am verwundbarsten sind.

Quirin gibt den Befehl zu feuern, aber nur einzelne Pfeile werden überhaupt geschossen. »Dina, visier ihn an.«

Ich trete vor, ziehe einen Pfeil, lege ihn an und spanne den Bogen. Doch ich zögere.

»Willst du nicht–«, setze ich zum Widerspruch an, denn ich fühle mich längst nicht bereit, doch Quirin lässt mich nicht aussprechen.

»Nein, ich vertraue dir.«

Ich fixiere den Herzog vor mir, blende alles andere aus. Er blickt umher, betrachtet sein Werk, achtet gar nicht auf mich.

Das nutzlose Frauchen, das nur gut auszusehen hat.

»Feuer!«

Mit einem letzten Atemzug lasse ich den Pfeil los, und er findet tatsächlich sein Ziel. In Herzog Dextrans Schulter. Kein Todesstoß, aber ich habe getroffen.

Doch die Freude über diesen Erfolg hält nicht lange, denn sie wird von einem Schmerzensschrei von der Seite übertönt.

»Großmutter!«, ruft Quirin mit einer Spur Verwirrung in der Stimme.

Ich kann kaum glauben, was ich sehe. Andaya wird von einem der ehemaligen Sklaven an den Haaren von uns weggezogen. Ich habe ihn ein paarmal gesehen. Er hat sich stets im Hintergrund gehalten, ist nie wirklich aufgefallen, aber war da. Hätte ich ihm nur mehr Bedeutung beigemessen, hätte ich es vielleicht kommen sehen.

»Was tust du da?«, fragt Quirin.

»Ich lasse Gerechtigkeit walten.«

Was zur Hölle geht hier vor sich?

Mein Blick trifft Andayas.

Vertrauen, formt sie mit den Lippen.

Quirin will nach vorn eilen, doch Marian und ich sind schneller und halten ihn fest.

»Es muss geschehen«, sage ich wie automatisch. »Sie hat es mir gesagt.«

Andaya wird immer weiter gezogen, wehrt sich nicht einmal. Der Mann zerrt sie durch ein Spalier von Leichen, aber ich erkenne niemanden aus Quirins Einheit.

»Was sollen wir tun?«, fragen die Zwillinge.

Wir stehen wie angewurzelt da. Ein offener Angriff wäre Selbstmord, nichts zu tun feige. Aber was bleibt uns übrig?

»Du solltest nie auf den Thron, Halbblut«, zischt der Herzog und zieht sich den Pfeil aus der Schulter. »Wie einfältig du uns geglaubt hast. Als ob einer von deiner Sorte weiß, was Ehre ist. Ihr seid Tiere, nichts weiter.«

Quirin versteift sich neben mir, bleibt jedoch stumm.

»Soll ich?«, hake ich nach.

Ich weiß nicht, ob ich es noch einmal schaffe, aber probieren kann ich es.

»Nein. Abwarten«, befiehlt Marian.

Quirin blickt nach oben, und ich folge seinem Blick. Seine Einheit ist festgesetzt. Kniend blickt sie auf uns herunter.

»Es wird Zeit für ein neues Zeitalter«, erklärt Herzog Dextran, und der andere Mann wirft Andaya zu seinen Füßen auf den Boden.

»Wir müssen etwas tun!«, verlange ich.

»Und was, Dina?«, brummt Marian. »Ein offener Angriff ist zwecklos. Wir sitzen in der Falle. Zu beobachten und auf den richtigen Moment zu warten, ist alles, was wir tun können.«

»Du hättest mir deine Tochter geben sollen«, herrscht der ehemalige Sklave Andaya an. »Ein Bündnis, wie besprochen. Eines, das Frieden nach Verantis bringt. Stattdessen ist mein Volk tot, versklavt, und ich habe nichts mehr. Dann kam der Herzog und bot mir ein neues Bündnis an. *Und deinen Kopf.*« Fest tritt er Andaya in den Bauch.

Ich ziehe einen weiteren Pfeil, stelle mich auf und schieße.

Doch ich verfehle.

Verdammter Mist!

»Also, ich werde mich nicht ergeben«, verkünde ich, während ich den nächsten Pfeil spanne. »Ich werde nicht hier stehen und tatenlos dabei zusehen, wie er das mit ihr tut.«

Zwei Arme umschließen meine und senken sie. »Wir sind in der Unterzahl, Dina. Auf einen von uns kommen sicherlich zwanzig von ihnen. Wir müssen den richtigen Moment abwarten.«

Ich weiß, dass er recht hat, aber …

Aber …

Nein!

»Meine Tochter hat sich richtig entschieden. Du warst nie für sie bestimmt, *Camulos*. Den Willen der Götter zu missachten, wird deinen Tod bedeuten. Er wird über dich kommen, wie du ihn einst über meine Tochter brachtest.«

Ich sehe aus den Augenwinkeln, wie Quirin nach hinten stolpert.

»Das kann nicht sein!«

Quirin

Wie konnte ich so dumm sein, ihn nicht erkennen? Er war in Ricards Nähe, ich habe ihn gesehen, aber ihm nie sonderliche Bedeutung beigemessen.

Steckte er hinter dem Hinterhalt? Hat er gemeinsame Sache mit den Herzögen gemacht? Meinen Vater vor all der Zeit in die Falle gelockt? Habe ich wirklich einen Schuldigen an dem Mord meiner Eltern befreit?

Entsetzt starre ich auf das Geschehen vor mir. Erinnerungen zucken wie Blitze vor meinen Augen. Der Schamanenprinz Camulos von Verantis war einst für die Hand meiner Mutter vorgesehen. Sie hat mir von ihm berichtet. Es hieß, er oder mein Vater. Verantis und Nadiraan haben um die Gunst meiner Mutter gebuhlt, ein Bündnis.

Doch meinem Vater galt die Liebe meiner Mutter. Das Seelenband, gegen das niemand sprechen durfte. Wie hätte sie je einen anderen Mann heiraten können? Abgesehen davon war es ihr als Schamanin verboten. Die Seele hat nur ein Gegenstück. Man darf dieses Geschenk, seinen Partner zu finden, nicht verwirken. Das muss Camulos doch wissen.

»Arnemetia war mein!«, brüllt er, und ich zucke zusammen.

Seit fünfzehn Jahren habe ich ihren Namen nicht mehr gehört. Ihre Ruhe darf nicht gestört werden. Erst recht nicht von ihm.

Rasend vor Wut presche ich an Dina vorbei und ziehe mein Schwert.

»Wie kannst du es wagen, ihren Namen in den Mund zu nehmen?«, schreie ich ihn an.

Meine Sicht verdunkelt sich, doch es ist mir egal. Alles, was ich zurückhalten wollte, hat er verdient – und so viel mehr.

Camulos dreht sich zu mir um, und das Schwein grinst. »Du hättest mein Sohn sein sollen. Meine Möglichkeit, mein Königreich zu schützen, Verantis zu einen und nicht diesem Schwächling zu übergeben.« Abwertend blickt er Ricard an, der wie angewurzelt dieses Schauspiel beobachtet.

Wie konnte er nicht wissen, wen er in seiner Gruppe hat? Er sagte doch, dass die Schamanen angesehen wären. Was hat er mir verschwiegen?

»Am Hof waren wir doch nur noch Schmutz. Von wegen geachtet. Ausgebeutet wurden wir!«, schimpft Camulos. »Alles, was ich tat, tat ich für mein Volk. Wir brauchten Arnemetia für ein Bündnis. Was euch danach geschah, war Gerechtigkeit!«

Großmutter setzt sich hin und betrachtet mich mit großen Augen. Nox' Krähen dringt an meine Ohren.

»Zerstöre alles, was dir in den Weg kommt«, befehle ich ihm. *»Such die anderen und tötet jeden Einzelnen!«*

Es gibt Tiere, die Nox' Ruf folgen werden. Keine weiteren *Ototemans,* aber Tiere, die ihn respektieren.

»Du hast sie getötet!«, knurre ich und hebe mein Schwert vor mein Gesicht.

Ich stehe vollkommen schutzlos in der Mitte der Felsen. Es wäre ein Leichtes, mich zu töten, aber es ist mir egal. Wie viele Nächte habe ich unwissend neben ihm verbracht? Auch für seine Sicherheit getötet und den Verrat an meinem König in Stein gemeißelt – und das alles für einen der Mörder meiner Eltern. Ich hätte ihn so oft töten können, Rache nehmen, aber nein, ich musste vertrauen. Meine Ehre hat mich geblendet. Der Respekt vor Ricards Position und das Mitleid mit seinen Leuten haben mich schwach gemacht. Das ist vorbei.

Wie gern würde ich ihm mit der Klinge meines Vaters das Leben aushauchen, aber das kann ich nicht.

Kurz geht mein Blick zu Ricard, der auch nicht begreifen kann, was hier vor sich geht. Aber er soll sich raushalten. Das ist meine Sache.

Camulos kommt einen Schritt auf mich zu. »Lass uns das klären wie Männer.« Er streckt die Arme aus.

Meint er wirklich, dass er es ohne Waffe mit mir aufnehmen kann?

Mit einem Grinsen werfe ich mein Schwert weg und winke ihn zu mir. Sofort stürzt er sich auf mich. Ich drehe mich weg, packe seinen Arm und versuche, ihn zu Fall zu bringen. Ohne Erfolg.

»Wir sind hier und warten auf deinen Befehl«, höre ich Nox in meinem Kopf.

Es ist äußerst selten, dass er mit mir redet. Aber auch er ist wütend.

»Haltet euch nicht zurück.«

Schreie ertönen, und für einen Moment blickt Camulos auf, als die ersten Soldaten fallen.

»Angriff!«, rufe ich, rolle mich zur Seite, greife nach meinem Schwert, hole aus und schlage Camulos den Kopf ab. Normalerweise kämpfe ich mit Ehre, aber das hat er nicht verdient. »Verrecke in Schande, Verräter.«

Zum ersten Mal in meinem Leben halte ich an einer Seele fest. Hasserfüllt fixiere ich den Leichnam, spüre, wie die Lebensenergie den Körper verlässt, und zwinge die Seele zurück. Camulos schreit auf, der nackte Ruf seiner Seele, die Ruhe finden will, aber die werde ich ihm nie gönnen. Der Leichnam zittert unaufhörlich, die Adern färben sich schwarz, wie auch seine leblosen Augen von einem schwarzen Schleier überzogen werden.

Die Höchststrafe der Schamanen und ein Fluch für denjenigen, der sie ausübt. Aber es ist mir gleichgültig.

Schwarzes Blut tritt aus seinem Mund und fließt auf den Boden. Seine Seele ist für immer in der modrigen Hülle seines Körpers gefangen und seine Überreste ein Zeichen für alle Welt, was er ist. Ein Verräter.

Mit blutiger Klinge und sicher pechschwarzen Augen drehe ich mich zu Herzog von Dextran und seinen verbliebenen Männern um.

Sein Gesicht ist vor Schrecken verzerrt. »Du … bist …«

»Ein Hexer, ja.«

Kurz blicke ich zu Großmutter, und zum ersten Mal sehe ich eine Emotion in ihrem Blick, die ich nicht kenne. *Angst.* Sie wusste, was ich bin, doch anscheinend überrascht sie das Ausmaß.

Heute Nacht wird die verlorene Stadt in Blut getränkt, der heilige Boden entehrt, aber wir werden nach fünfzehn langen Jahren endlich unsere Rache bekommen. Etwas anderes lasse ich nicht zu!

In manchen Dingen mag ich von Angst zerfressen sein, aber im Kampf ist es anders. Denn ich scheue keinen Konflikt, weil ich Angst davor habe, was man mir antun könnte, sondern weil ich mich davor fürchte, die Kontrolle zu verlieren. Davor, was ich mit meinem Gegenüber tun werde. Doch diese Angst habe ich nicht mehr – und genau das wird der werte Herzog jetzt zu spüren bekommen.

Es wird immer lauter um mich herum. Ich höre Schwerter, die klirren, Pfeile, die abgeschossen werden, und spüre die Wut, den Hass, den Tod um mich herum.

Und ich habe mich nie freier gefühlt.

Fest fixiere ich den Herzog, der vor mir zurückweicht wie ein Feigling. Kurz schwinge ich das Schwert, verteile Camulos' Blut von meiner Klinge im hohen Bogen über den Boden.

»Was ist deine Mission?«, will ich vom Herzog wissen.

»Der König weiß um deinen Verrat. Er wird kommen«, sagt er zittrig.

»Soll er doch.«

Ich spüre Dina und Marian hinter mir, die Anwesenheit meiner Einheit. Sie alle stärken mir den Rücken. Nox und die Tiere kümmern sich um die Lüfte.

»Niemals wird jemand wie du auf den Thron kommen. Ihr Missgeburten gehört vernichtet. Vitus hat das erkannt, wir alle haben das.«

Blut fließt unaufhörlich aus der Schulter des Herzogs. In Tifus war er noch ein stolzer Mann, jetzt jedoch ist er nur noch ein winselnder Feigling.

»Dann sei froh, dass du es nicht mehr miterleben musst.«

Kurz schließe ich die Augen und sinke in seine Gedanken, erkenne seine größte Furcht und nähre sie. Gebe ihr Futter wie einem ausgehungerten Aasgeier. Die Hände des Herzogs schnellen an seine Kehle.

Angst vor dem Ertrinken, interessant.

Er keucht und japst, ist der festen Überzeugung, genau in diesem Moment zu ertrinken, obwohl weit und breit kein Wasser ist.

Zwei weitere Männer eilen auf mich zu, heben ihre Schwerter, und ich weiche zurück. Sie tragen feste Rüstungen, ich hingegen keine. Dafür bin ich schneller.

Ich tänzele um sie herum, während sie steif ihre Waffen zu kontrollieren versuchen. Das ist der Mist an Paraderüstungen – man kann nicht in ihnen kämpfen.

Einer hebt den Arm, versucht sich an einem Angriff von oben, doch ich nutze die Chance und ramme mein Schwert in seine Achselhöhle, schräg hinauf bis in seinen Kopf.

Ein heller Schmerz durchzieht meinen Rücken. Ich reiße das Schwert aus dem Kerl, lasse ihn zu Boden gehen und schwinge meine Klinge in die Richtung des Angreifers. Er stolpert leicht nach hinten. Hinter ihm erblicke ich Dina, die ihm einen Pfeil in den Hals rammt.

Wir tauschen einen Blick, als der Soldat zu Boden geht. Sie ist wie ich in Blut getränkt. Unsere feierlichen Roben lassen nur noch im Entferntesten auf ihren Anlass schließen. Doch ich erkenne auch eine wichtige Sache in diesem Moment: Dina ist an meiner Seite. Sie hat keine Angst, ist nicht verschreckt, sondern bei mir. In den Tiefen des Abgrunds leistet sie mir Gesellschaft.

Und sie ist mein.

So, wie ich ihrs bin.

Kurz geht mein Blick zum Herzog, der mit weit aufgerissenen Augen und Mund zum Himmel starrt.

Ein passender Tod für einen Verräter.

»Amina!«, ertönt Marians Stimme, und ich drehe mich um.

Amaya wird von einem Kerl angegriffen, der sicherlich drei Köpfe größer ist als sie. Absolut erstaunlich, denn sie ist ebenfalls nicht klein.

Amina liegt blutend am Boden, als sich Marian zu ihr kniet. Jeder ist in einen Kampf verwickelt.

»Eure Herren sind tot!«, verkünde ich, aber niemand hört zu. Alle sind zu sehr in sich selbst versunken, in ihren Überlebenskampf. »Gebt auf oder geht unter!«

»Quirin, Dina!«, ruft Großmutter, und ich wende mich ihr zu. »Denkt an meine Worte.«

Dina und ich tauschen einen verwunderten Blick, und instinktiv gehe ich einen Schritt auf Großmutter zu. Warum sagt sie das?

»Gib auf, Quirin.«

Sofort schiebe ich Dina hinter mich, schirme sie mit meinem Körper ab. Ich kann gar nicht glauben, was ich sehe.

»Matteo, was soll das?«, keucht Marian, der von meinem alten Lehrmeister mit einem Schwert bedroht wird.

»Die Zeit der Herren ist vorbei. Die Zeit des Volkes ist gekommen.«

»Was redest du da, alter Freund?«

Nicht er auch noch. Bitte, *bitte* nicht er auch noch. Seinen Verrat könnte ich nicht ertragen. Ich habe ihm vertraut. *Immer.*

»Ich werde dich in die Hauptstadt bringen, Quirin. Vitus ist bereits festgesetzt. Es gab einen Aufstand, er hat seine Macht verloren. Vielleicht ist er sogar schon tot. Ihr habt keinen Platz mehr in dieser Welt. Das Morden und die Kriege im Namen der Krone müssen aufhören.«

Sofort bin ich gewillt, mich zu ergeben. Er hat Marian. Ich werde nicht zulassen, dass …

»Wag es nicht!«, zischt Marian. »Sie tauschen Wahnsinn gegen Wahnsinn. Nein!« Fest fixiert er Matteo, der seine Schwertspitze auf Marians Brust legt.

»Sein Leben gegen deines.«

In meinem Kopf herrscht nur noch Durcheinander. Wenn ich mich ergebe, sterben wir alle. Wenn ich es nicht tue, stirbt Marian. Krampfhaft versuche ich, meine Magie zu finden, mich in Matteos Kopf zu schleichen, ihn zu kontrollieren, aber ich kann es nicht. Da ist nichts außer Leere. Ich brauche Wut, keine Angst.

Wut, verdammt.

Aber ich bin starr vor Angst.

»Liebe ist der Schlüssel, Quirin«, ertönt Großmutters Stimme. »Vergib mir, aber es ist der einzige Weg.«

Etwas zerrt an mir. Zerreißt meine Seele.

Dina klammert sich an mir fest.

»Was tust du?«, schreit Matteo und blickt zu Großmutter.

»Das, was getan werden muss.«

»Bleibt hier!«, verlangt er, während sich meine Sicht langsam ändert.

»Nein!«, schreit Dina. »Andaya, nein, das darfst du nicht!«

Marians Blick trifft meinen. Ein zufriedenes Lächeln schleicht sich auf seine Lippen, ehe Matteos Schwert in seiner Brust verschwindet.

»Lebt. Für mich«, haucht er, doch ich höre seine Worte laut wie einen Schrei in meinem Kopf.

»NEIN!«, brülle ich aus den Tiefen meiner Seele, während das Bild von meinem besten Freund verschwindet. Genauso wie ganz Nadiraan werde ich von einem schwarzen Schleier umhüllt.

Marian ist tot, und es ist allein meine Schuld.

Ich wusste es von Anfang an.

Meine Liebe tötet. Und ich habe ihn geopfert.

Fortsetzung folgt

Was, schon zu Ende?

Wenn dir mein Buch gefallen hat, würde ich mich sehr über eine Rezension freuen. Als Self-Publisher habe ich keinen großen Verlag, der hinter mir steht, deshalb bist du genau jetzt gefragt.

Willst du noch weitere spannende Geschichten von mir lesen, schau direkt auf www.melaniegurenko.com vorbei und melde dich bei meinem Newsletter an. Die exklusive Crew erfährt vor allen anderen von neuen Veröffentlichungen und Aktionen.

Ich freue mich auf dich!

Liebe Lesende,

Diese Danksagung fällt mir besonders schwer, denn Nocturnal ist ein ganz besonderes Buch für mich. Nach ELEMENTS hätte ich nie im Leben gedacht, dass mich eine Geschichte noch einmal so berühren und mitreißen kann, wie Nocturnal.

In den letzten Jahren habe ich Charaktere wie Dina, Quirin und Marian im Mainstream schmerzlichst vermisst. Es braucht keine Mary Sue, um stark zu sein, kein Bad-Boy-Arschloch, um attraktiv zu sein. Genau das wollte ich mit Nocturnal zeigen.

Sensibel zu sein, ist keine Schwäche.

Mehr vom Leben zu wollen, ist keine Schande.

Es gibt Personen in dieser Welt, die dir genau das geben können, was du brauchst, genau zu dem Zeitpunkt, an dem du es brauchst. Daran glaube ich fest. Auch bei mir hat es Jahre gedauert, einen Tribe um mich zu haben, der mich nimmt wie ich bin – und was soll ich sagen? Das Warten hat sich gelohnt.

Daher danke an alle, die mich begleiten, mir den Kopf zurechtrücken, wenn ich es brauche, mir wieder aufhelfen, wenn ich am Boden bin. Das ist für alle, die ihre Stärke in ihrer Schwäche finden. Niemals aufgeben und für ihre Träume kämpfen!

Deine Mel

TEIL I
ERDE
ELEMENTS
MELANIE GURENKO

Kann die Entscheidung eines Einzelnen das Schicksal einer ganzen Welt verändern?

Graalstadt ist gefallen, vernichtet durch die Flammen des Feuergreifs. Der überraschende Angriff auf das Zwergenreich stellt alle Völker der Neuen Welt vor eine neue, unbekannte Bedrohung.

Lucien, vom Verlust seiner Heimat gezeichnet, ist fest entschlossen, seine Vergangenheit hinter sich zu lassen und sich ein neues Leben aufzubauen. Rayna, erste unsterbliche Erbin der fünf Elemente, flieht vor ihrer Bestimmung und dem erbarmungslosen Opfer, das zu Wiederherstellung des Friedens erbracht werden muss. Nun ist es an den Menschen Equiranias, sich der wachsenden Macht der Feuerlande entgegenzusetzen.

Schaffen sie es, ihren Platz inmitten von Krieg, Zerstörung und Machtspielen zu finden, oder ist das Schicksal der Feind, dem niemand entkommen kann?

MELANIE GURENKO
THE EQUILIBRIUM CHRONICLES
AWAKENING

SURGE PUGNATOR SOLITARIE

- Erwache einsamer Krieger -

Drei einfache Worte, die die Welt einer Auftragsmörderin auf den Kopf stellen. Was als ein gewöhnlicher Auftrag beginnt, wird zum Kampf zwischen Mächten, die Mia nicht verstehen kann. Der Krieg, der seit Anbeginn der Zeit tobt, zieht sie in eine Welt von Dämonen und Jenen, die sie in Schach halten. Wenn der Glaube zur Wahrheit wird, Dämonen zur Realität gehören und sich Fremde zu Verbündeten entwickeln, bleibt eine Frage offen: Auf wessen Seite stellst du dich, wenn nichts ist, wie es scheint?

MELANIE GURENKO
AUTORIN